Patricia Wentworth

Rendezvous mit dem Tod

Ein Miss-Silver-Roman

Aus dem Englischen von
Stefan Lux

GOLDMANN

Die englische Originalausgabe erschien 1949
unter dem Titel »Latter End«
bei Hodder and Stoughton, London.

Umwelthinweis:
Alle bedruckten Materialien dieses Taschenbuches
sind chlorfrei und umweltschonend.

1. Auflage
Deutsche Erstveröffentlichung Februar 2004

Umschlaggestaltung: Design Team München
Umschlagfoto: H. Wohner
Satz: DTP Service Apel, Hannover
Druck: GGP Media, Pößneck
Krimi: 5499
Redaktion: Barbara Raschig
JE · Herstellung: Max Widmaier
Made in Germany
ISBN 3-442-05499-0
www.goldmann-verlag.de

I

Zunächst wirkte der Raum auf Mrs. Latter ziemlich düster. Alles war schwarz. Der Teppich auf dem Fußboden, die Wandbehänge, die langen glatten Vorhänge, alles war im gleichen samtigen Schwarz gehalten. Trotzdem war es nicht ganz so dunkel, wie sie es zunächst empfand. Durch ein unverhangenes Fenster fiel Licht herein. Sie stand diesem Licht zugewandt – und dem Mann auf der anderen Seite des Tisches, der sich »Memnon« nannte. Der Tisch war recht klein und mit einem samtigen schwarzen Tuch bedeckt. Er wirkte so winzig, weil der alte Mann in dem Stuhl gegenüber beinahe ein Riese war.

Während sie auf einem Stuhl Platz nahm, den er ihr angeboten hatte, musterte sie ihn voller Neugier. Wenn er glaubte, sie mit diesem ganzen Tamtam beeindrucken oder gar einschüchtern zu können, dann hatte er sich getäuscht. Wahrscheinlich war es idiotisch, dass sie überhaupt hergekommen war. Aber das, was sämtliche Freunde taten, tat man dann eben auch. Und wenn nicht ... Nun, worüber sollte man sonst reden? Alle sprachen über Memnon. Er erzählte einem die aufregendsten Dinge. Er sprach über die Vergangenheit und sagte die Zukunft vorher. Und er schaffte es, die Gegenwart wichtig und interessant statt öde und langweilig erscheinen zu lassen, jetzt, wo der Krieg vorbei war und allen die Gesprächsthemen ausgingen.

Sie starrte zu ihm hinüber, konnte aber im Gegenlicht kaum mehr als seine Silhouette und die Umrisse seines Stuhls erkennen. Der Stuhl war symmetrisch vor dem Fenster platziert, so dass die Umrisse genau eingefasst waren, der hohe, bogenförmige Rücken und die stabilen Armlehnen. Über die Rückenlehne hinaus ragte der Kopf des alten Mannes, der mit einer Kappe aus Samt bedeckt war. Sie wusste nicht, warum sie so sicher über sein hohes Alter war. Es lag weder an seiner Stimme noch an etwas, das sie sehen konnte. Auch hatte ihn ihr niemand als alten Mann geschildert. Es war bloß ein Eindruck. Weil sie gegen das Licht schaute, konnte sie seine Gesichtszüge nicht erkennen, nur ein blasses, verschwommenes Oval, zu dem sie höher aufschauen musste, als sie erwartet hatte. Der Mann musste ziemlich groß sein. Zwischen dem Gesicht und der Stelle, an der die beiden blassen Hände auf den hervorstehenden Armlehnen ruhten, lag eine beachtliche Entfernung.

Während ihr all diese Gedanken durch den Kopf gingen, machte sie es sich bequem. Sie legte die Handtasche auf ihre Knie, faltete die Hände darüber, lehnte sich zurück und lächelte entspannt. Nicht jede Frau ihres Alters ertrug dieses grelle Licht mit solcher Gelassenheit. Siebenunddreißig Jahre hatten ihrer zarten Haut nichts anhaben können. Im Gegenteil hatten sich ihr Teint, die Gesichtszüge und die Konturen nur verfeinert. So war sie letztlich ein ganzes Stück attraktiver als mit siebenundzwanzig. Sie bestimmte über sich selbst, über ihre Gedanken und über ihr Leben. Und weitgehend auch über Jimmy Latter, über Jimmy Latters Gedanken und über Jimmy Latters Leben.

Das anhaltende Schweigen ließ sie eine leichte Geringschätzung empfinden. Es musste schon etwas mehr geboten werden als ein düsterer Raum und ein alter Mann, um sie aus der Ruhe zu bringen. Situationen oder Umstände, die sie nicht dominieren konnte, zählten bislang nicht zu ihren Erfahrungen. Sie war leicht durchs Leben und ihre beiden Ehen gekommen. James Doubleday hatte ihr sein Geld vermacht.

Die Unannehmlichkeiten wegen seines Testaments waren erfolgreich überstanden. Sie hatte Jimmy Latter als seinen Nachfolger auserwählt und konnte mit Fug und Recht behaupten, eine gute Wahl getroffen zu haben. Man kann nicht alles haben, und das Testament war zu diesem Zeitpunkt noch umstritten gewesen. Antony war sehr charmant – wenn er wollte. Aber man nimmt nicht den armen Vetter, wenn man den reichen haben kann. Nicht mit fünfunddreißig, wenn man alt genug ist, um zu wissen, dass man beides zur gleichen Zeit bekommen kann, wenn man es nur geschickt genug anstellt.

Nicht dass Jimmy wirklich reich wäre – er besaß weitaus weniger Vermögen, als sie es sich ausgemalt hatte. Aber zum Glück hatten sich die Probleme mit James Doubledays Testament inzwischen gelöst. Und Latter End war wirklich der Ort ihrer Träume – klein und wunderschön, vom Krieg unversehrt. Nur ein bisschen Geld musste man hineinstecken – Geld, das sie jetzt endlich besaß.

Wenn es bloß Antonys Haus wäre … Aber vielleicht würde es das noch werden … Wie ein Atemhauch streifte sie dieser Gedanke. Antony – sie wollte sich mit ihm zum Mittagessen treffen, sobald dieser Firlefanz vorbei war. Ihr Lächeln war jetzt völlig ungespielt.

Mit einem Mal wurde ihr bewusst, dass Memnon sie musterte. Jetzt, wo ihre Augen sich an die merkwürdigen Lichtverhältnisse gewöhnt hatten, konnte sie erkennen, dass seine Augen sehr tief lagen. Sie blickten aus runden knochigen Höhlen zu ihr herüber. Sie konnte die buschigen Brauen erkennen, die den Schwung seiner Gesichtsknochen teilweise verdeckten. Und dann sah sie nur noch seine Augen. Sie mussten dunkel sein. Mit tiefer, flüsternder Stimme begann er zu sprechen.

»Geben Sie mir Ihre Hand – beide Hände.«

Lois Latter zögerte. Die Stimme war ein flüsternder Bass, der einen merkwürdigen Widerhall im Zimmer erzeugte. Zwischen ihnen auf dem Tisch stand eine Kristallkugel. Von der Seite strahlte Licht durchs Fenster und ließ sie wie einen leuchtenden Halbmond erstrahlen. Lois senkte ihren Blick auf die Kugel.

»Schauen Sie denn nicht in die Kristallkugel? So hatte ich es mir vorgestellt. Deswegen bin ich hergekommen.«

Er streckte eine Hand aus und nahm die Kristallkugel vom Tisch. Lois konnte nicht erkennen, was mit ihr geschah. Der Halbmond erlosch. Als der Mann die Hand bewegte, hatte sie kurz den Eindruck, als würde der Stoff seines Umhangs sich ebenfalls bewegen. Die Kristallkugel jedenfalls war verschwunden. Im selben Flüsterton wie zuvor sagte der Mann: »Geben Sie mir Ihre Hände!«

Sie streckte beide Hände vor, als würde sie etwas von sich wegschieben. Er berührte sie mit seinen Händen, Handfläche gegen Handfläche und Finger gegen Finger, wie zum Beten. Zwei Paar betender Hände. Die Berührung rief ein Kribbeln hervor. Es lief ihre Arme hinauf und den ganzen Körper hinunter bis zu ihren Füßen. Ihr Atem wurde schneller. Sie wollte sprechen, sich zurückziehen. Aber dieses eine Mal in ihrem Leben tat sie nicht das, was sie tun wollte.

Sie hielt einfach still und ertrug die Berührung und das Kribbeln. Seine Augen fixierten die ihren. Auch dieser Blickkontakt fühlte sich an wie eine Berührung, schien sie auszuforschen und zu prüfen.

Dann war plötzlich alles vorbei. Er ließ die Lider sinken, zog die Hände weg, lehnte sich zurück und sagte: »Sie werden sehr vorsichtig sein müssen.«

Etwas ließ sie aufhorchen. Etwas an der Art, wie er es gesagt hatte. Seine tiefe Stimme war in ein kaum noch hörbares

Flüstern verfallen. Sie nahm die Hände vom Tisch und faltete sie im Schoß. Dann fragte sie: »Weshalb werde ich vorsichtig sein müssen?«

»Gift.«

Das geflüsterte Wort hing in der Luft. Mrs. Latter spürte, wie es in einer Ecke ihres Verstandes nachschwang. Sie wartete, bis dieses Schwingen verebbte, ehe sie wieder das Wort ergriff.

»Wie meinen Sie das?«

»Sie müssen sich in Acht nehmen.«

»Vor Gift?«

»Ja.«

»Wollen Sie damit sagen, dass jemand versuchen wird, mich zu vergiften?«

Lauter als zuvor und mit nachdenklichem Unterton entgegnete er: »Es könnte sein ...«

»In Wirklichkeit weiß er überhaupt nichts«, dachte sie. »Er rät einfach drauflos. Es hat gar nichts zu bedeuten.«

Stattdessen aber fragte sie: »Ist das alles? Wozu soll es gut sein, dass Sie mir raten, vorsichtig zu sein, wenn Sie mir nicht ein bisschen mehr verraten?«

Er ließ sich viel Zeit, ehe er antwortete.

»Jeder von uns muss über sein Haus des Lebens wachen. Ich kann Ihnen nicht sagen, wie Sie Ihres bewachen sollen. Ich kann Ihnen nur mitteilen, dass es bedroht wird.«

»Durch Gift?«

»Ja.«

»Welche Art von Gift?«

»Das kann ich nicht sagen. Es gibt viele verschiedene Arten. Manche bedrohen den Verstand, manche den Körper. Sie müssen auf sich achten. Ich kann Sie nur warnen.«

Lois richtete sich auf. In ihrer Stimme lag Verachtung, aber darunter lauerte etwas anderes. Zwar bewahrte sie äußerlich die Ruhe, doch unter der kontrollierten Fassade machte sich Angst bemerkbar.

»Ich denke, Sie müssen mir schon etwas mehr verraten. Wer bedroht mich?«

»Jemand in Ihrer unmittelbaren Nähe.«

»Ein Mann oder eine Frau?«

»Mann ... Frau ... ich glaube ... Ich bin nicht sicher. Sie selbst könnten es sein. Es ist Ihnen sehr nah – Sie sind darin verwickelt.«

Lois lachte. Ihr Lachen war immer bewundert worden. Jetzt hing es gefällig im Raum. »Ich kann Ihnen versichern, dass ich nicht die Absicht habe, mich zu vergiften.«

So leise, dass sie die Worte gerade eben verstehen konnte, entgegnete er: »Es gibt verschiedene Arten von Gift.«

2

Antony Latter lehnte an einem Pfeiler und beobachtete Lois, die gerade durch die Pendeltür trat und sich ihren Weg durch den Vorraum in den Salon des Luxe bahnte. Er hatte es nicht eilig, auf sie zuzugehen und sie zu begrüßen. Es war jedes Mal ein Vergnügen, Lois in einen Raum kommen zu sehen – ihr Auftreten war perfekt und verlieh ihr eine Ausstrahlung, als hätte sie eben die ganze Welt gekauft. Die Welt und Jimmy Latter. Sein Mund zog sich unmerklich zusammen. Armer alter Jimmy. Wie mochte es sich anfühlen, als Goldesel zu dienen? Sicher nicht gut, aber Gott hilft denen, die sich selbst helfen. Wie auch immer, jetzt war Lois hier, frisch wie der junge Morgen. Sie trug ein eng geschnittenes schwarzes Kostüm, das ihre Figur ausgezeichnet zur Geltung brachte und ihrer Haut schmeichelte. Eine weiße Kamelienblüte, die aussah wie frisch gepflückt, zierte das Kleid nach der aktuellen, angesagtesten Mode. Ihre rotbraunen, leicht gewellten Haare waren mit raffinierten Accessoires geschmückt. Als er auf sie zuging, um sie zu begrüßen, wurde ihm bewusst, dass er niemals eine ihrer Frisuren in Unordnung gesehen hatte. Andere Frauen wirkten gelegentlich erhitzt und durcheinander, ihre Haare gerieten aus der Form und ihre Nasen glänzten, aber Lois – niemals. Ben Jonsons Verse blitzten in seinen Gedanken auf:

»Immer elegant, immer adrett,
Immer geschmückt wie fürs Parkett.
Immer gepudert und parfümiert …«

Als er ihre Hand schüttelte, fragte er sich für einen Moment, ob er es wagen würde, die Zeilen vor Lois zu rezitieren. Und wenn er es täte, ob sie dann wüsste, wie sie zu Ende gingen:

»All dies, Madame, zum Verdacht uns verführt …
Von Schönheit nichts ans Tageslicht dringt.«

Tatsache war, Ben liebte unordentliche Frauen.

Antony lächelte und entschloss sich zu Diskretion. Lois und er hatten sich damals den einen oder anderen heftigen Schlagabtausch geliefert, aber das gehörte der Vergangenheit an, und … sie war Jimmys Frau.

Auf dem Weg zum Speisesaal warf einer der großen Spiegel ihr Bild zurück, wie sie Seite an Seite gingen. Lois stellte fest, dass sie ein wunderbares Paar abgaben. Antony wirkte vornehm – seine hochgewachsene, schlanke Figur und die Art, wie er sich bewegte. Er sah jetzt besser aus als vor zwei Jahren. Er war neunundzwanzig – das beste Alter für einen Mann. Acht Jahre lagen zwischen ihnen, was allerdings niemand vermuten würde. Sie sah immer noch blendend aus.

Niemand würde sie älter als siebenundzwanzig schätzen. Niemand würde auch nur im Traum darauf kommen, dass sie älter war als Antony.

Derart angenehme Gedanken beschäftigten sie, bis sie schließlich ihren Tisch erreichten und Platz nahmen. Sie setzten ihre leichte Konversation fort. War er wirklich wieder ganz gesund? Wie fühlte es sich an, nach fünf Jahren aus der Armee ausgeschieden zu sein? Würde er die Arbeit in einem Verlagshaus mögen?

»Du … und Bücher? Irgendwie fürchterlich trocken!«

Ein strahlendes Lächeln sollte die Bemerkung in ein Kompliment verwandeln.

Kühl entgegnete Antony: »Ich mag Bücher nun mal … ziemlich gern sogar.«

Ihm ging durch den Kopf, mit welchem Eifer er seine Pläne wohl zwei Jahre früher dargelegt hätte. Im Rückblick konnte er es kaum glauben.

Immer noch lächelnd erklärte sie: »Ich bin sicher, du wirst äußerst erfolgreich sein, Schätzchen.«

Die Anrede hinterließ einen schalen Beigeschmack. Auch wenn ihm klar war, dass es zu ihrem Standardrepertoire gehörte, klang es unpassend.

»Ganz zweifellos werde ich Bestseller entdecken, wo ich auch gehe oder stehe.«

Sie lachte. »Du hast dich kein bisschen verändert!«

»Wirklich nicht? Lass mich den Ball zurückspielen. Du siehst großartig aus, aber das hast du immer schon getan.«

»Danke, Schätzchen! Aber sei vorsichtig mit dem ›immer schon‹. Ich fürchte, es kann schnell seine Geltung verlieren.«

»Darüber brauchst *du* dir doch keine Gedanken zu machen.«

»Red keinen Unsinn«, sagte sie in ganz natürlichem Ton.

Das war das Schlimmste von allem. Es war so einfach, in

Antonys Gegenwart natürlich zu sein. Immer schon war es so gewesen. Und so sehr sie sich auch dagegen wehrte, geriet sie immer in Versuchung, sich gehen zu lassen, sich zu entspannen, sich nicht mehr um das zu scheren, was die Leute von ihr hielten, und stattdessen einfach sie selbst zu sein – dieses Selbst, das sie niemanden sonst sehen ließ. Ein Selbst, für das Antony vermutlich keine Bewunderung empfinden würde.

Sie lachte ihr reizvolles Lachen.

»Mein Lieber, wenn ich überhaupt halbwegs anständig aussehe, dann ist es ein Wunder. Ich hatte gerade ein furchtbar erschütterndes Erlebnis.«

»Tatsächlich? Hör zu, ich habe ein Menü vorbestellt. Bist du bereit, es einfach auf dich zukommen zu lassen?«

»Ja, gern. Du solltest ja wissen, was ich gern esse … Wenn du es nicht inzwischen vergessen hast. Scherz beiseite, Schätzchen, das mit dem erschütternden Erlebnis war mein voller Ernst. Ich war gerade bei Memnon.«

Er blickte sie gleichmütig an. »Memnon?«

Bevor sie antworten konnten, servierte der Kellner den Fisch. Für Lois war es ein merkwürdiges Gefühl, sich in diesem Augenblick eingestehen zu müssen, dass es völlig idiotisch gewesen war, Antony gehen zu lassen.

Als sich der Kellner entfernt hatte, beeilte sie sich, ihm von Memnon zu berichten. Denn um nichts in der Welt durfte eine dieser Schweigepausen entstehen. Etwas an seinem Aussehen, an seinem trockenen, unbeschwerten Tonfall hatte sie auf dem falschen Fuß erwischt und sie so gründlich durcheinander gebracht, wie es ihr seit Jahren nicht passiert war. Sie musste reden, eine gute Geschichte aus ihrem Besuch machen und die Situation wieder in den Griff bekommen.

Auf Antonys »So ein Scharlatan!« reagierte sie mit einem Lachen.

»Vielleicht. Aber, Schätzchen, was für eine aufregende Sache! Er war jeden einzelnen Penny wert, den ich ihm gezahlt habe.«

Antony zog die Augenbrauen hoch – merkwürdig schiefe Brauen, pechschwarz in einem dunklen sardonischen Gesicht. Die Augen wirkten ebenfalls schwarz, bis das Licht auf sie fiel und ihre graue Farbe offenbarte.

»Und was hast du ihm bezahlt?«

»Zehn Pfund. Bitte verrat es keinem. Wir sind schrecklich knapp bei Kasse und müssen am Haus noch so viel tun. Aber alle laufen zu ihm. Man ist praktisch tot oder aus der Welt, wenn man es nicht tut. Ehrlich gesagt glaube ich, man ist tatsächlich jahrelang tot gewesen, durch den Krieg und alles. Aber jetzt« – sie schaute ihm in die Augen – »werde ich langsam wieder lebendig.«

»Ein sehr interessantes Gefühl. Was hat der Magier dir gesagt?«

Sie zog sich zurück. Es war sinnlos, ihn zu bedrängen, das hatte er immer schon gehasst. Besser, sie setzte ihren Bericht über Memnon fort. Mit stockender Stimme setzte sie erneut an: »Er war … ziemlich gruselig.«

»Das gehört zu seinem Geschäft.«

»Nein, er war wirklich gruselig. Er hat mich beinahe schockiert.«

Antony setzte eine höfliche, interessierte Miene auf. »Dann muss er ziemlich gut sein. Was hat er getan? Oder gesagt?«

Er betrachtete sie jetzt mit neuem Interesse. Die frische, lebendige Farbe war aus ihren Wangen gewichen. Jede andere Frau, die Zweifel an der Echtheit ihrer Gesichtsfarbe gehabt hätte, müsste in diesem Augenblick notgedrungen ihren Irrtum eingestehen.

Antony Latter nahm verwundert zur Kenntnis, dass der

Scharlatan es tatsächlich geschafft hatte, Lois einen Schrecken einzujagen. Er hätte nicht gedacht, dass so etwas möglich wäre, und doch war es Memnon offensichtlich gelungen. In diesem Augenblick machte er sich keinerlei Gedanken darüber, ob ihre veränderte Gesichtsfarbe auch irgendetwas mit ihm selbst zu tun haben könnte.

Wieder erschien der Kellner. Lois wartete mit ihrer Schilderung, bis er sich zurückgezogen hatte.

»Es war wirklich entsetzlich.«

»Erzähl mir bloß nicht, dass er frech geworden ist! Ich bin hundertprozentig sicher, dass du mit einer solchen Situation fertig geworden wärest. Einen Magier abzufertigen ist doch sicher eine ganz neue Erfahrung – und für was sonst lebt man schließlich? Ich kann mir wirklich nicht vorstellen, dass du die Beherrschung verloren hast.«

»Es war nicht in dieser Richtung. Ich meine es ernst – es war schrecklich.«

Er zog die Augenbrauen hoch. »Vielleicht hat er die Geister all der Unglücklichen beschworen, die du mit einem scharfen Blick erstochen oder mit einem Stirnrunzeln zum Erfrieren gebracht hast!«

Sehr leise entgegnete sie: »Ich meine es ernst! Wie oft soll ich es dir sagen?«

»Was erwartest du? Dass ich dich ermutige? Dass ich Strohhalme in unsere Haare stecke – sie würden deine Locken durcheinander bringen –, mich auf den Boden setze und passend zum barbarischen Klang, den das Orchester gerade erzeugt, in Klagelieder ausbreche? Wir kommen überall in die Klatschspalten, wenn du das möchtest: ›Major Antony Latter, der gerade in das von seinem berühmten Großonkel Ezekiel gegründete Verlagshaus eingestiegen ist ...‹«

Sie unterbrach ihn mit leiser, verletzter Stimme: »Ich will es dir doch erzählen. Würdest du mir bitte zuhören?«

Sie war blass und dabei äußerst reizvoll. So hatte er sie nie zuvor gesehen. »Was um Himmels willen hat der Kerl dir gesagt?«

Sie senkte die Stimme, so dass er die Worte eben noch verstehen konnte: »Er hat gesagt ... ich soll mich in Acht nehmen ... vor Gift!«

Antony lehnte sich in seinem Stuhl zurück. »Was für eine ungewöhnliche Äußerung!«

»Das finde ich auch. Und nicht besonders nett.«

»Überhaupt nicht. Was hat ihn dazu veranlasst, so etwas zu sagen?«

Langsam stellte sich ihre normale Gesichtsfarbe wieder ein – die reine, kräftige Hautfarbe, die ihr größter Vorzug war. Und trotzdem hatte sie gerade eben deutlich jünger gewirkt. »Das ist ungewöhnlich«, dachte Antony.

Lois fühlte sich auf merkwürdige Weise befreit. Er schaute sie wirklich an, hörte ihr wirklich zu. Sie begann mehr Einzelheiten zu erzählen, als sie ihm – oder irgendjemandem – hatte mitteilen wollen.

»Er hat die merkwürdigsten Dinge gesagt. Er meinte, jemand wolle mich vergiften – das hat er wirklich behauptet.«

»So schlecht ist das Essen hier nun auch wieder nicht.«

»Mach keine Witze darüber! Es war schrecklich. Ich lasse mich nicht so leicht ins Bockshorn jagen, das weißt du doch. Aber er hat mich richtig aus der Fassung gebracht – fast jedenfalls.«

»Er hat es darauf angelegt, dir einen Schrecken einzujagen. Und offenbar ist es ihm gelungen.«

Sie schüttelte den Kopf.

»Nur ein bisschen. Aber besonders angenehm ist es tatsächlich nicht, wenn du hörst, dass irgendwer – eine nahe stehende Person – dich vergiften will.«

»Das hat er gesagt?«

»Ja. Jemand in meiner unmittelbaren Nähe. Aber er wollte nicht sagen, ob es ein Mann oder eine Frau ist. Angeblich wusste er es nicht. Ha, er hat sogar gemeint, ich selber könnte es sein!« Ihr Lachen klang ein wenig unsicher. »Da habe ich geantwortet, dass ich sicher die Letzte wäre, die Gift nehmen würde. Ich liebe das Leben viel zu sehr, um es einfach wegzuwerfen.«

»Ja – das sehe ich auch so.«

Sie hatte eine Zigarette aus einem Etui genommen und lehnte sich zu ihm hinüber, um sich Feuer geben zu lassen. Als die Spitze rot glühte und eine kleine Rauchwolke zwischen ihnen hing, sagte sie in verwirrtem Ton: »Er hat etwas ganz Merkwürdiges gesagt. Dass es mehrere Arten von Gift gäbe.«

»Wie abgedroschen! Und wie wahr!«

»Es klang nicht abgedroschen. Nicht, als er es gesagt hat.«

Antony lachte. »Der Mann hat Ausstrahlung, sonst würden ihm die Frauen wohl kaum einen Zehner hinlegen.«

Sie zog ihre dünnen Augenbrauen widerwillig zusammen.

»Er war ziemlich alt. Solche Dinge haben keine Rolle gespielt. Lass uns von etwas anderem reden.«

3

Antony verließ das Luxe und bestieg einen Bus. Er hatte eine Luftveränderung jetzt dringend nötig. Und die würde er sich verschaffen.

Als er aus dem Bus stieg, ging er auf einen jener Häuserblocks zu, die unmittelbar vor dem Krieg gebaut worden waren, um Wohnraum für Büroangestellte zu schaffen. Dieser hier hatte den Sturm überstanden – abgesehen von den Fenstern und dem Anstrich stand er genau so da, wie ihn die Baufirma im Jahr 1938 hingestellt hatte. Das Gebäude verfügte über einen automatischen Lift, den Antony benutzte, um in den fünften Stock hinaufzufahren. Dort drückte er auf eine elektrische Klingel. Julia Vane öffnete ihm die Tür.

Julia und ihre Schwester Ellie Street waren die Töchter von Jimmy Latters Stiefmutter aus deren zweiter Ehe. Antony und Jimmy waren Vettern ersten Grades aus dem Latter-Zweig der Familie. Da die Mädchen auf Latter End aufgewachsen waren und Antony stets seine Ferien dort verbracht hatte, war ihr Umgang von jener Intimität, Zuneigung und familiärer Vertrautheit geprägt, die gleichermaßen zur Brutstätte von Liebe oder Hass werden können – ein breites Spektrum, das alle Möglichkeiten offen lässt.

Möglicherweise hatte Antony Julia im Sinn gehabt, als er Lois mit den weniger strahlenden Frauen verglichen hatte, die gelegentlich erhitzt und unordentlich wirkten. Als Julia ihm die Tür öffnete, war sie nämlich beides. Ihre dunklen Locken wirkten, als hätte sie sie gerade eben mit beiden Händen durchwühlt, und ihre Nase zierte ein Tintenfleck. Hätte Julia glatte Haare gehabt, wäre der Anblick sicher noch schlimmer gewesen. Julia war sich ihres augenblicklichen Zustands sehr wohl bewusst, was wiederum einen vernichtenden Einfluss auf ihre Laune hatte. Den Bäckerjungen zu erwarten und sich dann mit Tintenflecken im Gesicht Antony gegenüber zu sehen, der zwei Jahre zuvor ihr Herz gebrochen hatte, war genug, um sanftmütigere Frauen als sie selbst in Rage zu versetzen. Vor allem, wenn Antony geradewegs von einem Mittagessen mit Lois zu ihr kam. Sie war über Antony hinweg – natürlich. Liebeskummer verfliegt, wenn man es nur genug will. Die ganze Sache war gestorben. Seit zwei Jahren hatte sie ihn nicht mehr gesehen. Und sie würde diesem toten und begrabenen Gefühl nicht raten, auch nur den kleinsten Mucks von sich zu geben.

Antony musterte sie, während sie ihn mit düsterem Blick aus dem Türrahmen anstarrte. Die zwei Jahre hatten sie nicht im Geringsten verändert. Offensichtlich hatte sie einen ihrer unaufgeräumteren Momente – aber ebenso offensichtlich war sie noch die alte Julia. Zu dichte Augenbrauen und ein zu großes Kinn, Augen mit schweren Lidern, die leidenschaftlich glücklich oder leidenschaftlich unglücklich wirken konnten. Julia kannte keine halben Sachen. Jetzt gerade verrieten ihre Augen leidenschaftlichen Ärger.

Lachend legte er ihr eine Hand auf die Schulter, drehte sie herum, trat mit ihr in die Wohnung und schloss die Tür.

Es gab keinen Flur und bloß einen einzigen Raum – einen großen Raum, der auf einer Seite mehrfach unterteilt war, so dass Bad, Ankleideecke und Kochnische entstanden. Es gab ein Sofa, das offensichtlich nachts als Bett genutzt wurde, und zwei wirklich gemütliche Sessel. Auf dem einfachen, stabilen Tisch lagen Manuskripte verstreut, aber davon abgesehen machte das Zimmer einen überraschend ordentlichen Eindruck. Auch die Farben stimmten – dunkel, satt und gemütlich. Zwei Perser-Läufer zierten den Fußboden. Julias Zimmer gefiel ihm. Er wollte ihr diesbezüglich ein Kompliment machen, überlegte es sich aber im letzten Moment anders.

»Du hast Tinte auf der Nase, meine Liebe.«

Sie brauste sofort auf. Ganz die alte Julia.

»Wenn du *unbedingt* kommen musst, während ich arbeite, musst du schon mit mir vorlieb nehmen, wie ich bin! Es ist auch nicht das erste Mal, dass du mich mit Tinte auf der Nase siehst!«

»Sicher. Aber wie ich seit jeher betont habe, siehst du ohne Tinte besser aus.«

»Mir ist egal, wie ich aussehe!«

»Meine Liebe, das lässt sich leider nicht übersehen. Kämm

dir die Haare und wasch dein Gesicht, und dann klär mich über die Familienangelegenheiten auf.«

»Ich hab keine Zeit«, sagte Julia. Aber ihr Zorn verflog. Plötzlich war es ihr sehnlichster Wunsch, Antonys spöttischem Blick zu entkommen.

Sie verschwand in einer der abgetrennten Ecken. Als sie zurückkam, war die Tinte verschwunden, und ihre Locken wirkten attraktiver.

»Ehrlich gesagt, hab ich nicht so früh mit dir gerechnet. Ein Mittagessen mit Lois zieht sich normalerweise länger hin.«

»Woher weißt du, dass ich mit Lois gegessen habe?«

»Hast du es mir nicht erzählt? Nein, sie war es. Natürlich muss sie es mir erzählen.«

»Höre ich da etwa weibliche Boshaftigkeit heraus, meine Liebe?«

»Allerdings.«

Ein Lächeln erfüllte ihre Augen, erstarb aber schnell wieder. Welchen Sinn hatte es schon, mit Antony über Lois zu sprechen? Vor zwei Jahren war er verrückt nach ihr gewesen, und selbst wenn es jetzt nicht mehr so sein sollte, hing er wahrscheinlich sehnsüchtigen Erinnerungen nach. Männer sind sentimentaler als Frauen. Und nie, nie, nie konnten sie es ertragen, wenn eine Frau über eine andere lästerte.

Sie lachte, diesmal laut. Sie stellte sich gerade vor, wie wütend Antony wohl regieren würde, wenn man ihn sentimental nannte.

»Worüber lachst du?«

»Über uns«, entgegnete sie.

»Warum?«

»Du hättest genauso gut zwei Minuten weg gewesen sein können und nicht zwei Jahre.«

»Weil ich die Tinte erwähnt habe? Das war doch ein hübsches vertrautes Detail.«

Sie nickte. Wenn sie nicht wütend auf ihn war oder voller Liebeskummer, dann kommunizierten sie derart unmittelbar, dass sie zwar Worte benutzten, sie aber eigentlich nicht brauchten. Im Augenblick war sie nicht wütend, und auch ihr Herz hielt sich wacker. Sie fühlte sich jung und glücklich, nicht nur um zwei, sondern um zehn Jahre zurückversetzt. Es kam ihr vor, als sei Antony für die Ferien heimgekehrt und gerade zum Tee zu ihr heraufgekommen. Man wusch Gesicht und Hände, kämmte sich und legte, solange Miss Smithers dabei war, ein vorbildliches Benehmen an den Tag. Doch sobald die Teezeremonie hinter ihnen lag und sie in den Garten entkommen konnten …

Seite an Seite saßen sie auf dem Sofa. Antony trug einen wunderschönen neuen Anzug, der ein Vermögen gekostet haben musste, und Julia, die kein kleines Mädchen mehr war, sondern eine um ihr Auskommen kämpfende Schriftstellerin, einen alten roten mit Tintenflecken übersäten Kittel.

Antony sagte: »Also, wie stehen die Dinge? Und wie geht es allen?«

»Hast du Jimmy noch nicht gesehen?«

»Nein. Ich hab ihn angerufen. Morgen oder übermorgen fahre ich nach Latter End. Ich hatte mich schon gefragt, ob ich dich dort treffen würde.«

Sie zog die schwarzen Brauen zusammen. »Vielleicht muss ich hin. Lieber würde ich allerdings hier bleiben. Also, was hat Lois dir erzählt?«

Sie griff neben sich, suchte hinter einem Kissen und zog schließlich eine Schachtel Zigaretten hervor. »Hier, nimm eine!«

»Danke, ich rauche lieber meine eigenen.«

»Sind sie dir nicht gut genug?«

»Du nimmst mir die Worte aus dem Mund. Reg dich nicht auf, meine Liebe, und nimm eine von meinen.«

Sie hätte beinahe wütend reagiert, doch dieses Gefühl verflog. Stattdessen lachte sie. Schon früher hatte er regelmäßig versucht, sie zu provozieren. Aber im Moment wollte sie nicht anbeißen.

Er zündete ein Streichholz an und gab ihr Feuer. Ihre Lippen waren sich jetzt sehr nah. Plötzlich begann ihr Herz wild zu klopfen. »Oh Gott, es wird alles von vorn anfangen! Wie grässlich ist es doch, eine Frau zu sein!«

Sie lehnte sich zurück und setzte eine starre Miene auf. All ihre Gesichtsmuskeln waren jetzt angespannt, die Stirn gerunzelt und das Kinn vorgeschoben. Bevor er etwas sagen konnte, wiederholte sie ihre Frage: »Was hat Lois dir erzählt?«

Er zog an seiner Zigarette. »Aus ihren und auch aus Jimmys Worten hab ich den Eindruck gewonnen, dass mich auf Latter End ein richtiges Familientreffen erwartet. Ellie und Minnie sind auch dort, stimmt's?«

»Oh, allerdings!«

»Was willst du damit andeuten? Und mit der Bemerkung, du *müsstest* hinfahren?«

Sie stieß eine kleine Rauchwolke aus.

»Hat Lois etwas darüber gesagt, wie sie das Haus jetzt führt?«

»Sie hat es so dargestellt wie den idealen kommunistischen Staat – einer für alle und alle für einen.«

»Und kannst du dir Lois in einer solchen Umgebung vorstellen?«

»Ehrlich gesagt, nein. Aber sie hat alles in den schönsten Farben ausgemalt.«

Julia betrachtete ihn mit finsterer Anspannung. »Hat sie gesagt, wer die ganze Arbeit erledigt?«

»Ich hab sie so verstanden, dass Mrs. Maniple immer noch in der Küche arbeitet, allerdings praktisch ohne Hilfe.«

»Aus dem Dorf kommt ein Mädchen, eine Tochter der Pells, ein ziemlich nettes Kind. Nicht einmal Lois konnte davon ausgehen, dass Manny all die Steinfußböden schrubbt.«

»Sie hat gesagt, dass Manny sich mit ihrer Arbeit schwer tut.«

»Sie kocht wie ein Engel, aber Lois wird sie rauswerfen, sobald sie einen Ersatz findet. Manny hasst sie, und das weiß Lois. Natürlich ist Manny ziemlich alt. Sie kann sich noch an Jimmys Taufe erinnern.«

»Na ja, er ist ja auch gerade ... wie alt? Einundfünfzig?«

»Sie war damals Küchenhilfe. Also muss sie jetzt ungefähr siebzig sein. Im Moment setzt Jimmy sich noch für sie ein, aber das wird Lois nicht lange beeindrucken. Na ja, soviel zur Küche. Hat sie auch gesagt, wer die restliche Arbeit erledigt?«

»Sie hat angedeutet, dass der Kommunismus exakt an dieser Stelle beginnt.«

Julia beugte sich mit funkelnden Augen vor. »Mrs. Huggins kommt einmal in der Woche aus dem Dorf herauf, und der Gärtnerjunge füllt die Kohleneimer. Und jeder Handschlag, der darüber hinaus zu tun ist, bleibt an Minnie und Ellie hängen! Lois tut überhaupt nichts!«

»Einer für alle und alle für einen«, murmelte Antony.

»Einer und alle für Lois«, stellte Julia fest. »Du kommst ja gerade vom Mittagessen mit ihr. Sahen ihre Hände so aus, als würde sie irgendwelche Hausarbeit erledigen? Ellie hatte so hübsche Hände ...«

»Und? Warum machen sie mit? Warum gehen sie nicht fort und suchen sich anständige Jobs?«

Julia zog heftig an ihrer Zigarette.

»Was für einen Job könnte Minnie Mercer wohl bekommen? Sie ist fast fünfzig und hat nichts gelernt. Sie hat ihr ganzes Leben in Rayle gelebt und wohnt seit Dr. Mercers Tod in Latter End. Sie ist ein Schatz und ein Engel, aber lass uns nicht so tun, als besäße sie ein Rückgrat, denn das tut sie nicht. Sie spielt für jeden den Fußabtreter. Solange es um Jimmy und Mummie ging, war das in Ordnung, denn beide haben sie geliebt, und Minnie war völlig zufrieden mit ihrer Rolle als ihr Fußabtreter. Aber wenn es um Lois geht, hört das Vergnügen auf.«

Ihre Stimme war immer leiser geworden und schließlich ganz verstummt, doch ihre Augen sprachen weiter. Wütend schienen sie zu sagen: »Nun mach doch! Geh auf die Barrikaden und tritt für sie ein! Erzähl mir, wie wunderbar es wäre, für Lois den Fußabtreter zu spielen! Sag mir, wie sehr du selbst es vor zwei Jahren genossen hast!«

Antony sagte nichts. Er ließ ein leicht sarkastisches Lächeln um seine Mundwinkel spielen und wartete die Schweigepause ab, als wolle er Julia demonstrieren, dass sie sich lächerlich mache. Als eine verräterische Röte sich auf ihrem Gesicht ausbreitete, erklärte er schließlich: »Also gut, bei Minnie stimme ich dir zu – sie lässt sich nicht einfach verpflanzen. Aber Ellie könnte doch Arbeit finden, oder?«

»Könnte sie nicht – wegen Ronnie. Wahrscheinlich hätten sie ohne eigenes Geld überhaupt nicht heiraten sollen, aber sie waren schrecklich verliebt. Und da alle anderen es genauso gemacht haben, wollten sie sich nicht abhalten lassen. Er wurde zu der Zeit beim alten Colonel Fortesque als Gutsverwalter ausgebildet. Der Job war ihm mehr oder weniger versprochen, sobald Mr. Bunker in den Ruhestand treten würde. Na ja, jetzt, wo Ronnie das Bein verloren hat, ist die Sache nicht mehr so einfach. Colonel Fortesque war sehr anständig – er will ihm die Stelle offen halten, solange es irgendwie geht. Ich glaube sogar, er macht die ganze Arbeit im Augenblick selbst, aber irgendwann wird es ihm zu viel. Der alte

Bunker ist kurz vor der totalen Kapitulation gestorben, und leider ist Ronnie noch nicht so weit. Er hat immer noch heftige Schmerzen und kommt mit einem künstlichen Bein noch nicht zurecht. Er liegt im Krankenhaus von Crampton, und Ellie kann ihn zwei- oder dreimal pro Woche dort besuchen. Dadurch ist sie an Rayle gebunden. Aber die doppelte Hausarbeit und die langen Wege mit dem Fahrrad machen sie fertig. Sie ist nur noch ein Schatten ihrer selbst.«

Jeder Anflug von Feindseligkeit zwischen ihnen war verschwunden. Sie redete, und er hörte zu, so als gehörten sie beide noch zur selben Familie, zum selben Haushalt – als gäbe es keine Lois, die den Familienfrieden erschüttern oder langjährige Verbindungen zerreißen könnte.

Antony sagte: »Ich verstehe. Und Ellie ist nicht gerade ein Ellbogentyp – das war sie nie.«

»Wir können nicht alle unsere Ellbogen benutzen – außerdem dachte ich, Männer könnten es bei Frauen sowieso nicht ausstehen.«

»Tun sie auch nicht, es sei denn, die Ellbogen sind geschickt verborgen.«

Ihre Augen blitzten verächtlich auf. »Stimmt! Ich glaube, ich erinnere mich, dass du gesagt hast, ich würde nie einen Ehemann finden, wenn ich keine Samthandschuhe über meine eisernen Hände ziehe. Wie du siehst, hab ich bis jetzt keinen Ehemann.«

Antony schenkte ihr ein entwaffnendes Lächeln. »Du willst ja auch keinen. Siehst du, ich habe immer die passende Antwort. Du hasst, verabscheust und verachtest das ganze bedauernswerte männliche Geschlecht. Und nicht im Traum würdest du einen von uns heiraten. Aber, mein Kind, glaub mir, noch die wildeste, männerverachtendste Frau von allen würde die Gewissheit vorziehen, dass sie eine dieser verachtenswerten Kreaturen bekommen könnte, wenn sie es denn wollte. Es wäre doch, zum Beispiel, sehr tröstlich, wenn du dich in deinen alten Tagen daran erinnern könntest, wie viele von uns du abgewiesen hast. Ich vermute doch mal, du würdest uns abweisen?«

»Meinst du?«

»Na ja, ich bin nicht ganz sicher, würde es aber brennend gern wissen. Als eine Angelegenheit von rein akademischem Interesse natürlich. Nehmen wir mal an, ich würde sagen: ›Liebling, ich liebe dich leidenschaftlich!‹ Wie würdest du reagieren?«

Julia war von Natur aus ebenso ehrlich wie tapfer. Die Tapferkeit hielt diesem Test bravourös stand, doch ihre Ehrlichkeit musste diesmal zurückstecken. Gleichsam mit Befriedigung und Erstaunen hörte sie sich lachend sagen: »Wenn du mich wirklich leidenschaftlich liebst, wirst du es schon herausfinden.«

»Die Angelegenheit ist vertagt«, erklärte er mit eigenartiger Stimme. »Vielleicht sollten wir uns wieder Ellie zuwenden. Street müsste doch etwas Geld haben?«

Julia fühlte sich, als wäre sie schnell gelaufen. Sie atmete tief durch. »Sie besitzen zusammen etwa dreihundert Pfund, die sie um nichts in der Welt antasten würden, weil sie damit ihr Haus einrichten wollen, falls er den Job bei Colonel Fortesque bekommt. Dort hätten sie ein Haus, das allerdings völlig leer steht.«

»Wie lange wird Street denn voraussichtlich brauchen, bis er wieder gesund genug zum Arbeiten ist?«

»Sie wissen es nicht. Das ist auch der Grund, weswegen ich nach Latter End fahre. Hör zu, du sagst kein Wort, verstanden, aber Ellie glaubt, sie würden Ronnie aus dem Krankenhaus entlassen, sobald sie ihn irgendwo unterbringen könnte. Das hat die Oberschwester bei Ellies letztem Besuch jedenfalls gesagt. Verstehst du, sein Heilungsprozess kommt im Augenblick nicht voran. Sie glauben, es würde ihm einen positiven Schub geben, wenn er zu Hause bei ihr wäre. Die Frage ist, ob es sich irgendwie einrichten ließe.«

»Jimmy …«

»Es geht nicht um Jimmy, das weißt du genau. Es geht um Lois. Jimmy würde ohne zu zögern ja sagen. Aber wenn Lois nein sagt, dann heißt es nein. Du glaubst sicher, ich kann sie nicht fair betrachten, aber ich versuche, so fair zu sein, wie ich kann. Was Ellie und mich angeht, ist Jimmy unser Bruder, und Latter End war immer unser Zuhause. Für Jimmy sind wir Schwestern, er liebt uns, und Latter End ist noch immer unser Zuhause. Was Lois betrifft, zählen wir einfach nicht. Sie sieht uns nicht als Angehörige. Aus ihrer Sicht ist Jimmys Stiefmutter fortgegangen, um einen Mann namens Vane zu heiraten, der später bei einem Verkehrsunfall ums Leben kam. Daraufhin ist sie nach Latter End zurückgekehrt, hat Zwillinge zur Welt gebracht und Jimmys Gutmütigkeit ausgenutzt, indem sie einfach geblieben ist und uns Kinder dort aufgezogen hat. Lois glaubt, dass Jimmy sich in der ganzen Sache wie ein jämmerlicher Schwächling verhalten hat. Spätestens als Mummie gestorben ist, hätte er uns rauswerfen können, damit wir unseren Lebensunterhalt verdienen. Stattdessen hat er einfach so getan, als wären wir seine Schwestern und als würde es ihm gefallen, dass wir dort wären. Das ist Lois' Sicht. Wie du siehst, bin ich so fair, wie es eben geht.«

Genüsslich stieß Antony einen Rauchkringel aus. »So fair, wie es eben geht.«

»Ich kann ihren Standpunkt sogar verstehen, weißt du? Sie hat Jimmy geheiratet, nicht die Zwillinge seiner Stiefmutter. Aber sie ist doppelzüngig, und das macht mich wütend. Jimmy gegenüber spielt sie den Engel, der Ellie gern im Haus hat – aber dann behandelt sie Ellie wie eine Magd, die sich ruhig zu Tode schuften kann. Weißt du …« – Julias Stimme zitterte –, »wenn ich keinen starken Willen und ein paar andere Eigenschaften hätte, die Frauen deiner Meinung nach nicht haben sollten, dann würde ich jetzt selbst auf Latter End die Küchenmagd spielen.«

Antony stieß eine weitere Rauchwolke aus.

»Eine sehr hübsche und sehr weibliche Betätigung, meine Liebe.«

Sein Blick wanderte zu ihren Händen, die im Schoß ihres alten roten Kittels gefaltet lagen. Ein nicht ganz ausgewaschener Tintenfleck hatte einen blauen Schatten auf ihrem rechten Zeigefinger hinterlassen. Ihre wunderschön geformten Fingernägel wiesen keine Spuren von Nagellack auf. Keine Ringe an den Fingern. Ihre Hände waren so, wie die Natur sie geformt hatte. Und die Natur hatte gute Arbeit geleistet. Sie waren nicht klein und sie waren nicht weiß, aber sie waren ausgesprochen schön.

»Nein!«, sagte Antony plötzlich mit geradezu explosiver Heftigkeit.

»Nein was?«

»Ich hatte deine Hände vergessen. Sollen doch alle Frauen mit hässlichen roten Nägeln als Küchenmägde arbeiten – es würde ihnen gut tun! Du hast die zweitschönsten – nein, die drittschönsten – Hände in ganz Europa. Die anderen gehören zu Statuen. Und wenn du nicht Acht auf sie gibst, wirst du in einer speziellen Hölle für Kunstschänder landen.«

Julia entfuhr eine Bemerkung, die sie niemals hatte aussprechen wollen.

»Wie schade, dass mein Gesicht da nicht mithalten kann.« Die Worte kamen einfach aus ihrem Mund, als hätte sie eine Tür geöffnet und etwas wäre heimlich hinausgeschlüpft.

Antony schüttelte den Kopf.

»Du würdest es ziemlich lästig finden, meine Liebe. Wahrscheinlich würden die Leute auf der Straße über dich herfallen. Überlass die klassische Perfektion den Museen. Auf einem kalten weißen Sockel würdest du dich nicht wohl fühlen. Aber zurück zur Sache. Was sagtest du, wann du nach Latter End fahren willst?«

»Ich hab nichts gesagt, weil ich mich noch nicht entschieden hab.«

»Was hältst du davon, wenn wir am Freitag zusammen fahren?«

Sie schwieg einen Augenblick. Die Asche ihrer Zigarette fiel zu Boden. Sie wischte sie mit einer ungeduldigen Bewegung weg und sagte: »Ich denke, das könnte klappen. Aber ich hab es Lois noch nicht beigebracht.«

»Ist es denn nötig, es ihr beizubringen?«

Sie nickte. »Ja, normalerweise übernachte ich nicht dort.« Sie sagte mehr als sie eigentlich sagen wollte. »Genau genommen hab ich nicht mehr dort übernachtet, seit Jimmy sie geheiratet hat. Wir« – sie machte eine kurze Pause – »lieben uns nicht besonders.«

»Jetzt überraschst du mich.«

Er erntete einen glühenden Blick. Sie beugte sich vor und warf ihren Zigarettenstummel in den Kamin, wobei sie ihn wie einen Wurfpfeil hielt und eine ziemliche Energie in die Bewegung legte.

»Tatsächlich? Na gut, du kannst es auch im Klartext haben: Ich hasse sie wie die Pest.«

4

Ellie Street deckte den Tisch für das Abendessen. Weil Antony und Julia sich angesagt hatten, gab sie sich besonders viel Mühe. In der alten Glasschale sahen die Blumen reizend aus – viel schöner als in einer Silbervase. Ellie hatte alles poliert, bis es glänzte. Schade nur, dass sie sich selbst nicht polieren konnte. Der holländische Spiegel – flankiert von Jimmys Urgroßvater mit Halsbinde auf der einen Seite und seiner Urgroßmutter in einem blassgelben samtenen Empirekleid mit einem türkisfarbenen Haarband auf der anderen Seite – warf ein ziemlich schonungsloses Bild von Ellie Street zurück. Ein ausgewaschenes Baumwollkleid; ein ausgewaschenes, verhärmtes kleines Gesicht ohne jegliche Jugendlichkeit oder Farbe; blondes, inzwischen aber abgestumpftes und fast mausgraues Haar; kantige Schultern; ein Gang, den man nicht gerade als beschwingt bezeichnen konnte. Kein Wunder, dass Ronnie seiner hübschen Krankenschwester hinterherschaute.

Sie sollte sich eigentlich beeilen und hier fertig werden, sich schnell etwas Anständiges anziehen und vor Julias Ankunft noch etwas für ihr Aussehen tun. Leider war sie zu erschöpft, um viel Energie dafür aufzubringen. Die fünfzehn Kilometer nach Crampton und wieder zurück erschöpften sie jedes Mal, aber die Busanschlüsse passten nicht, und sie musste Ronnie einfach sehen. Immerhin, hier war sie jetzt fertig, und ihr blieben noch zwanzig Minuten, um sich hinzusetzen und auszuruhen, bevor sie sich umziehen musste. Sie trat einen Schritt zurück, um den Tisch ein letztes Mal zu begutachten.

Im Flur hörte sie Schritte. Dann trat Lois ein.

»Oh, du bist fertig? Ich hoffe, du hast das Silber poliert. Es ist in letzter Zeit etwas vernachlässigt worden.«

»Ja, ich hab es poliert«, erwiderte Ellie müde.

Vor zwei Jahren noch war sie eine hübsche zerbrechliche Schönheit gewesen, ein Mädchen, dessen Hautfarbe und Zerbrechlichkeit einer Meißner Porzellanfigur gleichkamen. Jedoch nicht unbedingt die Art von Schönheit, der dauernde Erschöpfung und Belastung nichts anhaben können. Der holländische Spiegel hatte ihr nicht geschmeichelt, aber auch nicht Unrecht getan. Wie ein Geist der früheren Ellie Vane richtete sie ihre müden blauen Augen jetzt auf Lois: »Ja, ich hab es poliert.«

»Also, diese Löffel könnten noch etwas Polieren vertragen. Und ... oh, habe ich nicht gesagt, du solltest die große silberne Schale für die Blumen nehmen? Jimmy mag sie so gern.«

Ellie starrte sie bloß an. Schließlich raffte sie sich auf und sagte: »Lois, ist die Schale dir sehr wichtig? Ich glaube nicht, dass ich Zeit genug habe, die Blumen noch einmal zu arrangieren.«

Lois zog die schmalen Augenbrauen hoch. »Ich hätte gedacht, du wärest froh, Jimmy einen Gefallen zu tun. Schließlich« – ihr hübsches gefälliges Lachen erklang – »hat er eine Menge für dich und Julia getan. Wenn es dir natürlich zu viel Mühe macht ...«

Sie ging zum Tisch hinüber, zupfte an Ellies Blumen herum, brachte sie durcheinander und spritzte Wassertropfen auf den blanken Tisch.

Julia hätte den Kampf aufgenommen. Ellie sah nur zu und sagte mit beinahe unhörbarer Stimme: »Ich werde sie umdekorieren. Bitte, Lois – du machst den ganzen Tisch nass.«

Auf dem Weg zur Speisekammer, wo sie die silberne Schale holen wollte, begegnete sie Mrs. Maniple.

»Was ist los, Kleines? Sind Sie noch nicht fertig? Was Sie brauchen, ist ein Nickerchen, bevor alle kommen. Sie haben gerade noch genug Zeit.«

Die gute alte Manny. Ellie lächelte sie dankbar an. Sie musste ziemlich alt sein, weil sie sich noch an Jimmys Geburt erinnern konnte, aber sie schien sich nie zu verändern und nicht älter auszusehen als damals, als Ellie und Julia sich auf der Suche nach Rosinen und frischer, warmer Marmelade, nach kleinen Korinthen und grünen oder rosafarbenen Zuckermäusen mit Schokoladenaugen in die Küche geschlichen hatten. Im Alter von fünf Jahren bedeutet eine Zuckermaus das Paradies auf Erden.

Mrs. Maniple legte einen ihrer dicken Arme um Ellies Schultern. »Nun laufen Sie schon hoch, Kleines, und ruhen sich einen Moment aus.«

»Das kann ich nicht, Manny. Mrs. Latter will die Blumen in der silbernen Schale haben, und die muss ich vorher noch sauber machen. Sie ist seit Monaten nicht benutzt worden.«

Der Griff um ihre Schulter wurde fester, und Ellie machte unwillkürlich einen Schritt zur Seite.

»Es hat keinen Sinn, Manny.«

Mrs. Maniple hielt ihre Zunge im Zaum. Wenn sie sonst nichts für Miss Ellie tun konnte, dann wenigstens das. Die apfelrote Färbung ihrer großen, festen Wangen verwandelte sich in einen Pflaumenton. Sie wandte den Kopf über ihre mächtige Schulter und rief laut: »Polly! Komm her!«

Dann nahm sie die Schüssel aus Ellies Händen.

»Los, rauf mit Ihnen, meine Liebe. Polly wird sich drum kümmern, und ich passe auf, dass sie es ordentlich macht. Die Blumen werd ich selber dekorieren, und wenn sie nicht schön aussehen, müssen Sie ihnen eben gut zureden, wenn Sie runterkommen. Und sehen Sie zu, dass Sie etwas Farbe ins Gesicht kriegen, sonst geht Miss Julia mir an den Kragen.« Ihr fröhliches Lachen begleitete Ellie noch im Flur.

Sie nahm die Hintertreppe nach oben, weil es auf diesem Weg schneller ging. Manny war ein Engel. Kurz verspürte sie den Drang zu lachen. Denn dasselbe hatte sie einmal zu Antony gesagt, der daraufhin eine freche Zeichnung von Manny in einem Buntglasfenster angefertigt hatte, mit einem voluminösen Nachthemd bekleidet, das ihre Kurven prall ausfüllten. Dazu riesige kräftige Flügel, die sie aller Anstrengung zum Trotz nicht in der Luft halten konnten.

Als Ellie gerade ihr Zimmer betreten wollte, rief Minnie nach ihr. Minnie bewohnte das Zimmer, das früher Mrs. Smithers gehört hatte, und Ellie denselben Raum, den sie sich mit Julia geteilt hatte, solange sie zurückdenken konnte.

Sie öffnete die Tür und trat ein. Minnie Mercer stand vor der Frisierkommode und steckte sich die Brosche an, die sie zum einundzwanzigsten Geburtstag von ihren Eltern bekommen hatte, vor beinahe dreißig Jahren. Ein verschlungenes Monogramm aus zwei Ms war zwischen Staubperlen eingearbeitet, die nicht mehr ganz so weiß waren wie früher. Es war ihre beste Brosche, und zu Ehren von Antony und Julia trug sie auch ihr bestes Kleid. Es war nicht ganz so alt wie die Brosche und sorgfältig gepflegt worden, trotzdem hatte es den Krieg von Anfang bis Ende miterlebt. Wahrscheinlich war es zu keiner Zeit das gewesen, was Minnie selbst »elegant« nannte. Sein reichlich helles Blau schmeichelte ihrem kleinen schmalen Gesicht so wenig wie der knappe Schnitt ihrem kleinen schmalen Körper. Und doch war es ihr bestes Kleid, und sie war stolz darauf.

Während Minnie sich um die eigene Achse drehte, fuhr Ellie ein Gedanke durch den Kopf, der schmerzte wie eine lange spitze Nadel: »So werde ich auch aussehen. Ich fange schon an, so auszusehen. Oh, Ronnie!« Vor dreißig Jahren nämlich hatte man Minnie die »hübsche Minnie Mercer« genannt, die »hübsche Tochter von Dr. Mercer«. Ihre Gesichtszüge ließen noch etwas davon erahnen, trotz der Falten und obwohl sie verhärmt aussah. Das blonde, kräftige Haar hingegen hatte sich kaum verändert. Mit etwas Pflege und einer ordentlichen Frisur wäre es immer noch schön gewesen. Grau war es bis heute nicht, nur matt und farblos. Und was weder die Jahre noch irgendwelche Umstände hatten verändern können, war Minnies bezauberndes Lächeln und die Freundlichkeit in ihren Augen. Ihre frühere vergissmeinnichtblaue Farbe war verblasst, aber die Wärme würde nie verblassen.

Doch wenn Minnie sprach, strahlte sie genau diese sanfte Freundlichkeit aus: »Ellie, mein Liebling, wie müde du aussiehst. Setz dich und erzähl mir von Ronnie. Wie ging es ihm heute?«

Ellie ließ sich in den Sessel sinken.

»Es geht ihm unverändert. Es wird ihm im Krankenhaus auch nicht besser gehen – das sagt die Oberschwester. Ich werde morgen mit Jimmy darüber reden.«

»Er ist so verständnisvoll«, sagte Minnie, schaute dabei aber zur Seite. »Ich frage mich gerade, ob ... Ich hoffe, es macht dir nichts aus, wenn ich das sage, mein Liebling ... Ich frage mich nur, ob du nicht besser zuerst mit Mrs. Latter sprechen würdest.«

Für Minnie Mercer war Lois »Mrs. Latter«, aber Lois nannte sie »Minnie« – ein bedeutsames Detail, das ihre Rollen als Jimmys Ehefrau und Jimmys bescheidenes Anhängsel unterstrich. Es war einer der Gründe, wegen derer Julia Lois hasste. Minnie wirkte, auf dem soliden Boden ihrer Bescheidenheit, von solchen Dingen unberührt.

Ellie runzelte die Stirn. Das tat sie in letzter Zeit häufiger. Obwohl sie erst vierundzwanzig war, zog sich eine schmale Furche durch ihre helle Haut. »Wozu sollte das gut sein?«, fragte sie.

»Es wäre vielleicht besser.«

Einen Moment lang herrschte Schweigen. Minnie wandte sich wieder der Frisierkommode zu und begann, ihre Utensilien zurecht zu rücken – den Kamm, die Bürste, den Spiegel, alles Geschenke von Mrs. Vane.

Schließlich hob Ellie mit müder, schleppender Stimme an: »Sie würde sowieso nein sagen. Aber wenn ich zuerst mit Jimmy spreche, könnte er ... könnte er ...«

Die Worte erstarben. Niemand, der Jimmy Latter kannte, konnte wirklich erwarten, dass er sich gegen Lois behauptete. Er würde ja sagen und es auch so meinen – ja sagen fiel Jimmy stets leichter, als nein sagen. Aber das galt für beide Seiten. Es wäre ihm geradezu unmöglich, Lois nicht zuzustimmen, wenn sie ihm ein Dutzend exzellente Gründe servierte, Ronnie Street nicht ins Haus aufzunehmen.

Minnie wandte sich um. »Zerbrich dir jetzt nicht den Kopf darüber, Liebling. Übrigens gibt es noch eine Kleinigkeit, um die ich dich bitten wollte …«

»Natürlich. Was denn?«

Minnie wirkte besorgt. »Nun, Liebes … Es war so dumm von mir, aber … Heute Nachmittag, bei der Arbeitsgruppe im Pfarrhaus bin ich kurz ohnmächtig geworden … Oh, es war nichts Besonderes, überhaupt nichts, aber Mrs. Lethbridge – du kennst sie ja – sagte, sie wolle Mrs. Latter anrufen, und das wäre natürlich gar nicht gut. Ich hab mein Bestes getan, aber du kennst sie ja – sie ist sehr gutmütig, aber überhaupt nicht taktvoll. Ich habe mich gefragt, ob du sie vielleicht anrufen und bitten könntest, Mrs. Latter nichts zu sagen. Sie wollte anschließend Miss Green besuchen, aber inzwischen müsste sie zurück sein. Du könntest vielleicht sagen, dass ich wieder ganz auf dem Damm bin.«

»Ja, das erledige ich sofort. Sie darf nicht hier anrufen – es würde bloß ein furchtbares Theater geben.«

Schon die Vorstellung fand Ellie entsetzlich. Sie lief die Treppe hinunter. Doch als sie sich der halb geöffneten Tür zum Studierzimmer näherte, erkannte sie mit einem flauen Gefühl, dass es bereits zu spät war. Lois' süßliche hohe Stimme war nicht zu überhören.

»Sie ist einfach in Ohnmacht gefallen? Meine liebe Mrs. Lethbridge, wie unangenehm für Sie! Es tut mir so Leid … Ja, ich weiß. Sie halst sich *zu viel* auf, und dann bekommt sie diese nervösen Anfälle. Nichts Besorgnis erregendes natürlich, aber ... Wie freundlich von Ihnen, mir Bescheid zu geben ... Ich werde tun, was ich kann – sie ist eine sehr eigenwillige Person, wissen Sie.« Ein unbeschwertes Lachen sollte die letzte Bemerkung abmildern. »Ich fürchte, Sie werden bei diesen Arbeitsgruppen auf sie verzichten müssen. Darauf werde ich streng achten. Wie Sie schon sagen, gute Leute sind selten – wir müssen Acht auf sie geben. Ganz herzlichen Dank für Ihren Anruf.«

Ellie hörte das Klicken, als der Hörer aufgelegt wurde. Sie zuckte zusammen, drehte sich dann um und lief wieder die Treppe hinauf. Keuchend erreichte sie Minnies Zimmer.

»Ellie, Liebes!«

»Min, ich war zu spät. Lois war schon da ... am Telefon ...«

»Mit Mrs. Lethbridge?«

Ellie nickte.

Minnie seufzte ganz leise. »Na ja, dann kann man nichts mehr machen. Aber Liebes, du hättest dich doch nicht so hetzen sollen. Du bist ja völlig außer Atem.«

»Lass nur ... Das macht mir nichts aus. Min, du hättest sie hören sollen! ›Gute Leute sind selten – wir müssen Acht auf sie geben.‹ Mit dieser Honigschlangenstimme, wie Julia immer sagt. Und ... oh, Min, sie hat gesagt, Mrs. Lethbridge darf dich nicht mehr für ihre Arbeitsgruppen einplanen. Dagegen wirst du dich doch wehren, oder? Die Gruppen sind doch die einzige Freude, die du hast.«

Minnie rührte sich nicht. Nach kurzem Nachdenken erklärte sie: »Ich bin nicht besonders gut darin, mich zu wehren. Außerdem würde es Unruhe ins Haus tragen, und das will ich nicht.«

Obwohl beide an Jimmy dachten, sprachen sie seinen Namen nicht aus. Es war Jimmy, den man nicht beunruhigen durfte. Minnie würde buchstäblich alles tun und alles ertragen, um das zu verhindern. Beide wussten das. Doch heute weigerte Ellie sich zum ersten Mal, es als Selbstverständlichkeit zu betrachten. Ein Gedanke blitzte kurz bei ihr auf und verschwand gleich wieder: »Sie fühlt sich so wie ich, wenn es um Ronnie geht.« Sie verfolgte diesen Gedanken nicht weiter, aber irgendetwas hatte er verändert. In Zukunft würde sie Minnie nicht mehr mit derselben Unbefangenheit betrachten. Sie war nun schon so lange hier, und alle waren ihre Treue und Hingabe gewöhnt, so dass keiner die spezielle Natur dieser Hingabe hinterfragte. In diesem Augenblick begann Ellie, sie erstmals in anderem Licht zu sehen.

Sie registrierte Minnies vertrautes, geduldiges Lächeln.

»Du musst dich anziehen, mein Liebling. Lass mich dir helfen. Heute Abend, da Antony und Julia kommen, sollten wir an nichts Unangenehmes denken. Was für eine Freude! Wir sollten fröhlich sein heute Abend.«

Während sie in Ellies Zimmer hinübergingen, sprach sie ununterbrochen weiter: »Du kannst dir gar nicht vorstellen, wie sehr ich mich freue, dass Julia endlich kommt. Es war ja sehr, sehr freundlich von Mrs. Lethbridge, sie bei sich aufzunehmen, als sie dich besucht hat. Aber es hat doch ein ziemliches Gerede nach sich gezogen ... Dass sie nicht hier übernachtet hat, meine ich. Ich bin ganz sicher, dass es deinem Bruder und ... Mrs. Latter zugesetzt hat. Du ziehst sicher das blaue Kleid an, oder?«

»Ja.«

Ellie hängte das Baumwollkleid auf und schlüpfte in das blaue Crêpe de Chine. Es saß inzwischen reichlich weit.

»Nun kämm dir die Haare und leg ein bisschen Farbe auf, mein Liebling. Du willst doch nicht, dass Julia dich so blass sieht.«

Ellie legte sich ein Handtuch um die Schultern und verteilte die Creme auf ihrem Gesicht. Sie hätte es tun sollen, bevor sie das Kleid angezogen hatte. Aber jetzt war es ihr zu mühsam, es noch einmal auszuziehen. So lief es leider ständig: Sie schlüpfte schnell in die Kleider und schnell wieder hinaus. Keine Zeit, irgendwas mit Sorgfalt zu tun. Sie nahm den letzten Rest ihrer Gesichtscreme, dann griff sie nach der Puderquaste und sagte: »Und wenn Julia Streit mit Lois anfängt? Min, ich habe Angst, dass so was passieren wird.«

»Aber Liebes, das wird sie nicht tun!«

Mit verzweifelter Stimme entgegnete Ellie: »Vielleicht doch!«

»Oh nein.«

»Vielleicht legt sie es sogar darauf an.«

Minnie schnappte nach Luft. »Niemand würde es auf einen Streit *anlegen.*«

»Julia schon.«

»Ach Liebes, warum denn?«

»Weil sie mit dem Kopf durch die Wand will. Du weißt doch, wie sie ist. Und sie hasst Lois wie die Pest.«

Im Spiegel musterte sie Minnie, die unmittelbar hinter ihr stand und aussah, als könne sie jeden Moment wieder ohnmächtig werden. Mit leiser, zitternder Stimme sagte Minnie: »Hass kann alles *vergiften.*«

5

Die einzige Person, die den Abend wirklich genoss, war Jimmy Latter. Alle anderen waren erleichtert, als es vorbei war, doch Jimmy freute sich wie ein Schneekönig. Er war ausgesprochen vergnügt und gesellig. Zum ersten Mal seit zwei Jahren hatte er seine ganze Familie um sich; zum ersten Mal waren wieder alle Plätze am Tisch besetzt – Ellie und Julia saßen direkt neben ihm, Antony neben Ellie und Minnie neben Julia. Und seine schöne Lois lächelte ihn vom anderen Ende des Tisches her an. Die gewohnte Familienzusammenkunft – erweitert um Lois. Lois … seine Frau … seine schöne, wundervolle Frau! Er konnte sich beim besten Willen nicht vorstellen, warum sie ihn geheiratet hatte, wo sie doch jeden hätte haben können, einfach jeden. Aber sie hatte ihn genommen. Und jetzt saßen sie alle zusammen. Antony war zurück aus dem Ausland, und auch Julia war hier. Es war nicht spurlos an ihm vorübergegangen, dass Julia bei ihren letzten Besuchen nicht in Latter End hatte übernachten wollen; nein, es hatte ihm wirklich zugesetzt. Eifersucht wegen seiner Heirat! Ein echter Makel an ihr. Aber das war Julia, wie er sie kannte: leidenschaftlich, eigenwillig. So war sie schon als Kind gewesen. Und dabei so warmherzig, dass man gar nicht anders konnte, als sie zu mögen. Er mochte sie jedenfalls sehr, und in dieser Sache hatte sich Lois als echter Engel erwiesen. Lois *war* ein Engel, ohne jeden Zweifel. Was Julia anging, hatte sie eine Engelsgeduld bewiesen und immer wieder betont, dass man einfach abwarten müsse, bis sie wieder zu sich käme. Jetzt endlich war sie zu sich gekommen, und alle saßen beisammen.

Julia in Rot – einem hübschen Dunkelrot wie Damaszenerrosen. Eine freundliche Farbe … es stand ihr sehr gut. Und Ellie in Blau. Sie wirkte erschöpft, das arme Mädchen. Machte sich Sorgen um Ronnie. Schlimme Sache, einfach so ein Bein zu verlieren. Gott sei Dank hatte sie Lois, die sich um sie kümmern konnte.

Wie schade, dass die arme Marcia nicht mehr hier sein konnte. Er schaute an Lois vorbei auf das Porträt an der gegenüberliegenden Wand: Marcia Vane in einem roten Kleid, das sehr stark dem ähnelte, das ihre Tochter Julia jetzt trug. Julia ähnelte ihrer Mutter, ganz entschieden. Natürlich war sie nicht so schön wie Marcia. Schade eigentlich. Und Ellie ähnelte ihr überhaupt nicht. Eine sehr gut aussehende Frau, Marcia, eine sehr nette Frau. Hatte nicht so furchtbar viel vom Leben gehabt, als zweifache Witwe, die dann selbst jung verstorben war. Er hatte Marcia sehr gern gehabt. Könnte sie doch bloß hier sein. Voller Bedauern malte er sich aus, wie Marcia und Lois glücklich Seite an Seite auf Latter End gelebt hätten. Natürlich wäre dann auch Julia nicht fortgegangen. Sie alle zusammen hätte eine glücklich Familie abgegeben. Andererseits gab es so vieles, für das sie dankbar sein mussten. Und jetzt hatte er auch noch Lois. Er strahlte sie über den Tisch hinweg an und erhielt ein charmantes Lächeln zur Antwort.

An der Oberfläche war es eine vergnügte Versammlung. Dafür sorgten Lois und Antony. Sie warfen sich die Bälle zu, hin und wieder assistiert durch eine Bemerkung von Jimmy. Julia war zwar still, benahm sich aber mustergültig. Sie zeigte kein Stirnrunzeln und keine düstere Miene, sagte insgesamt wenig und verhielt sich höflich gegenüber Lois und war liebevoll zu Jimmy.

Sich liebevoll gegenüber Jimmy zu verhalten war nicht schwer. Mit fünfzehn war er ein unbekümmerter Junge mit einem Lockenkopf gewesen. Mit einundfünfzig traf diese Beschreibung immer noch weitgehend zu. Er war weder größer noch ernsthafter als damals. Die lockigen Haare zogen sich an den Schläfen ein wenig zurück, waren aber so blond wie früher mit ganz vereinzelten grauen Strähnen.

Mrs. Maniple hatte ihnen ein exzellentes Abendessen gekocht. Als Ellie aufstand, um die Teller zu wechseln, erhob sich auch Julia. Es gefiel ihr, sich wieder Hand in Hand mit Ellie um die Dinge zu kümmern. Selbst der Gedanke, dass Lois diesen Anblick genießen könnte, machte ihr ausnahmsweise nichts aus. Julia legte eine Hand auf Minnies Schulter, um sie am Aufstehen zu hindern, und zeigte lachend mit dem Kopf in Antonys Richtung.

»Nein ... Bitte, bleibt alle sitzen. Ich mache es gern.«

Es kam ihr vor wie in den alten Zeiten. Nur hätte Mummie am Ende des Tisches sitzen sollen – warmherzig, schön und freundlich –, an Stelle von Lois in diesem aufreizenden weißen Kleid, das ihre Figur so gut zur Geltung brachte, mit der keine der anwesenden Frauen konkurrieren konnte. »Sie kann mir einfach gestohlen bleiben. Ist mir doch egal, wie gut ihre Figur ist. Nein, ist es nicht, ist es *nicht*! Sie könnte genauso gut einen Badeanzug tragen! Wenn das alles ist, wofür sich Antony interessiert, soll er sie doch haben und basta! Nein, das geht nicht, sie ist schließlich Jimmys Frau ... So etwas würde Antony nicht tun. Er wäre nicht hergekommen, wenn er nicht über sie hinweg wäre.« Ihre Stimmung hob ab wie eine Feuerwerksrakete, die in den Himmel schießt und in allen Farben zerplatzt.

Mrs. Maniple reichte ihr eine Schüssel mit Eiern und Pilzen und warf ihr einen bewundernden Blick zu.

»Na, meine Liebe, Ihr Gesicht hat richtig Farbe bekommen. Alle hätten Miss Ellie für die Stadtmaus und Sie für die Landmaus gehalten. Aber bei Ihnen ist die Farbe natürlich – das kann ich Ihnen ansehen. Wenn man bei denen, die sich schminken, ein bisschen genauer hingucken würde, dann würden nicht so viele drauf reinfallen. Vorsicht, meine liebe Miss Ellie, passen Sie mit den Tellern auf, sie sind furchtbar heiß.«

Als sie wieder ins Esszimmer kamen, hatte Jimmy gerade mit einer seiner endlosen Geschichten begonnen.

»Also sagte ich zu Haversham – nicht dem Haversham, an den du dich erinnerst, Antony, der ist gestorben, der arme Kerl –, dieser hier ist sein Neffe, der Sohn des Bruders, der in den Norden gezogen ist. Was hat er noch gleich gearbeitet, verflixt, ich komm nicht drauf. Jedenfalls kann es nichts Technisches gewesen sein, weil er nicht gut mit Zahlen war. Wahrscheinlich war er in einer Reederei beschäftigt oder ... na, ist ja auch egal, dieser Haversham ist jedenfalls sein Sohn. Kein übler Bursche, aber natürlich hat er nicht den leisesten Schimmer von Landwirtschaft. Wollte mir was von italienischen Olivenbäumen erzählen – er war da unten mit der achten Armee – und konnte gar nicht mehr aufhören, vom Klima zu reden! Und ich sag zu ihm: ›Also wissen Sie, Haversham, Oliven sind Oliven, und für die Spaghettifresser sind sie wunderbar, aber hier werden sie nicht wachsen, so einfach ist das ...‹«

Die Geschichte wand sich dahin. Sie unterhielt Jimmy selbst ungemein, ohne jemals an einen Endpunkt zu gelangen.

Anstatt sich zu langweilen, fühlte Antony sich gelöst wie seit Jahren nicht mehr. Das alles war exakt die Atmosphäre, in der er aufgewachsen war – das Familientreffen, das Kommen und Gehen der Mädchen und nicht zuletzt Jimmy, dessen Vergnügtheit man sich einfach nicht entziehen konnte. Was machte es denn aus, dass seine Geschichten nie auf den Punkt kamen? Leute, die gute Geschichten erzählen können, findet man an jeder Straßenecke. Hier, im Kreis der Familie, war es nicht nötig zu glänzen, denn darauf kam es nicht an. Die eigene Familie war eben die eigene Familie. Man nahm sie so, wie sie war, und wurde mit der gleichen Selbstverständlichkeit akzeptiert. Der Schoß der Familie war doch ein außergewöhnlich friedvoller Ort.

Noch in Gedanken versunken wandte er den Kopf und begegnete einem Blick von Lois. Einem Blick, so klar und hart wie ein Diamant. Darin lag Verachtung für Jimmy. Und die Aufforderung an Antony, Jimmy ebenfalls zu verachten. Plötzlich und mit großer Heftigkeit hasste er sie als Fremdling und Eindringling.

Nach dem Abendessen begab sich Lois in den Salon, beide Männer im Schlepptau. Antonys Versuch, zurückzubleiben und sich nützlich zu machen, stieß auf allgemeine Ablehnung. Jimmys »Nein, nein, die Mädchen kümmern sich schon drum« wurde von Julia noch unterstützt: »Nun geht schon und vergnügt euch ... Du würdest uns sowieso nur im Weg sein.«

Draußen in der Vorratskammer wandte Julia sich an Ellie: »Wie viele trinken Kaffee? Ich nicht, also brauchen wir eine Tasse weniger. Welches Geschirr benutzt ihr?«

»Die alten Worcester-Tassen. Minnie und ich nehmen auch keinen Kaffee. Jimmy hat den Kaffee aufgegeben. Bleiben also Lois und Antony. Lois trinkt türkischen Kaffee.«

»Typisch Lois! Antony wird sicher keinen türkischen Kaffee wollen. Außerdem nimmt er Milch dazu.«

»Manny hat schon alles vorbereitet. Lois trinkt bloß eine Tasse – mit einem Tropfen Vanille. Und stell die kleine Cognacflasche aufs Tablett.«

Julia verzog das Gesicht. »Pfui Teufel!«

Die anderen waren draußen auf der Terrasse. Hinter einer grauen Stützmauer lag der flache Rasen, jetzt im Schatten der Zeder, die Jimmys großer Stolz war. In diesem Jahr trug sie Zapfen, die aus der Entfernung an einen Schwarm kleiner, in den Ästen hockender Eulen erinnerten. Auf der anderen Seite der Rasenfläche präsentierte eine breite Staudenrabatte ein herrliches Muster in allen erdenklichen Farben, die nun in der abendlichen Sonne warm leuchteten. Es war einer dieser perfekten windstillen Abende, an denen ein wolkenloser Himmel den Hitzeschleier des Tages abgeworfen hat und in zartem Blau daliegt.

Widerstrebend kehrten sie einer nach dem anderen ins Haus zurück. Antony verspürte eine immer tiefere Zufriedenheit. Sein Anflug von Ärger hatte sich längst gelegt. Er fühlte sich mit der Welt im Reinen.

In dem Augenblick, als Minnie Mercer den Raum mit dem Tablett verließ, stand Lois auf und stürzte aus dem Zimmer. Im Flur überholte sie Minnie, wobei sie das Tablett streifte, so dass Antonys Tasse umkippte.

Minnie betrat die Speisekammer, spülte die Tassen und stellte sie an ihren Platz. Polly Pell, ein schmales siebzehnjähriges Kind mit sensiblen Augen, war noch mit dem Geschirr vom Abendessen beschäftigt. Sie trocknete die Gläser langsam und vorsichtig ab, so wie sie es von Mrs. Maniple gelernt hatte. Minnie unterhielt sich ein oder zwei Minuten lang mit ihr über eine verheiratete Schwester, deren erstes Baby gerade getauft worden war, lobte den hübschen Namen, den sie ausgesucht hatten, und machte sich auf den Weg zurück in den Salon. Dabei kam sie an der unteren Toilette vorbei – und blieb wie angewurzelt stehen. An ihr Ohr drang ein dermaßen schreckliches Würgen, dass sie nach einem Augenblick erschreckten Zögerns die Klinke drückte, die Tür offen fand und eintrat. Lois Latter kniete vor der Toilettenschüssel, an der sie sich festklammerte, und würgte.

Schockiert leistete Minnie alle möglichen Hilfeleistungen. Als der krampfartige Anfall vorüber war, machte sie in ihrer ruhigen, methodischen Art alles sauber. Lois ließ sich von Minnie zu dem kleinen unbequemen Stuhl führen, der alles war, was dieser Raum an Komfort zu bieten hatte. Sie war so weiß wie ihr Kleid, ihre Gesichtszüge angespannt, die weiche Haut mit Schweiß überzogen. Doch als Minnie sich von der Toilette abwandte und zu ihr umdrehte, atmete sie tief durch und erklärte: »Es geht mir wieder besser.«

»Soll ich Ihnen nach oben helfen?«

Nach erneutem tiefem Durchatmen erwiderte Lois: »Nein, ich brauche keine Hilfe. Es ist alles in Ordnung. Nur einen Moment noch.«

»Kann ich Ihnen etwas bringen?«

»Ein bisschen Wasser.«

Sie nahm zwei oder drei kleine Schlucke und setzte sich gerade auf. »Es geht besser. Es ist vorbei. Ich weiß gar nicht, was über mich gekommen ist.«

Nachdenklich zog sie die Augenbrauen zusammen. »Es müssen die Pilze gewesen sein. Mrs. Maniple war nachlässig. Sie kommt mit ihrer Arbeit nicht mehr zurecht. Ich muss mit Jimmy darüber reden.«

Minnie Mercer war klug genug, sich einen Kommentar zu verkneifen. An ihrem traurigen Gesichtsausdruck aber konnte sie nichts ändern. Und der reichte schon aus, um Lois auf die Palme zu bringen.

»Natürlich würdest du sie immer in Schutz nehmen! Auch wenn sie mich vergiftet! Aber es hätte auch jemand anderen treffen können, oder? Es hätte Jimmy treffen können. Dann wärst du jetzt nicht so ruhig, und Mrs. Maniple täte dir nicht so Leid!«

»Mrs. Latter ...« Weiter kam Minnies sanfter Protest nicht.

Lois stand auf, wobei sie sich vorsichtig am Stuhl abstützte.

»Ich fühle mich wirklich nicht in der Lage zu einer Diskussion. Ich gehe hoch in mein Zimmer ... Nein, ich werde dich nicht brauchen. Am besten gehst du wieder in den Salon. Und sag keinem ein Wort über diese Sache, verstanden? Kein einziges Wort. Wenn ich in zehn Minuten nicht wieder unten bin, kannst du raufkommen. Aber es ist vorüber, das spüre ich. Bloß kann ich mich so, wie ich aussehe, nicht bei den anderen blicken lassen.«

Tatsächlich waren keine zehn Minuten vergangen, als sie die Tür zum Salon öffnete und in ihrem weißen Kleid eintrat, einen Hauch von Rouge auf den Wangen. Für Jimmy und

Ellie Street sah sie genauso aus, wie sie beim Essen ausgesehen hatte. Selbst Minnie konnte kaum eine Spur des Vorfalls erkennen, dessen Zeuge sie geworden war. Julia dachte bloß: »Verdammt, sie sieht großartig aus!«

Antony warf ihr einen scharfen, prüfenden Blick zu, als sie an ihm vorbeiging. Wenn die Farbe in ihrem Gesicht echt war, würde er einen Besen fressen. Beim Abendessen war sie noch ungeschminkt gewesen, da war er völlig sicher. Er fragte sich, was geschehen war …

6

Julia schaltete das Licht aus. Sie wartete, bis ihre Augen sich an die Dunkelheit ringsum gewöhnt hatten, und ging mit sicheren Schritten zum Erker hinüber. Sie zog den Vorhang zurück, hinter dem die Flügel der drei nebeneinander liegenden Fenster weit offen standen. Die Nachtluft strömte herein wie eine sanfte, bezaubernde Flut. Ihr Zimmer lag an der Schmalseite des Hauses. Der Himmel war klar, aber noch mondlos. Hinter einem kleinen Vorgarten zeichneten sich die geheimnisvollen Schatten der Bäume ab. Es war windstill. Nichts schien sich unter diesem klaren Himmel zu bewegen.

Sie ging zurück zu ihrem Bett, das neben dem von Ellie stand, und türmte die Kissen in ihrem Rücken auf. Das war der Moment, auf den sie beide gewartet hatten. Ellie würde reden, und sie würde zuhören. Als sie sich hinsetzte, ergriff Ellie ihre Hand und hielt sie ganz fest.

»Oh, Julia.« Ein Seufzer tiefer Erleichterung. Dann begann Ellie ohne Vorwarnung zu weinen.

Den ganzen Tag lang – und viele Tage vorher – hatten die Tränen kalt und schwer auf ihrem Herzen gelegen. In den

Nächten hatte sie sie dort eingefroren, weil sie es nicht wagte, sich gehen zu lassen. Und das wollte sie auf keinen Fall, weil sie fürchtete, sich nachher nicht wieder in den Griff zu bekommen. Aber jetzt, in Julias Anwesenheit, war alles anders. Sie konnte weinen, und Julia würde dafür sorgen, dass sie wieder aufhörte, wenn sie genug geweint hätte.

Tatsächlich ließ Julia sie einfach weinen. Abgesehen von ihrer Hand, die immer noch in Ellies lag, berührte sie ihre Schwester nicht. Sie sprach kein Wort und war einfach da. So war es ihr ganzes Leben lang gewesen. Julias Anwesenheit gab Ellie Sicherheit. Stets war es Julia gewesen, die voran ging, und Ellie, die folgte. Julia, die sie in die Klemme brachte und auf wundersame Weise wieder daraus befreite. Ganz tief drinnen klammerte sich Ellie an die Idee, dass Julia sie auch hier herausholen würde, wo es nicht bloß um eine Klemme ging. Alles, was ihr lieb und teuer war, wurde bedroht. Noch während die Tränen liefen und ihr Kissen durchnässten, spürte sie warme Wellen des Trostes, die von Julia ausgingen.

Nach einer Weile sagte Julia ruhig: »Ellie, du hast genug geweint.«

»Wahrscheinlich ... hab ich das ...«

»Dann hör jetzt auf! Hast du ein Taschentuch?«

»Ja«, sagte Ellie schluchzend. Sie ließ Julias Hand los, griff unter die Decke und schnäuzte sich.

»Nun hör auf zu weinen. Sag mir lieber, was überhaupt los ist.«

Wieder ein heftiges Schluchzen. »Es geht um Ronnie.«

»Er hätte tot sein können, aber er lebt noch«, sagte Julia. »Mach dir das klar, dann wirst du nicht mehr weinen.«

»Ich weiß ... Es ist undankbar von mir, nicht?«

»Idiotisch!«

Langsam begann Ellie, sich besser zu fühlen. Es liegt etwas

außergewöhnlich Beruhigendes darin, wenn einem erklärt wird, dass die eigenen Ängste idiotisch sind. Sie griff erneut nach Julias Hand, die sich verlässlich und stark anfühlte.

»Wahrscheinlich hast du Recht. Weißt du, die Oberschwester meint, es würde ihm da, wo er jetzt ist, nie richtig besser gehen. Aber ich hab solche Angst, dass Lois ihn nicht hier wohnen lässt.«

»Das wird sie auch nicht, solange du Angst hast. Je mehr man sich vor Leuten wie Lois fürchtet, desto mehr trampeln sie auf einem herum.«

Ellie schnappte nach Luft.

»Ich weiß, aber ich kann es nicht ändern. Ich *hab* einfach Angst.«

»Das ist fatal«, sagte Julia.

Ellie umklammerte ihre Hand. »So etwas darfst du nicht sagen. Ich kann es nicht ändern, ich bin eben, wie ich bin. Sie trampelt auf den Leuten herum, und ich bin ihr Fußabtreter. Sie wird mich so lange schlecht behandeln, bis ich ende wie Minnie, nur dass ich nicht halb so ein geduldiger Engel bin wie sie.«

»Wenn du sie lässt, wird es wirklich so weit kommen«, sagte Julia.

»Ich kann sie nicht davon abhalten. Aber ich spreche morgen mit Jimmy. Nicht, dass es etwas bringen würde ...«

»Ich weiß es nicht ... vielleicht. Ich könnte auch mit ihm reden und ... oder Antony. Alle zusammen könnten wir ihn vielleicht daran erinnern, dass das Haus ihm gehört und dass es seine Entscheidung ist, ob er Ronnie hier haben will.«

Mit kaum hörbarer Stimme sagte Ellie: »Du kennst Lois nicht ... Sie wird ihn irgendwie rumkriegen. Das schafft sie jedes Mal.«

»Wir müssen es eben probieren.«

Sie spürte, wie Ellie zitterte. »Es wird nicht funktionieren.

Sie sorgt schon dafür, dass sie ihren Willen bekommt. Du kennst doch die alte Mrs. Marsh …«

»Was hat sie damit zu tun?«

»Das will ich dir ja gerade erzählen. Als ihr Sohn aus Indien zurückkam, konnte sie ihr Glück kaum fassen. Er hat sich wirklich um sie gekümmert – dick und dumm, wie er ist.«

»Ach komm, so schlimm war er doch nicht. Ich hab Joe Marsh immer gern gehabt.«

Ellie zog an ihrer Hand. »Er ist noch dicker und dümmer als damals. Außerdem hat er ein abscheuliches Mädchen aus Crampton geheiratet. Sie ist ein Besen, ehrlich. Lois lässt sie für ihre Näharbeiten kommen. Sie ist wirklich schrecklich. Du solltest mal hören, was Manny zu diesem Thema sagt.«

»Das wird sich kaum vermeiden lassen.«

»Na, diese schreckliche Gladys hatte sich jedenfalls von Anfang an in den Kopf gesetzt, Mrs. Marsh loszuwerden. Und sie hat es geschafft. Mit ihrem steifen Bein kann sie keine reguläre Arbeit annehmen, aber hin und wieder hat sie die Babysitterin gespielt, wenn die Mütter ins Kino wollten. Solche kleinen Dinge hat sie immer gern gemacht. Und das Cottage gehörte ihr. Sie hat seit der Hochzeit mit Joes Vater nie woanders gelebt. Trotzdem ist es diesem Biest gelungen, sie rauszuwerfen und in einem Heim unterbringen zu lassen.«

Eine kurze Pause trat ein, bis Julia fragte: »Was hat das mit Lois zu tun?«

Die Antwort kam wie aus der Pistole geschossen: »Lois hat es ihr eingeredet und sie dabei unterstützt. Manny kocht vor Wut. Sie ist irgendwie mit den Marshs verwandt …«

»Weiß Jimmy davon?«

»Keine Ahnung … Jedenfalls kennt er sicher nicht die Hintergründe. Er glaubt, dass Mrs. Marsh wegen ihrem Bein in Betreuung musste.«

Überrascht fragte Julia: »Warum hast du ihm nichts davon gesagt?«

»Es hätte sowieso nichts genützt. Solche Dinge passieren neuerdings ständig, ohne dass Jimmy etwas merkt. Lois hat für alles eine Erklärung, die er ihr blind abkauft. Jetzt hat sie es mit aller Macht auf das Cottage vom alten Hodson abgesehen, um irgendwelche Freunde dort unterzubringen. Und sie wird ihren Willen bekommen, warte nur ab.«

»So etwas würde Jimmy nicht tun.«

»Sie bringt ihn schon dazu. Du kennst Lois nicht so gut wie ich. Sie wird ihm einreden, dass es für den alten Hodson viel besser wäre, zu seiner verwitweten Schwiegertochter nach London zu ziehen. In Wirklichkeit würde er London natürlich hassen und langsam vor die Hunde gehen. Aber das ist Lois egal. Sie wird sich durchsetzen und das Cottage als Wochenendhaus für ihre Freunde bekommen.«

Schweigen breitete sich aus. Es gab zwar eine Menge Dinge, die Julia hätte sagen können. Aber wahrscheinlich war es besser, sich zurückzuhalten. Ellie wollte beruhigt werden, nicht zusätzlich aufgewühlt. Also hielt sie den Mund, denn etwas Beruhigendes fiel ihr im Augenblick nicht ein.

Kurz darauf brach es erneut aus Ellie heraus. »Und mit Ronnie wird es genauso laufen. Du wirst schon sehen! Zu mir wird Jimmy ja sagen, und auch zu dir und zu Antony. Aber wenn Lois ihn erst bearbeitet hat, sagt er nein. Sie wird ihn schon davon überzeugen, dass Ronnie viel besser in einem Krankenhaus oder Genesungsheim aufgehoben wäre – so wie Mrs. Marsh im Heim und der alte Hodson bei seiner Schwiegertochter in London, die ihn gar nicht bei sich haben will. Und das alles wäre nicht so schlimm, wenn sie es ehrlich ausspräche. Aber das tut sie nicht. Sie muss alles so aussehen lassen, als wollte sie immer nur das Beste, statt klipp und klar zu sagen, dass sie nur ihren Kopf durchsetzen will.«

»Hör auf zu zittern, Ellie«, sagte Julia mit ihrer ruhigen Stimme. »Und hör auf, dich wegen Lois verrückt zu machen. Das ändert nichts und macht dich bloß krank. Sie vergiftet hier alles, das war mir von Anfang an klar. Aber sie lebt nun einmal hier und sie ist Jimmys Frau. Was Ronnie angeht, müssen wir etwas unternehmen. Deswegen bin ich ja hier. Als Erstes solltest du dir irgendwo eine Anstellung suchen, wo man ihn bei dir wohnen lässt.«

Ellie schnappte nach Luft.

»Das geht nicht. Ich hab es versucht. Ich hab eine Chiffre-Anzeige aufgegeben. Nur zwei Leute haben geantwortet, und beide waren Sklaventreiber. Die komplette Hausarbeit … kochen, alles! Niemals hätte ich das alles schaffen und mich dabei noch um Ronnie kümmern können.«

»Wie hast du die Anzeige denn formuliert?«

»Ich hab versucht, sie etwas hervorstechen zu lassen … Wo doch so viele Leute irgendwas suchen. Also hab ich geschrieben: ›Ich suche Arbeit in einem Haus, wo ich meinen Mann mitbringen kann, der ein Bein verloren hat.‹«

»Und du hast bloß zwei Antworten bekommen?«

»Ja.«

Nachdenklich lag Julia im Halbdunkel. Der Mond war inzwischen aufgegangen. Sie sah die Stangen an den Fußenden von ihrem und Ellies Bett. Sie sah die schwarze Silhouette des altmodischen Kleiderschranks an der gegenüberliegenden Wand. Durch die drei Fenster war der vom Mond erhellte Himmel zu sehen.

Langsam sagte Julia: »Ellie …«

»Ja.«

»Wenn Ronnie in ein anständiges Genesungsheim gebracht würde … Wäre es nicht vielleicht besser für ihn, als hier ständige Streitereien mit Lois zu haben?«

Sie spürte, wie Ellie ihre Hand ruckartig wegzog.

»Dann könnte ich ihn nicht besuchen.«

»Aber wenn er dadurch gesund würde? Dann könnte er irgendwann eine Arbeit annehmen, und ihr wärt die ganze Zeit zusammen.«

Mit erstickter Stimme sagte Ellie: »Ich hätte nicht gedacht, dass du auch gegen mich bist.«

»Das bin ich auch nicht.« Es war typisch für Julia, dass sie nicht anfing zu diskutieren.

»Du verstehst mich nicht.«

»Dann hättest du es mir besser erklären sollen.«

Ellies Hand tastete sich wieder heran und schloss sich um Julias Finger.

»Wir bekommen überhaupt keine Chance. Einen einzigen Monat sind wir zusammen gewesen, danach nur noch zwei Wochenenden. Seitdem liegt er im Krankenhaus. Wir bekommen einfach keine Chance. Ich besuche ihn im Krankenhaus und bin meistens todmüde. Ich hab keinen Schwung, sehe nicht gut aus, und die halbe Zeit weiß ich nicht, was ich ihm erzählen soll. Ich kann nicht amüsant oder fröhlich sein und ihm geben, was er von mir braucht.« Wieder brach sie in Tränen aus. »Oh, Julia, er hat so eine hübsche Krankenschwester.«

Aus den keuchenden Lauten, die nun folgten, formte sich langsam ein verzweifelter Satz: »Manchmal ... fühle ich mich ... als ob ... ich Lois umbringen könnte.«

7

Am nächsten Morgen nach dem Frühstück hatte Julia die Gelegenheit, Jimmy Latter allein zu sprechen, als er auf der Terrasse eine Pfeife rauchte. Sie zog ihn hinein ins Studierzimmer und schloss die Tür. Den Salon hatte Lois beinahe bis zur Unkenntlichkeit verändert – neue Bezüge, neue Vorhänge, neue Teppiche, neue Ziergegenstände. Doch mit dem Studierzimmer hatte sie noch nicht begonnen. Auf dem Boden lagen die alten verschlissenen Teppiche, an den Fenstern hingen die alten braunen Vorhänge, und in den Regalen standen die selben abgegriffenen Bücher wie früher. Natürlich studierte hier niemand – und hatte nie jemand studiert. Letztlich war es Jimmys Privatzimmer, so wie es vorher das Zimmer seines Vaters gewesen war. Hier mit ihm hinter verschlossenen Türen fühlte Julia sich sicher. Sie hätte sogar abgeschlossen, wenn der Schlüssel nicht schon vor langer Zeit – niemand wusste, wie oder wann – verloren gegangen wäre.

Sie setzte sich auf die Armlehne eines der großen Stühle und sagte: »Jimmy, ich möchte mir dir über Ronnie sprechen.«

Antony hatte immer behauptet, sie besäße keinen Takt. »Wozu soll ich denn um den heißen Brei herumreden? Wenn ich etwas zu sagen habe, dann sage ich es!«, hatte sie dann regelmäßig gekontert, worauf er lachend erwiderte: »Wem sagst du das?«

Nun hatte sie gesagt, was ihr auf dem Herzen lag. Jimmy saß ihr mit gerunzelter Stirn gegenüber, die Pfeife in der Hand, deren Rauch den Raum zwischen ihnen ausfüllte. Noch ehe er den Mund aufmachte, war Julia klar, dass Lois ihr zuvorgekommen war.

»Weißt du, Julia, es würde nicht funktionieren. Ihn bei uns zu haben, meine ich. Es würde einfach nicht funktionieren. Dass Ellie es sich so wünscht, ist ganz natürlich. Und mir persönlich wäre es eine Freude, der arme Kerl … das weißt du. Aber wie Lois richtig sagt, würde Ellie sich totschuften, wenn sie sich auch noch um ihn kümmern müsste. Du brauchst sie ja bloß anzuschauen, um zu sehen, dass sie der Sache nicht gewachsen wäre. Der arme Kerl ist ein Krüppel!

Wie soll sie damit klarkommen? Ehrlich gesagt mache ich mir ziemliche Sorgen, so wie die Dinge jetzt liegen. Sie ist hier, in ihrem Zuhause, mit allen Annehmlichkeiten und mit Lois, die sich um sie kümmert – und trotzdem sieht sie aus wie ein Gespenst. Blass und schlapp. Und da schlägst du vor, dass sie sich noch einen Pflegefall aufhalst! Ich will nichts davon hören!«

Julia schoss das Blut in die Wangen. Selten zuvor hatte sie solchen Zorn verspürt. Sie hatte sich gerade noch so weit im Griff, dass sie erkennen konnte, wie sehr es Ellie schaden würde, wenn jetzt ihr Temperament mit ihr durchging. Wäre es um sie selbst gegangen, dann hätte sie die Karten auf den Tisch gelegt. Für das Vergnügen, ihre Ansicht über Lois offen auszusprechen, hätte sie jede Rücksicht fahren lassen. Aber es ging nicht um sie, es ging um Ellie. Also hielt sie ihre Zunge im Zaum, auch wenn ihre Wangen und Augen glühten.

Jimmy, der sie mit leichtem Unbehagen musterte, war verblüfft über ihre Ähnlichkeit mit Marcia. Und Marcia hatte er nicht nur sehr gern gehabt, er hatte auch ihr Urteilsvermögen respektiert. Dieser Umstand, verbunden mit der äußeren Ähnlichkeit, begann seine Gedanken unmerklich zu beeinflussen. Julias Schweigen ließ ihm Zeit, solchen Gedanken nachzuhängen.

»Jimmy«, begann sie schließlich mit ruhiger Stimme. »Jimmy, erinnerst du dich an das Personal, das wir vor dem Krieg hatten?«

»Das ist lange her. Inzwischen hat sich alles verändert.«

»Ich weiß. Aber trotzdem, erinnerst du dich? Wir hatten Mrs. Maniple und ein Küchenmädchen, das ihr geholfen hat. Dazu nachmittags das Hausmädchen – und Mrs. Huggins, die den Fußboden geschrubbt hat. Alle in der Küche. Für das restliche Haus hatten wir außerdem den Butler und eine Dienerin, das Dienstmädchen und vormittags das Hausmädchen. Außerdem ist Mrs. Huggins immer eingesprungen, wenn es Extraarbeiten gab ... wenn Leute hier übernachtet haben oder beim Frühjahrsputz ... zu solchen Anlässen.«

Verärgert zog Jimmy an seiner Pfeife. »Was willst du mit diesem Gerede bezwecken? Alle haben sich einschränken müssen.«

»Das weiß ich doch. Aber überleg bitte einen Moment, Jimmy, dann wirst du verstehen, warum Ellie erschöpft aussieht. Sie und Minnie erledigen jetzt die Arbeit, mit der früher ein Mann und drei Mädchen beschäftigt waren.«

»Du lässt Lois außen vor.«

Julia schaute ihm ins Gesicht. »Ja, ich lasse Lois außen vor.«

Er wandte sich ab und ging hinüber zum Schreibtisch. Dort blieb er, Julia den Rücken zugewandt, stehen und nahm mit nervösen, ruckartigen Bewegungen erst einen, dann einen anderen Gegenstand in die Hand, um sie gleich wieder auf der überfüllten Ablage zu deponieren. Schließlich drehte er sich um und fragte mit rotem Kopf: »Was willst du damit sagen?«

Julia ballte die rechte Hand in ihrem Schoß zur Faust, bis sich die Nägel ins Fleisch gruben. Jimmy durfte ihr nicht anmerken, dass auch sie wütend war. Damit würde sie nichts erreichen. Mummie war nie böse auf ihn – oder irgendjemand anderen – gewesen. Deswegen waren alle bereit gewesen, auf sie zu hören. Auf keinen Fall durften ihre Gefühle jetzt so hochkochen, dass sie in Versuchung geriet, alle Konsequenzen zu vergessen. Sie musste Rücksicht auf Ellie nehmen.

Schließlich antwortete sie in so beherrschtem und vernünftigem Ton, dass sie sich über sich selbst wunderte: »Schau mal, Jimmy, ich möchte doch keinen Streit anfangen.

Ich möchte bloß mit dir reden. Und ich möchte, dass du mir zuhörst, sonst nichts. Lois kümmert sich um die Blumen – das ist alles, was sie zur Hausarbeit beiträgt. Das ist auch kein Grund, sich zu ärgern – es ist einfach eine Tatsache. Es ist ihr Haus, und welchen Grund sollte sie haben, mehr zu tun, als sie tun möchte? Sie hat vorher nie auf dem Land gewohnt. Sie hat soviel Zeit in Hotels verbracht, dass ihr vielleicht gar nicht bewusst ist, wie viel Arbeit in einem solchen Haus anfällt.«

Sie verspürte eine gewisse Zufriedenheit mit sich selbst. Sie brachte Jimmy die Dinge wirklich schonend bei. Wer wollte noch behaupten, sie besäße kein Taktgefühl? Beinahe fand sie sogar Gefallen daran.

»Ich habe einen richtig guten Plan, es würde auch nicht viel kosten – wirklich nicht. Wenn du Mrs. Huggins täglich kommen ließest, um Manny zu helfen, statt einmal in der Woche, wäre schon viel gewonnen. Du weißt doch, dass weder Minnie noch Ellie besonders stark sind. Sie haben nicht genug Kraft für die schweren Arbeiten und sind deswegen jedes Mal furchtbar erschöpft. Aber Mrs. Huggins ist stark wie ein Pferd – sie würde diese Dinge buchstäblich im Galopp erledigen. Minnie und Ellie könnten sich dann um die leichteren Arbeiten kümmern.«

Jimmys Ärger war verflogen. Stattdessen wirkte er verblüfft.

»Aber Mrs. Huggins kommt doch auch jetzt schon. Ich hab sie selbst gesehen.«

»Sie kommt samstags, um für Manny die Böden zu wischen. Sonst macht sie nichts.«

Mit sorgenvoller Miene erklärte er: »Ich dachte, sie würde mehr tun. Außerdem ist da noch dieses Mädchen – Joe Marshs Frau. Ich hab sie auch hier gesehen.«

»Sie macht die Näharbeiten für Lois.«

»Bist du sicher, dass sie sonst nicht im Haus hilft?«
»Ziemlich sicher.«
Sie ließ diese Nachricht auf ihn einwirken.
»Jimmy ... wegen Ronnie ... Ich möchte nur, dass du mir zuhörst. Wenn Ellie nicht diese schweren Arbeiten und den weiten Weg mit dem Fahrrad nach Crampton hätte – was sie einfach erschöpft –, dann würde sie auch mit Ronnie zurechtkommen. Sie wäre glücklich. Und wer glücklich ist, hat eine Menge Kraft ... Nein, bitte hör zu. Er kann inzwischen auf Krücken laufen. Wenn du ihn im alten Schulzimmer unterbringen könntest, müsste er gar nicht die Treppen hoch. Die Betten aus unserem alten Zimmer könnten heruntergebracht werden, und das Bad liegt gleich gegenüber. Es wäre alles ziemlich einfach und ... Oh, Jimmy, es würde Ellie so glücklich machen! Du bist immer so gut zu uns gewesen.«
Sie war nicht mehr wütend. Sie erinnerte sich an die vielen Gelegenheiten, bei denen Jimmy gut zu ihnen gewesen war – eine lange Reihe von Gelegenheiten, die weit, weit, weit in die Vergangenheit zurückreichten, so weit, dass sie teilweise längst vergessen waren. Die Wärme dieser Erinnerung erfüllte jetzt den Raum. Sie lächelte ihn glücklich an.
Er trat auf sie zu und legte seinen Arm um ihre Schultern. »Gut, gut, meine Liebe ... Mal sehen. Nett von dir, dass du es so siehst. Wirklich schön, dich wieder hier zu haben. Ich hab dich sehr vermisst. In den letzten zwei Jahren hast du mir kaum Gelegenheit gegeben, etwas für dich zu tun, oder? Mal sehen, was wir für Ellie tun können. Sie macht sich Sorgen, was?«
»Sie leidet schrecklich.«
»Gut, gut, das können wir nicht zulassen. Ich tue, was ich kann.«

8

»Jimmy – Liebling!«

Jimmy Latter fuhr sich durch das blonde Haar.

»Also, der Plan kommt mir ziemlich gut vor. Julia sagt ...«

Lois trat lachend auf ihn zu und legte ihre Hand auf seine Lippen.

»Meine Güte, Julia! Nein, Jimmy, also wirklich ... Das ist doch wirklich das Letzte! Erst macht sie zwei Jahre lang einen Bogen um uns, und dann schneit sie einfach hier herein und will das ganze Haus auf den Kopf stellen. Du solltest nicht vergessen, dass es unser Haus ist.«

»Na ja, das ist es doch ...«

Sie lachte noch immer.

»Ich bin froh, dass du es zugibst. Aber es wäre nicht mehr lange unser Haus, wenn du Julia ihren Willen ließest. Sie ist eine von der energischen, aufrührerischen Sorte. Ich denke, wir sollten uns dieses Durcheinander ersparen.«

Jimmy runzelte die Stirn. »Sie sagt, dass Ellie schrecklich leidet.«

Lois seufzte.

»Sie macht sich Sorgen um ihren Mann. Aber ich sehe nicht, was wir daran ändern können. Sie muss sich einfach zusammenreißen und darf sich nicht gehen lassen. Sie reagiert manchmal ziemlich hysterisch.«

Jimmys Miene blieb düster. »Sie darf nicht zu viel arbeiten. Julia sagt, dass Mrs. Huggins nur einmal pro Woche kommt. Könnten wir sie nicht jeden Tag hier haben?«

Lois zog die feinen Augenbrauen hoch. »Das könnten wir – wenn Julia denkt, wir sollten es tun. Hat sie vielleicht noch irgendwelche anderen Vorschläge? Wenn ja, dann braucht sie es bloß zu sagen.«

Jimmy entgegnete knapp: »Du solltest nicht so reagieren. Sie hat es sicher nicht so gemeint.«

Wieder lachte Lois. »Oh, wirklich nicht? Dann frage ich mich, wie es sonst gemeint war.«

Sie legte die Hände auf Jimmys Schultern und küsste sein Kinn.

»Bitte, Liebling, jetzt hör mir mal zu! Julia ist seit nicht mal vierundzwanzig Stunden hier und macht schon Vorschläge, wie wir alles verändern und alles verbessern sollen. Das geht doch nicht, oder? Wenn ich nicht so eine sanftmütige Frau wäre, würde ich mich jetzt sehr ärgern. Aber ich verstehe ja, dass sie zu diesen impulsiven Leuten gehört, die es eigentlich nur gut meinen. Sie hat Ellie sehr gern, und sie hat es gern, wenn alles nach ihren Wünschen läuft. Aber trotzdem, Liebling – ich kann es nicht zulassen, dass sie sich dermaßen einmischt. Das ist nicht komisch.«

Er legte die Arme um sie. »Schau mal, Lois, könnten wir Ronnie nicht hier aufnehmen … nur für eine Weile?«

Sie trat einen Schritt von ihm zurück. Jetzt lachte sie nicht mehr. »Ja, natürlich, wenn du willst, dass Ellie völlig zusammenbricht. Wahrscheinlich traut Julia ihr diese schwere Krankenpflege zu. Aber ich nicht. Ich glaube, sie braucht Ruhe und eine Luftveränderung. Ehrlich gesagt, wollte ich dich auf eine Idee ansprechen, die ich schon etwas länger habe. Wir können doch nicht ewig mit diesem Chaos weitermachen. Ich möchte gelegentlich auch mal Leute für ein paar Tage einladen und ihnen etwas Unterhaltung bieten. Es steht noch nicht alles genau fest, aber ich habe von einem wirklich guten Butler und zwei Dienstmädchen gehört. Natürlich kosten sie ein Vermögen, aber meiner Meinung nach wird es Zeit, dass wir wieder in die Zivilisation zurückkehren. Wenn Ellie hier bleiben will, kann sie das selbstverständlich tun, aber ich glaube, eine Luftveränderung wäre besser für sie.

Wenn Ronnie in ein Genesungsheim verlegt würde, könnte sie ein Zimmer in seiner Nähe nehmen. Am liebsten hätte ich keine zusätzlichen Leute im Haus, während das neue Personal sich noch eingewöhnt. Übrigens habe ich die ideale Stelle für Minnie Mercer gefunden. Brenda Greys Tante sucht eine Betreuerin. Und Minnie ist die geborene Betreuerin, meinst du nicht?«

Jimmy trat zurück.

»Einen Moment, Lois – was soll das jetzt? Diese Sache mit Minnie, meine ich. Sie will doch nicht weg? Es gibt gar keinen Grund für sie zu gehen.«

Lois lächelte.

»Liebling, es gibt keinen Grund für sie, zu bleiben. Du kannst wohl kaum erwarten, dass sie unter dem neuen Butler arbeitet.«

»Darum geht es doch gar nicht. Minnie ... sie wohnt jetzt seit fünfundzwanzig Jahren hier. Sie war Marcias Freundin. Warum sollte sie weggehen wollen?«

Lois zuckte graziös die Schultern.

»Das darfst du mich nicht fragen! Aber ich denke, sie trifft eine kluge Entscheidung. Es würde mir auch die unangenehme Situation ersparen, ihr zu kündigen.«

»Kündigen?« Jimmy starrte sie verwirrt an.

»Liebling, wenn ich ganz offen sein soll: Sie würde hier nicht hereinpassen. Wenn sie klug genug wäre, das selbst zu merken, bliebe uns allen viel Ärger erspart.« Lächelnd warf sie ihm eine Kusshand zu. »Kopf hoch, Liebling! Du machst dir noch gar keine Vorstellung davon, wie schön alles wird, wenn erst wieder Ordnung im Haus herrscht.«

Sie hielten sich in dem kleinen Wohnzimmer auf, das zum gepflegten Garten hin lag. Mehr als zweihundert Jahre lang hatte dieses Zimmer stets der Dame des Hauses gehört. Bis jetzt hatte Lois es so belassen, wie Marcia es bereits von ihrer Vorgängerin übernommen hatte, Jimmy Latters Mutter, die bei seiner Geburt gestorben war. Die blassen Brokatvorhänge waren auf ihren Wunsch aufgehängt worden, über dem verschlissenen Teppich waren ihre mädchenhaften Füße gegangen, und die Möbel waren größtenteils noch älter. Lois wollte alles auf den neuesten Stand bringen. Als sie Jimmy die Kusshand zuwarf, ersetzte sie im Geiste gerade die Empire-Couch durch ein gut gefedertes Sofa. Einige der Aquarellskizzen würde sie auf den Dachboden verbannen. Jimmy verspürte eine sentimentale Zuneigung zu ihnen, weil seine Mutter sie gemalt hatte. Doch für die Renovierung des Zimmers mussten sie abgehängt werden. Danach würde Lois schon dafür sorgen, dass sie nicht wieder an die Wände kämen.

Weder Lois noch Jimmy hatten gemerkt, dass sich die Tür während ihrer Unterhaltung geöffnet hatte. Eine Hand hatte sie einen Spalt weit aufgestoßen und nicht wieder geschlossen. Als Lois das Zimmer verließ, stand die Tür noch immer weit offen.

9

Im Gang gleich vor seiner Zimmertür lief Antony Minnie Mercer über den Weg. Genauer gesagt, hätte sie ihn beinahe umgerannt. Nur durch einen rechtzeitigen Schritt zurück konnte er einen heftigen Zusammenstoß verhindern. Trotzdem prallte sie mit derartigem Schwung gegen seinen Arm, dass er sie packen und festhalten musste, damit sie nicht das Gleichgewicht verlor. Im Licht, das aus seiner geöffneten Zimmertür drang, bemerkte er ihr kreideweißes und völlig starres Gesicht. Ihre Augen waren reglos und schienen jegliche Farbe verloren zu haben. Nach fünf Jahren Krieg konnte er die Anzeichen eines Schocks erkennen, wenn er sie vor sich hatte. Er legte den Arm um ihre Schultern, schob sie in sein Zimmer, schloss die Tür und bugsierte sie auf einen Stuhl. Sie schien nicht das Geringste mitzubekommen. Erst als er fragte: »Was ist los, Minnie?«, begannen ihre Hände zu zittern. Sie saß steif und kerzengerade und versuchte, die Hände in ihrem Schoß ruhig zu halten, doch sie wollten nicht aufhören zu zittern. Die Augen an ihm vorbei auf irgendeinen entfernten Punkt gerichtet, sagte sie schließlich: »Ich muss … gehen.«

»Minnie, meine Liebe.«

»Sie will es so.«

»Meine Liebe, ich habe keine Ahnung, wovon du sprichst.«

Mit langsamer, lebloser Stimme erklärte sie: »Ich lebe seit fünfundzwanzig Jahren hier … Aber das ändert nichts … Sie wird mich rauswerfen.«

Langsam ergaben die Worte für Antony einen Sinn. Er legte ihr eine Hand auf die Schulter. »Minnie, du siehst völlig niedergeschlagen aus. Lehn dich zurück und ruh dich einen Moment aus. Ich besorge dir etwas. Und dann kannst du mir alles erzählen, wenn du möchtest.«

Minnie schüttelte den Kopf. Tränen lösten sich aus ihren Augen und suchten sich ihren Weg zum Kinn hinunter. »Du kannst nichts daran ändern«, sagte sie. »Niemand kann etwas daran ändern. Wenn sie sich in den Kopf gesetzt hat, mich loszuwerden, dann muss ich auch gehen.«

Er zog einen zweiten Stuhl heran und setzte sich neben sie.

»Wie kommst du denn darauf, dass sie dich loswerden will?«

Die Tränen tropften auf ihre zitternden Hände, sie flossen unkontrolliert und Mitleid erregend. Ohne ihm den Kopf zuzuwenden oder ihren Tonfall zu verändern, fuhr sie fort:

»Ich bin zum Frühstückszimmer gegangen, um sie etwas zu fragen … Ich weiß gar nicht mehr, was. Als ich gerade die Tür aufmachte, hörte ich, dass sie meinen Namen nannte: ›Ich habe die ideale Stelle für Minnie Mercer gefunden. Brenda Greys Tante sucht eine Betreuerin. Und Minnie ist die geborene Betreuerin.‹«

»Mit wem hat sie gesprochen?«, fragte Antony mit angespannter und finsterer Miene.

»Mit Jimmy.« Zum ersten Mal zitterte ihre bis dahin völlig leblose Stimme.

»Was hat er gesagt?«

»Ich glaube, er hat es nicht verstanden.«

»Was?«

»Sie hat es ihm erklärt, hat gesagt, ich würde gehen. Da wollte er wissen warum. Und sie hat es so dargestellt, als ob ich fort wollte. Sie sagte, das wäre gut, weil es ihr ersparen würde, mich rauszuwerfen. Es wird wieder ein Butler kommen, und sie sagte, ich würde dann nicht mehr hereinpassen. Sie hat von zwei Dienstmädchen gesprochen.«

»Aber Minnie, du warst jahrelang hier, obwohl wir gleichzeitig noch das komplette Personal hatten.«

»Fünfundzwanzig Jahre, das ist eine lange Zeit. Aber damals hab ich Marcia geholfen, und nach ihrem Tod hab ich mich um die Mädchen gekümmert. Jetzt werde ich nicht mehr gebraucht.«

»Jimmy wird nicht zulassen, dass sie dich wegschickt«, erklärte Antony und hoffte im Stillen, dass er mit seinen Worten Recht behalten würde. Sicher war er nicht.

Endlich wandte sie ihm das Gesicht zu, über das immer noch die Tränen liefen. Die Augen hatten ihren starren Blick verloren. Sie wirkten sanft und traurig, genau wie ihre Stimme: »Wir sollten ihn da nicht hineinziehen. Es wäre nicht richtig. Man darf sich nicht zwischen Mann und Frau drängen. Es ist nicht richtig und führt bloß zu Schwierigkeiten. Wenn sie will, dass ich gehe, bleibt mir nicht anderes übrig, als zu gehen.«

Mit zitternden Händen erhob sie sich. »Du warst sehr nett zu mir, Antony. Tut mir Leid, dass ich mich nicht beherrscht habe. Das wäre nicht passiert, wenn ich etwas Zeit zum Nachdenken gehabt hätte. Es war einfach der Schock und unser Zusammenstoß und ... deine Freundlichkeit.«

Schnell verließ sie das Zimmer, in dem ein sehr ärgerlicher junger Mann zurückblieb. Vielleicht stimmte es ja, dass niemand etwas ändern konnte, aber dabei wollte er es nicht belassen. Wahrscheinlich bestand die beste Chance darin, es bei Lois selbst zu versuchen. Man konnte Jimmy bis zu einem gewissen Grad beeinflussen, ihn aber nie für längere Zeit auf etwas festlegen – es sei denn, man drang direkt an einen seiner wunden Punkte vor. Dieser Plan, Minnie fortzuschicken – berührte er einen solchen Punkt oder nicht? Bei Jimmy wusste man das vorher nie. Er konnte nachgeben, nachgeben und nochmals nachgeben, bis plötzlich Schluss war, und dann rückte er keinen Zentimeter mehr von seiner Überzeugung ab. Ein Dutzend Mal hatte Antony es selbst erlebt. Manchmal drehte es sich um die lächerlichsten Kleinigkeiten, manchmal um wirklich bedeutsame Angelegenheiten. Aber egal, wie lächerlich oder bedeutsam, es hatte stets etwas mit Latter End zu tun gehabt ...

Die Gastlichkeit des Hauses könnte vielleicht der Punkt sein, der Jimmys Widerstandsgeist anstacheln würde. Antony war einigermaßen sicher, dass es Lois niemals gelingen würde, Ellie oder Julia von Jimmy fernzuhalten – und wahrscheinlich war sie klug genug, es gar nicht erst zu versuchen. Ob das auch für Minnie galt, ließ sich schwer einschätzen. Vielleicht, vielleicht aber auch nicht. Jimmy war unberechenbar. Wahrscheinlich war es aussichtsreicher, es bei Lois zu versuchen. Wenn es dann zum Streit käme, würde es ihm tiefe Befriedigung verschaffen, seine Meinung klar und deutlich geäußert zu haben. Natürlich musste er zuerst mit Jimmy reden, um Minnie nicht zu verraten. Von Lois' Plänen musste er durch Jimmy erfahren. Hier erwartete er keine Schwierigkeiten, denn Jimmy würde kaum auf die Chance verzichten, die ganze Angelegenheit vor einem mitfühlenden Zuhörer auszubreiten.

Aus seinem Fenster sah er Lois, die mit einem Korb am Arm in Richtung des Rosengartens ging. Zehn Minuten mit Jimmy, dann würde er ihr folgen. Wenn es zum Streit käme, gäbe der Rosengarten eine ausgezeichnete Kulisse ab, denn er lag weit genug vom Haus entfernt, und Störungen waren kaum zu erwarten.

Das Gespräch mit Jimmy dauerte eine Viertelstunde, denn er war so aufgeregt, dass Antony ihn beruhigen musste. Er lief im Studierzimmer hin und her, raufte sich die Haare und verlangte eine Erklärung dafür, dass Minnie das Haus nach all den Jahren verlassen wollte.

»Ich dachte, sie hätte uns gern ... Ich dachte, sie wäre hier glücklich. Aber Lois sagt, sie will weg ... Ich kann es nicht fassen.«

»Vielleicht könnte Lois sie zum Bleiben überreden.«

Jimmys Miene hellte sich auf.

»Ja, genau ... Sie kann doch nicht wirklich fort wollen ... Lois muss sie überzeugen.«

»Wahrscheinlich hätte sie gute Chancen. Vielleicht hat Minnie das Gefühl, dass sie hier nicht mehr willkommen ist.«

Weiter wollte er sich nicht vorwagen, doch seine Bemerkung zeigte Wirkung. Jimmy biss dankbar an.

»Oh, wenn's nur darum geht! Frauen setzen sich die komischsten Ideen in den Kopf. Minnie hat nie zu den Menschen gehört, die sich selber wichtig nehmen. So ein selbstloses Mädchen ... immer schon ... immer bereit, jedem jeden Gefallen zu tun. Schon möglich, dass sie Angst hat, nicht mehr willkommen zu sein. Hm, wie können wir das am besten klären?«

»Würdest du es als Einmischung empfinden, wenn ich mit Lois darüber rede?«

Jimmys Miene hellte sich noch weiter auf. »Nein, natürlich nicht – warum sollte ich auch? Eine sehr gute Idee! Weißt du, die Sache hat mich furchtbar aufgeregt, und irgendwie verstehe ich das alles nicht. Ich kann mich gar nicht erinnern, wann mich zuletzt etwas derart aufgeregt hat. Es gefällt mir nicht, Antony ... gefällt mir wirklich nicht. Lass mich mal überlegen ... Minnie ist drei Jahre jünger als ich, und ich bin einundfünfzig. Sie ist seit fünfundzwanzig Jahren hier. Dreiundzwanzig ... so alt war sie, als sie zu uns zog, und so hübsch damals. Seitdem gehört sie doch praktisch zur Familie. Ich versteh das alles nicht. Geh und sprich mit Lois. Vielleicht kommst du ja dahinter, was das alles zu bedeuten hat.«

Er fand Lois vor einer höchst romantischen Kulisse. Die wunderschöne Mrs. Latter in ihrem Rosengarten, das helle Licht der spätsommerlichen Sonne in den rotbraunen Haaren und auf der kühlen, makellosen Haut, die niemals von Sommersprossen oder Bräune beeinträchtigt wurde. Ihr honigfarbenes Leinenkleid passte perfekt zur Blütenpracht der Septemberblumen. Der Korb an ihrem Arm war randvoll mit Rosen in allen Schattierungen zwischen kupferrot und rosa.

Mit einem Anflug grimmigen Humors machte Antony sich bewusst, dass ein Streit in dieser Umgebung äußerst unpassend wäre. Aber wer weiß, vielleicht ließ er sich vermeiden. Schließlich verfügte Lois über einen scharfen Verstand – vorausgesetzt, sie entschloss sich, ihn zu benutzen. Und welchen Vorteil konnte sie erwarten, wenn sie Jimmys Leben völlig durcheinander brachte und wegen dieser Sache ein Riesentheater riskierte?

Lois empfing ihn mit einem reizenden Lächeln.

»Wie nett von dir! Gerade habe ich mir jemanden gewünscht, der mir den Korb abnimmt.«

Er nahm ihn.

»Es macht dir Spaß, dich bedienen zu lassen, stimmt's?«

»Großen Spaß.«

»Jimmy hat mir gerade erzählt, dass du dich in Zukunft noch mehr bedienen lassen willst. Du willst einen Butler und zwei Zimmermädchen einstellen.«

Sie schnitt noch eine Rose ab und bemerkte beiläufig: »Ja ... was für eine Erleichterung das wäre!«

Anstatt die Rose in den Korb fallen zu lassen, hielt Lois die Blüte hoch und ließ Antony daran riechen.

»Oder? Meinst du etwa nicht?«

»Wahrscheinlich schon. Aber im Augenblick ist Jimmy ziemlich durcheinander.«

Sie ließ ihr gefälliges Lachen hören. »Wegen Minnie. Er wird schon darüber hinwegkommen. Ich hoffe, du hast ihn nicht noch angestachelt.«

»Es war gar nicht nötig, ihn anzustacheln. Hör zu, Lois, wir sind mal ziemlich gute Freunde gewesen und haben nie um den heißen Brei herumgeredet. Warum willst du Minnie rauswerfen? Ich weiß, dass du Jimmy eingeredet hast, sie wolle selber gehen, aber mir kannst du nicht mit dieser Geschichte kommen.«

»Wie bissig von dir, mein Liebling!«

»Ich will wissen, warum du das tust.«

Nachlässig beschnitt sie die Rosen, ein Blatt hier, eine verwelkte Blüte dort. Dann schenkte sie ihm ein Lächeln.

»Weißt du, ich glaube einfach, sie war lange genug hier.«

»Warum?«

»Mein lieber Antony, sie ist die ideale Gesellschafterin für eine ältere Dame. Ich bin keine ältere Dame, und ich brauche auch keine Gesellschafterin. Um ganz offen zu sein, ich will Minnie einfach nicht hier haben. Ich will sie nicht bei den Mahlzeiten sehen, ich will ihr nicht überall im Haus über den Weg laufen – sie geht mir auf die Nerven. Sie kann gehen und der alten Miss Grey eine unbezahlbare Hilfe sein.«

»Und sich von diesem Drachen bei lebendigem Leibe fressen lassen wie all die anderen Frauen in den letzten fünfzehn Jahren!«

Sie lachte.

»Oh, aber das würde Minnie doch nichts ausmachen. Sie bettelt geradezu darum, dass man auf ihr herumtrampelt.«

Nach kurzem Schweigen erklärte Antony: »Weißt du, Lois, ich würde es bei Jimmy an diesem Punkt nicht zu weit treiben. Ich kenne ihn mein ganzes Leben lang. Er kann manchmal ziemlich ... unberechenbar reagieren. Ich würde fast vermuten, dass es hier um eine Sache geht, bei der es besser wäre ...«

Er zögerte einen Moment, und Lois nahm seinen Gedanken auf: »Besser für wen, mein Schatz?«

»Für dich.«

»Also wirklich, Antony.«

»Lois, hör mir bitte zu! Jimmy glaubt, dass die Sonne nur deinetwegen auf- und untergeht. Du hast ihn so weit, dass er dir aus der Hand frisst. Du glaubst, du kennst ihn ... Du hältst ihn für unkompliziert. Und das ist er auch – bis zu einem gewissen Punkt. Aber ich würde dir wirklich raten, es nicht zu weit zu treiben. Wenn du das riskierst, wird er möglicherweise ... unkalkulierbar.«

Sie lachte verächtlich.

»Dieses ganze Theater um Minnie Mercer! Als ob sie irgendjemanden interessieren würde!«

Er musterte sie neugierig.

»Sei nicht dumm. Du bist keine dumme Frau, also mach mir nichts vor. Jimmy hat seine Loyalitäten, und es wäre besser für dich, sie zu respektieren. Wenn nicht, könnte es passieren, dass du etwas kaputtmachst, was sich nachher nicht wieder reparieren lässt. Wenn du Minnie bei den Mahlzeiten nicht sehen willst, dann richte ihr ein eigenes Wohnzimmer ein – sie würde es genießen. Sie würde dir auch bei deinen Partys nicht in die Quere kommen – im Gegenteil, sie wäre glücklich, wenn sie einen Bogen darum machen könnte. Und sie würde sich nützlich machen. Ich weiß doch, dass sie die Näharbeiten für Marcia und das ganze Haus erledigt hat.«

»Danke. Gladys Marsh kümmert sich um meine Handarbeiten. Und sie unterhält mich. Du solltest mal hören, wie sie über das Dorf redet. Nein, es hat keinen Sinn, Antony. Und du hörst besser auf, es zu versuchen, sonst werde ich böse. Und böse werde ich so ungern.«

Sie warf ihm ein süßes Lächeln zu. »Bei jedem anderen hätte ich längst getobt. Du solltest es nicht ausnutzen, dass ich eine gewisse Schwäche für dich hab.« Sie kam näher. »Denn die hab ich, weißt du das?«

In hartem, sachlichem Ton entgegnete er: »Minnie lebt schon sehr lange hier.«

Die helle natürliche Farbe auf Lois' Wangen wurde kräftiger, doch ihre Stimme blieb samtig: »Und sie ist in Jimmy verliebt. Warum sagst du es nicht, Liebster? Die ganze lange Zeit schon, von der du ständig redest, ist sie in Jimmy verliebt. Ich finde, das ist nicht gerade eine Empfehlung für sie, oder?«

Antony lächelte. Wäre Julia hier gewesen, hätte sie gleich erkannt, welcher Ärger sich hinter diesem speziellen Lächeln verbarg.

»Meine liebe Lois, soll ich dir wirklich abkaufen, dass du

eifersüchtig auf Minnie Mercer bist? Ich bitte dich wirklich, ernst zu bleiben. Wir in dieser Familie sind seit fünfundzwanzig Jahren auch Minnies Familie. Wir sind die einzigen Angehörigen, die sie hat. Wir nehmen ihre Anwesenheit vielleicht manchmal allzu selbstverständlich hin und wir laden ihr eine ganze Menge auf, aber wir haben sie auch sehr gern. Und sie liebt jeden Einzelnen von uns viel mehr, als wir es verdienen. Sie betet Jimmy an. Auf eine so einfache, bescheidene Weise, dass die eifersüchtigste Frau der Welt keinen Anstoß daran nehmen würde. Sei ein bisschen großzügig und lass das arme kleine Ding in Ruhe. Es würde sie wahrscheinlich umbringen, wenn du sie einfach von ihren Wurzeln abtrennst. Jimmy hat in ihr nie etwas anderes gesehen als einen Teil der Familie. Belass es dabei. Er wird nie etwas anderes in ihr sehen.« Sein Lächeln war verschwunden. Düster und ernst schaute er sie an.

Lois nahm die Blüte, die sie gerade hielt, und strich ihm damit leicht über die Wange. »Du würdest dich im Zeugenstand ausgezeichnet machen, mein Liebster. Ich fühle mich schon wie eine Geschworene. Und jetzt muss ich meinen Urteilsspruch noch einmal überdenken.«

»Überdenk ihn, Lois.«

»Wir werden sehen. Komm und hilf mir bei den Blumen.«

10

Ungefähr zwei Wochen später empfing Miss Maud Silver einen Besucher. Da kein Termin vereinbart worden war, hatte sie ihn nicht erwartet, und in Wahrheit war sie auf angenehmste Weise mit Familienangelegenheiten beschäftigt. Ihre Nichte Ethel, deren Ehemann als Filialleiter einer Bank in den Midlands arbeitete, hatte ihr einen höchst befriedigenden Bericht darüber zukommen lassen, wie ihr Sohn Johnny in der Schule zurechtkam. Sehr erfreulich – wirklich sehr erfreulich. Man wollte ja nicht, dass ein Kind unter Heimweh litt. Aber Johnny war so vernünftig – ein guter, zuverlässiger Junge, der sich sicher gut machen würde.

Miss Silver kam zu dem Schluss, dass sie wirklich allen Grund zu tiefer Zufriedenheit hatte. Nicht nur, weil sie selbst den Krieg ohne jede Verletzung überstanden hatte. Auch ihre Wohnung in den Montague Mansions hatte keinen Schaden erlitten, denn über ein paar zerbrochene Fensterscheiben durfte man sich nicht ernsthaft beklagen. Zugegeben – die Vorhänge hatten gelitten, aber sie hatten ihr zuvor lange und treue Dienste geleistet. Inzwischen war es ihr gelungen, neue anzuschaffen, deren Stoff genau den richtigen Blauton traf, der perfekt mit ihrem Teppich harmonierte – es war dieser helle Ton, den sie noch immer »Pfauenblau« nannte, der aber heutzutage als »Petrol« bezeichnet wurde. Eine Rose würde immer ihren süßen Geruch behalten, egal wie man sie nannte, aber eine Farbe mit dem hässlichen Namen Petrol hatte viel von ihrem Charme eingebüßt, jedenfalls in ihrem Ohr. Deshalb sprach Miss Silver weiterhin von ihren pfauenblauen Vorhängen.

Die fadenscheinige Ecke ihres Teppichs war inzwischen unter dem Bücherregal bestens versteckt, und der Rest des Teppichs würde noch zwei oder drei Jahre durchhalten. Aber sie dachte über neue Bezüge für die viktorianischen Stühle mit ihren breiten Sitzflächen, gebogenen Beinen und den hellen, aus Walnussholz geschnitzten Kanten nach. Sie hätte sie schon im letzten Sommer gekauft, wenn Johnny nicht eingeschult worden wäre. Aber es war ihr ein ehrliches Vergnügen gewesen, Ethel bei der Anschaffung seiner Schulkleidung unter die Arme zu greifen.

Sie saß aufrecht auf einem der Stühle, die sie neu beziehen

lassen würde. Ihre Erscheinung war akkurat und altmodisch, von der Frisur mit dem exakten Ringellöckchenpony und den hübschen Haarschnecken dahinter bis hinunter zu den kleinen Füßen, die züchtig nebeneinander standen. Ihre Haare wurden von einem Netz zusammengehalten, und an den Füßen trug sie schwarze Leinenstrümpfe – im Winter waren es solche aus Wolle – und schwarze, mit Perlchen besetzte Pantoffeln. Woher sie Letztere beschaffte, war nicht weniger rätselhaft als jedes Geheimnis, zu dessen Lösung sie in ihrer beruflichen Laufbahn herangezogen worden war. Detective Sergeant Abbott von Scotland Yard, ihr ergebener Sklave, hatte es für unlösbar erklärt. Außerdem trug sie ein Kostüm aus Kunstseide in einem strengen Braunton mit kleinen orangefarbenen und grünen Punkten und Strichen, die in willkürlichen Grüppchen über den Stoff verteilt waren. Vor zwei Jahren war es neu gewesen, doch es hatte sich nicht gut gehalten. Frank Abbott hoffte auf sein baldiges Ende. Am Hals wurde es von einer Brosche aus Mooreiche mit einer Perle in der Mitte zusammengehalten. Außerdem trug sie eine dünne Goldkette mit einem Pincenez. Da sie die Brille nur zum Lesen kleiner Schriften benötigte, war die Kette an der linken Seite ihrer Kostümjacke mit einer goldenen Brosche befestigt. Abgesehen von der Tatsache, dass ihr Rock einige Zentimeter über dem Boden endete, hätte sie geradewegs aus einem Fotoalbum aus dem späten neunzehnten Jahrhundert stammen können. Dass sie sich geistig in dieser Zeit zu Hause fühlte, wurde mehr als deutlich durch die Möbel aus der Mitte der fünfziger Jahre und die Bilder über ihren gemusterten Tapeten unterstrichen. Bei diesen Bildern handelte es sich um Reproduktionen einiger der berühmtesten Gemälde der viktorianischen Epoche. Von Zeit zu Zeit hängte sie die Bilder um und tauschte sie mit denen aus, die jetzt in ihrem Schlafzimmer hingen. Im Augenblick zierte

Seifenblasen den Platz über dem Kamin, flankiert von *Der Schwarze Braunschweiger* und *Der Monarch von Glen*, während *Hoffnung*, *Der Seele Erwachen* und *Der Hugenotte* sich auf die anderen Wände verteilten. Auf dem Kaminsims, dem obersten Bord des Bücherregals und verschiedenen Wohnzimmertischen drängten sich Fotografien in Rahmen aus Plüsch und Silber. Manchmal war beides kombiniert: silberne Filigranarbeiten auf Plüsch. Die Fotografien zeigten überwiegend Kleinkinder – Kleinkinder, die nie geboren worden wären, wenn Miss Silver nicht immer wieder das verborgene Böse ans Licht gebracht und die Unschuldigen entlastet hätte. Die Väter und Mütter der Kinder waren auch auf den Fotos – starke junge Männer und hübsche Mädchen, die der kleinen, unscheinbaren alten Jungfer mit den mausgrauen Haaren in Dankbarkeit verbunden waren. Die Fotos waren Miss Silvers Porträtgalerie und das Archiv ihrer Fälle – und es wurden Jahr für Jahr mehr.

Noch einmal las Miss Silver das Postskriptum von Ethel Burketts Brief:

»Ich kann dir gar nicht genug für alles danken. Johnny wird dieses Jahr keine Strümpfe mehr brauchen, aber wenn du noch etwas von der grauen Wolle übrig hast, würde ich mich sehr über ein Paar für Derek freuen. Er wächst so schnell.«

Lächelnd steckte sie den Brief wieder in den Umschlag. Das Wollknäuel für Dereks Strümpfe lag schon bereit, und die ersten fertigen Reihen hingen schon an den Nadeln.

Als sie aufstand, um Ethels Brief wegzulegen, öffnete sich die Tür, und ihre unbezahlbare Hannah kündigte den Besucher an: »Mr. Latter.«

Sie sah sich einem schmalen Mann mit frischer Gesichtsfarbe gegenüber, der ausgesprochen besorgt wirkte. Das waren ihre ersten Eindrücke von Jimmy Latter – sein schmaler Körper, sein erhitztes Gesicht und seine Besorgtheit. Als er schließlich auf einem Stuhl ihr gegenüber Platz genommen hatte und ihre emsigen Finger mit den Stricknadeln beschäftigt waren, hatte sie ihn längst als Herrn vom Lande identifiziert, der nicht viel Zeit in London verbrachte. Seine Kleidung stammte von einem guten Schneider, war allerdings nicht mehr neu – nein, alles andere als neu. Sie stammten noch aus der Zeit vor dem Krieg. Material von dieser Qualität war erst seit ganz kurzer Zeit wieder zu bekommen.

War seine Kleidung alt und der Mann selbst in den mittleren Jahren, so schätzte sie seine Sorgen als ziemlich frisch ein. Lang andauernde Sorgen hinterlassen unverkennbare Spuren. Aber die wenigen Falten in Mr. Latters frischem Gesicht waren keine Sorgenfalten. Die Fältchen an seinen Augen und die Form seiner Lippen verrieten ihn als einen Menschen, der gern lachte. Was auch immer das Problem sein mochte, es war ziemlich neu.

Lächelnd begann sie das Gespräch: »Was kann ich für Sie tun?«

Jimmy Latter fragte sich gerade, warum er überhaupt gekommen war und wie er aus dieser Situation wieder herauskommen konnte. Ihr Lächeln brachte ihn auf andere Gedanken. Nette kleine Frau. Freundlich. Gemütlich hier. Nettes, gemütliches Zimmer. Ziemlich fröhliche Bilder. Das Gemälde über dem Kaminsims kam ihm bekannt vor. Es hatte vor langer Zeit in Mrs. Mercers Salon gehangen, als er und Minnie noch Kinder waren. Etwas an dieser kleinen Frau erinnerte ihn an Minnie – es war so nett und gemütlich mit ihr ... sie hetzte einen nicht. Natürlich war sie deutlich älter.

Schließlich sagte er: »Also, ich weiß nicht ... Ich meine, ich weiß nicht, was Sie für mich tun können. Ich weiß nicht, ob man überhaupt etwas tun kann.«

»Aber Sie sind gekommen, um mit mir zu sprechen, Mr. Latter.«

Er massierte seinen Nasenrücken.

»Ja, ich weiß ... Manchmal nimmt man sich etwas vor, und wenn es erst mal so weit ist, hat man das Gefühl, sich völlig lächerlich zu machen.«

Wieder zeigte sie ihr Lächeln. »Ist das denn so wichtig? Wahrscheinlich nicht, würde ich einmal annehmen.«

»Oh, also ...«, sagte er und spielte mit einem Schlüsselbund herum, den er aus der Tasche gefischt hatte. »Wissen Sie, Stella Dundas hat mir im letzten Jahr von Ihnen erzählt. Sie ist eine Art Kusine von mir. Sie konnte gar nicht mehr aufhören, von Ihnen zu reden.«

Miss Silvers Nadeln klapperten. Dereks Strumpf drehte sich. Sie hielt die Hände tief im Schoß und arbeitete mit großer Geschwindigkeit, so wie man auf dem Kontinent strickte.

»Es war mir ein Vergnügen, Mrs. Dundas helfen zu können. Es handelte sich doch bloß um eine Kleinigkeit.«

»Aber nicht für sie, wirklich nicht ... Diese Perlen haben ihr viel bedeutet. Sie fand es einmalig, wie Sie dem Dieb auf die Schliche gekommen sind.«

Miss Silver legte den Kopf ein wenig schief. »Wurde Ihnen auch etwas gestohlen, Mr. Latter?«

»Nein, äh, nein.« Sein Schlüsselbund klimperte. »Ehrlich gesagt ist die Angelegenheit ein ganzes Stück ernster. Hören Sie, wenn ich jetzt mit Ihnen darüber spreche, bleibt die Sache doch unter uns, oder?«

Miss Silver hüstelte auf ihre typische Art. »Natürlich, Mr. Latter. Das ist doch selbstverständlich.«

Zögernd ließ er die Schlüssel hin und her schaukeln.

»Ich vermute, dass Sie ziemlich seltsame Geschichten zu hören bekommen?«

Wieder lächelte sie. »Sie dürfen mich nicht fragen, was andere Klienten mir anvertrauen.«

»Oh, nein, natürlich nicht … Das wollte ich auch nicht. Aber das hier ist eine Sache, über die ich eigentlich nicht reden sollte. Ehrlich gesagt glaube ich es selbst nicht so ganz, aber es macht mir Sorgen. Es geht um Lois – meine Frau. Sie glaubt, dass jemand sie vergiften will.«

»Du meine Güte!«, entgegnete Miss Silver. »Wie kommt sie darauf?«

Jimmy Latter raufte sich die Haare.

»Also, eigentlich hat die ganze Sache mit diesem Memnon angefangen. Ich vermute, dass Sie schon von ihm gehört haben.«

Miss Silver hüstelte missbilligend. »Oh ja.«

»Nun, er hat ihr gesagt, sie solle sich vor Gift hüten. Lois hat sich weiter nichts dabei gedacht, bis … bis sie plötzlich diese Übelkeitsanfälle bekam.«

»Wie sahen diese Anfälle denn aus?«

Jetzt wirkte er wirklich besorgt, und seine Stimme unterstrich diesen Eindruck. »Übelkeit und Würgen. Vorher hatte sie nie mit so etwas zu tun. Aber jetzt kommen die Anfälle aus heiterem Himmel.«

»Hat sie einen Arzt aufgesucht?«

»Nein, das wollte sie nicht.«

»Warum nicht?«

»Sie sagt, es würde nichts nützen. Wenn jemand sie vergiften wolle, könne der Arzt ihn nicht davon abhalten … Dann könne man eben nichts machen. So sieht Lois es jedenfalls.«

»Dem kann ich auf keinen Fall zustimmen. Ich würde aber gern etwas mehr über diese Anfälle erfahren. Wann ist es zum ersten Mal passiert?«

»Ungefähr vor zwei Wochen. Sie war in der Stadt gewesen, hatte diesen Kerl Memnon besucht und war von ihm gewarnt worden. Das sagte ich ja schon. Sie kam dann nach Hause, wo wir ein Familientreffen gefeiert haben. Nach dem Abendessen saßen wir alle im Salon, und plötzlich rannte sie aus dem Zimmer. Kurz darauf kam sie zurück, und ich hab erst später erfahren, was überhaupt passiert war. Anscheinend war ihr furchtbar übel geworden. Das war das erste Mal.«

Miss Silver hüstelte. »Wie lange hat sie das Zimmer denn verlassen?«

Jimmy ließ die Schlüssel fallen und beugte sich vor, um sie wieder aufzuheben. »Ungefähr eine Viertelstunde. Länger nicht.«

»So genau haben Sie es sich gemerkt?«

»Ich merke immer sehr genau, wenn sie nicht in meiner Nähe ist.«

»Und wie wirkte sie, als sie zurückkam?«

Mit umwerfender Schlichtheit entgegnete er: »Sie war wunderschön.«

Miss Silver strickte eine Weile schweigend vor sich hin. Dann wollte sie wissen: »Hat irgendjemand sie während dieses Anfalls zu Gesicht bekommen?«

»Oh, ja. Minnie Mercer hat sie gesehen – Miss Mercer.«

»Ich muss Sie später bitten, mich etwas genauer über Ihren Haushalt zu informieren. Sie sprachen eben von einem Familientreffen. Im Moment würde ich aber gern wissen, ob Mrs. Latter etwas zu sich genommen hat, wovon die übrigen Familienmitglieder ausgeschlossen waren.«

»Nur den Kaffee«, sagte Jimmy Latter.

11

Nachdem Miss Silver ihm entlockt hatte, dass Mrs. Latter die einzige Person im ganzen Haushalt war, die türkischen Kaffee trank; dass sie als Einzige überhaupt einen Kaffee zu sich genommen hatte; dass der türkische Kaffee von der Köchin in der Küche zubereitet und mit einem Tropfen Vanille verfeinert worden war; dass die Tasse schließlich zusammen mit einer Zuckerdose und einer Miniaturkaraffe voller Cognac auf einem Tablett in die Speisekammer gebracht worden war, zu der jeder Bewohner des Hauses Zugang hatte; nachdem sie all diese Einzelheiten in Erfahrung gebracht hatte, schüttelte sie langsam den Kopf und sagte: »Eine sehr verwirrende Angelegenheit. Wann hatte sie den nächsten Anfall?«

»Am darauf folgenden Tag, nach dem Mittagessen.«

»War er schlimmer? Oder nicht so heftig?«

»Eigentlich weder noch.«

»Waren Sie Zeuge dieses Anfalls?«

»Oh ja. Armes Mädchen, ihr war furchtbar übel.«

Miss Silver strickte mit beeindruckender Geschwindigkeit.

»Aber kurz darauf ging es ihr wieder gut? Sie zeigte keinerlei Krankheitssymptome?«

»Nein, Gott sei Dank.«

»Nun, Mr. Latter ... Was hat Ihre Frau beim Mittagessen zu sich genommen, von dem die anderen Teilnehmer nicht probierten?«

Wieder raufte sich Jimmy die Haare.

»Das ist es ja, was mich so verwirrt ... sie aß oder trank nichts Besonderes.«

»Keinen Kaffee?«

»Nein.«

»Nichts zu trinken?«

»Sie trinkt nichts zum Essen. Weil sie eine Schlankheitskur macht, wissen Sie. Dabei hat sie eine wunderbare Figur, sie hat es gar nicht nötig.«

Die Rippen von Dereks Strumpf waren inzwischen gut drei Zentimeter lang, und die emsig arbeitenden Stricknadeln funkelten.

»Mr. Latter, würden Sie mir bitte sagen, was Sie zu essen hatten?«

Jimmy rieb sich die Nase.

»Also, mal sehen, ob ich mich erinnere. Eigentlich sollte ich, denn ich bin schon mit Minnie alles durchgegangen, um herauszufinden, woran Lois sich den Magen verdorben haben könnte. Wir haben aber nichts gefunden. Es gab kaltes Lamm mit Salat – Kopfsalat, rote Bete und Tomaten – und gebackene Kartoffeln. Dann hatten wir ein Käseomelett, aber davon hat Lois nichts gegessen. Und schließlich kleine Glasschüsseln mit Obstsalat in Sirup. Lois und ich hatten jeweils eine. Und auch Ellie, Antony und Julia.«

»Jeder hatte also ein eigenes Glas?«

»Ja.«

»Wer hat sie serviert?«

»Lois hatte alle Gläser vor sich stehen. Sie hat eins behalten und die anderen herumgereicht.«

»Sie hat sich selbst bedient?«

»Oh ja, ganz sicher.«

»Gab es irgendeinen Grund, warum sie ein ganz bestimmtes Glas hätte nehmen sollen?«

Wieder ließ er die Schlüssel fallen. Diesmal hob er sie nicht auf.

»Ja, allerdings«, erklärte er. »Es gab nur einen Obstsalat ohne Sahne. Darauf war ich noch gar nicht gekommen … Sie verzichtet auf Sahne.«

Miss Silver hörte für einen Moment auf zu stricken. Sie schaute ihn mit ernster Miene an.

»Wer konnte an die Gläser heran, nachdem die Köchin sie gefüllt hatte?«

Er begann mit einem Schwall von Möglichkeiten. »Antony ... mein Vetter Antony Latter. Er hat die Fleischteller abgeräumt und rausgebracht. Wir haben im Moment kein vollständiges Personal, also erledigen wir solche Dinge selbst ... Julia und Ellie, meine Stiefschwestern – Mrs. Street und Miss Vane – gingen ständig rein und raus. Minnie übrigens auch. Ich wollte nicht, dass sie etwas tut, weil ja genug andere da waren, aber sie ließ sich nicht abhalten. Ich glaube, Julia hat das Omelett hereingebracht, und Minnie die Glasschüsseln. Irgendwas erledigt sie immer – sie denkt niemals an sich selbst.«

Miss Silver legte ihr Strickzeug auf die Sessellehne und erhob sich.

»Mr. Latter, ich glaube, Sie sollten mich besser mit den Einzelheiten Ihres Haushaltes vertraut machen, bevor wir fortfahren. Für meinen Geschmack geht alles ein bisschen durcheinander.«

Er hob seine Schlüssel auf, begleitete sie zu ihrem Schreibtisch und quälte sich mit dem unguten Gefühl herum, dass dieses Durcheinander letztlich sein Verschulden war. Hätte er keine Stiefmutter gehabt, die sich zu einer neuen Heirat entschlossen hatte, dann wären die Dinge sicher viel einfacher zu erklären. Aber selbst dann bliebe immer noch Minnie, die überhaupt keine Verwandte war ...

An diesem Punkt begann er sich noch verwirrter zu fühlen, denn ihm wurde klar, dass ohne Marcia und ihre Zwillinge auch Minnie niemals ein Teil ihres Haushaltes geworden wäre. Es erschien ihm völlig unmöglich, sich die letzten fünfundzwanzig Jahre ohne sie vorzustellen, und die Aussicht, sich auf eine Zukunft einstellen zu müssen, in der sie keine Rolle mehr spielte, war äußerst beunruhigend. Er starrte düster vor sich hin, während Miss Silver ein rotes Notizbuch hervorholte, eine Seite mit einer Überschrift versah und mit gezücktem Bleistift auf die Einzelheiten wartete, die sie von ihm erfahren wollte.

Man kann nicht unbedingt behaupten, dass die Art und Weise, wie er sie schließlich hervorbrachte, von dem Prinzip geleitet war, die Situation klar und deutlich zu beschreiben, doch Miss Silver verfügte über ausreichend Erfahrung und Entschlossenheit. Wenn er abschweifte, brachte sie ihn zum Thema zurück; wenn er sich verhedderte, nahm sie beherzt den Faden auf, um das Knäuel zu entwirren. Schließlich hatte sie alle Beteiligten säuberlich in ihrem roten Heft notiert:

Mr. James Latter, 51, Hausherr von Latter End, Rayle.

Mrs. Latter, 37, frühere Mrs. Doubleday, seit zwei Jahren verheiratet.

Antony Latter, 28, Vetter ersten Grades; kürzlich aus der Armee entlassen; war gerade dabei, als Juniorpartner in den Verlag der Familie einzusteigen.

Mrs. Street und Miss Julia Vane, 24, Zwillingstöchter von Mr. Latters Stiefmutter. Mrs. Street hat einen Ehemann im Krankenhaus von Crampton. Miss Vane widmet sich in London der Schriftstellerei, war aber in den letzten vierzehn Tagen häufig zu Besuch. Vorher hatte es eine längere Zeit ohne Besuche gegeben.

Miss Minnie Mercer, 48, Tochter des verstorbenen Dr. John Mercer, Hausarzt der Familie Latter. Nach dem Tod ihres Vaters zu den Latters gezogen, gleich nachdem die zum zweiten Mal verwitwete Mrs. Vane nach Latter End zurückgekehrt war. Wenige Monate später waren die Zwillinge zur Welt gekommen.

Mrs. Maniple, 70, Köchin und Haushälterin, in ihrem vierundfünfzigsten Dienstjahr auf Latter End.

Polly Pell, 17, Küchenhilfe.

Mrs. Huggins, gelegentliche Aushilfe.

Weder war es eine besonders lange Liste, noch gab es furchtbar zahlreiche Einzelheiten; trotzdem hatte es eine ganze Weile gedauert, die Informationen zu sammeln.

Den Bleistift noch in der Hand, richtete Miss Silver sich kerzengerade auf und ergriff mit einem leisen einleitenden Hüsteln die Initiative.

»Und nun, Mr. Latter, darf ich Sie bitten, mir zu sagen, ob eine oder mehrere dieser Personen einen Groll gegen Ihre Frau hegen könnten.«

»Warum sollten sie?«

»Das müssen Sie mir erklären. Sie haben zum Beispiel erwähnt, dass Miss Vane, die im Augenblick ein regelmäßiger Gast ist, sich vorher längere Zeit nicht hat sehen lassen ... und dass es tatsächlich Spannungen gegeben hat. Mit wem hatte sie Streit? Mit Ihrer Frau?«

»Nun, von einem Streit würde ich nicht sprechen. Da muss ich Ihnen einen falschen Eindruck vermittelt haben. Hoffentlich haben Sie das nicht aufgeschrieben. Die beiden haben sich bloß nicht so gut verstanden ... Jedenfalls aus Julias Sicht. Lois war ein echter Engel. Sie hat nie einen bösen Gedanken gehegt und immer gesagt, dass Julia sich schon beruhigen würde. Und so ist es jetzt auch gekommen.«

»Es gab also keinen Streit?«

Er schüttelte den Kopf.

»Es gab ja auch keinen Grund für einen Streit. Ich mag Julia sehr gern, hab sie immer gern gemocht ... aber manchmal geht sie blitzartig an die Decke. Ein furchtbar warmherziges Mädchen, aber impulsiv. Hält niemals inne, um nachzudenken. Ellie ist ihr überhaupt nicht ähnlich … sie ist ganz sanft, wissen Sie. Schlimm für sie, dass ihr Mann ein Bein verloren hat …«

Als er Anstalten machte, Ronnie Streets Lebensgeschichte vor ihr auszubreiten, lenkte Miss Silver ihn umgehend aufs Thema zurück. »Sicher, Mr. Latter. Ich hoffe, dass er bald wieder so weit hergestellt sein wird, dass es zu dem Arrangement kommen kann, von dem Sie gesprochen haben. Nun zu Miss Mercer. Sie sagten, dass sie den Haushalt nach fünfundzwanzig Jahren verlassen wird. Ist das die Folge irgendeines Konflikts mit Ihrer Frau?«

In Jimmys Reaktion lag Verzweiflung.

»Oh, nein, natürlich nicht. Sie will gehen.«

Miss Silver hüstelte.

»Das ist keine Antwort auf meine Frage, Mr. Latter. Warum will sie gehen?«

Er fuhr sich mit der Hand durchs Haar.

»Ich weiß es nicht. Das ist es ja, was mir Sorgen macht … Es ist ja nicht bloß die lange Zeit, die sie bei uns war, sondern auch die Zeit vorher. Wissen Sie, meine Mutter starb bei meiner Geburt, und mein Vater ist nicht darüber hinweggekommen. Er ging ins Ausland … ist einfach herumgereist, wissen Sie. Jedenfalls hat sich Mrs. Mercer um mich gekümmert. Sie hatte gerade ein Kind verloren. Minnie wurde drei Jahre später geboren. Mein Vater hat erst wieder geheiratet, als ich fünfzehn war. Ich habe bei den Mercers gewohnt, bis ich zur Schule kam, und später dann über die Ferien. Minnie ist für mich wie eine Schwester.«

Miss Silvers kleine Augen mit der schwer bestimmbaren Farbe verrieten eine wache Intelligenz.

»Schwestern und Ehefrauen verstehen sich manchmal nicht, Mr. Latter.«

Jimmy rieb sich die Nase.

»Nein … nein. Ich verstehe überhaupt nicht, warum Frauen nicht miteinander klarkommen. Nicht, dass Lois … ganz abgesehen davon, dass man sich mit Minnie nicht streiten kann … Niemand könnte das. Sie ist eines dieser ruhigen, sanften Mädchen, die ständig irgendwas für andere Leute tun. Niemals denkt sie an sich selbst. Aber Lois sagt, sie geht ihr auf die Nerven.« Er rieb sich auffallend heftig die Nase. »Warum bloß?«

»Das weiß ich nicht, Mr. Latter. Und es ist gut möglich, dass Mrs. Latter es auch nicht weiß. Aber was Sie erzählt haben, könnte für Miss Mercer Grund genug sein wegzugehen.«

Er sah elend aus.

»Ich habe sie geradeheraus gefragt, warum sie gehen will, aber ich bin der Sache nicht auf den Grund gekommen. Man braucht sie bloß anzusehen, um zu merken, dass sie nicht glücklich ist. Also hab ich sie gebeten zu bleiben. Daraufhin ist sie bleich wie ein Stück Papier geworden und hat das Zimmer verlassen.«

Miss Silver hüstelte.

»Nun, Mr. Latter, das sind schon zwei Mitglieder Ihres Haushalts, die sich nicht besonders gut mit Ihrer Frau verstehen. Wie verhält es sich denn mit Mrs. Street?«

Jimmy benötigte ungefähr eine Viertelstunde, um zu erklären, wie engelsgleich Lois sich gegenüber Ellie verhalten hatte – »sich um sie gekümmert hat wie eine Mutter. Und natürlich hat sie Recht, wenn sie sagt, dass es nicht funktionieren würde, den armen Ronnie Street ins Haus zu holen – Ellie würde sich nur verschleißen.«

Miss Silver setzte Ellie Street im Geiste auf die Liste der Personen, die wenig Grund hatten, Mrs. Latter zu mögen. Auch ihre Nachfrage zur Haltung von Mr. Antony Latter ergab einige Anlässe für Spekulationen.

»Oh, er war ein dicker Kumpel von Lois ... Er kannte sie schon vor mir. Ehrlich gesagt muss ich zugeben, dass ich Respekt vor ihm hatte. Natürlich ist er etwas jünger als sie, aber man sieht Lois ihr Alter nicht an ... kein bisschen. Als ich sie kennen lernte, waren die beiden so gut wie zusammen ... Ganz ehrlich, ich schwöre, dass ich mir nicht die geringste Chance ausgerechnet habe. Antony ist einer von diesen cleveren Köpfen. Nie hätte ich gedacht, dass sie mich auch nur ansehen würde ... warum auch? Jedenfalls war er in den beiden letzten Jahren im Ausland und ist gerade erst aus der Armee entlassen worden. Das sagte ich Ihnen ja schon.«

Miss Silver hatte noch eine Frage.

»Ihre Köchin, Mrs. Maniple – hat sie einen Grund, Ihre Frau nicht zu mögen?«

»Oh nein.«

»Ihr ist nicht gekündigt worden?«

Jimmy wirkte völlig aufgebracht.

»Natürlich nicht! Sie war schon bei meiner Taufe dabei.«

Miss Silver schrieb noch ein paar Zeilen in das rote Notizbuch. Dann klappte sie es zu, blickte ihn an und sagte: »Ich möchte Sie bitten, mir noch ein bisschen mehr über Ihre Frau und diese Anfälle zu erzählen, die sie gehabt hat. Die beiden, die Sie mir beschrieben haben, ereigneten sich vor ungefähr zwei Wochen. Ich vermute, Sie wären nicht zu mir gekommen, wenn seitdem nichts mehr passiert wäre. Nachdem ich die Mitglieder Ihres Haushalts nun etwas besser kenne, würde ich gern mehr über die Vorfälle der letzten Zeit erfahren. Wann ist Mrs. Latter beispielsweise zum ersten Mal der Gedanke gekommen, dass jemand versucht, sie zu vergiften?«

Miss Silver hüstelte.

»Wann hatte sie den nächsten Anfall, Mr. Latter?«

Jimmy rieb sich die Nase.

»Also, ich weiß es nicht. Ich war unterwegs ... musste runter nach Devonshire, um mich um die Angelegenheiten eines alten Vetters zu kümmern. Lois hat nichts gesagt, als ich zurückkam, aber inzwischen hat sie mir erzählt, dass es ihr ein- oder zweimal gar nicht gut ging, während ich fort war. Um ganz ehrlich zu sein, hab ich mich nicht besonders darum gekümmert. Ich dachte, sie hätte sich bloß den Magen verdorben. Es kommt doch vor, dass Leute sich den Magen verderben, oder? Beim ersten Mal hatten wir zum Beispiel ein ziemlich gutes Essen mit Pilzen ... Na ja, einer der Pilze hätte doch schlecht sein können, stimmt's? Und beim zweiten Mal gab es diesen Obstsalat mit Kümmel ... Ich meine, vielleicht ist er ihr einfach nicht bekommen. Als ich nach Hause kam, sah sie jedenfalls sehr gesund aus. Also ging ich davon aus, dass sie sich etwas eingeredet hat wegen dem, was ihr dieser alte Knabe Memnon gesagt hatte.«

»Das ist ganz natürlich, Mr. Latter.«

»Aber am Tag nach meiner Rückkehr war ihr wieder sehr übel, nachdem sie ihren Kaffee getrunken hatte.«

»Den türkischen Kaffee, der extra für sie zubereitet wird?«

»Ja. Sie trank ihren Kaffee, wir unterhielten uns, und plötzlich sagte sie: ›Irgendwas stimmt nicht mit diesem Kaffee.‹ Dann stellte sie die Tasse ab und rannte aus dem Zimmer. Ich bin ihr nachgegangen, ihr war furchtbar schlecht. Armes Mädchen. Als ich sie allein lassen konnte, bin ich zurückgegangen, um mir die Kaffeetasse zu holen. Sie war schon abgeräumt worden, trotzdem war der Bodensatz noch drin. Ich hab sie nach Crampton in eine gut ausgestattete Apotheke gebracht und sie dort untersuchen lassen.«

»Und, Mr. Latter?«

Mit verwirrter Miene starrte er sie an.

»Sie konnten nichts finden.«

Miss Silver hüstelte.

»Ist Ihre Frau besonders fantasievoll … neurotisch?«

»Das kann ich wirklich nicht behaupten.«

»In diesem Fall gibt es zwei Möglichkeiten. Entweder hat Mrs. Latter diese Anfälle selbst herbeigeführt, indem sie sich geradezu besessen der Idee einer Vergiftung hingegeben hat. Oder …« Sie hielt einen Moment inne. »Mr. Latter, ist Ihnen bewusst, dass sich jemand am Bodensatz in der Tasse zu schaffen gemacht haben könnte?«

Er wirkte wie vor den Kopf gestoßen.

»Wie meinen Sie das … sich zu schaffen gemacht?«

Sie antwortete in ernsterem Tonfall. »Falls sich wirklich eine schädliche Substanz in dem Kaffee befand, hätte man den Bodensatz entfernen, die Tasse spülen und etwas frischen Kaffee eingießen können.«

Er starrte sie an.

»Genau das hat Lois gesagt, als ich zurückkam und ihr von meinem Besuch in der Apotheke erzählt habe. Sie sagte, jemand könnte die Tasse ausgespült haben, und jeder im Haus könnte es gewesen sein.«

»Wer war zu dieser Zeit denn im Haus, Mr. Latter?«

»Antony, Julia, Ellie, Minnie, Lois … und ich.«

»Was ist mit Mrs. Maniple und dem Küchenmädchen?«

»Ja, die auch.«

»Wer hat die Tasse abgeräumt?«

»Minnie.«

»Hätte eine der anderen Personen die Gelegenheit gehabt, die Tasse abzuspülen?«

Er wirkte furchtbar unglücklich.

»Minnie hat sie nicht gespült, ich hab sie gefragt. Ich hab alle gefragt, weil Lois gesagt hatte, irgendjemand müsse sie gespült haben. Aber alle haben erklärt, sie wären es nicht gewesen.«

»Was hat Ihre Frau dazu gesagt?«

»Dass jeder von ihnen die Möglichkeit dazu gehabt hätte.«

»Und ist das richtig?«

»Vermutlich schon. Ellie ist rausgegangen, um etwas mit Mrs. Maniple zu besprechen, und Julia hat sie gesucht. Antony hat Julia begleitet.«

»Und sie waren die ganze Zeit zusammen?«

Er rieb sich die Nase.

»Nein, das waren sie nicht. Es herrschte ein einziges Kommen und Gehen. Ehrlich gesagt ist das alles ziemlich beängstigend und unangenehm. Lois hat sich in den Kopf gesetzt, dass jemand vorhat, sie zu vergiften. Und sie denkt, es ist jemand aus der Familie.«

Miss Silver schloss einen Moment lang die Augen. In der Zeitung hatte sie Fotos der strahlend schönen Mrs. Latter gesehen. Sie versuchte, sich diese Fotos in Erinnerung zu rufen. Schließlich schaute sie Jimmy an und sagte: »Ich habe einige Aufnahmen von Ihrer Frau gesehen, würde aber mein Gedächtnis gern ein bisschen auffrischen. Haben Sie zufällig ein Foto dabei?«

Er zog ein gefaltetes Etui aus seiner Brusttasche und reichte es ihr mit einer Mischung aus Stolz und Besorgnis. Darin befand sich ein kleines, in Elfenbein gefasstes Bild. Als er ihren prüfenden Blick bemerkte, erklärte er: »Es sieht ihr vollkommen ähnlich.«

Miss Silver nahm sich Zeit, um die kleine Fotografie zu studieren. Diese Zeit reichte aus, um die Vorstellung einer Lois Latter mit hysterischen Fantasievorstellungen aus ihren Gedanken zu streichen. Dies war das Porträt einer resoluten und willensstarken Frau. Die Linie ihrer Wangen und ihres Kiefers, die Form ihres Kinns und der Schwung ihrer Lippen sprachen Bände. Der schöne rote Mund wirkte hart. Die Augen, trotz ihrer Schönheit und ihres Glanzes, waren ebenfalls hart. Diese Frau wusste, was sie wollte und wie sie es bekam.

Sie reichte ihm das Etui über den Tisch hinweg zurück und bemerkte, dass es ihrer Meinung nach tatsächlich gut getroffen war. Während Jimmy ihr wortreich zustimmte, fixierte sie ihn mit ernstem Blick. Dann sagte sie: »Möchten Sie wissen, was ich wirklich denke, Mr. Latter?«

»Ja, ja … aber natürlich.«

Miss Silver hüstelte.

»Bevor ich das tue, möchte ich gern noch wissen, ob Ihre Frau nach diesem letzten Anfall noch irgendwelche Symptome gezeigt hat. Ist sie anschließend wieder zu den anderen in den Salon gegangen?«

»Ja«, erklärte Jimmy. »Zum Glück kann ich sagen, dass sie wieder völlig normal wirkte.«

Miss Silver legte große Autorität in ihre Stimme: »Dann glaube ich nicht, dass ein Versuch unternommen wurde, sie zu vergiften. Ich glaube, dass jemand ihr einen üblen Streich gespielt hat. Einen sehr schlimmen und bösartigen Streich natürlich, aber – meiner Meinung nach – nicht mit der Absicht, ihr ernsthaften Schaden zuzufügen. Die Symptome, die Sie beschrieben haben, können von einem harmlosen Emetikum, beispielsweise Brechwurz, hervorgerufen werden. Dieses Medikament findet man in den meisten Haushalten, und sein süßer, nicht unangenehmer Geschmack würde in einem Obstsalat oder Kaffee kaum auffallen. Besonders wenn, wie es hier der Fall war, Zucker und Alkohol im Spiel sind.«

Sie bemerkte, dass sein Gesicht so plötzlich seinen natürlichen jungenhaften Ausdruck wieder annahm, sodass ihr der Vergleich mit einer jener grotesken Gummimasken in den Sinn kam, die traurig aussahen, wenn man sie auseinander zog, und fröhlich, wenn man sie wieder zusammendrückte. Miss Silver schob diese Nebensächlichkeit beiseite und erwiderte stattdessen sein Lächeln.

»Das ist ja wunderbar«, begann er und hielt dann inne. »Aber es gibt doch niemanden, der solch einen üblen Streich in die Tat umsetzen würde. Ich meine, wer sollte das tun?«

Wieder hüstelte Miss Silver.

»Möchten Sie wirklich, dass ich diese Frage beantworte, Mr. Latter?«

Er starrte vor sich hin.

»Also, ja … natürlich.«

»Dann müsste ich zu Ihnen kommen und im Haus wohnen.«

»Würden Sie das tun?«

Sie neigte den Kopf zur Seite.

»Wenn Sie möchten, dass ich Ihren Fall offiziell übernehme.«

Er schob den Stuhl zurück, als wolle er aufstehen, überlegte es sich aber wieder anders.

»Also, ich weiß nicht«, erklärte er zweifelnd. »Nein … ich weiß wirklich nicht. Ich kann nicht glauben, dass irgendjemand aus der Familie so etwas tun würde … wirklich nicht. Ich kann doch keinen Detektiv auf sie ansetzen … Ich meine, wie würden sie dann wohl reagieren …«

»Sie müssten ja nicht wissen, dass ich eine Detektivin bin.«

Er errötete.

»Oh, das würde ich nicht fertig bringen«, erklärte er schnell und erhob sich. »Es war sehr freundlich von Ihnen, mich zu empfangen. Ich fühle mich unendlich erleichtert … wirklich.«

Eine Spur von Scham schwang in seiner Stimme mit. »Würden Sie mir sagen, was ich … Ich meine, ich schulde Ihnen doch etwas … Außer meinem tiefen Dank … Oder?«

Ihr Lächeln hatte zur Folge, dass er sich vorkam wie ein Zehnjähriger.

»Nicht bevor Sie sich entscheiden, mich zu beschäftigen,

Mr. Latter.« Sie stand auf und streckte die Hand aus. »Darf ich Ihnen noch einen kurzen Rat geben?«

»Dafür wäre ich Ihnen sehr dankbar.«

Er hielt ihre Hand einen Moment lang fest. Sie fühlte sich kühl und klein in seiner eigenen an. Schließlich zog sie die Hand zurück und sagte: »Versuchen Sie nicht, unter einem Dach Menschen zusammenzubringen, die nicht wirklich zueinander passen. Bis zu Ihrer Heirat war Miss Mercer im Grunde genommen die Hausherrin. Sie ist jetzt in einer ganz anderen und möglicherweise schwierigen Situation. Ich denke, ihr Entschluss fortzugehen ist vernünftig. Bitte versuchen Sie nicht, sie davon abzubringen. Ganz ähnlich verhält es sich mit Ihren beiden jungen Stiefschwestern, Mrs. Street und Miss Vane. Bevor Sie geheiratet haben, war Latter End ihr Zuhause. Es wäre nicht klug, wenn die beiden es weiterhin in diesem Licht betrachteten. Ermutigen Sie sie auf jede denkbare Weise, wenn möglich auch finanziell, sich ein eigenes Zuhause und einen eigenen Lebensmittelpunkt zu schaffen.«

Sie machte eine Pause, dann fügte sie noch hinzu: »Meiner Meinung nach sollten Sie auch in Erwägung ziehen, Ihre alte Haushälterin in Pension zu schicken, wenn das auf eine freundliche Art und Weise möglich ist. Solch altgedientes Personal kommt manchmal mit einer neuen Hausherrin nicht zurecht. Und noch ein Punkt. Ich würde Mrs. Latter dringend davon abraten, irgendetwas zu essen oder zu trinken, das ausschließlich für sie zubereitet wird. Auf Wiedersehen, Mr. Latter.«

12

Einige Tage später rief Antony Latter in Julias Wohnung an.

»Kann ich vorbeikommen und dich treffen?«

»Wenn dir das schreckliche Chaos hier nichts ausmacht. Ich hab viele von meinen persönlichen Sachen aus Latter End mitgebracht – vor allem Bücher – und packe gerade aus. Es liegt alles auf dem Fußboden verstreut.«

Als er zwanzig Minuten später die Wohnung betrat, stellte er fest, dass Julia mit der letzten Bemerkung untertrieben hatte. Die Bücher lagen nicht nur überall auf dem Fußboden, sondern auch auf sämtlichen Stühlen, und sie türmten sich in wackligen Stapeln auf dem Tisch und der Couch, die Julia als Bett diente. Julia selbst trug den roten Kittel, der offenbar gewaschen worden war, seit er ihn das letzte Mal gesehen hatte, auf dem sich aber schnell eine beträchtliche Menge Staub gesammelt hatte.

Julia sah ihn stirnrunzelnd an. »Es ist grauenhaft, nicht wahr? Ich weiß nicht, was mit Büchern passiert, wenn man sie aus dem Regal nimmt ... Jedes Mal scheint sich ihre Menge verzehnfacht zu haben. Ich habe jemanden bestellt, der auf beiden Seiten des Fensters drüben Regale aufstellt. Wie ich bis dahin essen oder schlafen soll, ist mir noch nicht klar. Vielleicht sollte ich links und rechts der Eingangstür riesige Stapel aufbauen.«

»Gut, dann übernehmen wir jeder einen. Nein, ich bringe dir die Bücher, und du kannst sie aufstapeln. Auf die Art passiert deinen Kleidern nichts, höchstens meinen.«

»Deine kostbare Hose!«, frotzelte sie. »Also los!«

Sie begannen mit der Arbeit. Nach einer Weile fragte er: »Also, wie läuft es so?«

Worauf Julia antwortete: »Schrecklich!«

Er hob eine Augenbraue. »In welcher Hinsicht genau?«

Sie knallte ein schweres Buch auf den Stapel und sagte: »In jeder Hinsicht, die du dir vorstellen kannst! Lois schwört, dass jemand versucht, sie zu vergiften. Jimmy hat sich inzwischen praktisch sämtliche Haare ausgerissen, Ellie steht kurz davor, vor lauter Sorgen krank zu werden, und Minnie sieht aus, als ob sie längst krank wäre. Ich weiß nicht, wie ich es dort ausgehalten hab. Wahrscheinlich nur wegen Ellie. Ich kann sie dort einfach nicht allein lassen. Ich musste jetzt wegen der Arbeit herkommen, da hab ich die verflixten Bücher mitgebracht. Aber morgen fahre ich wieder hin. Du kannst nicht zufällig mitkommen?«

»Ich könnte, meine Liebe … Aber so, wie du es schilderst, erscheint es mir beinahe allzu verlockend.«

Er bemerkte, dass sie ihn mit einem flehenden Blick fixierte, dem er schwer widerstehen konnte.

»Antony, komm mit! Es ist fürchterlich … wirklich. Ich glaube nicht, dass ich es allein durchstehen kann. Aber irgendwie muss es durchgestanden werden. Ich hab eine Idee …«

»Was für eine Idee?«

Sie zögerte.

»Diese Giftgeschichte … Sie ist scheußlich und vielleicht sogar bedrohlich. Lois hatte inzwischen ungefähr fünf von diesen Anfällen. Für sich genommen sind sie nicht so schlimm. Ihr wird übel, und anschließend geht es ihr wieder gut. Na ja, entweder spielt sie ein Spiel mit uns, oder jemand spielt ein böses Spiel mit ihr. Sie will nicht zum Arzt gehen, schwört aber, dass jemand versucht, sie zu vergiften.«

Mit einem kurzen verächtlichen Lachen fügte sie hinzu: »Giftmörder sind normalerweise nicht so ineffizient. Nein, entweder tut sie es selbst, oder jemand versucht ihr Angst einzujagen … Oder sie zu bestrafen.«

Antony schüttelte den Kopf.

»Sie tut es nicht selbst. Das kannst du dir gleich abschminken.«

»Wahrscheinlich hast du Recht. Dafür ist die Sache zu unangenehm. Also muss es jemand anders sein. Aber wer?«

»Ich weiß nicht. Du hast gesagt, du hättest eine Ahnung. Würdest du sie mir verraten?«

»Ja. Ich hab das unangenehme Gefühl, dass Manny dahinter stecken könnte.«

Einen Moment lang wirkte er reichlich verwirrt.

»Manny?«

»Wer sonst käme in Frage? Ellie – Minnie – ich – du – Jimmy? Siehst du? Aber bei Manny wäre ich nicht so sicher. Sie war sehr wütend darüber, dass Miss Marsh ins Heim gesteckt wurde. Sie sagte – übrigens völlig zu Recht –, dass Gladys Marsh von sich aus und ohne die Unterstützung von Lois so etwas nie gewagt hätte. Außerdem kocht sie vor Wut wegen Hodsons Cottage und weil Lois Ronnie nicht in Latter End aufnehmen will und … wegen einer Menge anderer Dinge. Die arme Minnie ist ihr einziger Strohhalm. Manny weiß, dass sie gehen wird, und sie weiß auch, dass letztlich Lois dahinter steckt. Außerdem bewahrt sie eine hübsche Flasche voll Brechwurz in einer Ecke des Küchenschranks auf. Sie hat jederzeit die Gelegenheit, einen Teelöffel davon in eine Speise oder ein Getränk zu mischen, von denen sie weiß, dass Lois und niemand sonst im Haus sie bekommt.«

»Was für eine unbändige Fantasie du doch hast, mein Schatz.«

Sie schüttelte den Kopf.

»Ich wünschte, so wäre es. Ich meine, ich wünschte, meine Gedanken gingen in die falsche Richtung, aber leider bin ich ziemlich sicher. Und was mir am meisten Sorgen macht: Es könnte etwas Schlimmes passieren.«

Nüchtern entgegnete er: »Du hast keine Beweise. Was willst du unternehmen?«

Er saß auf der Lehne eines mit Büchern voll gepackten Stuhls. Stirnrunzelnd blickte sie zu ihm auf.

»Ich weiß nicht. Sie zur Rede stellen vielleicht.«

Er verzog den Mund. »Und was wirst du tun, wenn sie an deiner Schulter in Tränen ausbricht und alles gesteht?«

Julia wurde eine Spur blasser. »Vermutlich muss ich es dann Jimmy erklären und ihn dazu bringen, sie in Pension zu schicken.«

»Alternde Giftmörderinnen in Pension schicken ...«, murmelte er vor sich hin. »Schatz, ich muss schon sagen, du hast wirklich Nerven! Aber stell dir vor, sie leugnet alles. Wie geht es dann weiter?«

Julias Augen wurden größer. Das durchs Fenster hinter Antonys Rücken hereinfallende Licht verlieh ihnen die Farbe dunklen Wassers, auf das die Sonne fällt. »Ich ... ich weiß nicht. Ich weiß nicht, was ich tun kann. Deshalb schlafe ich nachts auch nicht. Weißt du, Lois sorgt dafür, dass jeder sie hasst. Und wenn man einen Haufen hasserfüllter Leute um sich hat, kann einiges passieren. Schreckliches. Stell dir einfach eine riesige Menge elektrischer Spannung vor. Man kann nicht wissen, wo der Blitz am Ende einschlägt.«

Kühl entgegnete er: »Spar dir die Dramatik für deine großen Werke auf, mein Schatz.«

Sie lief rot an vor Wut. »Lach nur! Du weißt ja nicht, wie es sich anfühlt. Ich dramatisiere nicht, ich rede über Tatsachen. Entweder hat Lois inzwischen Angst bekommen oder ... Ich hab doch keine Ahnung. Du weißt, wie es ist, wenn ein Mensch keine Gefühle zeigt und trotzdem spürbar ist, wie aufgewühlt er ist. So ist es mit Lois. Und Jimmy lässt sie nichts mehr essen oder trinken, was speziell ihretwegen zubereitet wurde. Er wollte ihr diesen grässlichen türkischen

Kaffee verbieten, aber sie hat sich nicht darauf eingelassen. Also trinkt er ihn jetzt auch, der arme Kerl, und man sieht ihm förmlich an, wie jeder einzelne Schluck ihn quält. Natürlich ist ihm klar, dass niemand irgendwas versuchen wird, das auch ihn treffen könnte.«

»Dann hat sie also keine Übelkeitsanfälle mehr gehabt?«

»Nicht, seitdem du abgefahren bist. Das ist einigermaßen verdächtig, oder?« Ihre Lippen verzogen sich zum Versuch eines Lächelns, das sogleich wieder erstarb. Sie griff nach einer Hand voll Bücher, knallte sie auf den großen Stapel und sagte ganz vorsichtig: »Aber du warst es selbstverständlich nicht, oder?«

Er ließ seinen Fuß hin und her schwingen, ohne den Blick von ihr abzuwenden. »Soll ich das als Kompliment verstehen? Als freundliche Anerkennung meines gesetzestreuen Charakters?«

»Nein, sollst du nicht. Aber du bist raus, denn ...« Sie biss sich auf die Unterlippe und verstummte. Zu welch einem lächerlichen Idioten man sich aus Eifersucht doch machte. Wenn sie einen ununterbrochen piekte, brach plötzlich irgendein Damm, und man platzte mit etwas heraus, was man um nichts in der Welt hatte sagen wollen.

Er musterte sie fragend. »Das ist sehr erfreulich, aber nicht zwingend logisch. Ich würde gern wissen, warum du mich als möglichen Giftmischer ausschließt.«

Sie antwortete geradeheraus und mit ernster Stimme. »Weil du Lois gern hast. Du hast sie einmal sehr gern gehabt.«

Er schüttelte den Kopf.

»Da muss ich dir widersprechen, mein Schatz.«

Plötzlich flammte ihr Zorn auf.

»Du warst in sie verliebt!«

»Das ist etwas völlig anderes, mein Kind.

»Die Feuer von gestern sind gänzlich erloschen,
der gestrige Herd ist kalt;
ein Mensch kann weder borgen noch kaufen
mit dem Gold vom letzten Jahr.«

Julia hätte fast alles in der Welt gegeben, um den zitierten Versen wirklich glauben zu können. Ihr Herz machte einen Sprung – doch gleich darauf verließ sie erneut der Mut. Denn was sonst sollte er sagen? Er würde weder ihr noch irgendeinem anderen eingestehen, dass er nach wie vor in Jimmys Frau verliebt war. Mit ihrer tiefsten, düstersten Stimme erklärte sie: »Ich fahre morgen wieder hin. Mit Sicherheit wird es die absolute Hölle. Das neue Personal wird erst in vierzehn Tagen anfangen. Bis dahin müssen wir alle durchhalten. Ellie und Minnie verrichten die ganze Arbeit, also können sie nicht einfach verschwinden. Und wohin sollten die beiden auch gehen? Zum Glück weigert sich Minnie, zu dieser schrecklichen alten Mrs. Grey zu gehen, und Ellie hat bis jetzt kein Zimmer gefunden. Ronnie soll nach Brighton verlegt werden, wo es praktisch keinen freien Wohnraum gibt. Ich will in der Nähe sein, solange die beiden noch da sind. Hoffentlich stehe ich es durch ohne einen endgültigen Krach mit Lois.«

Er lachte kurz und trocken.

»Bist du optimistisch, was das betrifft?«

Heftig erwiderte sie: »Ich darf mich eben nicht streiten, um Ellies willen. Das rede ich mir immer wieder ein. Weißt du, Antony, ich lasse es nicht zu, dass ich richtigen Hass auf sie empfinde. Aber im tiefsten Inneren könnte ich es.«

»Du spielst die Rolle der Hasserfüllten jedenfalls jetzt schon ziemlich gut, mein Schatz.«

Sie schaute ihn mit glanzlosen Augen an. Ihre Brauen bildeten eine gerade schwarze Linie.

»Ich hab viel darüber nachgedacht. Man kann auf so viele verschiedene Arten hassen. Ich finde es in Ordnung, jemanden mit dem Verstand zu hassen. Denn was der Verstand hasst, sind nicht die Menschen. Es sind die wirklich hässlichen Dinge … Dinge, die einfach jeder hasst. Das ist in Ordnung. Erst wenn man anfängt, auch mit den Gefühlen zu hassen, wird es gefährlich. Dann gerät man aus dem Gleichgewicht und lässt sich vom Hass mitreißen. Man weiß gar nicht, wohin damit – und wie man selbst reagieren wird. Ich geb mir alle Mühe, nur die Dinge zu hassen, die Lois tut, aber manchmal … Ich habe Angst.«

Antony erhob sich. Julia hatte ihn tiefer bewegt, als er zu zeigen bereit war. Er reichte ihr ein halbes Dutzend Bücher. Als sie die Bücher genommen hatte, legte er beide Hände auf ihre Schultern und schüttelte sie leicht.

»Du bist ein dummes Kind, aber du meinst es gut. Bleib dabei! Ellie hätte sicher nichts davon, wenn du noch Öl ins Feuer gießt.«

Sie lachte. Ein durch seine Berührung hervorgerufenes Glücksgefühl durchströmte sie. Jenseits aller Worte spürte sie die gleichzeitig sanfte und starke Energie, die sie beide verband. Mit der Stimme eines kleinen Mädchens stellte sie fest: »Ich will mich ja nicht zanken!«

13

Am nächsten Tag reiste Antony nach Latter End. Im tiefsten Inneren wollte er nicht fahren, all seine Instinkte schlugen Alarm. Und doch fuhr er. Nicht, weil Julia ihn gebeten hatte. Obwohl es ihm schwer gefallen war, hatte er ihre Bitte abgelehnt. Und gehofft, bei diesem Nein bleiben zu können. Dann aber war die Entscheidung ihm abgenommen worden, denn am selben Abend noch hatte Jimmy angerufen. Ein Nein zu Julia war möglich, wenn auch schwierig. Ein Nein zu Jimmy war nach dem dreiminütigen Telefonat praktisch unmöglich.

»Ich hab einen ganz besonderen Grund, dich hier haben zu wollen. Ich will nämlich mit dir reden … über die Mädchen. Sie müssen ein bisschen eigenes Geld haben. Die alte Eliza Raven hat mir etwas hinterlassen. Du weißt ja, dass ich bei ihr war, um ihr bei ihren Angelegenheiten zu helfen. Na ja, die Mädchen sollen das Geld bekommen. Ich dachte, du könntest den Treuhänder spielen. Und dann geht es auch um Minnie … ich bin sehr unglücklich wegen Minnie. Ich muss mit dir reden.«

Unter diesen Umständen beim Nein zu bleiben war einfach undenkbar. Später fragte er sich, ob die Dinge vielleicht anders gelaufen wären, wenn er sich nicht hätte erweichen lassen. Möglicherweise wären sie auf ungünstige Weise anders gelaufen, wer weiß. Der Teil der Angelegenheit, der aus Bosheit vorsätzlich begangen worden war, war zu dieser Zeit vielleicht schon nicht mehr aufzuhalten gewesen. Der Teil, der Ergebnis eines Zufalls war, hätte sich trotzdem genauso abspielen können. Hätte der Zufall nicht mitgespielt, wäre die Tragödie möglicherweise noch weitaus schlimmer verlaufen. In welchem Ausmaß Antonys Anwesenheit auf Latter End nun genau zum Verlauf der Ereignisse beitrug, konnte er auch später nicht beantworten. Nur eines war ganz sicher: Hätte er gewusst, was vor ihm lag, dann hätte er seinen Wagen noch im letzten Moment – ja, sogar noch mitten im Dörfchen Rayle – gewendet und wäre nach Hause gefahren.

Er nahm Julia in seinem Auto mit. Ihr Stimmungsbarometer war gestiegen, und sie strahlte wie die Sonne an einem klaren Himmel. Der völlig untypische, verregnete Septembertag konnte daran nichts ändern. Wenn sie mit Antony zusammen war, gab es keine grauen Tage. Vielleicht einen Sturm und in der Vergangenheit auch ein oder zwei Erdbeben oder Feuersbrünste – meistens aber prachtvollen Sonnenschein und zauberhafte Regenbogen. Heute machte es ihr nicht das Geringste aus, dass es draußen regnete und dass ihre Aussicht, als sie aufs Land hinauskamen, von tropfenden Hecken und Vorhängen aus dichtem Nebel getrübt wurde. Man konnte sich immer noch unterhalten. Und genau das tat Julia mit Vergnügen.

»Jedenfalls hat Lois was aufs Maul gekriegt.«

»Schatz, wo bleibt dein Stilgefühl?«

»Ich weiß«, lachte sie. »Manchmal braucht das Stilgefühl eben eine Pause. Sonst wird man ganz verklemmt und steif. Beim Schreiben bin ich übrigens beängstigend wählerisch.«

»*Dulce est desipere in loce!* Also gut, von wem hat Lois was aufs Maul gekriegt?«

»Von Jimmy. Er hat den alten Hodson auf einem Feldweg getroffen, und Hodson hat ihm die Meinung gesagt – richtig deutlich, so nach dem Motto: ›Als Ihr Vater noch da war, wäre so was nicht passiert – und auch nicht bei Ihrem Großvater. Einem armen Mann das Dach über dem Kopf wegzunehmen, um Fremde ins Haus zu holen.‹ In dem Stil. Und alles, was Jimmy tun konnte, war mit offenem Mund dazustehen und zu stammeln: ›Aber ich dachte, Sie wollten zu Ihrer Schwiegertochter ziehen.‹ Da hat ihm Hodson auf den Kopf zugesagt: ›Und wer erzählt Ihnen solche dreckigen Lügen, Mr. Jimmy?‹«

Antony stieß einen Pfiff aus.

»Und was ist dann passiert? Übrigens, woher weißt du das alles?«

»Ich war dabei. Kann mich nicht erinnern, wann ich das letzte Mal so einen Spaß hatte. Jimmy hat Hodson erklärt, dass wohl ein Missverständnis vorliege und er so lange im Cottage bleiben könne, wie er wolle. Dann ist er nach Hause gegangen und richtig explodiert. Ich hab mich aus dem Staub gemacht, aber ich konnte noch hören, wie er Lois klipp und klar erklärt hat, sie müsse die Führung seines Besitzes schon ihm überlassen. Hoffentlich ist es ihr eine Lehre.«

»Ein frommer Wunsch kann ja nicht schaden«, entgegnete Antony trocken. »Und wann ist das passiert?«

»Gleich bei meiner Ankunft. Antony, ich mache mir wirklich Sorgen um Minnie. Ellie wird schon klarkommen, wenn wir ihr über das nächste halbe Jahr hinweghelfen. Jimmy wird sie finanziell unterstützen, und wenn sie ein Zimmer in Brighton findet, kann sie Ronnie jeden Tag sehen. Sie wird nicht mehr die ganze Hausarbeit leisten müssen, die sie so erschöpft. Ich glaube, sie wird zurechtkommen – das muss ich einfach glauben, sonst gehen mir die Nerven durch. Aber Minnie ... Sie hat ihren Stolz, weißt du, trotz all ihrer Sanftmut. Sie wird von Jimmy kein Geld annehmen. Vermutlich würde sie eher verhungern. Das ist es, was mir Sorgen macht ... Sie hat nichts, für das es sich zu leben lohnt. Sie macht einen so verzweifelten Eindruck. Jimmy ist ganz unglücklich deswegen. Der einzige Mensch, der etwas daran ändern könnte, ist Lois. Wäre es nicht möglich, dass du ein gutes Wort für sie einlegst?«

Stirnrunzelnd starrte Antony auf die lang gestreckte, regennasse Straße, die sich im Nebel verlor. »Das hab ich schon.«

»Und hat es etwas genützt?«

»Zuerst hatte ich den Eindruck. Wenigstens schien ein bisschen Hoffnung zu bestehen. Jetzt glaube ich es nicht mehr. Tatsache ist, dass Minnie Lois irgendwie auf die Nerven gegangen ist, und wenn so was passiert, ist es der Anfang vom Ende. Es lohnt sich nicht mehr, darüber zu diskutieren. Es wird einen klaren Einschnitt geben, und dann müssen wir alle uns neu orientieren. Wahrscheinlich werden die meisten von uns Latter End in Zukunft nur noch selten zu Gesicht bekommen.«

Beide verfielen in langes Schweigen, bis Julia schließlich bemerkte: »Es ist wie eine Art ... Amputation, oder? Vielleicht sollte ich es nicht so empfinden, weil ich nicht so oft hier gewesen bin, aber es tut mir wirklich weh. Vielleicht ist es dumm, aber was mir besonders zu schaffen macht, ist Mummies Bild, das direkt hinter dem Stuhl dieser Frau an der Wand hängt. Es tut mir schrecklich weh.«

»Jimmy würde dir das Porträt sicher überlassen, wenn du ihn darum bittest.«

Ihr Gesicht wurde zornesrot.

»Das könnte ich nicht! Es wäre, als würde ich Mummie rauswerfen, wegen *ihr*.«

Schweigend fuhren sie weiter. Der Nebel wurde immer dichter. Es schien, als wären sie beide in einem Raum mit weißen Wänden. Einem Raum, der so klein war, dass sie nicht voneinander abrücken konnten. Er spürte, was sie beschäftigte, als würden ihre Gedanken sich in warmen Schwingungen ausbreiten. Ob Julia auch etwas von seinen Gedanken spürte, behielt sie für sich.

»Ich wünschte, wir würden woandershin fahren«, sagte sie.

Er entschied sich für eine saloppe Antwort: »Wünsche kosten nichts. Wohin willst du?«

»Nach Latter End, so wie es vor zehn Jahren war.«

Antony lachte.

»Dann habe ich gerade die Schule hinter mir, und du und Ellie, ihr seid vierzehn.«

»Und es gibt keine Lois. Das wäre himmlisch, oder?« Mit plötzlicher Heftigkeit fuhr sie fort: »Weißt du eigentlich schon, was sie jetzt wieder getan hat? Sie hat diese grässliche Gladys Marsh ins Haus geholt.«

»Was ist denn mit Joe passiert?«

»Er ist zu einer Schwester nach Devonshire gezogen. Angeblich ist geplant, dass er ins Geschäft seines Schwagers einsteigt. Aber in Wirklichkeit hat er einfach Probleme im Dorf. Alle regen sich über ihn auf wegen der Sache mit seiner Mutter. Und Gladys hasst Rayle sowieso. Sie wollen nur noch weg. Je eher, desto besser, wenn du mich fragst. Aber bis dahin arbeitet Gladys auf Latter End und plustert sich unglaublich auf.«

»Was soll sie im Haus denn eigentlich tun?«

»Kleinkram und Näharbeiten, ein bisschen Zofe für Lois spielen ... Und auch wenn es nicht zu ihren eigentlichen Aufgaben gehört, lauscht sie ständig an irgendwelchen Türen. Ellie hat sich gewehrt und verlangt, dass sie wenigstens ihr eigenes Zimmer putzt. Aber Gladys wollte nichts davon hören: ›Ich weiß nicht, ehrlich. Hausarbeit ist so schlecht für die Hände. An so was bin ich gar nicht gewöhnt.‹« Julia lachte ärgerlich auf. »Ich hab Ellie gesagt, ich würde das ganze Haus zusammenschreien, wenn sie nachgibt, also ist sie ausnahmsweise nicht weich geworden. Gladys macht jetzt auf vornehm. Du müsstest sie mit Wischmopp und Staubtuch sehen. Ein Wischen hier, ein Tupfen da, als hätte sie im Leben noch kein Zimmer geputzt.«

Antony streckte die linke Hand aus und ließ sie einen Moment auf Julias Knie liegen.

»Mein Schatz, versuch mal ein bisschen abzukühlen! Wenn du so weitermachst, wirst du noch überkochen. Dann haben wir den Schlamassel, den keiner von uns letztlich will. Erzähl mir lieber was von deinem neuen Buch.«

Sie schwankte zwischen Ärger und völliger Hingabe.

»Es gibt kein neues Buch.«

»Auf deinem Tisch schienen mir eine Menge beschriebener Blätter zu liegen.«

»Das ist kein Buch – es ist ein Chaos. Ich kann einfach nicht schreiben, wenn solche Dinge passieren.«

Trotzdem fing sie an zu erzählen.

14

Kaum hatte er Latter End betreten, war Antony auch schon überzeugt, dass es – Jimmy hin oder her, finanzielle Angelegenheiten hin oder her – besser für ihn gewesen wäre, in der Stadt zu bleiben. Latter End hatte nicht gerade den Eindruck eines glücklichen Heims gemacht, als er sich vor zehn Tagen verabschiedet hatte, aber verglichen damit, wie er es jetzt vorfand, war es das reinste Paradies gewesen. Minnie Mercers Zustand jagte ihm schlichtweg Angst ein. Sie hatte die Aura einer Schlafwandlerin, die fernab von allen anderen in irgendeinem schrecklichen Traum lebte. Ihr Anblick erinnerte ihn an ein Bild, das er einmal gesehen und nie wieder vergessen hatte. Der Künstler hatte eine junge Frau gemalt, die im nächsten Moment als Spionin erschossen werden sollte. Noch ehe seine Farben trocken werden konnten, war die Frau tot gewesen. Auf dem Bild schien alle Lebendigkeit sie bereits verlassen zu haben. Jedes Mal, wenn er Minnie jetzt vor sich sah, kam ihm das Bild sofort in den Sinn. Kein Wunder, dass der arme alte Jimmy sich ihretwegen Sorgen machte.

Noch während seiner Unterredung mit Jimmy im Studierzimmer begann Antony sich auch um ihn zu sorgen. Etwas stimmte nicht. Und man brauchte bloß ihn und Lois zusammen beim Abendessen zu sehen, um zu erkennen, dass dieses Etwas zwischen Ehemann und Ehefrau stand. Lois, die unglaublich gut aussah, ließ keine Gelegenheit aus, diesen Umstand zu betonen. Ihre Blicke huschten leicht verächtlich über Jimmy hinweg. Sie nannte ihn »Schatz« mit einer Stimme, die Eis zum Splittern gebracht hätte – und die im nächsten Moment charmant dahinschmolz, sobald sie sich Antony zuwandte. Dann verfiel sie jedes Mal in ein sanftes Flüstern, dem Jimmy am anderen Ende des Tisches vergeblich zu folgen versuchte.

Antony saß direkt neben ihr. Man darf seiner Gastgeberin nicht den Rücken zukehren. Man darf nicht einfach den Platz am Tisch wechseln. Er achtete darauf, dass seine Worte für alle hörbar waren, und versuchte, die anderen in das Gespräch einzubeziehen. Aber nur Julia ließ sich darauf ein. Ellie wirkte völlig erschöpft. Minnie verlor sich ganz in ihrem Traum. Und Jimmy befand sich eindeutig in einem sehr eigenartigen Gemütszustand. War er für gewöhnlich ein Musterbeispiel an Enthaltsamkeit, so goss er sich nun eine überaus großzügige Menge Whisky ins Glas, so dass Lois die Augenbrauen hochzog. Dann stürzte er den Drink völlig unverdünnt hinunter. Und wiederholte die Prozedur gleich noch einmal.

Als er später an den Abend zurückdachte, fragte Antony sich, durch welche Änderung in seinem eigenen Verhalten die weitere Entwicklung vielleicht hätte aufgehalten werden können. Doch er blieb letztlich auf dem hoffnungslosen Gefühl sitzen, dass zu viele andere Personen im Spiel und die Unterströmungen zu mächtig gewesen waren. Er allein hätte es niemals schaffen können, sich der Flut entgegenzustemmen, die Unheil über sie alle bringen sollte.

Wenn Jimmy Julia nicht zu singen gebeten und so hartnäckig darauf bestanden hätte, dass sie unmöglich nein sagen konnte; wenn er selbst nicht mit Lois in den Garten hinausgegangen wäre; wenn Jimmy seine Verbohrtheit, seine verletzten Gefühle, seine vagen Verdächtigungen nicht mit so viel Whisky genährt hätte; wenn Gladys Marsh sich nicht in den Kopf gesetzt hätte, ein Bad zu nehmen … Was nützen all diese »Wenns«? Manchmal laufen die Gedanken und Emotionen auf einen Punkt zu, an dem ein leidenschaftlicher Ausbruch alles vernichtet; wie ein Feuer, das alles verschlingt, wenn es erst stark genug ist, ein Feuer, das sich umso stärker entwickelt, je mehr man es zu ersticken versucht.

Eine der Änderungen, die Lois im Salon vorgenommen hatte, war die Entfernung des Klaviers. Angeblich war es irgendwo in Verwahrung gegeben worden, doch Julia sagte geradeheraus, dass Lois es verkauft hätte. Aber es stand noch ein altes Klavier im Schulzimmer, wo sich nun alle hinbegaben. Wie üblich verlangte Jimmy, Julia solle singen.

Lois hob die Augenbrauen und stieß ein leises, verächtliches Lachen aus.

»Mein lieber Jimmy, wie vorsintflutlich! Ich dachte, die gute alte ›Musik nach dem Abendessen‹ wäre endgültig ausgestorben!«

Er warf ihr einen ärgerlichen Blick zu. »Zufällig mag ich eben Musik nach dem Essen. Hab sie seit Jahren nicht singen hören. Setz dich und fang an! Vielleicht wird's mir diesen scheußlichen Kaffee erträglicher machen.«

Wieder zog Lois die Augenbrauen hoch. »Du musst ihn ja nicht trinken.«

»Du weißt verdammt genau, warum ich ihn trinke.«

Lois lachte und wandte sich an Antony: »Das ist Jimmys allerneueste Idee. Wenn ich vergiftet werde, lässt er sich auch vergiften. Welch rührende Aufopferung.«

Sie nahm ihre Tasse vom Tablett und ging hinüber zu Antony, der – halb von der Gesellschaft im Zimmer abgewandt – am Fenster stand. »Er hat ziemlich üble Laune, stimmt's?«

Sie gab sich wenig Mühe, leise zu sprechen. »Wir hatten Streit wegen Hodsons Cottage. Ich wollte es für die Greenacres, weißt du? Alles war vorbereitet. Der alte Mann wäre zu seiner Schwiegertochter in London gezogen, wo man sich ordentlich um ihn gekümmert hätte. Aber Jimmy musste meinen Plan zunichte machen. Er sagt, er kann es nicht zulassen. Was hältst du davon? Ich bin wütend.«

Antony lächelte sie an. »Ich denke, du solltest besser die Finger vom Cottage lassen.«

Sie lehnte sich dicht an ihn.

»Komm mit in den Garten und beruhige mich. Oder verspürst du irgendwelche unnatürlichen Gelüste auf Salonballaden?«

»Ich möchte Julia singen hören.«

Sie warf ihm einen geringschätzigen Blick zu, ließ sich im Sessel am Fenster nieder und zündete sich eine Zigarette an.

Nach kurzem Zögern setzte sich auch Antony. Er hatte seinen Kaffee ausgetrunken und die Tassen aufs Tablett gestellt. Jimmy verzog bei jedem Schluck das Gesicht, trank seinen Kaffee aber tapfer aus. Lois' Tasse war bis auf den Bodensatz leer und stand zwischen ihnen auf der breiten Fensterbank aus Eichenholz.

Antonys Augen wanderten zu Ellie, die ganz allein in einer Ecke saß. Er fragte sich, worüber sie nachdachte. Doch hätte es ihn kaum beruhigt, wenn er es wirklich gewusst hätte. Sie spielte wieder und wieder die Situation durch, die sich am Nachmittag im Krankenhaus abgespielt hatte. Nun, was war passiert? Sie sagte sich immer wieder: »Nichts – nichts – nichts.« Aber diese Worte konnten nicht helfen, weil sie krank vor Traurigkeit war. Nichts war passiert – überhaupt nichts. Man musste es sich immer wieder vorsagen. Es war, als säße man in einem Boot mit einem Leck, das man nicht sehen konnte. Man durfte nicht aufhören, das Wasser herauszuschöpfen. Aber wenn das Loch zu groß war, half es letztlich nicht. Am Ende ertrank man dennoch.

Sie sah Ronnies Gesicht vor sich, zufrieden und strahlend, so wie sie es gesehen hatte, als sie ins Krankenhaus gekommen war. Doch der Gesichtsausdruck hatte nichts mit ihr zu tun gehabt. Gerade mal eine halbe Minute lang hatte sie sich diesem Glauben hingeben können, bis er ihr erzählt hatte, dass Schwester Blackwell nach Brighton versetzt würde, ins selbe Heim, in das auch er kommen sollte. Schwester Blackwell war das hübsche Mädchen, das so gern lachte. Ständig wirkte sie so frisch, als hätte sie im Leben nichts anderes zu tun, als hübsch und frisch auszusehen. »Ist das nicht wunderbar?«, hatte Ronnie gefragt.

»Wunderbar …«, hatte Ellie geantwortet, und ihre Stimme hatte geklungen wie ein müdes Echo. Genauso hatte sie sich auch gefühlt. Wie ein Echo, das langsam immer dünner wurde. Eine Kälte hatte ihr Herz berührt.

Julia schlug einen oder zwei Akkorde an und begann zu singen. Sie hatte eine Stimme, die Antony einmal als Sahne-und-Honig-Stimme bezeichnet hatte. Süß und gehaltvoll, ohne besonders viel Volumen. Altstimmen neigen ein bisschen zur Schwerfälligkeit, doch Julias Stimme floss leicht dahin, als sie die alten volkstümlichen Lieder zum Besten gab, die Jimmy sich wünschte: *Barbara Allen*, *The Bailiff's Daughter*. Lois' fragender Einwurf, ob man denn hier in der Grundschule sei, wurde allgemein ignoriert.

Jimmy verlangte gerade »dieses fröhliche Lied, das du immer gesungen hast … wo all die Tiere vorkommen. Wir haben es immer ›das Zoolied‹ genannt.«

Sie begann mit einem feurigen Vorspiel und sang dann die alte reizvolle Melodie:

Über die Berge
und tief durch das Meer;
unter den Brunnen
und Gräbern her;
durch tiefste Fluten,
von Neptun gehegt,
und steilste Schluchten
sucht die Liebe ihren Weg.

Mancher glaubt, er verliert sie,
wenn er sie näher bestimmt;
und manch einer glaubt gar,
die Liebe sei blind;
doch umgib sie mit Mauern,
so hoch es nur geht,
mag die Liebe auch blind sein,
sie findet ihren Weg.

Auf deiner Hand, wenn du willst,
nimmt der Adler seinen Posten;
und vielleicht lockst du gar
den Phoenix aus dem Osten;
die Löwin gibt dir Beute,
die sie gerade erlegt;
doch stoppst du keinen Verliebten:
Er findet seinen Weg.

Bei den letzten Worten stand Lois auf und warf ihren Zigarettenstummel aus dem Fenster. Ihre Stimme klang schneidend durch Julias Schlussakkorde hindurch: »Na, ihr könnt euch sicher allein mit euren Volksliedern vergnügen. Antony und ich gehen in den Garten.«

Das war einer der Momente, über die er später nachdachte. Wären die Dinge anders verlaufen, wenn er einfach geblieben wäre, wo er war? Wenn er auf ihre Unverfrorenheit ebenso kühl reagiert und ganz ehrlich erklärt hätte, dass er die alten Lieder mochte und dass er gern zuhörte, wenn Julia sie sang? Wahrscheinlich wäre Lois dann auch geblieben. Wahrscheinlich hätte sie mit den Sachen aus ihrer Handtasche herumgespielt, die sie ständig bei sich trug – Zigarettendöschen, Feuerzeug, Puderdose. Wahrscheinlich hätte sie rücksichtslos laut geredet und Jimmys schlechte Laune noch weiter geschürt. Es war ihm tatsächlich klüger erschienen, sie in den Garten zu begleiten und es Julia zu überlassen, Jimmy auf andere Gedanken zu bringen.

Er trat über die niedrige Türschwelle nach draußen und reichte Lois seine Hand. Ihr Kleid stieß dabei ihre Kaffeetasse um. Sie fiel hinunter und rollte über den Boden, zerbrach aber nicht.

Minnie kam aus ihrer Ecke hervor, um sie in Sicherheit zu bringen. Einen Moment lang starrte sie die Tasse an; dann stellte sie sie zusammen mit der Untertasse aufs Tablett.

»Sie ist nicht zerbrochen«, sagte sie. »Nur am Henkel ist ein winziges Stückchen abgeplatzt. Marcia hat diese Tassen so geliebt, und wir haben nur noch ein paar davon. Ich bin froh, dass sie nicht zerbrochen ist.«

Sie wirkte, als würde sie mit sich selbst sprechen, als wäre sie allein im Raum – oder allein in ihrem Traum. Schließlich nahm sie das Tablett und ging hinaus.

Draußen im Garten gab Antony sich derweil Mühe, seine Gastgeberin zu unterhalten. Jedenfalls war das die Rolle, auf die er sich eingestellt hatte: den unterhaltsamen Gast zu spielen. Unglücklicherweise funktioniert ein Rollenspiel aber nur dann, wenn die Akteure mitmachen. Und Lois hatte ganz eigene Vorstellungen von der Szene, in der sie auftreten wollte: ein herrlicher sonniger Abend; die Luft still und warm; ein oder zwei singende Vögel; leuchtende Farben, die den nahen Herbst ankündigten – so weit die Requisiten. Und was die Personen betrifft – was wäre vielversprechender als eine schöne gelangweilte Frau und ein Mann, der einst nichts anderes im Sinn hatte, als ihr den Hof zu machen?

Sie deutete ihm an, dass sie es begrüßen würde, wenn er es noch einmal versuchte. Und bis zu diesem Punkt wäre die Angelegenheit noch nicht allzu unerfreulich verlaufen. Antony hätte die Situation im Griff behalten und es beim lockeren verbalen Schlagabtausch belassen. Doch von Minute zu Minute wurde ihm bewusster, dass unter dem Spiel noch eine andere Ebene verborgen lag. Er spürte eine gefährliche, mit Händen greifbare Spannung, aus der jederzeit Funken zu sprühen drohten. Er wünschte sich von Herzen, dass er im Kreis der Familie geblieben wäre.

Von einem Augenblick auf den anderen schlug Lois plötzlich einen anderen Tonfall an. Alles Spielerische war verschwunden. Mit einer Stimme, die sehr ernst klang, erklärte sie: »Antony, ich langweile mich zu Tode.«

Ein erleichtertes Lächeln legte sich auf seine Lippen. »Was soll ich darauf sagen: ›Danke für das Kompliment‹?«

Sie runzelte die Stirn. »Ich kann hier nicht leben. Ich war verrückt, es überhaupt zu versuchen.«

»Du fängst doch gerade erst an. Vor einer oder zwei Wochen warst du noch voller Pläne, was du alles ändern wolltest.«

In merkwürdig nüchternem Ton entgegnete sie: »Aber inzwischen hab ich den Boden unter den Füßen verloren. Ich kann einfach nicht auf dem Land leben. Ich werde mir eine Wohnung in der Stadt nehmen.«

»Ich glaube nicht, dass du Jimmy dazu bewegen könntest, in der Stadt zu wohnen.«

»Ich könnte es, wenn ich wollte – aber ich hab nicht vor, es zu versuchen.«

Er warf ihr einen scharfen Blick zu. Hier war eine Lois, die er bisher nicht kannte. Ihr Gesicht wirkte bedrückt. Ihre Augen schauten merkwürdig konzentriert an ihm vorbei; ihre Pupillen zogen sich im Licht zusammen.

»Und was willst du damit sagen?«, fragte er bemüht beiläufig. »Willst du überhaupt etwas Bestimmtes damit sagen?«

Leise und entschlossen entgegnete sie: »Ja, das will ich. Und ich glaube, du weißt auch, was.«

»Ich hoffe, ich weiß es nicht.«

»Es ist nicht gut, immer nur zu hoffen. Ich kann so nicht weitermachen.«

Er fuhr im selben beiläufigen Ton fort: »Weil du einen Streit mit Jimmy hattest?«

»Nein.« Sie ließ sich Zeit, um die Antwort wirken zu lassen. Als sie schließlich fortfuhr, erfüllte Wärme ihr Gesicht, ihre Art zu sprechen, ihr ganzes Auftreten: »Antony, siehst du denn nicht, dass ich so nicht weitermachen kann?«

»Ehrlich gesagt, nein.«

»Wirklich nicht? Dann versuch's! Antony, bitte versuch's wenigstens! Ich war so ein Idiot vor zwei Jahren. Da ... jetzt hab ich es gesagt! Wenn ich bloß gewusst hätte, dass die Doubleday-Verwandtschaft sich auf eine außergerichtliche Einigung einlässt ... Ohne Geld kann ich nicht leben, das weißt du ... Es hat keinen Sinn, so zu tun als ob. In dem Punkt bin ich immer ehrlich gewesen, oder?«

»Allerdings.«

»Ich kann ohne Geld nicht leben und ich kann ohne Menschen nicht leben. Ich muss zurück in die Stadt.«

»Lois«, antwortete er ernst. »Ich denke, das wäre nicht besonders klug. Wozu hast du hier alles verändert, wenn du nicht hier leben willst? Du machst Klarschiff im Haus, stellst neues Personal ein. Du schmiedest Pläne für gesellschaftliche Anlässe, willst Leute hierher einladen. Jimmy wird dir nicht im Weg stehen. Er mag es, wenn das Haus voll ist.«

Sie lachte.

»Nein. Jimmy wird mich nicht aufhalten.«

Mit ihrer trübseligen Stimmung hatte er besser umgehen können. Doch jetzt musste er auch lachen: »Na also, was willst du denn noch?«

Sie wandte den Kopf und blickte wieder an ihm vorbei, aber diesmal lächelte sie.

»Das werde ich dir sagen, wenn du es wirklich wissen willst. Vielleicht errätst du es auch. Und wenn ich etwas will, dann bekomme ich es gewöhnlich auch.«

»Ach ja?«

Ihre Blicke trafen sich für einen Augenblick. Ihre Augen funkelten jetzt vor Lebendigkeit. Die bedrohliche Spannung war wieder spürbar. Schließlich lachte sie.

»Ich werde meine Wohnung in der Stadt haben. Und du wirst vorbeikommen und mich besuchen, oder? Hier draußen können wir Wochenendpartys veranstalten, bloß um das Personal in Übung zu halten und den Leuten im Dorf ein bisschen Gesprächsstoff zu bieten.«

»Klingt großartig. Meinst du nicht auch, wir sollten jetzt besser reingehen?«

»Und uns am gemeinsamen Singen beteiligen?« Sie sprach mit leiserer Stimme weiter: »Fürchtest du dich so allein mit mir, mein Schatz?«

Sie erntete einen düsteren Blick.

»Sieh mal, Lois …«

»Der heilige Antony?«

Er zog die Augenbrauen hoch, aber sein Blick blieb völlig kalt.

»Ich nehme an, du weißt, worauf du hinauswillst?«

»Du etwa nicht?«

»Oh, sicher. Du hattest einen Streit mit Jimmy und hältst es für eine großartige Idee, ihn zu ärgern, indem du mit mir flirtest. Und ich sag dir ganz klipp und klar, dass dein Plan nicht aufgehen wird. Pass auf, was du tust! Ich lasse mich jedenfalls nicht benutzen, um Jimmy zu ärgern.«

Sie schaute mit einem provozierenden Lächeln zu ihm auf.

»Du würdest einen schrecklich gut aussehenden Pfarrer abgeben. Hast du mal daran gedacht, dich weihen zu lassen?«

»Lois, jetzt hör mal einen Augenblick zu! Du langweilst dich. Du bist sauer auf Jimmy ...«

»Und du hast mir den Kopf verdreht. Liebling, sprich weiter ... das ist unglaublich spannend!«

»Ja, ich rede weiter. Ich habe gerade gesagt, du sollst aufpassen, was du tust. Und das meine ich auch. Ich habe Jimmy schon mehrmals in diesem Zustand erlebt, wenn auch selten – vielleicht drei- oder viermal. Er ist dann völlig unberechenbar. Mit zwanzig hat er sich einmal gegen seinen Vater aufgelehnt – Marcia hat mir davon erzählt. Dann ist er einfach aus dem Haus marschiert und war praktisch vom Erdboden verschwunden. Ein ganzes Jahr lang wussten sie nicht mal, ob er überhaupt noch lebt. Und irgendwann ist er wieder aufgetaucht – gut gelaunt, als wäre überhaupt nichts vorgefallen. Aber er hat ihnen nie gesagt, wo er die ganze Zeit über war und was er gemacht hat. Das wirft ein anderes Licht auf Jimmy, oder?«

»Oh, klar ... wirklich faszinierend. Willst du mich davor warnen, dass Jimmy plötzlich aus meinem Leben verschwindet, weil ich im hellen Tageslicht eine halbe Stunde mit dir im Garten spaziere? Irgendwie hab ich das Gefühl, ich könnte es ertragen, weißt du?«

Er warf ihr einen harten, finsteren Blick zu.

»Ich versuche nur, dich zu warnen. Du bekommst ständig, was du willst. Die Mädchen ziehen aus, und auch Minnie wird gehen. Wir werden uns in Zukunft alle um unsere eigenen Angelegenheiten kümmern, so dass du das Haus ganz für dich allein hast. Gut, warum auch nicht, du willst es so. Aber Jimmy wird es nicht gefallen. Er ist ein Familienmensch. Er sieht überhaupt keinen Grund, das Familienleben auf Latter End nicht genauso weiterzuführen wie bisher. Das ist ziemlich altmodisch und geradewegs gegen die menschliche Natur – Familien leben heutzutage nicht mehr so. Also, lass es ruhig angehen mit all diesen Veränderungen. Die meisten Männer hassen Veränderungen. Und Jimmy kann sie schon gar nicht ausstehen. Er hat dich auf ein kilometerhohes Podest gestellt. Pass auf, dass es nicht ausgerechnet jetzt ins Schwanken gerät. Du würdest verdammt tief fallen.«

Er hatte keine Rücksicht darauf genommen, ob sie sich ärgerte oder nicht. Nach außen hin war kein Zeichen von Ärger zu erkennen. Sie stand einfach vor ihm, das Gesicht zu ihm erhoben, und fixierte ihn mit lächelndem Blick.

»Du meinst also, ich bekomme, was ich will. Und ich sagte eben, dass es normalerweise wirklich so ist.«

»Du willst uns alle loswerden, stimmt's?«

»Glaubst du wirklich, dass ich *dich* loswerden will?«

Die Betonung war nicht zu überhören. Sie machte eine kaum wahrnehmbare Bewegung, die sie ganz nah an ihn heranbrachte. Nicht nah genug, um ihn zu berühren – und doch fühlte es sich für Antony wie eine Berührung an. Es war ein ziemlich beunruhigendes Gefühl.

Antony hatte sich oft gefreut, Julia zu sehen. Aber niemals hatte er sich so gefreut wie in diesem Augenblick. Sie bog gerade wenige Meter von ihnen entfernt um die Eibenhecke und ging direkt auf sie zu. In einem Ton, der keinen

Widerspruch zuließ, sagte sie: »Jimmy will Bridge spielen. Würdet ihr bitte reinkommen, um die Runde komplett zu machen?«

15

Die Bridgepartie verlief alles andere als entspannt. Immerhin bot sie keine Gelegenheit zu einem Tête-à-tête. Jimmy war beschwipst und leicht reizbar – Misstrauen hing in der Luft, ohne ausgesprochen zu werden. Jedenfalls konnte kein Zweifel bestehen, dass er in jeder Hinsicht wie das Gegenteil seines normalen Selbst wirkte. Er hatte großartige Karten und spielte sie mit einem Überschwang aus, der sich um nichts zu scheren schien als die Stimmung des Augenblicks. Julia, die mit ihm zusammen spielte, wirkte abwesend und innerlich mit ganz anderen Dingen beschäftigt. Während der kompletten Partie sprach sie kein einziges unnötiges Wort. Lois wirkte vor allem gelangweilt. Dass auch sie nicht redete, hatte den einfachen Grund, dass es ihr die Mühe nicht wert schien. Nein, es war keine entspannte Partie, aber für Antony doch viel besser, als mit Lois allein zu sein.

»Ich fürchte, ich muss morgen ziemlich früh los«, wandte er sich an Jimmy. »Ich muss einen Mann erwischen, der auf der Durchreise ist und nur kurz in London bleibt. Er kommt mit dem Nachtzug aus Schottland. Es ist ziemlich wichtig für mich, mit ihm zu reden. Am besten versuche ich, ihn beim Frühstück zu erwischen. Viel Zeit wird er nicht übrig haben.«

Jimmy stieß einen grunzenden Laut aus.

»Ziemlich plötzlich, was?«

»Also, nein … eigentlich nicht. Dass ich hierher gekommen bin, war nicht geplant. Ich musste es dazwischenschieben, weil du mich geschäftlich sprechen wolltest.«

Lois hob die Augenbrauen.

»Geschäftlich?«

»Meine Geschäfte«, sagte Jimmy.

Julia schaute plötzlich und sehr direkt zu Antony auf. Ihr Gesicht war aus der Starre erwacht. Sie sagte nichts, nahm aber sofort die Karten und begann auszuteilen.

Lois lachte. »Ich hoffe, du erwartest nicht, dass irgendjemand von uns aufsteht, um dich zu verabschieden!«

Um halb elf waren alle so weit, sich eine gute Nacht zu wünschen.

Antony ging hinauf in das Zimmer, das er schon als Zehnjähriger bewohnt hatte. Es lag im ersten Stock direkt an der Hintertreppe und war von den eigentlichen Schlafzimmern durch eine Tür abgetrennt. Am Treppenabsatz, von dem die Stufen steil nach unten führten, lag links ein kleines Nähzimmer, in dem Marcia Vanes Hausmädchen gearbeitet hatten – in einer Zeit, als die Leute noch Hausmädchen hatten, die für sie nähten. Rechts lag der Raum, der immer noch »Antonys Zimmer« genannt wurde. Außerdem gab es ein Badezimmer.

Als er gerade ein Bad nehmen wollte, kam eine junge Frau die Hintertreppe herauf. Sie ging geradewegs auf das alte Nähzimmer zu. Kurz bevor sie die Tür erreichte, wandte sie den Kopf und sah sich nach ihm um. Er bemerkte ihr gewelltes blondes Haar, ihre ebenso extravagant geschminkten Augenbrauen, den scharlachroten Mund, der wie eine klaffende Wunde leuchtete, und ihre neugierigen hellblauen Augen.

Er ging ins Bad und schloss die Tür. Falls das gerade Gladys Marsh gewesen war, wunderte es ihn nicht, dass sie mit Julia und Ellie nicht gut zurechtkam. Er drehte die Wasserhähne auf und dankte Manny im Geiste dafür, dass sie die Wasserleitungen beheizt hatte. Dann schoss ihm durch den

Kopf, dass Joe Marsh, wenn es ihm denn an Respekt vor seinen Eltern gemangelt hatte, diese Respektlosigkeit nun an anderer Stelle heimgezahlt bekam.

Er blieb lange im warmen Wasser. Das Schlimmste war jetzt überstanden. Morgen früh um sieben würde er im Auto sitzen, und keine zehn Pferde konnten ihn dann nach Latter End zurückbringen, bis ... Er wurde das Gefühl nicht los, dass es bis zum Ende der Zeiten dauern könnte. Ob Lois es nun ernst meinte oder nicht, es war kaum zu übersehen, dass sie es auf eine große Szene anlegte. Er fragte sich bloß, warum. Und in den schrecklichen Tagen, die vor ihm lagen, würde er sich diese Frage noch öfter stellen – ohne jemals das Gefühl zu haben, die Antwort darauf zu erhalten.

Er schob die Frage fürs Erste beiseite und zwang sich zur Konzentration auf das Treffen mit Latimer. Sein Buch war außergewöhnlich gut – daran bestand kein Zweifel. Die Firma störte sich allerdings an der Art und Weise, wie er bestimmte Kapitel angelegt hatte. Antony sollte nun versuchen, mit dem überaus empfindlichen Latimer zu reden. Sie beide hatten in der frühen Phase des Krieges in derselben Einheit gedient. Ihr Verhältnis war bis zu einem gewissen Grad freundschaftlich. Also hatten Antonys ältere Geschäftspartner dem neuen jungen Mann auf die Schulter geklopft und ihm aufgetragen, das Problem zu lösen. »Sie werden taktvoll vorgehen müssen. Wir können uns nicht leisten, ihn zu verlieren. Aber so, wie diese Kapitel jetzt aussehen, werden wir sie nicht veröffentlichen.« Er versuchte sich auszumalen, wie widerborstig Latimer reagieren würde. Dann ertappte er sich bei dem Gedanken, dass er Latimer etwas schuldete. Schließlich hatte er ihm eine gute Entschuldigung für seinen frühzeitigen Aufbruch geliefert. Außer Julia hatte er niemandem verraten, dass sie erst zum Mittagessen verabredet waren. Und dabei wollte er es auch belassen. Ein Frühstück nach einer nächtlichen Zugfahrt war kaum ein aussichtsreicher Moment für eine taktvolle Kritik. Als Entschuldigung für seinen Aufbruch allerdings taugte es allemal.

Als er sein Zimmer wieder betrat, wurde ihm plötzlich bewusst, dass es wahrscheinlich die letzte Nacht sein würde, die er jemals hier verbringen würde. Seine Bücher füllten immer noch die Regale eines altersschwachen Bücherschranks, der vom Boden bis zur Decke reichte. Das unterste Brett war voll gestellt mit gebundenen Ausgaben von *Boys' Own Paper*; darüber standen Buchpreise für Schulwettbewerbe – die Sorte Bücher, die man niemals liest; noch höher die Idole seiner Teenagerzeit und die langen Reihen kleiner ledergebundener Ausgaben ganz oben. Einige davon würde er mitnehmen. Und die anderen ... Was fing man an mit den Relikten der eigenen Jugend? Während des Krieges hätten sie irgendwo in Sicherheit gebracht werden sollen. Aber er konnte sich lebhaft vorstellen, wie Jimmy auf den Tisch gehauen und gebieterisch erklärt hatte: »Nicht Mr. Antonys Sachen!« Wenn er sich schon nicht vorstellen konnte, wohin mit den Büchern, so war es mit den Fotos noch schlimmer: eine endlose Sammlung von Gruppenfotos aus Schulzeiten und aus dem Studium – Reihen um Reihen von Gesichtern, Blazern, Pullovern. Ein großes Feuer erschien ihm als die einzige Lösung. Die Jahre des Krieges hatten einen unüberbrückbaren Graben aufgetan zwischen ihm und dem Gesicht, dem Blazer, dem Pullover, die einmal – jenseits des Grabens – zu seiner Person gehört hatten.

Er betrachtete eine oder zwei der späteren Gruppenaufnahmen und verspürte Melancholie. Bill Rogers, bei Alamein getötet – Jervis bei Hellfire Corner – Mapleton während der Luftangriffe – Anstey in Burma – Danvers in Frankreich – Macdonald einfach verschwunden, niemand wusste wohin. Es war sinnlos, zurückzuschauen. Es waren gute Männer, mit denen er einmal viel Freude geteilt hatte. Aber er musste nach vorn schauen ... Er machte sich klar, dass es auch eine andere Seite gab. Thompson war Brigadegeneral. Irgendwie komisch, wenn man bedachte, dass Thompson nie viel mit anderen Leuten hatte anfangen können. Und Antony Latter, der damals mit allen gut zurechtkam, hatte es nur zum Captain gebracht. Alles war eine Frage des Schicksals. Er konnte von Glück sagen, dass er nach Alamein und der Wunde, die ihn zwei Jahre lang außer Gefecht gesetzt hatte, gesund und am Leben war. Was ihn wirklich geärgert hatte, war das gebrochene Bein in Paris. Er hatte sich von einem Jeep mitnehmen lassen, dessen Fahrer noch nie ein solches Auto gefahren, den Unfall selbst aber ohne jeden Kratzer überstanden hatte.

Er riss sich von seinen Erinnerungen los und beschloss, Julia zu bitten, sein Zimmer auszuräumen. Dann überlegte er es sich noch einmal anders, denn er wollte Jimmys Gefühle nicht verletzen. Jimmy hatte inzwischen den Punkt erreicht, wo die geringste Kleinigkeit ihn aus der Fassung bringen konnte.

Außer durch die Eingangstür konnte Antonys Zimmer über einen weiteren Zugang betreten werden. Man nahm ihn eigentlich nur wahr, wenn man von seiner Existenz wusste, da er tapeziert war wie der Rest des Zimmers; außerdem fehlte die Klinke. Ursprünglich war der Raum ein Doppelzimmer gewesen, und der tapezierte Durchgang hatte zum dazugehörigen Ankleidezimmer geführt. Doch solange er zurückdenken konnte, hatte der Nebenraum Marcia als Kleiderkammer gedient. Damals war es streng verboten gewesen, ihn zu betreten, wenn sie als Kinder im Haus Verstecken spielten – woran sie sich allerdings nie gehalten hatten. Der Versuchung hatte er nicht widerstehen können. Die Kammer hatte eine eigene Tür zum hinteren Treppenhaus. Es gab keine direkte Verbindung zum angrenzenden Zimmer von Marcia. Man konnte allerdings schnell aus ihrem Zimmer heraus- und in die Kammer hineinschlüpfen, von dort aus in Antonys Zimmer und weiter bis zur Treppe gelangen, wo man sich für den Weg nach oben oder unten entschied – oder durch die Pendeltür zurück in den Hauptgang. Ein ziemlich wichtiger Ort also …

All diese Erinnerungen gingen ihm durch den Kopf – nur halb bewusst, wie es oft mit Dingen geht, die einem seit jeher vertraut sind. Dann wandte er sich um. Die mit Tapete verkleidete Tür hatte sich plötzlich einen Spaltweit geöffnet. Im nächsten Moment stand sie sperrangelweit offen, und Lois betrat das Zimmer.

Ihr Anblick hatte ihn erschreckt. Er war weit weg in einer Vergangenheit gewesen, in der ihr Bild nichts zu suchen hatte. Und auch in Marcias Kleiderkammer hatte sie nichts zu suchen – das jedenfalls war seine instinktive Reaktion, bis ihm klar wurde: »Natürlich, jetzt ist es ihre Kammer.« Wie auch immer, in seinem Zimmer hatte sie wirklich nichts zu suchen.

Es war Mitternacht. Wahrscheinlich schliefen alle anderen Hausbewohner – das jedenfalls hoffte er inständig. Er war im Schlafanzug, und sie trug genau jene Art Negligée, die der Vamp in jeder Liebesszene trägt – etwas Durchsichtiges und Fleischfarbenes, das an der Schulter ein Stück heruntergerutscht war. Parfüm und Emotionen schienen den Raum zu füllen. Er war so wütend, dass er kaum Worte fand, geschweige denn herausbrachte. Sie wartete erst gar nicht ab, sondern sagte schnell: »Ich muss mit dir reden, Antony, bitte hör mir zu!«

»Lois, bist du verrückt geworden? Wir können hier nicht reden – um diese Zeit. Um Himmels willen, geh wieder in dein Zimmer!«

Sie stieß ein kurzes, lautloses Lachen aus. »Sorgst du dich um meinen Ruf, mein Schatz?«

»Ich denke an Jimmy«, entgegnete er ungerührt. »Und das solltest du besser auch tun.«

Sie stellte sich ganz dicht vor ihn. »Ich denke viel lieber an dich, mein Schatz.«

»Lois …«

»Es ist zwei Jahre her, seit du mich geküsst hast. Möchtest du mich jetzt nicht küssen?«

»Lois …«

»Früher warst du nicht so ein Eisblock, mein Süßer.«

»Früher warst du nicht mit Jimmy verheiratet. Und leider muss ich dich daran erinnern, dass vor zwei Jahren eben vor zwei Jahren ist.«

»Damals warst du in mich verliebt.«

»Und jetzt bin ich nicht im Geringsten in dich verliebt.«

Sie lachte und zog die Augen dicht zusammen. »Joseph!«

Er war zu wütend, um seine Worte noch abzuwägen. Wenn sie es wirklich so wollte, dann hatte sie es nicht besser verdient: »Hältst du dich wirklich für Potiphars Frau? Das ist widerlich, findest du nicht?«

Wieder bewegte sich die Tür. Sie öffnete sich weit, und Jimmy trat ein.

Sein Auftritt machte das Szenario einer zehntklassigen Farce perfekt. Doch trotz seiner unbeherrschten Wut war Antony der unheilvolle Beigeschmack dieser speziellen Farce bewusst. Jimmy mit seinem blauen Schlafanzug und seinen wild in alle Richtungen abstehenden hellen Haaren hätte die Rolle des komischen Ehemanns übernehmen sollen. Doch das tat er nicht. Er war definitiv eine tragische Figur. Inzwischen war er ins Zimmer getreten. Von dort musterte er sie beide mit starren, ausdruckslosen Augen und mit geröteten Lidern. Sein Gesicht war totenblass und schweißüberströmt. Einen Moment lang wusste selbst Lois nichts zu sagen. Jimmy ergriff die Initiative.

»Geh zurück in dein Zimmer!«

»Also wirklich, Jimmy!«

»Ich hab gehört, was du gesagt hast.«

Sie lachte kurz auf, zuckte die Schultern und ging an ihm vorbei aus dem Zimmer.

Für Antony erhielt die Szene ihren letzten verstörenden Akzent durch die Tatsache, dass Jimmy keinerlei Anstalten machte, ihr aus dem Weg zu gehen, obwohl sie ihn im Vorbeigehen beinahe anrempelte. Er tat, als wäre sie gar nicht da. Und Sekunden später war sie wirklich von der Bildfläche verschwunden. Die Tür in der Wand hatte sich hinter ihr geschlossen. Für Jimmy Latter schien sie schon vorher verschwunden zu sein. Es gab keine Lois mehr.

Alles war von einer auf die andere Minute vorbei. Antony versuchte sich zusammenzureißen und zu retten, was zu retten war. »Jimmy, alter Junge ...«, begann er.

Jimmy fixierte ihn mit ausdruckslosen Augen. »Ich hab gehört, was sie gesagt hat.«

Nach kurzer Pause fuhr er fort: »Sie hat gesagt: vor zwei Jahren. Ich will wissen, was ... vor zwei Jahren ... passiert ist.«

Seine Stimme wirkte völlig emotionslos, als gehöre sie zu einer anderen Person. Zwischen den Worten lagen lange, schreckliche Pausen. Und das von Jimmy! Normalerweise stolperten seine Worte wild durcheinander, weil er immer zu viele von ihnen in einen einzigen Satz packen wollte! Und jetzt dieser zähe Monolog. »Ich will wissen, was ... vor zwei Jahren ... passiert ist.«

»Nichts, was dich betrifft. Das musst du mir glauben. Ich war in sie verliebt, und ich hab sie gebeten, mich zu heiraten. Sie hat nein gesagt und dich geheiratet. Sonst ist nichts passiert. Ich dachte, du wüsstest davon.«

Jimmy nickte und erklärte schwerfällig: »Nicht ... deine ... Schuld.«

Antony trat zu ihm und legte ihm eine Hand auf die Schulter.

»Hör mal, Jimmy, nimm das Ganze nicht zu ernst. Es ist ja nichts passiert. Du solltest es wirklich nicht zu ernst nehmen. Ich sag dir die reine Wahrheit. Um Himmels willen, versuch wenigstens, mir zu glauben! Lois hatte Streit mit dir ... wegen Hodsons Cottage ...«

»Sie hat mich angelogen.«

Die Schulter unter Antonys Hand fühlte sich kalt und hart wie ein Eisklumpen an. Mit eindringlicher Stimme fuhr er fort: »Also, ihr hattet einen Streit, und sie war wütend. Sie mag es nicht, wenn sie ihren Willen nicht bekommt. Sie wollte dich bloßstellen. Und die beste Möglichkeit dazu schien ihr, mit mir zu flirten. Wir kennen uns inzwischen lange genug, um offen zu reden: Ich hab ihr gesagt, dass nichts läuft. Und genau in dem Moment ist Julia gekommen, um uns hereinzurufen. Frauen können es nicht vertragen, wenn eine Auseinandersetzung nicht bis zum Ende geführt wird. Sie denken sich Wege aus, es einem heimzuzahlen und das letzte Wort zu behalten. Ich glaube ganz ehrlich, dass Lois deshalb heute Nacht gekommen ist. Es war ziemlich dumm von ihr, und du hast jeden Grund, ärgerlich zu sein. Aber ich glaube nicht, dass etwas Schlimmeres dahinter steckt. Ich fahre morgen früh um sechs Uhr ab und werde mich in Zukunft von ihr fern halten. Du kannst mir vertrauen! Jimmy ... ich bitte dich ...«

Alle Worte halfen nichts. Jimmy warf ihm einen markerschütternden Blick zu.

»Es nützt nichts. Ich hab gehört, was sie gesagt hat.«

Er drehte sich um und verließ das Zimmer.

16

Antony verließ Latter End, noch ehe außer ihm jemand aufgestanden war. Seine Schritte in der Halle hallten, als stünde das Haus völlig leer. Als er die Riegel zurückzog und den Schlüssel umdrehte, hatte er das Gefühl, als müsse von den Geräuschen zwangsläufig jemand aufwachen. Er trat in den frühen Morgen hinaus. Tau bedeckte das Gras, und eine leichte Brise wehte. Er holte seinen Wagen aus der Garage. Als er die Straße erreichte, überkam ihn das Gefühl einer geglückten Flucht.

Während der beiden nächsten Tage hatte er furchtbar viel zu tun. Er traf sich zum Essen mit Latimer und erreichte mehr, als er zu hoffen gewagt hatte. Anschließend nötigte Latimer ihn zu einem Besuch seines Cottages an der Themse. Latimer war nicht der Mensch, der eine Absage akzeptierte. Sein Manuskript lag im Cottage, und dort konnten sie es gemeinsam durcharbeiten ... »Deine Geschäftspartner benehmen sich wie verdammte alte Damen, aber ich hab keine Lust, mich mit ihnen rumzustreiten.«

Dann kam der überraschendste Teil der Geschichte: »Du musst mitkommen und meine Frau kennen lernen. Sag bloß nicht nein!«

Latimer ein verheirateter Mann! Antony hatte ernsthafte Schwierigkeiten, diese Vorstellung zu akzeptieren. Und er war schrecklich neugierig auf Mrs. Latimer. Als er ihr schließlich begegnete, entpuppte sie sich als angenehme, ruhige Hausfrau, auf provinzielle Weise gut aussehend. Überdies war sie eine inspirierte Köchin. Genau jene Art Frau also, die Latimer brauchte. Wenn man Latimer kannte, war es allerdings beinahe unglaublich, dass er eine solche Frau auch wirklich geheiratet hatte. Doch irgendwie war es geschehen, und Latimer schien an seiner Rolle als Ehemann den allergrößten Spaß zu haben.

Da ihm die Firma diesen kleinen Ausflug ohne Zögern genehmigt hatte, wurde es sechs Uhr abends am nächsten Tag, bis er in sein Hotel zurückkehrte. Gerade rechtzeitig, um sich umzuziehen und zum Dinner mit den Mathiesons nach Hampstead hinauszufahren, wo er einen sehr angenehmen Abend verbrachte. Irgendwo in seinem Hinterkopf hielt sich die ganze Zeit das Gefühl, glücklich davongekommen zu sein.

Als er nach Mitternacht ins Hotel kam, fand er in seinem Zimmer einen Zettel: »Miss Vane hat zweimal angerufen. Sie bittet um Rückruf, sobald Sie wieder hier sind.«

Als er die Nachricht gelesen hatte, runzelte Antony die Stirn. Die Worte bedrückten ihn und erfüllten ihn mit bösen Vorahnungen. Das war natürlich Unsinn, blanker Unsinn. Sicher gab es ein Dutzend gute Gründe für ihren Anruf ... »Miss Vane hat zweimal angerufen. Sie bittet um Rückruf, sobald Sie wieder hier sind.«

Er setzte sich auf die Bettkante, nahm den Hörer vom Tischtelefon, nannte die Nummer und wartete. Es war zehn Minuten nach zwölf. Der einzige Telefonanschluss im ersten Stock von Latter End befand sich in Lois' Schlafzimmer. Wenn Julia einen Anruf von ihm erwartete, musste sie im Studierzimmer warten. Er hatte das merkwürdige, aber sehr bestimmte Gefühl, dass sie tatsächlich noch wartete. Er sah sie beinahe vor sich, wie sie auf dem Stuhl vor Jimmys Schreibtisch saß, auf dem das Telefon stand, und in reglosem Schweigen wartete, wartete, wartete.

Es dauerte beinahe eine halbe Stunde, bis die Verbindung hergestellt war. Gleich beim ersten Klingeln nahm er den Hörer auf und hörte ihre Stimme: »Antony?«

»Ja. Was ist los?«

»Es ist etwas passiert.«

»Was denn?«

Sie sprach in Französisch weiter, jenem Französisch, das sie in Miss Smithers' Klassenzimmer gelernt hatte und dessen vertrauter englischer Akzent ihre Worte nur noch unglaublicher klingen ließ.

»Etwas Schreckliches ist geschehen, Antony. Lois ... Sie ist tot.«

Er stieß einen unkontrollierten Aufschrei aus. Dann fragte er: »Wie ist es passiert?«

»Ich weiß nicht. Irgendwas war in ihrem Kaffee.«

»Julia!«

Durch den Hörer drang das Geräusch ihres zitternden Atems.

»Die Polizei war hier. Sie wollen morgen früh zurückkommen.«

»Wann ist es denn passiert?«

»Nach dem Abendessen – gleich nachdem sie den Kaffee getrunken hat. Kommst du her?«

»Natürlich.«

»Gleich morgen früh?«

»Ich werde um acht da sein.«

»Bitte komm um halb acht. Ich warte auf dich am ersten Kilometerstein vor dem Dorf. Ich will mit dir reden.«

In diesem Moment spürte er ein starkes Band zwischen ihnen. »In Ordnung«, sagte er. Im selben Moment hörte er ein Klicken in der Leitung, das wieder fünfzig Kilometer Entfernung zwischen sie brachte.

Er legte den Hörer auf und bemerkte, dass die Hand, mit der er ihn gehalten hatte, ganz steif und taub war.

17

Sie stand neben dem Kilometerstein. An der Hecke gleich hinter ihr lehnte ein Fahrrad. Als Antony am Straßenrand hielt, trat sie zum Wagen.

»Besser, wir verschwinden von der Straße. Fahr die Hob Lane rauf. Ich hab Ellies Fahrrad dabei und bin genauso schnell dort wie du.«

Der Wagen füllte fast die komplette Breite der Gasse aus. Was nicht weiter schlimm war, da hier nur alle Jubeljahre jemand entlangkam. Julia stieg zu ihm ins Auto und kam ohne Umschweife zur Sache: »Sie glauben, es war Mord.«

»Wie kommen sie darauf?«

»Aus allen möglichen Gründen ... Am besten, ich erzähl dir alles der Reihe nach.«

»Ja.«

Sie atmete kräftig durch. Weil sie nichts auf dem Kopf trug, waren ihre Haare ein wenig feucht vom morgendlichen Dunst. Ihr Gesicht war ziemlich blass und angespannt, ihre Stimme aber klang tief und ruhig.

»Die letzten beiden Tage waren furchtbar – seit deiner Abreise. Offenbar hatte es einen furchtbaren Krach gegeben. Ich vermute, du weißt, worum es ging. Jimmy spricht nicht darüber. Den ersten Tag war er praktisch nur unterwegs. Lois ist erst zum Mittagessen aus ihrem Zimmer gekommen, Jimmy war zu der Zeit noch nicht zurück. Beim Abendessen haben sie kein Wort miteinander gesprochen, und gleich danach hat Jimmy sich im Studierzimmer eingeschlossen.«

»Was war mit dem Kaffee?«

»Zum Kaffee ist Jimmy in den Salon gekommen. Er hat ihn mit einem einzigen Schluck runtergestürzt, wie Medizin. Dann ist er wieder gegangen. Am nächsten Tag – gestern –

war es genauso. Lois hat in ihrem Zimmer gefrühstückt. Ich hab es hier nach oben gebracht. Jimmy ist fortgegangen und erst am späten Nachmittag zurückgekommen. Er sah erbärmlich aus. Niemand – *niemand* im Haus konnte übersehen, dass es einen schrecklichen Streit gegeben hatte. Das Abendessen war grauenhaft. Ellie und ich haben nachher abgewaschen … Minnie sah so schlecht aus, dass wir sie weggeschickt haben. Dann hab ich das Tablett mit dem Kaffee in den Salon getragen. In jede Tasse hat Manny einen Tropfen Vanille getan – gleich vor meinen Augen. Zucker und Cognac standen auf dem Tablett. Ich hab es also in den Salon getragen und abgestellt. Niemand war im Zimmer. Ich bin raus auf die Terrasse gegangen, um zu sehen, ob ich Lois dort finden würde. Als sie nicht dort war, bin ich weiter bis zum Studierzimmer gegangen und hab Jimmy durchs Fenster zugerufen, dass der Kaffee im Salon steht. Weil die ganze Situation so angespannt war, hab ich mir auf dem Rückweg viel Zeit gelassen.«

Sie machte eine Pause und versteifte den Oberkörper, um ein Schaudern zu unterdrücken. Zwar trug sie einen warmen Mantel, doch konnte sie im Augenblick nichts wirklich wärmen. Die Kälte kam von innen. Es waren ihr Herz und ihr Verstand, denen fröstelte.

»Sprich weiter«, sagte Antony.

»Ja, natürlich. Nach einer Weile stand ich vor dem Fenster des Salons und schaute nach drinnen. Alle waren da. Jimmy auf seinem üblichen Sessel. Sein Kaffee stand gleich neben ihm auf dem Tisch. Er nahm die Tasse und trank ihn gleich aus, wie immer. Lois hatte ihre Tasse in der Hand. Sie ging zu ihrem eigenen Platz am Fenster. Minnie saß neben dem Kamin, Ellie in der Nähe des Fensters. Ich wollte nicht reingehen und sagte zu Ellie: ›Geh besser früh zu Bett, meine Liebe. Ich mache noch einen Spaziergang.‹ Dann bin ich durch den Garten und über die Felder gegangen. Es war so ein wunderbarer Abend, und ich wollte einfach nicht ins Haus. Ich weiß nicht, ob alles anders verlaufen wäre, wenn ich drinnen geblieben wäre.« Wieder wurde sie von einem Schaudern gepackt.

»Weiter, Julia.«

Sie schaute ihn fest an.

»Es war zehn, als ich zurückkam. Die Tür vom Salon zur Terrasse stand offen, und ich ging hinein. Außer Lois war niemand im Zimmer, und ich dachte, sie würde schlafen. Ich hatte keine große Lust, sie zu wecken, also versuchte ich von außen zur Seitentür zu gelangen. Aber dann war ich unsicher ... ich meine, ich war unsicher, ob sie wirklich schläft. Ich meine, sie ... irgendwie war sie halb vom Stuhl gerutscht ... irgendwas stimmte nicht. Ich ging zu ihr, um sie anzusprechen. Dann hab ich sie berührt, und sie ist ganz heruntergerutscht. Ich bin sofort losgerannt, um Jimmy zu holen. Sie war noch nicht tot, aber wir haben es auch nicht geschafft, sie zum Bewusstsein zu bringen. Also rief ich Dr. Grange an, der aber wegen einer Geburt unterwegs war. Dann hab ich versucht, in Crampton jemanden zu erreichen. Im Krankenhaus war ein Konzert, und erst beim vierten Versuch hab ich einen Dr. Hathaway ans Telefon bekommen. Er sagte, wir sollten ihr starken Kaffee geben und dafür sorgen, dass sie aufsteht und sich bewegt. Ich glaube, sie hat ein bisschen von dem Kaffee getrunken, aber sie war nicht in der Lage aufzustehen. Kurz nachdem der Arzt endlich kam, ist sie gestorben.«

Das Zittern, das sie die ganze Zeit zurückgehalten hatte, ergriff nun Besitz von ihrem ganzen Körper.

Antony legte eine Hand auf ihr Knie.

»Nicht, Liebes ...«

Sie berührte ihn mit einer eiskalten Hand. Dann sprach sie

weiter: »Er sagte, wir müssten die Polizei rufen und dürften nichts anrühren. Ich musste den Anruf erledigen – Jimmy saß bloß da, den Kopf in seinen Händen vergraben. Zu allem Überfluss bekam diese furchtbare Gladys Marsh noch einen hysterischen Anfall – auch eine Art, noch in der unmöglichsten Situation im Rampenlicht zu stehen. Manny und ich versuchten, sie zu beruhigen. Dann kam Dr. Hathaway aus dem Salon. Er ist einer von der unsympathischen, peniblen Sorte. Sehr kompetent, aber furchtbar misstrauisch. Kein Wunder, dass er bei Gladys' Geschrei sofort auf dumme Gedanken kam: ›Ihr wollt, dass ich den Mund halte, aber dazu kriegt ihr mich nicht! Mord! Das ist es! Mord! Und ich lasse nicht zu, dass ihr alles unter den Teppich kehrt!‹ Darauf ist dieser Hathaway gleich angesprungen. Er sagte, sie solle sich beruhigen, und wenn sie etwas wüsste, dann solle sie es erzählen.«

Julias Hand zuckte. Sie blickte an ihm vorbei. Als sie seine Hand losließ, fragte er scharf: »Und? Was hat sie erzählt?«

»Es war schlimmer, als du dir jemals vorstellen könntest. Antony, sie stand neulich nachts vor der Tür – sie hat gelauscht. Ich hab dir ja schon erzählt, dass sie gern an Türen lauscht. Sie hat gesagt, Lois wäre in deinem Zimmer gewesen, und Jimmy hätte sie dort entdeckt. Sie sagte, es hätte einen schrecklichen Streit gegeben.«

Antonys Gesicht wirkte trostlos.

»Das ist nicht wahr. Lois kam durch Marcias Kleiderkammer. Ich muss wohl kaum betonen, dass ich sie nicht erwartet habe. Jimmy muss ihr gefolgt sein. Er gab keinen Streit. Er hat sie in ihr Zimmer geschickt – mehr hat er nicht getan. Und es gab auch keinen Streit mit mir. Er sagte, es wäre nicht meine Schuld. Und ich hab ihm versprochen, abzureisen und mich von ihr fern zu halten.«

Julia verschränkte ihre kalten Hände.

»Gladys behauptet, Lois hätte dich ›Joseph‹ genannt und du sie ›Potiphars Frau‹. Und Jimmy hätte immer wiederholt: ›Ich hab gehört, was sie gesagt hat.‹«

»Das ist sachlich korrekt. Ist das alles?«

»Nein, das ist nicht alles. Sie hat die ganze Geschichte ausgebreitet – dass Lois vermutete, jemand wollte sie vergiften; dass sie diese Übelkeitsanfälle hatte. Und zum guten Schluss: ›Sie waren es! Jemand von denen hat es getan! Sie vergiftet! Jemand von denen war es! Und jetzt wollen sie mir den Mund verbieten! Aber wenn das Gesetz noch etwas gilt in England, dann werden sie es nicht schaffen!‹ Immer weiter in diesem Stil.«

»Und?«

»Der Inspector kam, ein neuer Mann. Er hat mit dem Doktor gesprochen, und mit Gladys unter vier Augen. Dann hat er uns befragt. Wir waren fast die ganze Nacht wach. Weißt du, entweder war es Selbstmord oder Mord. Und weder er noch Hathaway glauben an Selbstmord. Wegen Gladys, wegen der Übelkeitsanfälle und weil das Gift in ihrem Kaffee war. Natürlich konnten sie es noch nicht analysieren lassen, aber sie scheinen ziemlich sicher zu sein, dass es im Kaffee war. Hathaway meint, wenn sie sich hätte umbringen wollen, dann hätte sie es anders gemacht und gewartet, bis sie im Bett war. Selbstmörder, die im Schlaf sterben wollen, würden es immer so machen.«

»Warum sind sie so sicher, dass das Gift im Kaffee war?«

Julia schaute ihn mit müden Augen an, in ihrem Blick lag Tragik.

»Es gibt wohl keine andere Möglichkeit. Wir hatten Fisch zum Abendessen, gebackenen Schellfisch. Lois hat selbst in der Küche geholfen, und wir alle haben davon gegessen. Das kann es also nicht gewesen sein. Danach gab es ein süßes Omelette, bei dem sie auch geholfen hat. Und auch davon haben alle probiert. Nein, es muss der Kaffee gewesen sein.«

»Julia ... Dieser Verdacht, den du wegen Manny hattest ... Dass sie vielleicht versucht, Lois eins auszuwischen. Du wolltest sie darauf ansprechen. Hast du das schon getan?«

»Ja, das hab ich.«

»Und was hat sie gesagt?«

Julia schwieg. Sie schaute auf ihre gefalteten Hände, deren Knöchel weiß hervorstanden.

»Was hat sie gesagt?«

Natürlich hatte es keinen Sinn – sie konnte es nicht für sich behalten. Mit leiser, bekümmerter Stimme erklärte sie: »Ich hatte Recht. Sie hat versucht, Lois zu bestrafen.«

»Gott im Himmel! *Manny!*«

»Aber das hat nichts mit der Sache von gestern Abend zu tun. Antony, damit hat Manny nichts zu tun. Sie könnte es gar nicht!«

»Woher willst du das wissen? Erzähl mir lieber genau, was sie gesagt hat.«

Sie schaute zu ihm hinüber. »Ja, gut. Ich hab gewartet, bis ich mit ihr allein reden konnte. Dann habe ich sie direkt darauf angesprochen.«

»Wann war das?«

»An dem Tag, als du abgefahren bist. Ich hab geradeheraus gesagt: ›Manny, du hast versucht, Lois einen Streich zu spielen. Behaupte gar nicht erst, dass es nicht so war.‹ Sie wurde knallrot und sagte: ›Ich weiß nicht, was Sie meinen, Miss Julia.‹ Und ich: ›Oh doch, Manny, du weißt es ganz genau. Du hast Brechwurz oder etwas Ähnliches in Mrs. Latters Kaffee gegossen, damit ihr übel wird. Das muss sofort aufhören. Du willst nicht im Gefängnis enden, oder?‹«

»Was hat sie darauf geantwortet?«

Julias Lippen verzogen sich zu einem zaghaften Lächeln.

»Sie sagte: ›Nun sehen Sie zu, dass Sie aus meiner Küche verschwinden, Miss Julia. Von solchen Sachen zu sprechen!‹ Aber es war nicht zu übersehen, dass ich ihr Angst eingejagt hatte. Also hab ich den Arm um sie gelegt, so gut das bei ihrem Umfang möglich ist, und gesagt: ›Du bist eine böse alte Frau, Manny! Das muss aufhören!‹«

»Und dann?«

»Dann hat sie den Kopf zurückgeworfen und sich furchtbar aufgeregt: ›Was ist schon ein bisschen Übelkeit, wenn man sieht, was sie den anderen angetan hat? Erklären Sie mir das mal, Miss Julia! Die arme Mrs. Marsh musste ihr Haus verlassen wegen diesem aufgedonnerten Weibsbild Gladys! Und es liegt sicher nicht an ihr, wenn der arme Mr. Hodson nun doch nicht rausgeworfen wird! Sie und Miss Ellie werden aus ihrem Zuhause geekelt, und Miss Minnie, die von Natur aus eine Heilige ist, wird rausgeschmissen, obwohl sie keinen Platz hat, wo sie hingehen kann! Ehrlich, es zerreißt mir das Herz, sie so zu sehen!‹ Ich hab sie im Arm gehalten und gesagt: ›Red dir die Dinge von der Seele, Manny.‹ Da ist sie in Tränen ausgebrochen und hat gesagt: ›Lois hatte eine Strafe verdient, und es war ja nur ein Löffel Brechwurz, der nicht mal einem Kind ernsthaft geschadet hätte.‹«

Es folgte ein angespanntes Schweigen, das schließlich von Antony durchbrochen wurde: »Hm, es sieht so aus, als hätte sie es nicht bei der Brechwurz bewenden lassen.«

Julia schrie auf.

»Nein, nein, es war nicht Manny. Es kann nicht Manny gewesen sein! Nicht bei der Sache gestern Abend!«

»Du wirst dich sehr anstrengen müssen, um die Polizei davon zu überzeugen.«

Sie ergriff seinen Arm.

»Nein, nein … Du darfst es ihnen nicht verraten! Antony,

das darfst du nicht! Sie hat es nicht getan. Sie kann es gar nicht gewesen sein.«

»Warum nicht? Sie hat den Kaffee gemacht.«

»Ja. Sie hat ihn gemacht ... Für Jimmy und für Lois. Sie wusste ... Alle im Haus wussten, dass Jimmy diesen schrecklichen Kaffee auch trinken würde, alle kannten die Gründe dafür. Glaubst du, sie hätte etwas in den Kaffee getan, das ihn in Gefahr bringen konnte?«

»Irgendjemand hat es getan.«

»Dann war es jemand, der wusste, aus welcher Tasse Lois trinken würde.«

»Wurde der Kaffee schon in den Tassen serviert?«

»Ja, in zwei Tassen. Und Manny hätte niemals wissen können, welche von beiden Jimmy nehmen würde. Sie betet ihn an. Sie würde sich eher in Stücke reißen lassen, als etwas zu tun, was ihm eventuell schaden könnte.«

Sie spürte genau den Moment heraus, in dem er ihre Erklärung akzeptierte. Und den anderen Moment, in dem ihnen beiden der nächste Gedanke kam: »Wenn nicht Manny, wer war es dann?«

Beide traf dieser Gedanke unvorbereitet. Antony legte eine Hand auf das Lenkrad.

»Wir sollten uns besser auf den Weg machen, oder?«

»Nein, warte! Da ist noch etwas, das ich sagen will. Ich dachte mir, es wäre vielleicht besser ... Ich dachte, es macht die Sache einfacher, wenn du sagen könntest, du wärst mit mir verlobt. Nur solange diese Untersuchung läuft. Nachher können wir es rückgängig machen.«

Er warf ihr einen erstaunten, harten Blick zu. Mut ... ja! Den hatte sie auf jeden Fall. Er antwortete: »Wäre ein bisschen plötzlich, findest du nicht? Du versuchst nicht zufällig, meinen guten Ruf zu schützen?«

Die Aufrichtigkeit in ihren Augen erweckte sein Mitgefühl. »Ich weiß nicht. Nur, wenn du es willst. Ich dachte, es wäre vielleicht einfacher für Jimmy – und für alle. Ich dachte, wenn wir behaupten, wir wären verlobt, dann könnte niemand sagen, du wärest hergekommen, um Lois zu treffen. Wir können es doch jederzeit rückgängig machen, wann immer du willst ... Wenn die ganze Geschichte hier vorbei ist.«

Er war tief bewegt, doch sein Gesichtsausdruck verriet nichts davon. Er blieb düster und angespannt. Seine Stimme allerdings klang leise und ganz normal.

»Gut, meine Liebe, wenn du es so willst. Wahrscheinlich hast du Recht. Für Jimmy wird es einfacher sein. Und jetzt lass uns losfahren!«

18

Miss Silver nahm den Telefonhörer ab. In der Leitung waren deutliche Gesprächsfetzen zu hören. Eine junge, hohe Stimme sagte gerade: »Also hab ich ihm gesagt, ich würde nie wieder mit ihm reden ...« Dann war es plötzlich still. Mit zurückhaltendem Interesse fragte sich Miss Silver, ob das eben Gehörte ein Licht auf das Liebesleben der ziemlich spektakulären jungen Dame warf, die kürzlich die Wohnung unter der ihren bezogen hatte. Sie war ihr im Aufzug begegnet, hatte aber nie ihre Stimme gehört, sonst hätte sie jetzt keine Vermutungen anstellen müssen.

Es waren wieder Gesprächsfetzen zu hören. Als sie sich mit ihrem Namen meldete, waren ihre Worte vor dieser Geräuschkulisse kaum zu vernehmen. Also wiederholte sie ihren Namen noch einmal laut und deutlich. Daraufhin war die Leitung plötzlich frei. Eine schleppende Männerstimme meldete sich: »Ich möchte gerne Miss Silver sprechen.«

»Sie sprechen bereits mit ihr.«

»Sie ist tot«, presste die Stimme mühevoll hervor. »Sie haben gesagt, es wäre ein böser Streich. Aber jetzt ist sie tot.«

Miss Silver wurde ernst.

»Sind Sie das, Mr. Latter?«

»Sie ist tot!«, sagte die Stimme. Sie klang wie eine Schallplatte auf einem Grammophon, das keinen Saft mehr hat.

»Du liebe Güte«, sagte sie. »Das tut mir wirklich Leid, Mr. Latter. Kann ich irgendetwas für Sie tun?«

»Sie sagten ... Sie könnten ... herkommen.«

Miss Silver hüstelte. »Möchten Sie das denn?«

»Sie sagten ... Sie würden ...« Jimmy Latters Stimme verstummte. Ein entferntes Klicken brachte sie zu dem Schluss, dass er den Hörer aufgelegt hatte – vielleicht, um den Kopf in seinen Händen zu vergraben und einfach dort, wo er saß, abzuwarten.

Miss Silver brauchte niemals viel Zeit, um eine Entscheidung oder die Vorbereitungen für eine Reise zu treffen. Sie würde in ihrem Nachmittagskostüm fahren und den schwarzen Leinenmantel darüberziehen, der so alt war, dass er mehrmals in und aus der Mode gekommen war. Da der Stoff keine Zeichen der Abnutzung zeigte, hätte sie die Vorstellung, ihn auszumustern, empörend gefunden. In ihren schäbigen, aber zweckmäßigen Koffer packte sie außerdem ein seidenes Kostüm für den Abend – im letzten Sommer war es ihr Prunkstück gewesen – und eine durch und durch antike Samtjacke, die sie vor möglicher Zugluft schützen würde. Zu ihrem Bedauern neigten Landhäuser zum Durchzug. Für den Fall, dass sich das Wetter änderte, packte sie auch eine kleine Pelzstola ein, die schon ziemlich verblasst war, sich ansonsten aber bemerkenswert gut gehalten hatte.

Es würde sich nicht gehören, die Unterwäsche einer Dame allzu genau zu betrachten. Nur so viel: Die von Miss Silver war praktisch, warm und strapazierfähig – die Strümpfe aus schwarzem Leinen, der Morgenrock aus purpurrotem Flanell und mit cremefarbener Spitze besetzt, die sie selbst hergestellt hatte. Zu ihrer Ausstattung gehörten außerdem ein Paar Slipper, die verzierten Pantoffeln und – vorsichtig in ein weißes Taschentuch gewickelt – eine vom vielen Lesen abgenutzte Bibel. Weder brauchte sie lange, um diese Dinge zusammenzusuchen, noch musste sie ihrer unbezahlbaren Hannah Meadows irgendwelche Anweisungen geben. Nachdem sie sich zwanzig Jahre lang um Miss Silvers Haushalt gekümmert hatte, nahm sie die Dinge mit unerschütterlicher Ruhe stets so, wie sie kamen.

Miss Silver hatte keine Mühe, rechtzeitig ihren Zug zu kriegen. Sie fand sogar noch genügend Zeit, ein Telegramm mit ihrer Ankunftszeit abzuschicken. Und nachdem sie ihren Koffer in der Ablage über dem Sitz verstaut hatte, machte sie es sich in ihrem Abteil an einem Fensterplatz gemütlich. Sie zog die Handschuhe aus, nahm das Strickzeug aus ihrer abgenutzten, aber geräumigen Handtasche und setzte die Arbeit an Dereks zweitem Strumpf fort.

Sie hatte eine äußerst angenehme Reise. Eine reizende Dame mittleren Alters, die vor kurzem aus Frankreich zurückgekommen war, gab ihr einen höchst interessanten Bericht über die dortigen sozialen Verhältnisse, und der nette Gentleman auf dem gegenüberliegenden Platz lieferte ihr eine sehr informative Beschreibung der Insel Zypern. Wirklich ein lehrreicher Nachmittag.

Die Rayle am nächsten gelegene Station war Weston, ein etwas größerer Ort, ungefähr fünf Kilometer von Rayle entfernt. Als Miss Silver aus dem Zug stieg, trat ein großer, dunkelhaariger Mann auf sie zu und stellte sich als Antony Latter vor.

»Jimmy ist mein Vetter. Er ist zu niedergeschlagen, um Sie persönlich hier abzuholen.«

Er nahm ihren Koffer und führte sie durch die Bahnhofshalle hinaus zu seinem Wagen. Inzwischen war er überzeugt, dass der arme alte Jimmy einen regelrechten Nervenzusammenbruch erlitten haben musste. Welchen anderen Grund konnte es dafür geben, diese auffällig altmodisch gekleidete alte Jungfer in seine persönlichen tragischen Angelegenheiten einzuweihen? Sie wirkte wie das Porträt einer viktorianischen Gouvernante, und so redete sie auch – wenn man sich denn ein sprechendes Porträt vorstellen konnte. Mit dem unguten Gefühl, dass ihr Kommen eine Art letzten Strohhalm für Jimmy darstellte, verstaute er sie und ihr Gepäck und fuhr los.

Zu seiner Überraschung setzte sie sich neben ihn auf den Beifahrersitz. Als sie nun vornehm und aufrecht neben ihm saß, einen unmöglichen Hut auf dem Kopf und einen schäbigen schwarzen Schirm am Handgelenk, spürte er ihre Präsenz auf irritierende Weise. Ihre Hände steckten in abgenutzten Kinderhandschuhen und hielten eine offenbar voll gepackte Tasche mit festem Griff.

Sie waren einen knappen Kilometer gefahren, als sie mit einem leisen, trockenen Hüsteln fragte: »Würde es Ihnen etwas ausmachen, kurz zu halten, Mr. Latter? Ihr Vetter war viel zu durcheinander, um mir irgendwelche Informationen zu geben. Ich weiß nur, dass Mrs. Latter tot ist und dass er mich gebeten hat herzukommen. Ich wäre wirklich froh, wenn Sie mir kurz schildern könnten, was passiert ist.«

Sie befanden sich in einer Gasse mit Hecken zu beiden Seiten. Es war ein schöner, wenn auch nicht warmer Nachmittag. Der September hatte den Sonnenstrahlen ihre Kraft genommen. Aus den Feldern auf beiden Seiten stieg schon Feuchtigkeit hoch. Es war nicht auszuschließen, dass sich am frühen Morgen Frost bilden würde. Die Hagebutten und Mehlbeeren an den Hecken reiften schnell. Als Antony den

Wagen unwillig zum Stehen brachte, ärgerte ihn die Parallele zu seinem Gespräch mit Julia. Heute Morgen erst hatten sie sich in einer solchen Gasse unterhalten. Sie hatte dort gesessen, wo jetzt Miss Silver saß, und die Feuchtigkeit hatte auf ihren Haaren gelegen. Sie hatte ihn mit verzweifeltem Blick angesehen und gefragt, ob er etwas dagegen habe, so zu tun, als wären sie verlobt. »Nur bis die ganze Geschichte hier vorbei ist.«

Die jetzige Situation wirkte auf ihn wie eine Karikatur des morgendlichen Gesprächs, und diese Assoziation stieß ihn ab. Er vermied es, Miss Silver direkt anzusehen.

»Ich kann Ihnen erzählen, was ich weiß. Aber es stammt aus zweiter Hand – ich war nicht dabei.«

»Wenn Sie so nett wären.«

Sie hörte aufmerksam zu, während er das wiederholte, was Julia ihm berichtet hatte. Er beschränkte sich dabei auf die Tatsachen, die unmittelbar mit Lois' Tod zu tun hatten: das Abendessen; die beiden Tassen Kaffee; wer sich im Salon aufgehalten hatte; Julias Abwesenheit, nachdem sie das Tablett hereingetragen hatte; ihre Entdeckung der ohnmächtigen Lois um zehn Uhr.

»Danke«, sagte sie, als er fertig war. »Die Polizei ist natürlich informiert worden?«

»Ja.«

Miss Silver hüstelte.

»Darf ich fragen, Mr. Antony, ob die Polizei auch über Mrs. Latters frühere Übelkeitsattacken informiert wurde? Weiß die Polizei, dass sie den Verdacht geäußert hatte, jemand wolle sie vergiften?«

»Ja.«

»War Mr. Latter derjenige, der sie darüber informiert hat?«

»Nein.«

Warum wollte sie das wissen? Ihre Fragen irritierten ihn. Er drehte sich zu ihr hin, betrachtete sie und begegnete einem Blick, der eine solch unmittelbare Intelligenz ausstrahlte, dass ihn so etwas wie ein elektrischer Schlag durchzuckte.

»Von wem hat die Polizei diese Informationen?«

»Von einem Mädchen namens Gladys Marsh – Mrs. Marsh. Sie hat einen Dorfbewohner geheiratet, einen Pächter meines Vetters. Aber sie war im Haus und hat mehr oder weniger als Dienstmädchen für Mrs. Latter gearbeitet.«

Die intelligenten Augen musterten ihn jetzt durchdringend.

»Dienstmädchen ... und Vertraute?«

»Vielleicht ... Ich weiß nicht. Eine hartnäckige Lauscherin jedenfalls.«

Miss Silver nickte.

»Nicht ungefährlich, eine solche Person im Haus zu haben.«

Sein »Ja« kam so eindeutig von Herzen, dass sie ihre eigenen Schlüsse daraus zog. Es schien ihr ziemlich wahrscheinlich, dass er noch eine Menge mehr über Gladys Marsh hätte sagen können, wenn er gewollt hätte. Und vielleicht auch über einige andere Dinge.

Antony nutzte das kurze Schweigen, um sich innerlich neu auf die Situation einzustellen. Plötzlich sah er alles mit anderen Augen. Hier neben ihm saß die kleine, an eine Gouvernante erinnernde Person mit der uneleganten Kleidung, der er am Bahnhof begegnet war. Vor seinem inneren Auge aber sah er jetzt deutlich eine ganz andere Miss Silver. Er war selbst intelligent genug, um die Intelligenz anderer zu erkennen und zu respektieren. Unweigerlich hatte er den Eindruck, dass diese Person intelligenter war als er selbst. Sie verfügte über ein kontrolliertes und strukturiertes Denken und strahlte eine Art kühle Autorität aus. Er war äußerst überrascht. Für einen Moment hatte er das Gefühl, doppelt zu sehen – zwei auf unbestimmte Weise miteinander verbundene Miss Silvers, die erst durch einen Akt höchster Konzentration zu einer Person wurden. Natürlich gab es nur eine Miss Silver, die aber zweifellos nicht der Mensch war, für den er sie gehalten hatte. Ganz unbewusst änderte sich seine Einstellung zu der alten Dame.

Miss Silver, die ihn die ganze Zeit beobachtet hatte, brachte ein ermutigendes Lächeln zustande. Wie viele andere vor ihm, die zum ersten Mal mit ihr zu tun hatten, hatte auch er sich in seine Schulzeit zurückversetzt gefühlt – in sein allererstes Klassenzimmer, das er als sehr kleiner Junge betreten hatte, und in dem ihm alles erschreckend neu und verzweifelt fremd erschienen war. Die Lehrerin, ein schreckliches, gottgleiches Wesen hinter einem Schreibtisch, hatte ihn angeschaut und gelächelt: »Komm schon, Latter – ich bin sicher, dass du die Antwort weißt.« Ein absurdes Déjà-vu. Er lächelte in sich hinein.

»Bitte fahren Sie fort, Mr. Latter«, forderte Miss Silver ihn auf. »Ich wäre sehr froh, wenn ich wüsste, wie die Dinge liegen.«

Sein Gesichtsausdruck verhärtete sich.

»Ich bin heute früh erst gekommen. Miss Vane hat mich angerufen. Übrigens, wissen Sie, wer wir alle sind?«

»Ich glaube schon. Mr. Latter hatte mir bei seinem Besuch bereits einige Informationen gegeben. Sie meinten also Miss Julia Vane?«

Seine Brauen zogen sich zusammen. »Ja – meine Verlobte.«

Miss Silver hüstelte. »Das hat Mr. Latter gar nicht erwähnt.«

»Wir waren zu der Zeit noch nicht verlobt«, entgegnete er knapp.

»Ich verstehe … Miss Vane hat Sie also angerufen, und Sie sind heute früh erst eingetroffen.«

»Ja. Mein Vetter ist in einem bedenklichen Zustand.« Er zögerte einen Moment, ehe er fortfuhr.

»Es hatte einen ...« Wieder zögerte er.

»Einen Streit gegeben?«

Etwas in ihm wollte sagen: »Woher wissen Sie das?« Er hätte es gern geleugnet, sah aber ein, dass es keinen Sinn hatte. Mord ist wie das Jüngste Gericht – die Geheimnisse aller Herzen kommen ans Licht. Er runzelte die Stirn und entschied sich, einen anderen Begriff zu verwenden.

»Sie hatten eine Meinungsverschiedenheit. Das macht alles noch viel schlimmer für ihn. Er macht sich Vorwürfe. Und die Polizei ...«

»Ja, Mr. Antony?«

Düster fuhr er fort: »Sie ziehen ihre eigenen Schlüsse daraus. Deshalb haben wir es für eine gute Idee gehalten, dass Sie herkommen. Oder genauer gesagt, es war mein Vetter, der an Sie gedacht hat. Es war die einzige Sache, zu der er sich überhaupt aufraffen konnte. Und wir anderen waren der Meinung, er solle wirklich jemanden bei sich haben, der ihm einen Rat geben kann.«

Miss Silver hüstelte. »Sie sagen, die Polizei würde Schlüsse ziehen. Welche Art von Schlüssen?«

»Ich denke, das können Sie sich vorstellen.«

Ein tadelnder Ausdruck trat in ihre Augen.

»Was ich im Moment brauche, sind Fakten, keine Denkaufgaben, Mr. Antony. Ich hätte gern Antworten auf ein oder zwei Fragen. Hat die Obduktion bereits stattgefunden? Und wenn ja, welche Todesursache wurde festgestellt?«

Sie erhielt die Antwort auf beide Fragen in einem einzigen Wort: »Morphium.« Nach kurzem Zögern fügte er hinzu. »Eine beträchtliche Menge.«

»Meine Güte!«, entgegnete sie. »Weiß man, ob sie im Besitz von Morphium war?«

Er schüttelte den Kopf.

»Sie hat niemals Medikamente genommen. Bei einer unserer letzten Begegnungen hat sie noch damit angegeben. Sie sah … ziemlich gesund aus. Sie lachte und sagte, es läge daran, dass sie keine Medikamente nähme. Ich weiß nicht mehr, wie wir auf dieses Thema gekommen sind, aber so hat sie sich ausgedrückt.«

»Heutzutage ist es nicht so einfach, an Morphium heranzukommen. Es könnte im Ausland beschafft worden sein … Hatte irgendjemand im Haus welches in seinem Besitz?«

»Nicht dass ich wüsste – es erscheint mir ziemlich unwahrscheinlich. Ich bin als Einziger im Ausland gewesen. Und Morphium habe ich sicher nicht mitgebracht.«

Miss Silver warf ihm einen langen forschenden Blick zu – intensiv, aber wohlwollend.

»Glauben Sie, dass Mrs. Latter sich umgebracht hat?«

»Das kommt mir sehr unwahrscheinlich vor.«

Sie legte den Kopf zur Seite, eine Geste, die Anerkennung auszudrücken schien. »Das ist sehr ehrlich von Ihnen. Meine Arbeit wird sich viel leichter gestalten, wenn alle so offen reden. Mich würde interessieren, welche Gründe Sie für die Ansicht haben, die Sie gerade geäußert haben.«

Antony kam sich eigentlich nicht besonders offen vor. Die mitternächtliche Szene in seinem Zimmer spukte ihm noch durch den Kopf. Er glaubte nicht, dass Lois sich das Leben genommen hatte. Aber ausschließen konnte er es auch nicht. Sie hatte sich ihm angeboten und war zurückgewiesen worden – und dann war Jimmy dazugekommen. Angenommen, sie hatte doch Selbstmord begangen … Der Gedanke erschreckte ihn zutiefst. Aber das war nur eine rein emotionale Reaktion, denn sein Verstand sagte ihm, dass jede andere Erklärung noch viel schrecklicher war.

Aus Furcht, dass Miss Silver seine Gedanken erraten könnte, sagte er schnell: »Sie hat das Leben sehr genossen. Sie hatte fast alles, was sie wollte – Schönheit, Gesundheit, Geld. Sie war voller Pläne.«

Miss Silver dachte über seine Worte nach. Sie notierte sein »fast«, um später darauf zurückzukommen.

»Geht die Polizei von einem Selbstmord aus?«

»Ich würde sagen, der örtliche Inspector hat ziemlich deutlich gemacht, dass er von dieser These nicht viel hält. Was die Leute vom Yard denken, weiß ich nicht. Sie sind noch nicht lange hier.«

Miss Silver blickte erfreut auf. »Wollen Sie damit sagen, dass Scotland Yard mit dem Fall befasst ist?«

»Ja. Daraus würde ich eigentlich schließen, dass sie nicht von einem Selbstmord ausgehen.« Er lachte kurz auf. »Der alte Marsfield, der Chief Constable, ist ein Freund der Familie. Ich vermute, er wollte den Fall loswerden, ehe er sich die Finger daran verbrennt. Er ist sowieso nicht der Mutigste. Die Vorstellung, irgendwann in seinem Berufsleben einem Mörder über den Weg zu laufen, ist ihm wahrscheinlich bis jetzt nie gekommen. Jetzt hat er das große Zittern und sieht zu, dass er uns möglichst schnell loswird. Deshalb sind Chief Inspector Lamb und Sergeant Abbott hier.«

Miss Silver hüstelte. »Zwei ausgezeichnete und intelligente Beamte!«

19

Chief Detective Inspector Lamb saß auf Jimmy Latters schwerem Schreibtischstuhl aus Eiche, den er deutlich besser ausfüllte, als Jimmy es tat. Auf dem Tisch vor ihm lag ein Stapel Papiere. Er trug ordentliche dunkle Kleidung und hielt den fülligen, kräftig gebauten Körper auffallend gerade. Nur seine Melone hatte er in der Halle zurückgelassen. Insgesamt machte er einen ähnlich soliden Eindruck wie das Eichenholz, auf dem er saß. Sein kräftiges schwarzes Haar war ihm an den Schläfen bereits ein wenig ausgegangen, so dass sein großes rechteckiges Gesicht deutlicher hervortrat, als es vor zwanzig Jahren der Fall gewesen war. Seine runden braunen Augen, die Frank Abbott respektlos mit Pfefferminzbonbons – der dunklen, aromatischen Sorte – verglich, waren auf eben diesen jungen Mann gerichtet, der in einem schönen, sommerlich-grauen Anzug und lässiger Haltung am anderen Ende des Tisches saß. Einen größeren Kontrast konnte man sich kaum vorstellen: Lamb, der Polizeiveteran, erfahren in Beruf und Leben, gerecht, ehrlich, intelligent. Frank Abbott, ein Produkt der Privatschulen und des Police College, wesentlich gebildeter, doch trotz all seiner Respektlosigkeiten ein loyaler Untergebener und treuer Bewunderer seines Chefs. Wenn man ihn ansah, konnte man kaum vermuten, dass Loyalität und Bewunderung ihm etwas bedeuteten. Er war ein außergewöhnlicher junger Mann – ziemlich blasiert, die hellen blonden Haare mit Gel zurückgekämmt, die blauen Augen durchdringend. Hemd und Krawatte waren nach der modernsten Mode, er hatte bemerkenswert wohlgeformte und gepflegte Hände, schmale und elegante Füße in schmalen und eleganten Schuhen.

Der Chief Inspector klopfte auf den Tisch und sagte: »Nun, Frank, was halten Sie davon?«

»Es steht mir nicht zu, etwas dazu zu sagen, Sir.«

Lamb gab ein Geräusch von sich, das sich am ehesten als Schnauben beschreiben ließ. »So, es steht Ihnen also nicht zu? So korrekt und respektvoll auf einmal? Ich hoffe, Sie werden nicht krank?«

»Nein, Sir, danke.«

Ein heftiger Schlag auf den Tisch. »Dann legen Sie mal los! Ich habe Sie was gefragt.«

Sergeant Abbott zeigte ein lässiges Lächeln. »Ich würde lieber erst Ihre Meinung hören, Sir.«

Das Gesicht des Chief Inspectors hatte sich verfärbt. Frank war ein aufsässiger junger Kerl. Es gab Momente, da wollte er ihm einen ordentlichen Rüffel verpassen. Es gab Momente, in denen er auch genau das tat. Heute Morgen war einer dieser Momente gewesen, und Lamb hatte aus Überzeugung gehandelt. Aufgeblasene junge Männer hatte er nie akzeptiert, und daran würde sich auch nichts ändern. Frank war ein guter Junge, aber hin und wieder brauchte er einen Schuss vor den Bug. Nie konnte er seine Meinung für sich behalten. Doch jetzt wollte er offenbar den Spieß umdrehen. Insubordination – nichts anderes war das. Lamb fühlte sich in eine Zwickmühle manövriert. Man kann einen Mann schließlich nicht für respektvolles Verhalten bestrafen. Deshalb sagte er: »Es ist noch zu früh, eine Meinung zu äußern, aber wenn die hiesigen Polizisten nicht von Mord ausgehen würden, hätten sie uns wohl nicht gerufen.«

Frank Abbott reagierte mit einem kühlen Kopfnicken.

»Wie Sie meinen, Sir.«

»Der Chief Constable wollte nicht in die Sache hineingezogen werden. Ich glaube nicht, dass wir auf seine Meinung allzu viel geben sollten. Wird Zeit, dass er in den Ruhestand geschickt wird. Aber dieser Inspektor ... Wie hieß er noch, Smerdon? Der ist ein kluger Kopf und lässt keinen Zweifel daran, wie er die Sache sieht. Und Dr. Hathaway. Der Doktor hat Recht. Leute, die sich im Schlaf umbringen wollen, nehmen das Zeug im Bett, und zwar ohne Ausnahme. Ist doch nur natürlich ... Assoziatives Denken nennt man so etwas. Man geht ins Bett und legt sich einfach schlafen ... Die einzigen Ausnahmen, die ich mir vorstellen kann, sind Leute, die komplett von der Bildfläche verschwinden wollen. Die gehen lieber in den Wald oder sonstwohin, wo sie denken, sie werden nicht gefunden. Aber diese Mrs. Latter, eine kluge, kultivierte Frau … und eine Augenweide. Sie hatte Ärger mit ihrem Mann. Er trifft sie mitten in der Nacht im Zimmer seines Vetters an. Mrs. Marsh behauptet, sie hat sich ihm an den Hals geschmissen, aber er will nichts von ihr wissen. Dann kommt der Ehemann dazu … sagt, er hätte alles gehört, und schickt sie weg. Na, es lässt sich wohl nicht leugnen, dass so etwas für eine Frau ein schwerer Schlag ist … Es ist so ziemlich das Schlimmste, was passieren kann. Könnte doch sein, dass sie sich daraufhin umbringt.«

Frank Abbott nickte, sagte aber kein Wort.

Lamb fuhr fort: »Könnte sein, aber ich kann's mir bei ihr nicht vorstellen. Wie ich die Sache sehe, würde eine Frau von ihrer Sorte einen größeren Auftritt daraus machen … es ein bisschen mehr inszenieren. Selbstmörder tun das. Nach dem Motto: ›Sie werden es bereuen, wenn ich tot bin.‹ Besonders Frauen, die sich wegen Liebesgeschichten umbringen. Sie wollen einen richtig dramatischen Eindruck hinterlassen und im Scheinwerferlicht sterben. Und der Mann soll für den Rest seines Lebens Schuldgefühle haben. So wie ich die Dinge sehe, war Mrs. Latter mit Sicherheit nicht die Frau, die sich heimlich aus dem Staub macht, um möglichst keinem weh zu tun. Eine Frau, die es schafft, sich dermaßen unbeliebt zu machen, wird sich kaum um die Gefühle der anderen scheren. So eine Frau legt es auf den Knalleffekt an. Sie schminkt sich, frisiert sich, zieht ihr bestes Nachthemd an und lässt einen Abschiedsbrief zurück, um den Mann damit zu quälen.«

Franks Gesichtsausdruck wirkte nicht mehr ganz so unbeteiligt. »Ja«, sagte er. »Ich glaube, Sie haben Recht.«

Lamb war inzwischen völlig in seinem Element.

»Sicher hab ich Recht! Also, wenn es kein Selbstmord war, dann war es Mord. Und wenn es Mord war, ist eine der Personen hier im Haus der Täter – einer von sieben. Mr. Antony Latter ist aus der Sache raus – er war nicht hier. Glück für ihn. Soweit ich es sehe, hatte er auch kein Motiv. Man vergiftet keine Frau, weil sie es auf einen abgesehen hat. Bleibt also Mr. Jimmy Latter, der Ehemann, dann diese Halbschwestern, die gar keine richtigen Halbschwestern sind …«

»Die Töchter seiner Stiefmutter.«

»Richtig. Bleiben also sie, diese Miss Mercer und das Personal – die alte Köchin, die seit Ewigkeiten hier ist; das siebzehnjährige Küchenmädchen; und Mrs. Gladys Marsh.« Er wiederholte den letzten Namen in abschätzigem Ton. »Mrs. Gladys Marsh. Ehrlich gesagt, tut ihr Mann mir wirklich Leid, wer immer der arme Kerl sein mag. Eine echte Strafe, diese Frau. Hatte doch glatt die Dreistigkeit, mir zuzuzwinkern.«

Mit unerschütterlicher Miene bemerkte Sergeant Abbott: »Nicht zu glauben, Sir.«

Die Pfefferminzbonbonaugen schienen leicht hervorzutreten. »Na, wie meinen Sie das jetzt: ›Nicht zu glauben‹? Sie haben es doch selbst gesehen, oder?«

In respektvollem Ton entgegnete Abbott: »Ich meine, ich würde es nicht glauben, wenn ich es nicht gesehen hätte.«

Lamb grunzte.

»Na ja, echte Strafe oder nicht, ich glaub, wir können sie ausschließen. Ich kann nicht erkennen, welche Motive sie haben könnte. Sie war hier eine Art verwöhnter Günstling, hab ich den Eindruck, und wenn sie irgendwie an der Sache beteiligt war, hätte sie sich wohl nicht so in den Vordergrund gespielt. Ich hab nicht den Eindruck, dass wir ein einziges Wort über Mrs. Latter und diese Übelkeitsanfälle oder ihre Angst vor einer Vergiftung gehört hätten, wenn nicht Gladys

Marsh in ihrem hysterischen Anfall alles rausgebrüllt hätte. Ich hab nicht den Eindruck, dass die anderen sich darum reißen, uns davon zu erzählen. Die werden alle zusammenhalten. Für die Familie ist das ganz natürlich. Und für die alte Frau in der Küche auch – sie ist seit über fünfzig Jahren hier. Na ja, solche Leute halten noch dichter als die Verwandten.«

»Plus royaliste que le roi«, murmelte Sergeant Abbott und fügte hastig hinzu: »Sie haben ganz Recht, Sir.«

Er erntete einen zornigen Blick. »Oh, hab ich das, tatsächlich? Und lassen Sie mich Ihnen verraten, dass meine Muttersprache gut genug für mich ist. Und auch für Sie sollte sie gut genug sein! Wenn man in einer Fremdsprache redet, schämt man sich entweder für das, was man zu sagen hat, oder man will bloß angeben.«

Um Lamb nicht weiter zu provozieren, entschied Frank sich lieber für einen strategischen Rückzug. »Das war ein Zitat, Chief.«

»Dann zitieren Sie in Englisch! Da gibt's den kompletten Shakespeare, oder? Kaum zu glauben, wie viele Zitate es bei Shakespeare gibt.«

»Sehr richtig, Sir.«

»Dann benutzen Sie sie. Und bleiben Sie mir mit Ihren Fremdsprachen vom Hals. Das nervt mich. Wo war ich gerade?«

»Mrs. Maniple hält noch dichter als die Verwandten.«

Lamb nickte. »Sie ist genau von dieser Sorte. Sie hat auch noch dieses Küchenmädchen Polly-wie-heißt-sie-noch?«

»Pell.«

»Polly Pell. Sie hat das Kind fest im Griff, würde ich sagen. Als sie ihren Dienst angefangen hat, waren Küchenmädchen noch Küchenmädchen. Sie ist sicher selbst durch die harte Schule gegangen und lässt sich jetzt nichts bieten. In einem Dorf ändern sich die Dinge langsamer als man glaubt. Ich bin selbst in einem aufgewachsen, ich weiß, wovon ich rede. Die ganze Welt mag auf dem Kopf stehen, aber das heißt noch lange nicht, dass Sie eine resolute alte Frau davon abhalten, eine Dienstmagd zu behandeln, wie sie es für richtig hält. Und damit wären wir wieder am Ausgangspunkt. Wenn Gladys Marsh die Katze nicht aus dem Sack gelassen hätte, glaube ich nicht, dass jemand anders den Mund aufgemacht hätte.«

»Das glaube ich auch nicht.«

»Also gut, wenn wir Gladys Marsh außen vor lassen, haben wir die Familie und die alte Köchin. Das Mädchen können wir, glaube ich, auch vergessen – welche Motive sollte sie schon gehabt haben? Bleiben also Mr. Latter, Mrs. Street, Miss Vane, Miss Mercer – ich rechne sie zur Familie – und Mrs. Maniple. Nun, Mr. Latter scheint mir das stärkste Motiv zu haben. Sie sind seit zwei Jahren verheiratet, und nach allem, was man hört, ist er seiner Frau sehr ergeben, hält große Stücke auf sie. Und plötzlich erlebt er aus heiterem Himmel diesen furchtbaren Schock. Er findet sie mitten in der Nacht im Zimmer seines Vetters. Sie trägt bloß ihr Nachthemd und wirft sich dem Vetter praktisch an den Hals, aber dieser weist sie ab. Das reicht, um einen Mann aus dem Gleichgewicht zu bringen. Hätte er sie gleich auf der Stelle getötet, wäre er wohl mit einer symbolischen Strafe davongekommen. Sie hat ihn provoziert. Aber er hat sie in dieser Situation eben nicht umgebracht. Er lässt den Rest der Nacht verstreichen und dann noch mal fast vierundzwanzig Stunden. Und Mrs. Latter stirbt an einer Überdosis Morphium in ihrem Kaffee nach dem Abendessen. Er hatte ein Motiv – gibt es ein stärkeres Motiv als Eifersucht? Er hatte sie auf einen Sockel gehoben, von dem sie mit großem Radau gestürzt war. Er hatte auch die Gelegenheit – er war allein im Zimmer, mit den beiden Kaffeetassen auf dem Tablett. Natürlich könnte man zu Recht einwenden, dass auch der Rest der Familie die Gelegenheit gehabt hätte. Nehmen Sie nur ihre Aussagen. Miss Vane bringt das Tablett ins Zimmer, stellt es ab, geht auf die Terrasse und am Fenster seines Studierzimmers vorbei, durch das sie hineinschaut und Mr. Latter fragt, ob er in den Salon kommt, um seinen Kaffee zu trinken. Er sagt ja, und sie läuft noch ein wenig herum. Als sie wieder ins Zimmer schaut, um den anderen mitzuteilen, dass sie noch einen Spaziergang machen will, trinkt Mr. Latter gerade seinen Kaffee, und Mrs. Latter geht mit der Tasse in der Hand zu ihrem Sessel. Miss Vane zieht sich zurück und kommt erst um zehn Uhr wieder. Sie findet die zusammengebrochene Mrs. Latter allein im Salon. So viel zu Miss Julia Vane. Sie hätte das Morphium in eine der Tassen füllen können, allerdings ohne zu wissen, welche Tasse Mrs. Latter nehmen würde.«

Frank Abbott hatte sich kerzengerade aufgesetzt. Seine Augen wirkten kühl und interessiert. »Das stimmt.«

Lamb fuhr fort.

»Als Nächste kommt Miss Mercer. Sie sagt, dass Mrs. Latter am Tisch stand und ihren Kaffee zuckerte, als sie hereinkam. Mrs. Latter machte eine Bemerkung, wo denn die anderen seien, und ging auf die Terrasse, um sie zu suchen. Miss Mercer behauptet, sie sei ihr gefolgt. Wenn es jemals zu einer Verhandlung kommt, wird die Verteidigung wahrscheinlich behaupten, dass es kein Zucker war, den Mrs. Latter in ihre Tasse gelöffelt hat, sondern zu Pulver zerstoßenes Morphium, das nach Zucker aussehen sollte. Ich halte das für möglich, aber nicht für wahrscheinlich. Nach ihren eigenen Angaben hat Miss Mercer also die Gelegenheit gehabt, eine der beiden Tassen zu präparieren.«

»Das würde bedeuten, dass sie die Tat geplant hätte.«

Lamb nickte.

»Das gilt für sie alle ... Kommen wir zu Mrs. Street. Sie sagt, der Salon war leer, als sie ihn betreten hat. Das Tablett stand auf dem Tisch. Kurz darauf kam Mr. Latter herein. Nicht über die Terrasse und durch die Gartentür, sondern hinter ihr her durch die Zimmertür. Mrs. Latter und Miss Mercer befanden sich auf der Terrasse. Mrs. Street sagte, sie würde sie holen, und ging durch die Gartentür hinaus, so dass Mr. Latter allein im Zimmer blieb. Sie hatte also ihre Gelegenheit und verschaffte ihm seine. So weit ist alles klar – jeder von ihnen war allein mit dem Kaffeetablett. Und einer von ihnen muss den Kaffee vergiftet haben, den Mrs. Latter getrunken hat. Ich glaube, es macht keinen Sinn, die Köchin zu verdächtigen. Alle stimmen darin überein, dass sie sehr an Mr. Latter hängt. Wenn sie wirklich einen Kaffee vergiftet hätte, wäre es ein Lotteriespiel gewesen, wer von den beiden aus dieser Tasse trinkt. Ihr einziges Motiv hätte eine grundsätzliche Abneigung sein können, und dafür wäre sie niemals dieses Risiko eingegangen. Ich denke, wir lassen sie raus. Dann bleiben also Miss Vane, Mrs. Street, Miss Mercer und Mr. Latter. Sie alle hatten gleichermaßen die Gelegenheit, Gift in den Kaffee zu mischen. Miss Vane allerdings hatte wie die Köchin keinen Einfluss darauf, wer die Tasse nehmen würde. Alle Aussagen stimmen darin überein, dass sie nicht zurück in den Salon gekommen ist. Also sitzt sie im selben Boot wie die Köchin. Ich würde sie also auch ausschließen, jedenfalls für den Moment. Übrig bleiben also Mrs. Street, Miss Mercer und Mr. Latter. Und an dieser Stelle werden alle Aussagen ein wenig vage. Ich will wissen, wer diese Tassen verteilt hat. Als Miss Vane hineingeschaut hat, saß Mr. Latter in einem Sessel am Fenster und trank gerade seinen Kaffee. Mrs. Latter ging mit der Tasse in der Hand durchs Zimmer. Mrs. Street saß ziemlich nahe bei der offenen Gartentür. Und Miss Mercer sammelte ein paar Rosenblätter auf, die aus einer Vase auf dem Kaminsims gefallen waren. Mrs. Street behauptet, sie hätte die Tassen weder in die Hand genommen noch gesehen, wer sie sonst angerührt hat. Sie sei sehr müde gewesen und habe nur daran gedacht, wann sie ins Bett kommen würde. Miss Mercer sagt, sie wäre nicht in die Nähe des Tabletts gekommen und hätte auch die Tassen nicht berührt, nachdem sie und Mrs. Latter gemeinsam von der Terrasse hereinkamen. Sie sagt, Mrs. Latter wäre geradewegs auf das Tablett zugegangen und hätte ihre Tasse genommen. Mr. Latter sagt, seine Tasse hätte auf dem kleinen Tisch neben seinem Sessel gestanden. Er könne sich nicht daran erinnern, ob sie dort schon gestanden hatte, als er ins Zimmer gekommen war. Tja, vielleicht lügt er. Wenn er Morphium in eine Tasse geschüttet hätte, könnte er dafür gesorgt haben, sie auf keinen Fall versehentlich selbst zu nehmen. In diesem Fall hätte er seine eigene Tasse auf das Tischchen stellen können, um ganz sicher zu gehen. Mrs. Street hat ausgesagt, sie könne sich nicht erinnern, ob eine oder zwei Tassen auf dem Tablett standen, als sie durch das Zimmer gegangen ist. Sie hatte nachmittags ihren Mann besucht, der in ein Genesungsheim nach Brighton verlegt werden soll. Deshalb wäre sie in Gedanken völlig mit ihm beschäftigt und viel zu müde gewesen, um noch auf Kaffeetassen zu achten. Miss Mercer schließlich behauptet, beide Tassen hätten auf dem Tablett gestanden, als sie ins Zimmer kam. Natürlich hätten sowohl sie als auch Mrs. Street die eine Tasse vergiften und die andere auf den Tisch bei Mr. Latters Sessel stellen können. Oder eben Mr. Latter selbst, als er allein im Zimmer war.«

»Wo stehen wir also?«, fragte Frank Abbott.

»Beim Motiv«, sagte Lamb. »Vier von ihnen hatten die Gelegenheit. Aber wenn wir Miss Mercers Aussage glauben, dass bei ihrer Ankunft beide Tassen auf dem Tablett standen, kann Miss Vane Mr. Latters Tasse nicht bewegt haben, so wie sie auch nicht wissen konnte, wer aus welcher trinken würde. Damit erscheint sie als Täterin wesentlich unwahrscheinlicher als die drei anderen. Gehen wir also davon aus, dass einer von diesen dreien die ungefährliche Tasse neben Mr. Latters Sessel gestellt hat. Wir wissen aber nicht, wer. Zwei von ihnen dürften nicht mehr wissen als wir. Aber einer weiß Bescheid, denn er hat die Tasse bewegt, und derjenige wusste, was sich in der anderen Tasse befand. So weit kommen wir, wenn wir von der Gelegenheit zur Tat ausgehen. Kommen wir also zum Motiv. Wie ich schon sagte, besaß Mr. Latter das stärkste Motiv, das ein Mann überhaupt haben kann – er hatte mit eigenen Ohren gehört, wie seine Frau einem anderen ziemlich eindeutige Avancen machte. Nun zu Mrs. Street. Auch sie hat ein Motiv. Es scheint kein solches Gewicht zu haben, bleibt aber doch ein Motiv. Erinnern Sie sich an die Aussage dieser Glayds Marsh: ›Sie alle haben sie gehasst – sie alle hätten sie gern um die Ecke gebracht. Mrs. Street wollte ihren Mann hier im Haus haben, aber Mrs. Latter war dagegen. Sie wollte das Haus nicht mit Verwandtschaft vollstopfen und es auch nicht in ein Krankenhaus verwandeln.‹ Dann hat sie den Kopf zurückgeworfen und gesagt: ›Mrs. Street hat sich deswegen die Augen aus dem Kopf geheult. Es gibt ein paar gut aussehende Schwestern im Krankenhaus. Würde mich nicht wundern, wenn sie Angst hat, ihren Mann zu verlieren, so wie sie ihr gutes Aussehen verloren hat.‹ Diese Gladys Marsh ist eine unangenehme, boshafte junge Frau, aber trotzdem könnte hier ein Motiv liegen.«

Frank zuckte kaum merklich mit den Schultern.

»Mrs. Street sieht mir nicht gerade nach einer typischen Mörderin aus.«

Lamb schlug sich aufs Knie. »Es gibt keine typischen Mörder, wie oft soll ich Ihnen das noch erklären? Menschen werden zu Mördern, wenn das, was sie wollen und von dem sie glauben, dass es ihnen zusteht, auf einmal so wichtig wird, dass nichts anderes mehr zählt. Sie geraten aus dem Gleichgewicht und reden sich ein, dass es nur noch um sie geht und dass sie alles tun können, was sie wollen. All die Dinge, die einen Menschen normalerweise davon abhalten, im Zorn jemanden zu töten, zählen dann nicht mehr. Das kann jedem passieren, der sich nicht in der Gewalt hat. Wissen Sie, was mir von Gladys Marshs Aussage am deutlichsten in Erinnerung geblieben ist? Ihr Eindruck, dass sie alle Mrs. Latter gehasst haben. Hass kann ziemlich gefährlich werden, wenn er sich erst einmal ausbreitet. Eine Sache, die Menschen aus der Bahn wirft. Und … jetzt ist die Frau tot. Ich sage nicht, dass ich Mrs. Street verdächtige, nicht aufgrund der Beweise, die wir bis jetzt haben. Aber ich behaupte, sie hatte ein Motiv.«

»Wahrscheinlich.«

»Dann also zu Miss Mercer. Auch sie besaß ein Motiv, obwohl ich es für das schwächste von den dreien halte. Sie lebt hier im Haus seit fünfundzwanzig Jahren. Und jetzt soll sie gehen, weil Mrs. Latter einen neuen Anfang mit einem Personal machen will, das sie selbst aussucht. Gut, so etwas passiert täglich – ein Mann im mittleren Alter heiratet, und die Frau, die ihm das Haus führt, kommt mit der neuen Ehefrau nicht klar. Das kann die Tochter treffen, eine Schwester oder auch die Haushälterin – oft passt es einfach nicht zusammen. Nach allem, was wir wissen, ist Miss Mercer eine ruhige, freundliche kleine Frau. Nicht der Typ, der Probleme macht, sonst wäre es nicht zwei Jahre lang gut gegangen. Ich hab aber keinen Zweifel, dass auch sie eine gute Portion Ärger in sich trug. Sie wirkt irgendwie kränklich. Aber wie gesagt, solche Sachen passieren dauernd und sind eigentlich kein Grund für einen Mord.«

Frank Abbott zog die farblosen Augenbrauen hoch. Er musterte eines der oberen, mit Büchern gefüllten Regalbretter, auf denen die Waverley-Romane standen, die in den letzten sechzig Jahren nur von Julia Vane gelesen worden waren. »Sie ist Arzttochter, oder?«

Beiläufiger hätte die Bemerkung kaum fallen können, doch Lamb warf ihm einen scharfen Blick zu.

»Was wollen Sie damit sagen?«

»Die Tochter des Dorfarztes. Dorfärzte verfügen in der Regel über ihre eigenen Medikamente. Ich fragte mich gerade, was mit den Beständen des verstorbenen Dr. Mercer passiert ist – mit dem Morphium, meine ich. Smerdon sagt, er habe eine Medikamentenkiste in Miss Mercers Zimmer gefunden. Der Polizeiarzt untersucht sie gerade. Ich fragte nach Fingerabdrücken, worauf er etwas empfindlich reagierte. Natürlich hätten sie daran gedacht ... alles abzusuchen, ehe sie die Kiste dem Arzt übergeben hätten. Ich fragte, ob ihnen etwas aufgefallen wäre, und er sagte, er habe noch keine Zeit gefunden, alles zu überprüfen, würde uns die Ergebnisse aber heute Abend mitteilen.«

Während dieser Worte erhob er sich und wanderte hinüber zum entfernteren der beiden Fenster. Durch das eine überblickte man die Terrasse, während das andere die Aussicht auf die Zufahrt an der Vorderseite des Hauses bot. Aus diesem Fenster erkannte Frank Abbott jetzt einen Wagen, der sich langsam über die gewundene Zufahrt näherte – Antony Latters Wagen, mit Antony Latter am Steuer. Der Beifahrer war zunächst nicht erkennbar, aber dann stieß Frank Abbott ein lang gezogenes, tiefes Pfeifen aus. Als der Wagen aus seinem Blickfeld verschwand, drehte er sich mit glänzenden Augen um und bemerkte trocken: »Latter hat jemanden in Weston abgeholt, aber keiner hat uns gesagt, wen. Jetzt wissen wir es.«

Der Chief Inspector brütete vor sich hin. Sein Gehirn, das Frank einmal respektlos mit einer Straßenbahn verglichen hatte, arbeitete äußerst effizient, solange es auf den gewohnten Geleisen bleiben konnte. Auf einen unerwarteten Richtungswechsel war es jedoch nicht vorbereitet. Es beschäftigte sich gerade mit Morphium, Miss Mercer und einer Dorfapotheke. Antony Latter und die Person, die er in Weston getroffen hatte, stellten eine unliebsame Störung dar. Sie unterbrachen seinen Gedankengang. Lamb starrte ihn an, bis er schließlich in verärgertem Ton Franks Worte aufgriff.

»Jetzt wissen wir es also? Wovon reden Sie eigentlich?«

»Maudie«, sagte Sergeant Abbott.

Lambs Wangen liefen hochrot an. Seine Augen traten hervor.

»Nicht Maud Silver!«

Frank grinste hämisch.

»Die einzig wahre Maudie.«

20

Miss Silver hörte erfreut, wie sich die Tür des Schulzimmers hinter ihr schloss und Mr. Antony das Zimmer verließ. Für gewöhnlich zog sie es vor, allein mit einem Klienten zu sprechen, und in einem Fall wie diesem war das besonders wünschenswert.

Jimmy Latter saß am Tisch des Schulzimmers. Als sein Vetter hinausgegangen war, hatte er den Kopf etwas gehoben und ihren Namen gemurmelt. Er unternahm aber keine Anstalten, zur Begrüßung aufzustehen. Sie streckte die Hand aus und sagte: »Wie geht es Ihnen, Mr. Latter?«

Nach kurzem Zögern nahm er ihre Hand. Auf seinen ebenso schmerzhaften wie ausdauernden Händedruck war sie nicht vorbereitet. Nach einem Moment, der ihr der Situation angemessen erschien, löste sie sich aus seinem Griff und nahm auf einem Stuhl auf der anderen Seite des Tisches Platz. Währenddessen wandte er seine rot geränderten Augen, die verloren und völlig verwirrt wirkten, nicht von ihr ab. Seine ersten Worte waren die, die er bereits am Telefon gesagt hatte.

»Sie haben gesagt, es wäre ein böser Streich. Aber jetzt ist sie tot. Verstehen Sie, sie ist tot – letzte Nacht. Es kommt mir schon viel länger vor. Warum haben Sie gesagt, es wäre ein Streich? Sie ist tot.«

Sie schaute ihn mitfühlend an.

»Ja, Mr. Latter. Es tut mir aufrichtig Leid für Sie. Da Sie mich gebeten haben herzukommen, scheinen Sie anzunehmen, dass ich Ihnen helfen kann.«

Er schüttelte den Kopf.

»Keiner kann mir helfen«, sagte er.

»Warum haben Sie mich dann hergerufen, Mr. Latter?«

Er hob eine Hand und rieb sich die Nase – die altbekannte Geste, aber diesmal mit einem Ausdruck der Verzweiflung.

»Ich will, dass alles aufgeklärt wird ... Ich will wissen, wie es passiert ist. Die Polizei ist hier ... Scotland Yard. Sie scheinen zu glauben ... Ich weiß nicht, was sie glauben ...« Seine Stimme verlor sich.

Miss Silver musterte ihn ganz direkt. Mit einer klaren und festen Stimme, die seine Aufmerksamkeit forderte, sagte sie: »Mr. Latter, würden Sie mir jetzt bitte zuhören? Ich möchte Ihnen gern helfen. Und ich werde tun, was ich kann. Sie sagten gerade, Sie wollten wissen, wie es passiert ist. Das bedeutet, dass Sie unbedingt die Wahrheit erfahren wollen. Aber manchmal ist die Wahrheit schmerzhaft. So könnte es auch in diesem Fall sein. Vergessen Sie bitte nicht, dass die Polizeibeamten hier die Untersuchung leiten. Wenn Ihre Frau keines natürlichen Todes gestorben ist, könnte ich dabei behilflich sein, die genaueren Umstände aufzuklären. Ich kann Ihnen aber nicht garantieren, dass das, was ich entdecke, nicht schmerzhaft für Sie sein wird. Auch werde ich nicht versuchen, irgendwelches Beweismaterial vor der Polizei zu verstecken. Wollen Sie wirklich, dass ich den Fall übernehme?«

Beharrlich wiederholte er: »Ich will, dass alles aufgeklärt wird.«

Dann fügte er hinzu: »Es war kein Unfall. Die Polizei sagt, es war Morphium, eine Überdosis Morphium. Solche Sachen hat sie nicht genommen – niemals. Wenn sie es genommen hat, dann mit voller Absicht. Wenn jemand anders es ihr gegeben hat, dann war es Mord. Es muss aufgeklärt werden.«

Die rot geränderten Augen hatten sie die ganze Zeit über fixiert. Sie wirkten, als hätten sie vergessen, was Schlaf bedeutet. Gleich unter den Augen waren Flecken, die wie Blutergüsse aussahen. Ansonsten zeigte seine Haut die fahle Blässe eines normalerweise frischen und gesunden Gesichtes, aus dem plötzlich alles Blut gewichen war. Ohne die Augen von ihr abzuwenden oder seinen Tonfall zu verändern, sagte er: »Verstehen Sie, ich muss einfach wissen, ob ich sie umgebracht habe.«

Im Lauf der Zeit hatte Miss Silver schon einige verwirrende Bekenntnisse zu hören bekommen. Sie reagierte nach außen hin unbeeindruckt. Nur ihr Gesichtsausdruck wirkte noch eine Spur besorgter als zuvor.

»Würden Sie mir bitte erklären, was Sie damit meinen?«, fragte sie mit ruhiger Stimme.

Er nickte.

»Deshalb wollte ich, dass Sie herkommen. Für diesen Aspekt interessiert die Polizei sich nicht. Aber für mich ist er entscheidend. Ich muss wissen, ob ich sie umgebracht habe.«

Miss Silver hüstelte.

»Das klingt etwas merkwürdig, Mr. Latter.«

Wieder nickte er. »Ja, das kann ich mir vorstellen. Wissen Sie, wir hatten uns gestritten. Das war vorher noch nie passiert. Ich glaube nicht, dass viele Menschen nach zwei Jahren Ehe so etwas von sich behaupten können. Aber ich wollte die ganze Zeit über nur, dass sie glücklich war und alles bekam, was sie sich wünschte.«

»Worüber haben Sie denn gestritten?«

Er fuhr sich mit der Hand durchs Haar und antwortete vage: »Es ging um eines dieser Cottages. Offenbar hatten wir uns missverstanden, denn sie erzählte, dass der alte Hodson ausziehen und bei seiner Schwiegertochter in London wohnen wolle. Aber anscheinend stimmte das nicht, und natürlich konnte ich ihn nicht rauswerfen – seine Familie hat immer schon in diesem Cottage gewohnt. Lois hat sich darüber geärgert, denn sie hatte das Cottage ihren Freunden versprochen – für die Wochenenden. Sie hatte mich einfach nicht richtig verstanden. Aber sie war wütend auf mich ... So hat alles angefangen.«

»Ja, Mr. Latter?«

Wieder fuhr er sich mit heftigen Bewegungen durchs Haar.

»Danach ist noch etwas passiert. Fällt mir schwer, es Ihnen zu erzählen, aber es muss wohl sein. Die Polizei weiß es auch, weil ein Hausmädchen an der Tür gelauscht hat – Joe Marshs Frau. Sie taugt nichts, und der Kerl tut mir wirklich Leid. Ich weiß nicht, was Lois in ihr gesehen hat, aber sie wollte sie unbedingt hier haben. Ich selbst hab nie viel von ihr gehalten ... Und sie hat an der Tür gehorcht ...«

»An welcher Tür, Mr. Latter?«

Er wich ihrem Blick aus.

»An der Zimmertür meines Vetters Antony, den Sie schon

kennen gelernt haben. Er ist wegen geschäftlicher Angelegenheiten hier gewesen. Ich hatte ihn darum gebeten – ziemlich dringend. Deshalb war er hier. Gleich nach dem Streit mit Lois. Sie war wütend. Sie muss sehr wütend gewesen sein, sonst hätte sie es nicht getan. Das meint jedenfalls Antony, und ich glaub, er hat Recht.«

Miss Silver hüstelte.

»Was hat sie getan?«

»Ich glaube, Sie wollte mich damit ärgern, dass sie mit ihm flirtete. Er war früher mal in sie verliebt, wissen Sie, aber sie hat ihn zurückgewiesen und mich geheiratet. Fragen Sie mich nicht, warum ... Antony ist ein viel besserer Kerl. Ich möchte nicht, dass Sie glauben, er wäre irgendwie schuld an der Sache. Das wäre nämlich nicht fair. Er hat sie gefragt, ob sie ihn heiraten wollte, und sie hat ihn abgewiesen. Für ihn war die Geschichte damit erledigt. Es ist fortgegangen und irgendwie drüber hinweggekommen und ... Jetzt ist er mit einer anderen verlobt – mit Julia. Julia Vane, wissen Sie.«

Miss Silver neigte den Kopf zur Seite.

»Bitte fahren Sie fort.«

»Jedenfalls war es nicht seine Schuld«, erklärte Jimmy Latter mit Grabesstimme. »Es war schon ziemlich spät, aber ich war noch nicht zu Bett gegangen. Ich wollte gerade nachsehen, ob Lois noch wach wäre. Ich dachte, wir könnten die Sache vielleicht klären. Ihr Zimmer liegt am anderen Ende des Flurs. Ich wollte gerade meine Tür öffnen, als ich hörte, wie ihre aufging. Wenn man so lange in einem Haus gelebt hat, weiß man sofort, wo ein Geräusch herkommt, und ich habe ein ziemlich gutes Gehör. Ich dachte, vielleicht kommt sie zu mir herüber, aber sie kam nicht. Ich ging also auf den Flur hinaus und sah, wie sich die Tür ihrer großen Kleiderkammer am anderen Ende des Ganges schloss. Es ist ein richtiges Zimmer. Früher gehörte es als Ankleidezimmer zu dem Raum, in dem Antony wohnt. Es gibt eine Verbindungstür. Ich bin ihr also gefolgt. Sie hat mich nicht gehört, denn als ich ankam, war sie in Antonys Zimmer und redete mit ihm.«

Seine Grabesstimme wurde noch leiser und völlig ausdruckslos.

»Ich hörte, wie sie sagte: ›Es ist zwei Jahre her, seit du mich geküsst hast. Möchtest du mich jetzt nicht küssen?‹«

Plötzlich wandte er ihr den Blick wieder zu, in dem jetzt Trotz und Trauer lagen. »Die Polizei hat alles aufgeschrieben. Das Mädchen hat nämlich an der Tür gelauscht – sie kann es auswendig hersagen. Es war nicht Antonys Schuld. Er sagte, sie wäre jetzt meine Frau und dass er sie nicht mehr liebe. Sie sagte, er wäre doch früher nicht so ein Eisblock gewesen. Dann hat sie ihn ›Joseph‹ genannt und ihn ausgelacht. In dem Moment hab ich das Zimmer betreten. Er fragte gerade, ob sie sich wirklich als Potiphars Frau sähe. Sie trug nur ihr Nachthemd. Ich hab sie in ihr Zimmer geschickt, und sie ist gegangen. Das waren die letzten Worte, die ich mit ihr gesprochen habe.«

»Wann ist das passiert, Mr. Latter?«

Er vergrub den Kopf in die Hände.

»Es muss Dienstag gewesen sein … Ja, Dienstagabend. Heute ist Freitag, oder?«

»Ja, Freitag.«

»Dann war es Dienstag. Antony ist am nächsten Morgen abgereist, als alle noch schliefen. Ich war den ganzen Tag über draußen unterwegs und auch den größten Teil des nächsten Tages. Ich konnte nicht schlafen, konnte kaum nachdenken … Ich wusste nicht, was ich tun sollte. Lois und ich haben kein Wort miteinander geredet. Wir haben uns beim Abendessen gesehen, aber nicht miteinander gesprochen. An beiden Abenden bin ich kurz in den Salon gegangen und hab einen Schluck Kaffee getrunken … weil Sie mir gesagt hatten, sie sollte nichts essen oder trinken, von dem sonst niemand etwas nimmt. Zwei Tassen Kaffee wurden serviert, von denen ich eine ausgetrunken habe.«

Miss Silver hüstelte.

»Wurden die Tassen eingegossen, bevor sie in den Salon gebracht wurden, Mr. Latter?«

Er nickte.

»Ich hab eine genommen. Darauf reitet die Polizei ständig herum – wer hätte wissen können, welche Tasse ich nehmen würde? Für die Polizei ist alles klar … Sie werden Ihnen schon erzählen, was passiert ist. Ich bin jedenfalls zurück ins Studierzimmer gegangen, nachdem ich den Kaffee getrunken hatte. Julia ging spazieren. Ellie und Minnie haben sich gleich hingelegt. Lois blieb noch im Salon. Sie war ganz allein. Als Julia hereinkam und sie fand, war es schon zu spät. Wir riefen noch einen Arzt, aber es war zu spät.« Er hob den Kopf und starrte sie an. »Es muss eine schreckliche Sache für sie gewesen sein, dass ich plötzlich reingekommen bin und sie mit Antony entdeckt habe. Und dann vergingen zwei Tage … Ich habe sie nicht an mich herangelassen, habe kein Wort mit ihr gesprochen. Ich habe sie allein gelassen … Sogar an diesem letzten Abend ließ ich sie im Stich. Wenn sie das Zeug deswegen genommen hat, hab ich sie umgebracht, oder? Bitte sagen Sie mir nicht, ich wäre es nicht gewesen, wenn ich es doch war. Ich will nur, dass Sie die Wahrheit herausfinden.«

Miss Silver fixierte ihn mit festem Blick.

»Ich werde mein Bestes tun, Mr. Latter.«

21

Als Miss Silver das Schulzimmer verließ, hielt sie einen Augenblick inne. Ihre Hand rutschte von der Klinke, während sie die Tür schloss. Obwohl sie innerlich sehr bedrückt und verwirrt war, beschäftigte sie sich jetzt mit der praktischen Frage, was als Nächstes zu tun war. Normalerweise war es ihre Gewohnheit, mit jedem Bewohner eines Hauses, in das sie aus professionellen Gründen eingeladen wurde, sobald wie möglich Kontakt aufzunehmen. So wie ein erfahrener Bankkassierer die Münzen, die er tagtäglich in den Händen hält, verinnerlicht und ihre Oberflächen schon durch die Berührung erkennt, so hatte es sich für Miss Silver immer wieder erwiesen, dass diese ersten Kontakte ihrem Instinkt auf die Sprünge halfen. Geduldig wie sie in allen Angelegenheiten des Lebens war, maß sie ihren ersten Eindrücken allerdings kein übermächtiges Gewicht zu, sondern wog sie sorgsam mit ihren weiteren Beobachtungen und Schlussfolgerungen ab. Sie hätte den viktorianischen Dichter, den sie so sehr verehrte, zitieren können, der die verschiedenen Typen von Menschen folgendermaßen zusammenfasste: »Denn ihr seid gut und böse und wie die Münzen: manche echt, manche zu leicht.«

Von den Hausbewohnern hatte sie nur die beiden Männer kennen gelernt, Jimmy Latter und seinen Vetter Antony. Sie schaute auf ihre Uhr. Gerade sieben. Zweifellos würde sie dem Rest der Familie beim Abendessen begegnen. Bei ihrer Arbeitsmethode verzichtete sie auf formelle Befragungen. Lieber beobachtete sie das Hin und Her des Familienlebens unter Bedingungen, die der Normalität so nahe wie möglich kamen. Am liebsten wäre sie jetzt hinauf in ihr Zimmer gegangen, um ihren Koffer auszupacken und ihre abendliche

Toilette vorzubereiten. Aber erst musste sie feststellen, ob Chief Inspector Lamb und Sergeant Abbott sich noch auf dem Grundstück befanden, um ihnen ihre Anwesenheit auf taktvolle Art und Weise nahe zu bringen. Sie hatte ihnen nicht begegnen wollen, ehe sie mit ihrem Klienten gesprochen hatte. Da ihr in diesem Gespräch aber klar geworden war, dass Mr. Latter die beiden nicht im Geringsten auf ihr Kommen vorbereitet hatte, legte sie nun Wert darauf, jede weitere Verzögerung zu meiden. Natürlich war es möglich, dass die beiden das Haus bereits verlassen hatten. Es erschien ihr aber nicht wahrscheinlich.

Antony Latter hatte sie bei der Ankunft auf das Studierzimmer aufmerksam gemacht und erwähnt, dass die Polizeibeamten es nutzten. Der Raum, den sie gerade verlassen hatte, war das alte Schulzimmer, das er ebenfalls erwähnt hatte: »Mein Vetter hat Zuflucht im alten Schulzimmer gesucht.«

Sie machte sich auf den Weg den Gang hinunter in Richtung des Studierzimmers. Als sie es fast erreicht hatte, wurde die Tür gerade geöffnet, und die mächtige Gestalt von Chief Inspector Lamb trat heraus. Frank Abbott, der ihm folgte, bemerkte, wie ihr Gesicht sich aufhellte, als sie Lamb mit einem freundlichen Lächeln begrüßte. Sie streckte ihre Hand aus – die ein wenig zögerlich ergriffen wurde – und erklärte in warmem und freundlichem Tonfall ihre Freude über dieses Zusammentreffen. Das Bemerkenswerte war, dass diese Freude so völlig echt wirkte. Es war ihr tatsächlich ein Vergnügen, einem langjährigen und respektierten Freund zu begegnen. Ihre Erkundigungen über seine Familie waren ernst gemeint. Sie wusste noch, dass Mrs. Lamb im Sommer krank gewesen war, und drückte ihre Hoffnung aus, dass es ihr inzwischen wieder besser ginge. Sie wusste alles über seine drei Töchter und zeigte reges Interesse für ihre neuesten Aktivitäten. Sie erinnerte sich, dass Myrtle sich zu den weiblichen

Hilfstruppen gemeldet hatte, Violet Luftwaffenhelferin gewesen war und Lily bei der Marine. Lily war inzwischen verheiratet. Auch darüber wusste Miss Silver Bescheid. Der junge Mann bekleidete eine ordentliche Stellung in einem Rechtsanwaltsbüro, und sie waren sehr glücklich.

Frank lächelte ein wenig süffisant, aber vor allem bewundernd. Das Eis, hinter dem der Chief sich zunächst verbarrikadiert hatte, war restlos geschmolzen, das Barometer stand auf Schönwetter, und Lamb informierte Miss Silver bereitwillig darüber, dass er hoffte, im Frühling Großvater zu werden.

»Und was führt Sie hierher, wenn ich fragen darf?«

Miss Silver sah sich um. Der Flur wirkte verlassen, aber es konnte nichts schaden, vorsichtig zu sein. Sie ging voran ins Studierzimmer, und die beiden Männer folgten ihr. Als Frank die Tür geschlossen hatte, erklärte sie: »Mr. Latter ist mein Klient. Er kam am letzten Samstag zu mir, um mir zu berichten, dass seine Frau fürchtete, jemand wolle sie vergiften.«

Lamb starrte sie an.

»Das hat er getan? Tatsächlich?«

Miss Silvers Ton wurde eine Spur zurückhaltender.

»Es ist so, wie ich gerade sagte, Chief Inspector. Wenn Sie die Zeit erübrigen können, werde ich Sie gern mit dem vertraut machen, was passiert ist. Aber ich möchte Sie natürlich nicht aufhalten.«

»Nein, nein«, sagte Lamb. »Erzählen Sie nur.«

Miss Silver hüstelte. »Selbstverständlich habe ich ihm geraten, sich an die Polizei zu wenden.«

Frank zog die Augenbrauen hoch und biss sich auf die Lippen. Lambs promptes »Selbstverständlich!« machte es ihm schwer, ernst zu bleiben. Sarkasmus war nicht die Stärke seines Chefs. Es war, als würde man einem Elefanten beim Tanzen zuschauen.

»Seine Frau war nicht damit einverstanden.«

»Das hat er gesagt?«

»Das hat er gesagt. Ich werde Ihnen unser Gespräch so genau wie möglich wiedergeben.«

Und das tat sie. Sie sprach mit klarer, beherrschter Stimme. So wie beide Männer sie kannten, konnten sie sicher sein, dass ihr Bericht peinlich korrekt sein würde. Sie würde keine überflüssigen Worte machen, aber auch kein Detail auslassen. Ihr Gespräch mit Jimmy Latter nahm für die beiden Polizisten konkrete Gestalt an.

Abschließend erklärte sie: »Ich weiß nicht, wie Sie darüber denken, aber ich war überzeugt, dass Mrs. Latters Anfälle, die offensichtlich nicht schwerwiegend waren, als Ergebnis eines bösartigen Streiches zu betrachten sind. Die Symptome entsprachen genau denen, die von einem einfachen Emetikum wie Brechwurz verursacht werden. Abgesehen davon, dass sie die Existenz einer tiefen Abneigung gegen Mrs. Latter dokumentierten, habe ich diesen Anfällen keine große Bedeutung beigemessen. Mrs. Latter hatte tief greifende Veränderungen in diesem Haushalt geplant. Ich nehme an, Sie wissen bereits, dass Mrs. Street und Miss Mercer das Haus verlassen sollten und stattdessen reguläres Personal eingeplant wurde. Mr. Latter hat sich gegen diese Pläne gewehrt – aber vielleicht ist dieser Ausdruck zu stark. Er war jedenfalls nicht glücklich darüber. Ich hatte den Eindruck, dass die zwischenmenschlichen Beziehungen in diesem Haushalt angespannt waren und dass es nur von Vorteil sein könnte, wenn die Parteien bald auseinander gehen würden. Ich habe ihm geraten, die Entscheidung nicht hinauszuzögern. Ich habe ihm auch gesagt, dass es besser wäre, Mrs. Latter gegen weitere Manipulationen ihrer Mahlzeiten zu schützen, indem sie nur noch essen und trinken sollte, was auch die anderen Anwesenden zu sich nähmen. Er stimmte mir zu, sagte aber: ›Sie wird auf jeden Fall ihren Kaffee trinken.‹ Wie Sie wahrscheinlich wissen, trank sie türkischen Kaffee, der speziell für sie zubereitet wurde, weil die übrigen Familienmitglieder ihn nicht mochten. Mr. Latter sagt, dass von jenem Samstag an jeweils zwei Tassen zubereitet und serviert wurden, von denen er jeweils eine getrunken hat – so auch am gestrigen Abend, als Mrs. Latter verstarb.«

Lamb sagte: »Ja, da gibt es diese junge Frau, die eine Aussage zu diesen Anfällen gemacht hat. Sie ist ein flatterhaftes Weibsstück und nicht die Art Zeugin, auf die ich mich verlassen möchte, aber wie es aussieht, gibt es niemanden, der ihr widerspricht. Ehrlich gesagt frage ich mich, ob wir irgendwas von Mrs. Latters Anfällen erfahren hätten, wenn diese Gladys Marsh nicht gewesen wäre. Das sagte ich gerade auch zu Frank. Jetzt sieht es allerdings so aus, als wäre Mr. Latter deswegen zu Ihnen gekommen. Und Sie hatten den Eindruck, dass jemand ihr einen bösen Streich spielen wollte.«

Miss Silver hüstelte. »Zu dieser Ansicht bin ich damals gelangt. Und vielleicht darf ich hinzufügen, dass ich bisher noch keinen Grund gesehen habe, meine Meinung zu ändern.«

Lamb starrte sie mit dumpfer Miene an. »Sie glauben, die anfänglichen Atacken hatten nichts mit der eigentlichen Todesursache zu tun?«

»Ich würde mich in dieser Frage noch nicht festlegen, aber tatsächlich neige ich zu dieser Auffassung. Sie erscheinen mir alles in allem viel zu unbedeutend und harmlos für einen ernsthaften Versuch, Mrs. Latter ums Leben zu bringen.«

Mit unverändertem Gesichtsausdruck entgegnete Lamb: »Bei allem Respekt für Ihre Meinung kann man diese Übelkeitsanfälle verschieden interpretieren. Vielleicht war ein Stümper am Werk, der erst üben musste; vielleicht hat ein gerissener Täter versucht, eine falsche Fährte zu legen; vielleicht hat jemand, der Mrs. Latter hasste, tatsächlich mit einem üblen Scherz begonnen und sie dann, als er herausgefunden hatte, wie leicht es geht, tatsächlich ermordet.«

Miss Silver neigte den Kopf zur Seite.

»Grundsätzlich würde ich Ihnen die verschiedenen Interpretationsmöglichkeiten betreffend zustimmen. Ich kenne aber das Beweismaterial in diesem Fall noch nicht gut genug, um mir ein Urteil darüber zu bilden, ob es zu diesen Theorien passt.«

Lamb räusperte sich auf eine Art und Weise, die ihm zwangsläufig Aufmerksamkeit sicherte.

»Sie sagen, Mr. Latter ist Ihr Klient. Sind Sie gekommen, um zu beweisen, dass er seine Frau nicht vergiftet hat?«

Miss Silver wirkte ehrlich schockiert. In tadelndem Ton entgegnete sie: »Ich dachte, es wäre nicht nötig, Ihnen zu erklären, was ich bereits Mr. Latter in aller Deutlichkeit auseinander gesetzt habe: Ich bin nicht hier, um irgendjemandes Schuld oder Unschuld zu beweisen. Bei jedem Fall, den ich übernehme, geht es mir nur darum, die Wahrheit herauszufinden und dazu beizutragen, dass Gerechtigkeit walten kann.«

Lamb lief rot an. »Ja, ja«, sagte er mit deutlichem Unbehagen. »Ich wollte Ihnen nicht zu nahe treten. Aber Ihre Rolle hier … Ich hab doch wohl ein Recht darauf, dass sie eindeutig definiert wird.«

»Vielleicht möchten Sie es übernehmen, meine Rolle zu definieren, Chief Inspector?« Ihre Worte klangen zwar förmlich, wurden aber von einem überraschend charmanten Lächeln begleitet. Daraufhin zog Lamb sofort die Krallen ein. Auf seinem Gesicht breitete sich wieder das vertraute Purpurrot aus. Es gelang ihm sogar, seinerseits zu lächeln.

»Nun, wenn wir Sie als Freundin der Familie betrachten

würden, der Mr. Latter großen Respekt entgegenbringt, so dass er sie selbstverständlich um Rat bittet ... und wenn Sie bereit wären, mit der Polizei zu kooperieren ...«

Miss Silver deutete eine gnädige Verbeugung an.

»Damit wäre ich völlig einverstanden.«

Frank Abbott hielt sich die Hand vor den Mund. Wenn die Lage es bedingte, dass der Chief mit rohen Eiern handelte, dann wirkte er stets etwas schwerfällig. In der Regel schaffte er es, ohne größeren Schaden anzurichten, jedoch ohne jede Spur von Eleganz. Maudie dagegen war natürlich in ihrem Element und brachte jedes Stirnrunzeln und jedes Lächeln an der passenden Stelle an.

Er wandte seine Aufmerksamkeit wieder dem Chief Inspector zu, der die Initiative ergriffen hatte: »Also dann, wenn Sie bedenken, was ich über die Möglichkeit einer falschen Fährte gesagt habe, würde ich Sie gern fragen, ob Mr. Latters Besuch am letzten Samstag und seine Aussage, dass jemand versuchen würde, seine Frau zu vergiften ... also, ob dieser Besuch ein Ablenkungsmanöver gewesen sein könnte. Können Sie sich vorstellen, dass er schon geplant hatte, sie umzubringen?«

»Mit welchem Motiv?«

»Eifersucht ...«

»Bis Dienstagnacht, als er sie im Zimmer seines Vetters gefunden hat, besaß er keinen Grund zur Eifersucht.«

Lamb starrte sie an. »Oh, Sie wissen schon von dieser Sache?«

»Ja. Bis zu diesem Augenblick hatte er keinen Grund zur Eifersucht.«

»Nun, jedenfalls nicht, soweit wir bisher wissen«, entgegnete Lamb mit gewitzter Miene. »Aber vielleicht gibt es noch einige Dinge, von denen wir nichts wissen. Oder vielleicht war Eifersucht nicht das Motiv. Mrs. Latter stand kurz davor, von ihrem ersten Ehemann ein beträchtliches Vermögen zu erben. Wir wissen nicht, was jetzt mit dem Geld passiert – noch nicht. Vielleicht geht es zurück an seine Familie, vielleicht aber auch nicht. Mr. Latter hat erklärt, dass einige Auseinandersetzungen um das Testament geführt wurden und man sich schließlich außergerichtlich geeinigt hat – das Geld wurde zwischen Mrs. Latter und den übrigen Verwandten geteilt. Mr. Latter glaubt, dass sie ihren Anteil ohne weitere Bedingungen erhalten hat, aber er ist sich nicht völlig sicher. Er behauptet, mit seiner Frau nie über Geld gesprochen zu haben und nicht einmal zu wissen, ob sie ein Testament gemacht hat. Wenn Sie mich fragen, ist das ziemlicher Unsinn. Ich hab ihn aufgefordert, seinen Anwalt anzurufen, und natürlich gibt es ein Testament. Man wird uns eine Kopie schicken. Morgen früh sollte sie hier sein. Wenn Latter eine größere Erbschaft zu erwarten hat, könnte auch das ein Motiv sein. Vielleicht hat er es für eine besonders clevere Idee gehalten, bei Ihnen mit dieser Geschichte aufzutauchen, dass jemand seine Frau vergiften will, um dann den liebenden Ehemann zu spielen, der sogar den Kaffee mit seiner Frau teilt, damit sich niemand daran zu schaffen macht … Na, was meinen Sie dazu?«

Miss Silver schaute ihn ernst an. »Wissen Sie, was Mr. Latters größte Sorge ist?«

Er lachte kurz auf. »Das weiß ich nicht, aber ich vermute, Sie werden es mir jetzt erklären.«

»Ja«, sagte sie. »Alles, was er letztlich will, ist eine Bestätigung, dass sie keinen Selbstmord begangen hat.«

Lamb schob den Stuhl ein Stückchen zurück. »Wie bitte?«

»Er will ganz sicher sein, dass seine Frau sich nicht umgebracht hat. Der Gedanke, dass sie es getan haben könnte, belastet ihn furchtbar. Denn dann würde er sich schuldig an ihrem Tod fühlen. Nach der Szene in Mr. Antonys Zimmer hat zwischen Mr. und Mrs. Latter völlige Funkstille geherrscht. Zwei Tage lang hat er nicht mit ihr gesprochen. Er hat Angst – furchtbare Angst, glaube ich –, dass sie das Morphium selbst genommen hat.«

Lamb schlug auf den Tisch.

»Wir sollen beweisen, dass jemand sie ermordet hat?«

Miss Silver hüstelte.

»Ich glaube nicht, dass er so weit schon gedacht hat. Er ist völlig von diesem schrecklichen Gedanken beherrscht, dass er sie in den Selbstmord getrieben haben könnte.«

Lamb beugte sich vor. Beide Hände ruhten auf seinen Knien.

»Bevor ich das glaube, hätte ich gern mehr Beweise als nur seine eigenen Worte. Ich behaupte nicht, dass er schuldig ist, aber ich sage auch nicht, er ist unschuldig. Von allen hatte er das stärkste Motiv und außerdem die beste Gelegenheit, dafür zu sorgen, dass nicht er selbst den vergifteten Kaffee trinken würde. Das, was Sie eben über seine Gefühle sagten, mag stimmen. In dem Fall wäre er ein unschuldiger Mann, der mir Leid tut. Er könnte aber auch der clevere Verbrecher sein, nach dem wir in diesem Fall – wie schon gesagt – möglicherweise suchen müssen. In dem Fall würden all seine Beteuerungen, dass er die Möglichkeit eines Selbstmords ausschließen will, nur dazu dienen, die Sache zu vernebeln. Sehen Sie das denn nicht?«

Er schob den Stuhl noch weiter zurück und erhob sich. »Na ja, ich werde Sie nicht bekehren, und Sie werden mich nicht bekehren – jedenfalls nicht heute Abend. Wir wohnen im Bull, drüben im Dorf, und wenn der Laden wirklich so schlecht ist, wie ich befürchte, dann werde ich froh sein, wenn wir den Fall möglichst schnell lösen. Mein einziger Trost ist, dass Frank es noch schlimmer finden wird als ich!« Er lachte aus vollem Herzen. »Wenn Sie möchten, kann er nach dem Abendessen wieder zurückkommen und Ihnen die Aussagen zeigen, die wir bis jetzt haben. Aber kein Wort darüber!«

Miss Silver strahlte ihn an.

»Das wäre wirklich furchtbar liebenswürdig.«

Lamb verabschiedete sich mit einem herzlichen Händedruck.

»Vergessen Sie nicht, dass Sie uns gegenüber einen Vorsprung haben, der so viel wert ist wie ein fliegender Start. Wir kommen von außen und haben es mit Leuten zu tun, die mächtig auf der Hut sind. In einem Mordfall verschweigen in der Regel alle etwas – wenn nicht über sich selbst, dann wenigstens über die anderen. Sie wägen jedes einzelne Wort ab, bevor sie es aussprechen, und sie sagen kein Wort mehr als nötig – es sei denn, jemand ist wie diese Gladys Marsh und steckt so voller Gemeinheiten, dass er es gar nicht abwarten kann, sie möglichst schnell loszuwerden. Aber Sie tauchen hier als Freundin auf. Sie sind mit den Leuten zusammen, wenn sie sich unbeobachtet fühlen. Mit Ihnen reden sie ganz natürlich, was sie bei einem Polizeibeamten niemals tun würden. Es lässt sich also nicht leugnen, dass Sie uns gegenüber im Vorteil sind. Deshalb bin ich bereit, fünfe gerade sein zu lassen und Sie über den Stand der Ermittlungen zu informieren – soweit man schon von einem Stand der Ermittlungen sprechen kann. Also, Frank schaut nach dem Abendessen vorbei, und ich sehe Sie morgen früh. Gute Nacht.«

Miss Silver hüstelte.

»Ich weiß Ihr Vertrauen sehr zu schätzen.«

22

Antony verließ das Haus mit dem Gefühl, dass er, wenn er nicht ein wenig Abstand gewänne, möglicherweise der Versuchung nicht widerstehen könnte, wichtige geschäftliche Verpflichtungen vorzuschützen und gleich am nächsten Morgen in die Stadt zurückzukehren. Besonders stolz war er nicht auf dieses Gefühl, aber es ließ sich einfach nicht ignorieren. Er war der Ansicht, dass eine halbe Stunde Ruhe ihm durchaus zustand. Er fragte sich, wo Julia sein mochte. Nach dem Essen hatte sie Ellie begleitet, um ihr beim Abtrocknen zu helfen, und seitdem hatte er sie nicht mehr gesehen. Nach diesem schrecklichen Abendessen, bei dem er selbst und Miss Silver die Konversation aufrechterhalten hatten, während Jimmy die ganze Zeit über nur auf seinen unberührten Teller gestarrt hatte, waren sie alle auseinander gegangen. Alle gemeinsam hatten sich Mühe gegeben, Minnie schnellstens ins Bett zu schicken. Ob sie diesen Rat befolgt hatte, wusste er nicht. Jedenfalls hatte sie zu kraftlos gewirkt, um länger auf den Beinen zu bleiben. Abbott, der junge Polizist, war aus dem Dorf zurückgekommen, um mit Miss Silver zu sprechen. Sie hatten sich ins Schulzimmer zurückgezogen und Jimmy das Studierzimmer überlassen, obwohl für ihn ein Zimmer wie das andere war; denn ganz egal, an welchem Ort er sich aufhielt, fühlte er sich doch nur im Gefängnis seines Kummers eingesperrt. Antony beschloss, Jimmy Gesellschaft zu leisten, auch wenn er nichts weiter für ihn tun konnte, als einfach da zu sein. Eine trübsinnige Aussicht.

Er nahm den Weg den Rasen hinunter und durch den Rosengarten. Hinter der Hecke, die ihn abschirmte, befand sich ein Sitzplatz. Als er um die Ecke bog, entdeckte er dort Julia.

Er blieb stehen und beobachtete sie. Die Sonne versank gerade in einem Dunstschleier, und es war noch recht hell. Von dort, wo er stand, überblickte er eine große Weidefläche, die sich sanft abfallend den Ufern eines Baches zuneigte. Nebel hing über den Feldern, doch der Himmel zeigte ein klares, sanftes Blau. Julias Hände lagen offen in ihrem Schoß, während ihr Blick scheinbar zum Himmel ging. In Wirklichkeit betrachtete sie weder den Himmel noch irgendetwas anderes. Ihre Augen waren geschlossen. Antony fielen ihre Blässe und der Ausdruck völliger Zurückgezogenheit auf. Trotzdem lag Stärke in ihrer Haltung, nicht Schwäche – eine kontrollierte Stärke. Sie war so ruhig, weil sie sich mit ganzer Kraft auf ein bestimmtes Bild in ihren Gedanken konzentrierte.

Die Zeit verstrich, und Antony wandte den Blick nicht von ihr ab. Zwischen ihnen lag nur die Stille. Endlich schickte er sich an, über den Rasen auf sie zuzugehen. Im selben Augenblick wandte sie den Kopf und sah ihn kommen. Jedenfalls hatte er den Eindruck, dass sie ihn sah. Ihre Augen waren jetzt offen, aber auf merkwürdige Art ausdruckslos. Dann plötzlich schien Wärme aus ihnen zu strahlen. Sie streckte eine Hand aus.

»Komm, setz dich. Es ist schön hier.«

Mehr schien sie nicht sagen zu wollen. Etwas Friedliches lag in ihrem Zusammensein, das Worte überflüssig machte.

Nach einer Weile richtete er den Blick auf ihre Hand und berührte sie sanft.

»Ich habe nachgedacht«, begann sie.

»Ja?«

»Über gestern. Bevor es passiert ist. Wir hätten deutlich sagen sollen, wir alle, dass die Situation hier unerträglich war. Jimmy und Ellie und Minnie waren todunglücklich. Ich weiß nicht, wie Lois sich gefühlt hat. Es muss auch für sie ziemlich schlimm gewesen sein. Und trotzdem: Wenn wir die Uhr jetzt einfach um ein paar Tage zurückdrehen könnten, würden wir uns im Vergleich zu heute wie im Himmel fühlen.«

Antony ergriff ihre Hand noch fester.

»Worauf willst du hinaus?«

Sie warf ihm einen düsteren Blick zu.

»Wir können nichts unternehmen, wir müssen einfach abwarten. Das finde ich furchtbar. Ich kann damit umgehen, wenn Dinge angepackt werden müssen, aber es gibt nichts, das wir anpacken könnten. Ich komme mir vor, als säße ich in einem Boot ohne Ruder und hörte die Niagarafälle, die irgendwo kurz vor mir über eine steile Klippe stürzen.«

Er umfasste ihre Hand fest und sagte: »Sei nicht so melodramatisch, Liebes.«

Sie wollte sich lösen, gab es aber auf, als sie merkte, dass er sie nicht loslassen würde.

»Schon gut ... es war ein bisschen ... Tut mir Leid.«

»Was genau kommt dir denn vor wie die Niagarafälle? Vielleicht könntest du mich etwas genauer ins Bild setzen?«

Sie warf ihm einen ihrer speziellen Blicke zu.

»Wozu denn? Vielleicht sind es auch nicht die Niagarafälle, sondern ein endloser feuchter Sumpf, in dem wir alle versinken.«

»Klingt ekelhaft. Liebling, vielleicht würdest du es dir besser von der Seele reden. Ich fühle mich von deinen Metaphern im Augenblick etwas überfordert.«

Sie entzog ihm die Hand und drehte sich mit einem Ruck in seine Richtung. »Also gut, dann eben raus damit. Entweder hat Lois Selbstmord begangen, oder jemand anders hat sie umgebracht. Wenn es Selbstmord war, wird Jimmy niemals drüber hinwegkommen ... ich kann es mir jedenfalls nicht vorstellen. Er wird sein Leben lang denken, er hätte sie dazu getrieben. Natürlich ist es komplett irrational, aber bei diesen Dingen geht es nicht ums Denken, sondern um die Gefühle. Wir beide kennen Jimmy seit unserer Kindheit. Du weißt, wie er sich unter diesen Umständen fühlen wird, und ich weiß es auch. Wie er sich jetzt schon fühlt. Das ist die eine Alternative. Die andere ist Mord. Also dann, wer hat es getan? So wie Jimmy sich aufführt, würde jeder Polizist der Welt auf ihn tippen. Wir beide wissen, dass er es nicht getan hat. Aber er hätte es tun können – das weißt du auch. Er hatte das Motiv, die Gelegenheit und alles ... Wenn sich jetzt noch herausstellt, dass sie ihm viel Geld vermacht hat, wird die Polizei erst recht überzeugt sein. Und davor hab ich die allergrößte Angst.«

Mit plötzlicher Härte entgegnete Antony: »Rede keinen Unsinn! Es war nicht Jimmy!«

»Natürlich war er es nicht. Ich rede über die Polizei, nicht über uns. Jimmy hat heute Nachmittag Lois' Anwälte angerufen. Wusstest du das? Der Chief Inspector hat ihn dazu aufgefordert. Nach seinem Gespräch mit den Polizisten hat Jimmy gleich die Anwälte angerufen. Sie schicken eine Kopie von Lois' Testament. Das hat Jimmy mir erzählt. Ich hab furchtbare Angst.«

»Sei nicht so dumm! Es steht zehn zu eins, dass das Geld zurück an die Verwandten ihres ersten Mannes geht. Weiß Jimmy das denn nicht?«

»Nein. Ihm gefiel schon der Gedanke nicht, dass sie so viel Geld besaß. Es hat ihn ziemlich aufgeregt, als er erfahren hat, wie viel es war. Als die beiden geheiratet haben, war der Fall noch nicht entschieden – erst sechs Monate später. Er konnte sich mit der Vorstellung nicht anfreunden und wollte nichts davon wissen, was sie mit ihrem Geld anfangen würde. Natürlich ist das lächerlich, aber ... so ist Jimmy eben. Die Polizei hat natürlich keine Ahnung, wie Jimmy funktioniert, also werden sie annehmen ...«

»Du ziehst ziemlich voreilige Schlüsse, meinst du nicht?«

»Ja, ich bin ein Idiot. Das alles geht mir immer und immer wieder durch den Kopf. Es sieht so aus, als wäre es wirklich das Beste, wenn die Polizei einen Selbstmord nachweist. Aber was wird dann aus Jimmy? Denn wenn es Mord war – dann ist einer von uns der Täter.«

»Weißt du, Julia«, erklärte Antony mit sanfter Stimme. »Du kannst, was Manny betrifft, nicht den Mund halten – du musst der Polizei davon erzählen. Sie hat getan, was sie getan hat, und sie wird die Konsequenzen tragen müssen. Und wenn sie noch mehr getan hat, wird sie auch dafür die Konsequenzen tragen müssen. Damit das völlig klar ist: Ich werde nicht zulassen, dass Jimmy des Mordes an seiner Frau angeklagt wird, nur um Manny zu schützen. Wenn sie den Kaffee vergiftet hat, muss sie dafür geradestehen. Ich werde niemals glauben, dass Lois sich selbst umgebracht hat. Nichts in der Welt würde mich davon überzeugen. Warum hätte sie es auch tun sollen? Wenn wir schon darüber reden, lass es uns offen auf den Tisch bringen. Sie hatte kein Motiv, sich umzubringen. Sie hat sich einen Dreck um Jimmy geschert. Er hat ihr eine gute gesellschaftliche Position geboten und ein respektables Haus, in dem sie ihre Freunde empfangen konnte. Als sie Jimmy geheiratet hat, standen noch die Erbstreitigkeiten um das Vermögen ihres ersten Mannes im Raum. Wenn es zur Gerichtsverhandlung gekommen wäre, hätte niemand das Ergebnis vorhersagen können. Im Zweifel wäre sie bankrott gewesen. Deshalb hat sie Jimmy geheiratet. Das hat sie mir ziemlich deutlich zu verstehen gegeben. Glaubst du wirklich, sie hätte sich umgebracht, weil er sie ertappt hätte? Und was mögliche andere Motive angeht: Ich habe ihr kein bisschen mehr bedeutet als Jimmy.«

»Das frage ich mich …«

»Das brauchst du aber nicht. Sie langweilte sich, sie hat

sich über Jimmy geärgert, sie war wütend, dass ich ihr nicht hinterhergelaufen bin. Und dass jemand ihre Wünsche durchkreuzt, konnte sie am allerwenigsten ertragen – wie du vielleicht selbst bemerkt hast. Aber die Vorstellung, dass sie irgendwelche echten Gefühle für mich gehabt hätte, ist völlig absurd. Lois war viel zu verliebt in Lois, um sich wegen irgendeines Mannes etwas anzutun.«

Julia erwiderte nichts, aber das war auch nicht nötig. Was sie hätte sagen können, stand ohnehin zwischen ihnen. Er spürte, wie hartnäckig sie an diesem Gedanken festhielt. Als das Schweigen lange genug gedauert hatte, erklärte er in einem Tonfall, der ausdrücken sollte, dass er endgültig zu einem Ergebnis gekommen war: »Es war kein Selbstmord. Jemand hat sie vergiftet. Wenn nicht Manny, wer dann? Du? Jimmy? Ellie? Minnie? Auf wen würdest du tippen? Wir wissen, auf wen die Polizei sich konzentriert. So wie die Dinge liegen, können sie nicht anders. Ich finde, es reicht jetzt. Wenn du nicht mit Manny redest, werde ich es tun. Am besten wäre es, sie würde den Polizisten selbst davon erzählen. Irgendjemand muss es jedenfalls tun.«

Die Abwehrhaltung, die gerade noch wie eine Mauer zwischen ihnen gestanden und sie getrennt hatte, war von einem Moment auf den anderen verschwunden. Sie schaute ihn an und sagte mit leiser, atemloser Stimme: »Morgen ... Antony, bitte ... heute Abend kann ich es nicht.«

Sie hatte eine unglaubliche Gabe, ihn zu bewegen. Dieser Ausdruck ihrer Augen, der Ton ihrer Stimme – und schon war er bereit, beinahe jede Dummheit zu begehen, vor ihr auf die Knie zu sinken, sie in die Arme zu nehmen und ihr zu sagen ... Was konnte er ihr sagen ... hier ... und jetzt? Er staunte über sich selbst und staunte über sie. Staunte, wie schwer es war, all die Dinge zurückzuhalten, die sich so lautstark in ihm bemerkbar machten. Was für ein Augenblick, um von der Liebe zu sprechen! Stattdessen stellte er mit harter, entschlossener Stimme fest: »Morgen sollte reichen.«

Er sah, dass Tränen ihren Blick verschleierten, und wandte sich schnell ab. Plötzlich lehnte sie sich fest an ihn und drückte ihr Gesicht gegen den Stoff seines Ärmels. Nach kurzem Zögern legte er den Arm um sie und hielt sie fest. Sie blieben längere Zeit so sitzen, ohne ein Wort zu reden.

23

Julia schreckte plötzlich hoch und fragte sich im nächsten Moment, was sie geweckt hatte. Sie vermutete, dass Ellie im Schlaf aufgeschrien hatte, wie sie es manchmal tat. Nicht laut, aber mit keuchendem Atem, als würde sie schluchzen.

»Ellie«, sagte sie mit sanfter Stimme.

Sie erhielt keine Antwort und lauschte ins Zimmer hinein. Ellies leise und regelmäßige Atemzüge verrieten ihr, dass sie schlief. Vielleicht hatte sie einen kurzen Schrei ausgestoßen, ohne selbst davon aufzuwachen.

»Merkwürdig«, dachte Julia. »Wenn jemand schläft, haben wir keine Ahnung, wo er ist. Nicht mal bei Ellie weiß ich es. Manchmal weiß ich beim Aufwachen selbst nicht, wo ich gerade war.«

Sie hatte das Gefühl, gerade aus einem Traum hochgeschreckt zu sein, dessen Bilder erst im Moment des Aufwachens verschwunden waren. Nichts davon war geblieben außer dem Verlangen, wieder in diesen Traum zurückzukehren und den Dingen zu entkommen, die sie am nächsten Tag erwarteten.

Sie fragte sich, wie spät es sein mochte. Zwischen zwei und drei in der Nacht wahrscheinlich. Das Zimmer war dunkel, nur die beiden Fenster schienen in der Dunkelheit zu hängen wie Bilder an einer schwarzen Wand. Bilder, denen eine gleichmäßig düstere Atmosphäre anhaftete wie auf sehr alten Gemälden, auf denen fast nur Licht und Schatten und kaum noch Details zu erkennen sind. Aber hier konnte von Licht nicht mehr die Rede sein, höchstens von Abstufungen schattenhaften Dunkels. Sie hatte, so lange ihre Erinnerung zurückreichte, stets in diesem Zimmer geschlafen, und deshalb wusste sie, dass sich hinter den dunkelsten Schatten die Umrisse der Bäume verbargen und dass der Schatten weniger dicht wurde, je weiter sich die Äste ausdünnten und den Blick auf den Himmel freigaben. Es musste draußen ziemlich dunkel sein, denn sie konnte keinerlei Umrisse erkennen, dort wo die Blätter aufhörten und die Wolken begannen.

Sie hatte sich auf den Ellbogen gestützt, die Decke bis zur Hüfte heruntergeklappt und ihre Haare zurückgeschoben. Schließlich legte sie sich wieder hin, wobei sie das Betttuch glatt strich und das Kissen neu zurechtrückte. Alles in Ordnung, Ellie schlief. Wenn irgendetwas sie geweckt hatte, dann eines der nächtlichen Geräusche, die auf dem Land nicht ungewöhnlich sind – der Ruf eines Vogels, vielleicht auch ein Fuchs oder ein Dachs. In diesem Bett hatte sie während vieler Jahre alle diese Geräusche immer wieder gehört.

Sie legte gerade den Kopf aufs Kissen, als das Geräusch, das sie geweckt hatte, noch einmal erklang. Es war kein Dachs, kein Vogel und kein Fuchs. Es war das Geräusch einer Hand, die über die äußere Täfelung ihrer Tür strich. Sie setzte sich auf, lauschte und hörte es immer noch. Ein Geräusch, das man kaum mit etwas anderem verwechseln kann. Eine Hand tastete an der Tür entlang … strich darüber, sanft und vorsichtig.

Julia schob die Decke zur Seite und stand auf. Auf nackten Füßen ging sie zur Tür, blieb stehen, hielt den Atem an und lauschte. Nichts war zu hören. Das Geräusch war verstummt. Plötzlich kam ihr der Gedanke, dass jemand ihr einen Streich spielen könnte. Jemand hatte Lois einen Streich gespielt, und jetzt war Lois tot ... Aber im Fall von Lois war es Manny gewesen. Manny würde niemals mitten in der Nacht heraufkommen, um Julia einen Streich zu spielen.

Mit einer schnellen Bewegung drückte sie die Klinke, zog die Tür auf und trat einen Schritt zurück. Der Flur draußen war erleuchtet – eine schwache Glühbirne brannte die ganze Nacht über. Jetzt, wo sie gerade aus dem Schlaf erwacht war und das düstere Zimmer durchquert hatte, blendete die Lampe sie. Etwa einen Meter von der Türschwelle entfernt stand eine weiße Gestalt und starrte Julia an. Noch ehe Julia Atem holen konnte, wurde das Bild klarer, und sie erkannte, dass nicht irgendeine Gestalt, sondern Minnie vor ihr stand – Minnie Mercer, deren lose Haare über ihrem Nachthemd bis zur Hüfte hinunterfielen und deren starrer Blick verriet, dass sie schlief. Ihr leerer Blick galt nicht Julia, denn sie schien sie nicht wahrzunehmen. Sie nahm überhaupt nichts wahr, das sich in Julias wacher Welt befand. Was sie sah und wonach sie suchte, befand sich ausschließlich in irgendeiner Traumwelt, die sie hierher geführt hatte.

Blitzartig ging Julia durch den Kopf, dass es gefährlich sein konnte, Schlafwandler zu wecken. Man musste versuchen, sie irgendwie ins Bett zu befördern. Eine dieser Weisheiten, die leicht gesagt, aber sehr schwer in die Tat umzusetzen waren. Natürlich musste sie es versuchen. Man konnte Minnie nicht einfach durchs Haus laufen lassen und damit die Leute zu Tode erschrecken und dieser abstoßenden Glayds Marsh Stoff für eine neue Skandalgeschichte liefern. Wie auch immer, sie würde nicht zulassen, dass auch noch Ellie geweckt würde. Also trat sie aus dem Zimmer und schloss die Tür hinter sich. Als hätte sie ein Signal bekommen, drehte Minnie sich um und ging auf die Treppe zu. Sie bewegte sich so schnell, dass sie bereits die erste Stufe nach unten genommen hatte und ihren Weg zielsicher fortsetzte, als Julia sie endlich erreichte. Wenn sie nicht sah, wohin sie ging, wie konnte sie sich dann derart sicher bewegen? Sie stieg die Treppe hinunter in die Dunkelheit der Eingangshalle, und Julia folgte ihr. Es war, als würde man in dunkles Wasser hinabsteigen.

Als sie beinahe von der Dunkelheit verschluckt waren, sagte Julia in leisem, aber bestimmtem Ton: »Minnie! Komm zurück ins Bett!«

Irgendetwas musste in ihren Traum durchgedrungen sein, denn sie hielt dort am Fuß der Treppe auf der Stelle inne.

Julia sagte noch einmal: »Komm zurück ins Bett, Minnie!«

Sie bekam keine Antwort. Minnie stand einfach da, im Nachthemd, mit nackten Füßen und offenen Haaren. Julia trat zu ihr hin und legte den Arm um sie.

»Min – jetzt komm schon ins Bett!«

Ob es die Autorität in Julias Stimme war, die sie schließlich erreichte, oder ob der Impuls, der sie bis hierher geführt hatte, einfach schwächer wurde – sie drehte sich schließlich um und setzte zögernd einen Fuß auf die unterste Stufe. Immer noch in Julias Arm, zog sie den anderen Fuß nach und wartete, als wüsste sie nicht, was sie als Nächstes tun sollte. Erst als Julia sie sanft drängte, nahm sie eine weitere Stufe, und so ging es Schritt für Schritt aufwärts. Zwischendurch machte sie längere Pausen, in denen sie so still stand, als würde sie kaum noch atmen. Julia wartete geduldig, weil sie Angst hatte, irgendwelchen Druck auszuüben. Dann wieder stieg sie mehrere Stufen sicheren Schrittes hinauf.

Als sie ungefähr die Mitte der Treppe erreicht hatten, begann Minnie hastig zu flüstern. Ihr Monolog bestand aus einzelnen, aber kaum verständlichen Worten, so als höre man jemanden im Nebenzimmer sprechen. Julia fragte sich, an welchem Ort sich Minnie im Traum gerade aufhielt und was ihre Worte bedeuteten.

Als sie die Treppe endlich hinter sich gelassen hatten, legte sie wieder eine lange Pause ein, in der das Murmeln immer undeutlicher wurde und schließlich ganz verstummte. »Min – Liebling …«, sagte Julia. Zu ihrer Erleichterung ging Minnie mit einem Mal quer durch den Flur und durch die offene Tür geradewegs in ihr Zimmer. Obwohl es nach der Helligkeit draußen auf dem Gang jetzt umso dunkler wirkte, hielt sie zielstrebig auf ihr Bett zu und setzte sich auf die Kante. Julia blieb ein Stück entfernt stehen, um abzuwarten, was passieren würde.

Ganz plötzlich sagte Minnie in klagendem Ton: »Was habe ich getan?«

Julia hatte das Gefühl, als wäre ihr Inneres komplett nach außen gekehrt. Es lag nicht nur an den Worten. Sie waren schon schlimm genug, aber noch schlimmer war der Ausdruck äußerster Verzweiflung. Minnie wiederholte die Worte, wobei ihre Stimme unter der Last ihrer Bedeutung zu ersticken schien. Dann stieß sie zwei oder drei tiefe Schluchzer aus, griff nach ihrem Kissen und legte sich hin. Julia deckte sie mit zitternden Händen zu. Auch ihre Knie zitterten. Sie blieb noch einen Moment stehen und hörte, wie die schluchzenden Atemzüge langsam ruhiger wurden. Kaum eine Minute später merkte sie, dass Minnie eingeschlafen war. Was immer sie auch geträumt hatte, jetzt war sie den Bildern entkommen und in einen gewöhnlichen, alltäglichen Schlaf gefallen.

Soweit es in dieser Situation überhaupt möglich war, fühlte Julia sich erleichtert. Sie wandte sich vom Bett ab und ging zur Tür. Sie stand weit offen und gab den Blick auf den erleuchteten Flur frei. Jemand stand draußen, unmittelbar vor der Tür. Julia trat hinaus ins Licht und erkannte Miss Silver.

Sie war in einen dunkelroten Morgenmantel gehüllt, der am Hals und an den Ärmeln mit handgefertigten Häkeleien besetzt war. Ihre Füße steckten in schwarzen Filzpantoffeln, die Haare wurden ordentlich von einem Netz gehalten, und sie wirkte sehr wachsam. Niemals hatte sich Julia derart am Ende ihrer Kräfte gefühlt. Ihr war nicht bewusst, dass ihr düsterer Blick, die weit aufgerissenen Augen, das Mitgefühl eines jeden wohlwollenden Herzens erregte. Doch irgendwie gelang es ihr, ein wenig Aufmunterung aus Miss Silvers Stimme und Auftreten zu ziehen, als diese leise zu sprechen begann: »Wenn sie jetzt schläft, brauchen wir uns sicher keine Sorgen mehr um sie zu machen. Ich habe noch nie von einem Fall gehört, in dem ein Schlafwandler sein Bett zweimal hintereinander verlässt. Es war ein beängstigendes Erlebnis für Sie, fürchte ich, aber es gibt keinen Grund, sich aufzuregen. Ist sie schon früher schlafgewandelt?«

Julia stützte sich mit einer Hand am Türpfosten ab. Auch sie sprach sehr leise.

»Ich glaube nicht … Jedenfalls nicht, soweit ich mich erinnern kann. Ich glaube, ganz früher, als kleines Mädchen, ist sie nachts aufgestanden. Das alles war eine riesige Belastung für sie.«

Miss Silver hüstelte.

»Allerdings. Und nun, meine Liebe, denke ich, dass Sie wieder zu Bett gehen sollten. Sie sind so dünn bekleidet, und die Nächte sind kalt. Ich glaube, Sie brauchen keine Angst zu haben, dass Miss Mercer uns noch einmal weckt.«

Julia ging zurück in ihr Zimmer und schloss die Tür. Es schien eine Ewigkeit her zu sein, seit sie es verlassen hatte. Erst als sie sich hinlegte und zudeckte, bemerkte sie, dass sie am ganzen Körper zitterte. Sie fror, aber es war nicht nur die Kälte, die sie zittern ließ. Sie hatte furchtbare Angst.

24

Das Leben wäre viel einfacher, wenn es ein Theaterstück oder ein Roman wäre. Man könnte den Vorhang fallen lassen oder ein Kapitel beenden und den Handlungsfaden erst nach einem Zeitsprung über Tage, Wochen oder gar Jahre hinweg wieder aufnehmen. Im wirklichen Leben gibt es solche Pausen nicht. Was auch immer in der Vergangenheit passierte, man muss aufstehen und sich anziehen, eine Mahlzeit mit der Familie einnehmen und sich dem, was der Tag bringen wird, stellen. Hätte Julia den Vorhang vor ihrem Gespräch mit Mrs. Maniple herunterlassen und ihn nachher wieder heben können, so dass alles, was zwischen ihnen gesprochen wurde, bereits der Vergangenheit angehört hätte, wäre es ihr sicher leichter gefallen, den Tag mit Optimismus zu begrüßen. Aber was getan werden musste, das würde sie tun. Und wenn sie es schon tun musste, dann wollte sie die Sache so schnell wie möglich hinter sich bringen.

Niemand war in der Stimmung, sich lange beim Frühstück aufzuhalten. Die düstere Atmosphäre verschlechterte sich durch das Eintreffen der Post noch deutlich. Nachdem Jimmy den länglichen Umschlag, der seinen Namen trug, geöffnet hatte, blickte er über den Tisch hinweg und erklärte benommen: »Sie hat mir das ganze verdammte Geld vermacht.« Dann starrte er eine Weile ins Nichts, ehe er schließlich mit einem plötzlichen Ruck den Stuhl zurückschob und das Zimmer verließ.

Als der Chief Inspector und Sergeant Abbott eintrafen, befragten sie ihn zunächst im Studierzimmer, wo auch Miss Silver zu der Gruppe stieß. Als der unglückliche Jimmy Latter den Raum schließlich verlassen hatte, blieben die drei anderen dort zurück.

Julia räumte den Frühstückstisch ab und spülte das Geschirr, schickte dann Antony zu Jimmy, damit er ihn bei einem Spaziergang durch den Garten begleitete, und sie selbst trat ihren schweren Gang an – mit einem Gefühl, als würde sie eine öffentliche Exekution besuchen.

Mrs. Maniple war gerade dabei, die Zutaten für einen Pudding abzuwiegen, und Polly sah ihr dabei zu. Es musste sich um einen besonderen Pudding handeln, denn normalerweise verzichtete Manny auf die Waage und warf stattdessen Butter, Mehl, Milch, Eier und was immer zu dem Rezept gehörte scheinbar nachlässig zusammen. Das Resultat war jedes Mal ein Traum.

»Ja, Mrs. Maniple«, sagte Polly und holte den Zitronenextrakt.

In diesem Augenblick betrat Julia den Raum.

»Manny ... wäre es möglich, dass Polly oben mit aushilft? Ich fürchte, Miss Minnie hat sehr schlecht geschlafen ...«

»Sie sieht aus, als würde sie jeden Moment umfallen«, sagte Mrs. Maniple. »Polly, geh schon und sieh zu, dass du dich nützlich machst. Hier gibt's nichts, was ich nicht auch allein könnte. Vor elf brauch ich dich hier nicht. Fang gleich mit den Böden im Schlafzimmer an. Miss Ellie kann Staub wischen.«

Der Tisch stand vor einem breiten Fenster, das auf einen gepflasterten Hof hinausging, in dessen Mitte eine sehr alte Kastanie stand. Julia schaute hinaus auf den Baum, um den sich eine Geschichte rankte. Danach hatte sich ein Kavalier aus dem Latter-Geschlecht in den Ästen versteckt, während die Rundköpfe auf der Suche nach ihm das Haus auf den Kopf stellten. Jeder im Dorf wusste, dass er verwundet nach Hause gekommen war, aber keiner verriet ihn. Eine sehr alte Geschichte ...

Sie wandte sich vom Fenster ab und bemerkte, dass Mrs. Maniple sie durchdringend musterte.

»Na, Miss Julia, was ist los? Sie können ruhig damit rausrücken. Sie sind doch nicht wegen Polly gekommen ... oder?«

»Nein, Manny.«

»Und Sie brauchen auch nicht zu gucken, als wären wir auf unserer eigenen Beerdigung. Auf manche Leute kann ich gut verzichten, auch wenn ich über keinen was Böses sagen will. Jedenfalls gibt es keinen Grund, dass Sie oder ich irgendwelche Tränen vergießen müssten.«

»Manny! Lass das!«

Mrs. Maniple steckte mit beiden Händen in der Puddingschüssel. Ihre kräftigen Arme waren mit Mehl bestäubt und die Ärmel ihres fliederfarbenen Kleides bis über die Ellbogen aufgerollt. Es war ein hochgeschlossenes Kleid mit einem schmalen umgeschlagenen Kragen. An der Vorderseite wurde es von oben bis unten durch Haken und Ösen zusammengehalten, wie es bei den Kleidern üblich war, die sie als junge Angestellte getragen hatte. Die Bänder ihrer übergroßen Schürze waren hinten mit einer Schleife gebunden, dort, wo einmal ihre Taille gewesen sein musste. Ihr eisengraues Haar wuchs noch auffallend dicht. Es wölbte sich an der Stirn hoch und war hinten zu einem Knoten aufgesteckt. Würde sie es offen tragen, sähe man ihre langen Locken. Ihre schwarzen Brauen verliehen den tiefschwarzen Augen einen äußerst entschlossenen Blick. Diese Augen fixierten Julia jetzt stolz.

»Miss Julia, warum sagen Sie das? Ich rede genauso wenig schlecht über die Toten wie Sie, jedenfalls nicht ohne Grund. Aber ich halte auch nichts davon, mich zu verstellen und Krokodilstränen zu vergießen, das wissen Sie doch. Sie sollten nicht einfach herkommen und sagen ›Lass das, Manny!‹«

Julia nahm sich zusammen. Es nützte nichts, an die vielen Male zu denken, die sie Manny beim Aufschlagen von Eiern,

Entkernen von Trauben oder – wie jetzt – beim Einfetten von Formen zugesehen und dabei die letzten Neuigkeiten über das Dorf und seine Bewohner erfahren hatte. Es nützte nichts. Also nahm sie ihren ganzen Mut zusammen und wunderte sich selbst über die Entschiedenheit ihrer Worte: »So geht das nicht, Manny!«

Mrs. Maniple reckte ihr Kinn vor. »Und es geht ganz bestimmt nicht, wenn Sie alles so düster sehen. Wie Sie mich jetzt anschauen! Ich hab immer schon gesagt, dass Sie den herzerweichendsten Blick haben, der mir je begegnet ist, schon als ich Sie als Baby auf dem Arm hatte. Und ich wäre froh, wenn Sie diesen Blick jetzt lassen, Miss Julia, denn es gibt genug zu tun im Haus, auch ohne dass Sie dafür sorgen, dass die Milch sauer und mein Pudding schlecht wird.«

Während sie sprach, goss sie den Pudding in die gefettete Form. Dann ging sie hinüber zum Ofen und stellte ihn hinein. Anschließend verschwand sie in der Spülküche, ließ kaltes Wasser über ihre Hände und Arme laufen und trocknete sie schließlich an der Handtuchrolle hinter der Tür ab.

Julia blieb stehen und wartete, bis sie zurückkam.

»So geht es nicht, Manny. Ich bin gekommen, um mit dir zu reden.«

Mrs. Maniples runde, apfelrote Wangen wurden eine Spur dunkler.

»Und was wollten Sie mir sagen, Miss Julia?«

»Ich glaube, das weißt du.«

»Und ich glaube, Sie sagen es besser geradeheraus, damit wir es hinter uns haben. Wenn ich etwas nicht ausstehen kann, dann sind es Andeutungen. Das war nie meine Art – und Ihre war es bis jetzt auch nicht. Wenn Sie also was zu sagen haben, dann raus damit! Bringen wir es hinter uns!«

»Also gut«, sagte Julia. »Dann eben raus damit. Die Polizisten müssen über die Gründe von Lois' Übelkeit Bescheid wissen. Sie müssen davon in Kenntnis gesetzt werden, dass Sie ihr Brechwurz gegeben haben.«

Mrs. Maniples Wangen hatten inzwischen die Farbe von Pflaumen angenommen. Ihre kräftigen Augen ruhten fest auf Julia.

»Und wer soll ihnen das sagen?«

Julia gab sich Mühe, dem Blick standzuhalten. Wahrscheinlich sah sie elend und bleich aus. Aber sie durfte den Blick jetzt nicht abwenden.

»Sie müssen davon in Kenntnis gesetzt werden«, sagte sie noch einmal.

Mrs. Maniple trat an den Tisch heran und drückte mit Wucht den Deckel auf die Mehldose.

»Dann müssen Sie es ihnen eben sagen ... Wenn Sie denken, wir haben noch nicht genug Ärger im Haus. Was ich ihr gegeben habe, hat mit ihrem Tod genauso wenig zu tun wie der Truthahn vom letzten Weihnachten, und das wissen Sie genau ... Ein Tropfen Brechwurz, der keinem Kind schaden würde ... und das letzte Mal eine ganze Woche vor ihrem Tod! Gehen Sie hin und erzählen Sie es ihnen, meine Liebe – je eher, desto besser! Ich will Sie nicht davon abhalten.«

»Die Polizisten glauben, es war Jimmy«, sagte Julia mit belegter Stimme.

Mrs. Maniple ließ einen Löffel aus der Hand fallen. Mit lautem Klappern fiel er in die Schüssel, aber sie achtete nicht darauf.

»Das wagen die nicht!«

»Sie glauben, es war Jimmy. Sie wissen doch, dass die beiden sich gestritten haben.«

»Wie sollte irgendjemand das nicht wissen, wo wir diese Gladys Marsh im Haus haben – und sie Sachen herumerzählt, die ich niemals wiederholen würde. Wie die Herrin, so die Magd, und keine von ihnen hat einen Funken Schamgefühl!«

Mit fester Stimme erklärte Julia: »Sie wissen, was in der Nacht passiert ist, als Antony hier war. Sie glauben, nach diesem Vorfall hatte Jimmy das, was sie ein Motiv nennen. Und sie werden davon ausgehen, dass er noch ein anderes Motiv hatte. Heute Morgen hat er von Lois' Anwalt eine Kopie ihres Testaments erhalten. Sie hat ihm eine Menge Geld hinterlassen. Er wusste nichts davon, aber das wird ihm die Polizei kaum glauben. Manny, es ist ein Spiel mit dem Feuer … Sie könnten wirklich zu dem Schluss gelangen, dass er es getan hat.«

»Was für Dummköpfe!«, stellte Mrs. Maniple mit Nachdruck fest. Dann fing sie an, ihre Ärmel herunterzurollen und die Haken und Ösen an den Handgelenken zu schließen. »Und wenn ich verhaftet werde, müssen Sie sich um das Mittagessen kümmern. Das kalte Fleisch können Sie für einen Eintopf nehmen – Polly soll sich um das Gemüse kümmern. Den Pudding hab ich bei schwacher Hitze in den Ofen geschoben, da lassen Sie besser die Finger von. Und wenn der Bäcker kommt, soll Polly zwei frische und ein altes Brot nehmen.«

»Manny …«

»Was ist jetzt wieder falsch? Ich mache doch, was Sie wollen, oder? Ich glaub, es ist Zeit, dass mal jemand raufgeht und diesen Polizisten erklärt, sie sollen sich nicht lächerlich machen. Ausgerechnet Mr. Jimmy! Ehrlich, der arme Kerl hätte sich auf glühende Kohlen gelegt und seine Frau auf ihm rumtrampeln lassen, wenn sie es gewollt hätte.« Sie legte ihre Hand fest auf Julias Schulter. »Regen Sie sich nicht auf, meine Liebe. Ich glaub einfach nicht, dass man Mr. Jimmy was antun wird wegen diesem ordinären, bösartigen Weibsbild, das so wenig Herz hatte wie eine verfaulte Nuss. Machen Sie sich eine schöne Tasse Tee und regen Sie sich nicht auf. Und lassen Sie bloß diese Gladys Marsh nicht in meine Speisekammer. Denn da wird sie reinwollen, sobald ich für einen Moment nicht in der Nähe bin. Aber das lasse ich nie und nimmer zu, basta!«

25

Chief Inspector Lamb saß auf Jimmy Latters Schreibtischstuhl im Studierzimmer. Er hatte beide Hände auf die Knie gestützt und schaute mal über den Tisch hinweg zu Frank Abbott, dann wieder nach rechts, wo Miss Silver – ein wenig distanziert von den Ereignissen – strickte. Sie hatte einen jener praktischen grauen Strümpfe zur Hälfte fertig, die für den zweiten Sohn ihrer Nichte Ethel, Derek, bestimmt waren. Die Nadeln klapperten emsig. Ein Ölporträt des verstorbenen Mr. Francis Latter schaute düster von seinem Platz über dem Kaminsims auf die Szene hinab. Da alle, die ihn gekannt hatten, behaupteten, das Gemälde gäbe ihn auf deprimierend treffende Weise wieder, stellte sich unwillkürlich die Frage, wie es möglich war, dass enge Verwandte sich so wenig ähnelten. Niemand hätte vermuten können, dass es sich bei diesem großen, dunklen, verhärmten Mann um Jimmy Latters Vater handelte. Eher schon war eine gewisse Ähnlichkeit mit Antony vorhanden, wenn auch Antony nichts von der tragischen Ausstrahlung seines Onkels hatte, die wiederum – es ließ sich nicht leugnen – dem augenblicklichen Anlass durchaus angemessen erschien.

»Es sieht ziemlich übel für ihn aus«, sagte Lamb gerade. »Das werden Sie doch zugeben?«

Miss Silver hüstelte.

»Ich würde es mir nicht erlauben, Ihnen zu widersprechen, aber ich möchte Ihnen einige der weisesten Worte Lord Tennysons ins Gedächtnis rufen. Er stellt fest:

Ein jeder, der durch Wiesen streift,
wird Knospen, Blättern oder Blüten
Sinn und Bedeutung jeweils geben
ganz nach Befinden und Gemüte.

Lambs Augen traten ein Stück hervor.

»Also, ich versteh ja nichts von Wiesen und Knospen und Blumen. Aber wenn ich einen Mann vor mir habe, der Grund genug zu der Annahme hat, dass seine Frau nichts taugt, und wenn dieser Mann auch noch zugeben muss, dass sie ihm ein Vermögen hinterlassen hat, muss ich wohl nicht Lord Tennyson fragen, um auf die Idee zu kommen, dass Mr. Jimmy Latter zwei sehr gute Motive hatte, Mrs. Latter zu vergiften.«

Miss Silvers Nadeln klapperten.

»Zwei Motive könnten eines zu viel sein, Chief Inspector.«

Frank Abbotts Blick schärfte sich vor Interesse.

»Was heißen soll, dass, wenn die Eifersucht ihn völlig aus dem Gleichgewicht gebracht hätte, er sich für das Geld gar nicht mehr interessiert hätte. Und wenn er nur hinter dem Geld her gewesen wäre, ihm die Szene in Antony Latters Zimmer wohl kaum so nahe gegangen wäre.«

Lamb schlug sich auf die Knie.

»Und genau an der Stelle liegen Sie falsch! An der Stelle macht ihr jungen Kerle gern einen Denkfehler. So simpel sind die Leute eben nicht – sie sind manchmal viel konfuser. Sie wären überrascht, wenn Sie wüssten, wie viele verschiedene Dinge einem Mann gleichzeitig durch den Kopf gehen können. Dann steht mal ein Aspekt im Vordergrund, mal ein anderer. Nehmen wir an, ein Mann ist eifersüchtig auf seine Frau, aber nicht eifersüchtig genug, um sie zu töten – und dann geraten sie in Streit über eine völlig andere Sache. Langsam dämmert ihm, dass sie vorhat, ihre eigenen Wege zu gehen, ohne Rücksicht auf seine Wünsche. Ihm wird klar, dass sie über die Finanzen bestimmt, was ihn auf die Palme bringt. Die Unstimmigkeiten werden immer heftiger – er will die Familie zusammenhalten, während sie auf Unabhängigkeit drängt. Er ist ziemlich knapp bei Kasse – man weiß nicht, ob er das Haus ohne ihr Geld überhaupt halten kann ... ein altes Haus, das der Familie schon sehr lange gehört. Das setzt ihm zu. Ihr ganzes Benehmen setzt ihm zu – sie will die Familie auseinander reißen und hat es auf seinen Vetter abgesehen. Alles läuft auf einen Bruch zwischen ihnen hinaus, und wenn es zu diesem Bruch kommt, steckt er in der Klemme. Und plötzlich wird dieser Bruch von heute auf morgen unausweichlich, weil er sie nämlich im Zimmer seines Vetters entdeckt. Sehen Sie nicht, wie alles zusammenpasst? Bräuchte er das Geld nicht, dann könnte er sie ziehen lassen. Wäre sie nicht direkt vor seinen Augen zu weit gegangen, dann hätte das Geld allein ihn vielleicht noch nicht dazu getrieben, sie zu töten. Ich sage, wir haben hier zwei Motive, die jedes für sich allein schon stark sind, sich aber gegenseitig noch verstärken.«

Miss Silver hüstelte leise.

»Sie liefern ein perfektes Beispiel für mein Zitat, Chief Inspector. Sie haben eine Erklärung gefunden, die zu Ihren Gedanken passt.«

Seine kräftige Gesichtsfarbe wurde eine Spur dunkler.

»Ich denke nach, um zu einer Erklärung zu kommen – wollen Sie darauf hinaus? Können Sie mir vielleicht verraten, wie ich sonst zu einer Erklärung kommen soll? Ich denke tatsächlich, dass dieses Testament Ihren Mandanten in eine schwierige Lage bringt – das können Sie nicht leugnen. Zu alldem kommt noch der Bericht von Smerdon. Der Polizeiarzt hat Miss Mercers Medizinschränkchen untersucht. Neben den üblichen Haushaltsbeständen, die man erwartet, fand er ein viertel volles Glas mit Morphiumtabletten. Er sagt, sie seien in Deutschland hergestellt worden und viel stärker als alles, was man hierzulande bekommt. Auf allen Gegenständen im Medizinschrank haben wir Miss Mercers Fingerabdrücke gefunden – teilweise ältere, teilweise frische, wie zu erwarten war. Auf diesem Tablettenfläschchen waren ihre Abdrücke ziemlich deutlich erkennbar. Aber da waren auch Abdrücke von Mr. Latter. Sie sind ein bisschen verschmiert, so dass es aussieht, als hätte Miss Mercer das Glas noch nach ihm in der Hand gehabt, aber sie stammen eindeutig von ihm. Er war an diesem Kasten und hat etwas gesucht. Auf einem ganz ähnlichen Glas mit Chinintabletten fanden sich ebenfalls seine Abdrücke. Ich vermute, er hat nach dem Morphium gesucht und versehentlich das andere Glas in die Hand genommen. Es gibt auch ein Glas mit Brechwurz, allerdings ohne Fingerabdrücke. Wenn Sie Recht haben, Miss Silver, was diese früheren Attacken angeht, dann würde ich vermuten, dass er am Anfang vorsichtig war und die Flasche abgewischt hat. Vielleicht hat er auch Handschuhe getragen, irgendwas in der Art. Ich hab zwar keine Ahnung, warum er das Risiko dieser Übelkeitsanfälle überhaupt eingegangen ist, aber ich wage zu behaupten, dass wir es im Verlauf der Untersuchung noch herausfinden werden. Nun, ich habe nichts davon Mr. Latter gegenüber erwähnt, als wir ihn eben hier hatten, denn ich wollte erst einmal abwarten, was Miss Mercer dazu zu sagen hat. Sie hat das Morphiumglas noch nach ihm angefasst, und ihre Aussage interessiert mich. Vielleicht hat sie es nur zur Seite geräumt, um besser an etwas anderes heranzukommen. In diesem Fall würde ich gern wissen, ob es aus der Kiste herausgenommen wurde. Allerdings ...« – er warf Miss Silver einen scharfen Blick zu – »war sie vielleicht auch an der Sache beteiligt. Vielleicht, wer weiß.«

Es klopfte an der Tür. Lamb sagte »Herein!«, und Mrs. Maniple trat ein – ziemlich majestätisch in der beinahe sichtbaren Rüstung ihrer über fünfzig Dienstjahre. Sie hielt den Kopf hoch, ihre Gesichtsfarbe war kräftig, ihr Auftreten würdevoll und entschlossen. Sie ging zur entfernt gelegenen Seite des Schreibtisches hinüber und blieb dort stehen, den Chief Inspector zu ihrer Rechten, Sergeant Abbott zur Linken und Miss Silver unmittelbar ihr gegenüber. Etwas an ihrem Auftreten versprach eine Angelegenheit von höchster Wichtigkeit. Niemand sprach ein Wort, bis sie beide Hände flach auf die Tischkante legte und verkündete: »Da ist etwas, das ich zu sagen habe.«

Lamb wandte sich ihr zu, um sie direkt im Blick zu haben. »Sie sind die Köchin, nicht wahr – Mrs. Maniple?«

»Ja.«

Frank Abbott stand auf und holte ihr einen Stuhl heran. »Möchten Sie sich nicht setzen?«

Sie musterte ihn von oben bis unten und erwiderte: »Nein danke, Sir.«

Ausnahmsweise fühlte sich Sergeant Abbott beschämt. Mit rotem Gesicht nahm er seinen Platz wieder ein und machte sich an Stift und Notizblock zu schaffen.

Der Chief Inspector musterte die alte Frau, die das »Sir« seinem Untergebenen vorbehalten hatte, grimmig. Er wusste so gut wie sie, was sie damit zum Ausdruck bringen wollte. Ein Teil von ihm empfand Respekt für sie. Ein anderer Teil nahm sich vor, Frank bei Gelegenheit auf den Boden zurückzuholen. Schließlich fragte er: »Sie haben uns also etwas mitzuteilen, Mrs. Maniple. Würden Sie mir bitte sagen, worum es geht?«

Ohne ihre aufrechte Haltung zu verändern, entgegnete sie: »Deswegen bin ich ja gekommen. Vor Mrs. Latters Tod ist ihr zwei- oder dreimal übel geworden. Ich bin hier, um Ihnen zu sagen, diese Anfälle … sie kamen von dem, was ich in ihren Kaffee getan habe.«

Es entstand eine angespannte Stille. Miss Silver unterbrach ihre Handarbeit und warf der Köchin einen langen, durchdringenden Blick zu.

Lamb erklärte: »Wenn das ein Geständnis werden soll, ist es meine Pflicht, Sie zu warnen, dass alles, was Sie sagen, notiert und als Beweismaterial gegen Sie verwendet wird.«

Weder Mrs. Maniples Gesichtsausdruck noch ihrer Stimme war eine Veränderung anzumerken. »Ich hab nichts dagegen, dass Sie etwas aufschreiben – sonst wäre ich ja nicht gekommen. Und ich gestehe auch nichts, was mit Mrs. Latters Tod zu tun hat. Nur diese Übelkeitsanfälle, die sie vorher hatte und die von der Brechwurz kamen – meistens im Kaffee, aber einmal hab ich sie auch unter den Obstsalat gemischt.«

Mit ausdrucksloser Miene lehnte sich Lamb auf seinem Stuhl zurück.

»Warum haben Sie so etwas getan?«

Die Antwort war ebenso grimmig wie kurz: »Um sie zu bestrafen.«

»Wofür wollten Sie sie bestrafen?«

»Für das, was sie mit allen gemacht hat, die ihr begegnet sind.«

»Nämlich?«

»Es würde ewig dauern, auch nur die Hälfte davon zu erzählen.«

»Machen Sie sich darüber keine Sorgen. Sagen Sie uns einfach, warum Sie dachten, sie müsste bestraft werden.«

»Also gut – ich mach es so kurz wie möglich. Da war zum Beispiel das, was sie Mrs. Marsh angetan hat.«

»Meinen Sie die junge Frau, Gladys Marsh, die als Mrs. Latters Dienstmädchen gearbeitet hat?«

»Nein, die meine ich nicht. Ich meine die Mutter ihres Mannes, Lizzie Marsh, die eine Kusine von mir ist und von dieser Gladys ins Armenhaus geschickt wurde. Anstalt nennt man das heute, aber es ist immer noch ein Armenhaus. Und Mrs. Latter hat dieser Gladys geholfen. Allein hätte sie es nicht gewagt, und Joe Marsh hätte es auch nicht zugelassen. Aber Mrs. Latter hat ihr geholfen und Mr. Jimmy alle möglichen Lügen aufgetischt.«

»Und deswegen haben Sie Brechwurz in ihren Kaffee getan?«

»Nicht nur deswegen. Auch wegen anderen Geschichten. Sie hat Ellie – Mrs. Street – so hart schuften lassen, wie ich niemals ein Dienstmädchen schuften lassen würde. Und als sie dann überhaupt keine Kraft mehr hatte, sollte sie rausgeworfen werden. Mrs. Latter wollte ihren Mann, Ronnie, nicht hier haben, wo Ellie sich um ihn hätte kümmern können. Und genauso war es bei Miss Minnie, die hier lebt, seit der alte Doktor gestorben ist. Erst durfte sie sich halb tot arbeiten, und dann sollte sie gehen. Mrs. Latter war sie doch völlig egal. Und wieder hat sie Mr. Jimmy angelogen, damit er glaubte, Miss Minnie wollte von sich aus gehen. Deswegen hab ich es getan. Vielleicht war es nicht richtig, aber ich hab es deswegen getan. Und ich wollte nichts anderes, als sie bestrafen – nur ein Tropfen Brechwurz, wie man ihn Kindern gibt, wenn sie was verschluckt haben. Nichts Gefährliches. So, das war es, was ich Ihnen zu sagen hatte.« Sie nahm die Hände vom Tisch und machte Anstalten, das Zimmer zu verlassen.

Lamb hielt sie auf.

»Wir können es nicht einfach dabei belassen, hören Sie? Ich denke, Sie sollten sich besser setzen.«

Sie nahm wieder ihre alte Position ein.

»Ich kann genauso gut stehen.«

»Gut, ganz wie Sie wollen. Ich will Ihnen einige Fragen stellen. Sie müssen nicht antworten, wenn Sie nicht wollen.«

»Das sage ich Ihnen, wenn ich die Fragen gehört habe.«

»Gut, fangen wir mit einer einfachen Frage an. Wie lange sind Sie schon im Haus?«

»Weihnachten werden es dreiundfünfzig Jahre«, erklärte sie mit spürbarem Stolz.

»Und Sie haben auch nicht aufgehört, als Sie heirateten?«

Sie straffte ihre Haltung noch mehr.

»Ich bin alleinstehend. Das ›Mrs.‹ ist nur recht und billig, wenn man fünfzig Jahre lang in meiner Position arbeitet.«

»Ich verstehe. Sie mögen die Familie sehr gern, oder?«

»Würde das nicht jeder nach fünfzig Jahren?«

»Sie mögen auch Mr. Jimmy, wie Sie ihn nennen, sehr gern?«

»Ich war bei seiner Taufe dabei«, erklärte sie. »Jeder mag Mr. Jimmy gern – er hat ein Herz für jeden. Sie werden im Umkreis von mehreren Meilen keinen finden, der Mr. Jimmy nicht liebt.«

Lamb beugte sich vor, wobei er einen Arm quer über den Tisch legte.

»Na gut, ich denke, Sie sollten uns jetzt von den Gelegenheiten berichten, bei denen Sie Mrs. Latters Kaffee präpariert haben. Wann haben Sie damit angefangen?«

Es fiel ihm auf, dass sie über die Antwort nicht nachdenken musste. Sie erfolgte prompt.

»Das war der Abend, als Miss Julia und Mr. Antony gekommen sind. Beide waren seit zwei Jahren nicht hier gewesen, und ich dachte: ›Nun, sie sollen einen Abend haben wie damals, als Mrs. Latter noch nicht hier lebte.‹ An dem Abend hatte sie ihre Spielchen mit Miss Ellie getrieben. Sie sollte die Blumen noch einmal ganz von vorn arrangieren, obwohl jeder sehen konnte, dass sie vor Erschöpfung beinahe umfiel.

Außerdem hatte sie die Blumen wunderschön hergerichtet. Da dachte ich mir: ›Nein, so nicht, meine Dame!‹ Denn ich wusste ja, wie es laufen würde. Miss Ellie und Miss Julia würden keine ruhige Minute haben, weder mit Mr. Jimmy noch mit Mr. Antony. Ich sage Ihnen, sie konnte es einfach nicht ertragen, wenn man irgendjemandem außer ihr selbst Aufmerksamkeit schenkte. Also hab ich einen Tropfen Brechwurz in ihren Kaffee getan. Sie war ja die Einzige, die dieses grässliche türkische Zeug trank. Und dann wurde ihr übel, und anschließend war sie ganz still, so wie ich es mir vorgestellt hatte.«

Frank Abbott blätterte um und schrieb emsig weiter.

Lamb sagte: »Gut, das war also das erste Mal. Wann haben Sie es noch getan?«

»Am nächsten Tag beim Mittagessen. Mr. Jimmy war außer Haus, weil er sich um Miss Eliza Ravens Angelegenheiten in Devonshire kümmern wollte. Ich glaube, es war Dienstag vor einer Woche. Und dann kommt Mr. Jimmy am Samstag aus London zurück und sagt, es sollen zwei Tassen mit türkischem Kaffee serviert werden. Jedes Mal, wenn Mrs. Latter ihn trinkt, will er ihn auch haben. Da hab ich aufgehört.«

»Sie haben danach keine Brechwurz mehr in den Kaffee getan?«

Sie schaute ihm in die Augen.

»Glauben Sie etwa, ich hätte riskiert, dass es Mr. Jimmy schlecht wird?«

»Hm, wahrscheinlich hätten Sie das nicht. Also haben Sie keine Brechwurz mehr benutzt. Wie sind Sie an das Morphium gekommen?«

Ruhig und ohne mit den Wimpern zu zucken begegnete sie seinem Blick.

»Ich weiß nicht, was Sie meinen.«

»Das Mittel, das sich am Mittwochabend in Mrs. Latters

Kaffee befand – das Mittel, das sie umgebracht hat –, war Morphium. Wie sind Sie daran gekommen?«

»Davon weiß ich nichts.«

»Mrs. Maniple – haben Sie am Mittwochabend irgendwas in den Kaffee getan? Sie müssen nicht antworten, wenn Sie nicht wollen.«

In ihrer Antwort schwang Verachtung mit. »Warum hätte ich das tun sollen? Ich hab nichts hineingetan, da können Sie Miss Julia fragen. Sie stand dabei und hat mich die ganze Zeit beobachtet – sie kann Ihnen sagen, was ich gemacht habe. Und wenn ich Mrs. Latter hundert Mal hätte ermorden wollen, glauben Sie etwa, ich hätte Gift in eine der Tassen getan und Miss Julia mit dem Tablett losziehen und den beiden die Tassen hinstellen lassen – Mrs. Latter und Mr. Jimmy, den ich liebe wie mein eigenes Kind? Ohne dass ich gewusst hätte, wer das Gift bekommt? Glauben Sie wirklich, ich hätte so was getan? Angenommen, ich hätte wirklich nicht vor einem Mord an ihr zurückgeschreckt, können Sie sich vorstellen, ich hätte Mr. Jimmys Leben riskiert, wo doch gar nicht klar war, welche Tasse er nehmen würde? Das ist Quatsch, und Sie wissen es ganz genau!«

»Vielleicht«, sagte er. »Ich würde gern den Mittwoch mit Ihnen durchgehen, Mrs. Maniple. Morgens ist Mrs. Latter in ihrem Zimmer geblieben, richtig? Das bedeutet, dass ihr das Frühstück hochgebracht wurde? Wer hat es ihr gebracht, und was hat sie gegessen?«

Mrs. Maniple beugte sich ein Stück vor.

»Gladys Marsh ist runtergekommen, hat das Tablett geholt und es ihr hochgebracht. Sie hatte das gleiche Frühstück wie immer. Eine Kanne Tee, eine Scheibe trockenen Toast und etwas Obst – am Mittwoch war es ein Apfel.«

»Kein besonders üppiges Frühstück. Also gut, wie ist es weitergegangen? War sie zum Mittagessen unten?«

»Ja, sie ist runtergekommen. Ich hatte keine Ahnung, was sie vorhatte, also hab ich Polly geschickt, um sie zu fragen. Das Mädchen hat gesagt, Mrs. Latter wollte nach unten kommen.«

»Also hat sie mittags das Gleiche gegessen wie alle anderen. Was gab es denn?«

»Hackfleisch und zwei Sorten Gemüse, anschließend ein Trifle.«

»Was war mit dem Tee?«

»Nach dem Essen ist Mrs. Latter mit ihrem Auto weggefahren. Sie ist erst gegen sieben Uhr zurückgekommen – zum Tee war sie nicht im Haus.«

»Und das Abendessen – was haben Sie gekocht?«

»Es gab Fisch – gebackenen Schellfisch – und ein süßes Omelette. Sie haben kaum etwas angerührt.«

»Weil alle so aufgewühlt waren?«

»Wahrscheinlich.«

»Dann haben Sie den Kaffee gekocht, den Miss Vane serviert hat?«

»Miss Julia hat gesehen, wie ich ihn gemacht hab.«

»Gut – eine Sache noch: Woher hatten Sie die Brechwurz, mit der Sie Mrs. Latters Kaffee präpariert haben? Haben Sie sie aus dem Medizinschränkchen in Miss Mercers Zimmer genommen?«

»Zu dem Zeitpunkt nicht, nein.«

»Wie meinen Sie das?«

»Es war eine Flasche, die sie mir gegeben hat, als ich im Frühjahr Husten hatte. Ich hab einen Tropfen davon mit etwas Honig und Essig genommen. Sie hat gesagt, ich sollte die Flasche behalten – sie war höchstens halb voll.«

»Wussten Sie von dem Medizinschränkchen in ihrem Zimmer?«

»Jeder im Haus weiß Bescheid darüber.«

»Es wurde nicht abgeschlossen, oder? Jeder konnte sich bedienen?«

Mrs. Maniple richtete sich auf.

»Keiner im Haus würde so was tun – es sei denn, Gladys Marsh. Im diesem Haus war es Gott sei Dank niemals nötig, Sachen wegzuschließen. Aber so gesehen sollte man ein Medizinschränkchen wohl abschließen.«

»Und Sie selbst haben nichts aus diesem Medizinschränkchen genommen?«

»Ich brauchte ja nichts. Und wenn, dann hätte ich Miss Minnie gefragt.«

»Haben Sie Miss Minnie um irgendetwas daraus gebeten?«

»Nein.«

Lamb schob seinen Stuhl zurück.

»Also gut, Mrs. Maniple. Jetzt wird Sergeant Abbott seine Notizen mit dieser Schreibmaschine abtippen und sie Ihnen vorlesen, damit Sie unterschreiben können.«

26

Miss Silver sammelte ihr Strickzeug auf und ließ die anderen allein. Doch der Chief Inspector folgte ihr ohne Zögern aus dem Zimmer. Als sie sich umdrehte, machte er einen Gesichtsausdruck, den sie im Stillen als Grimasse bezeichnete. Dann ging er voran bis zur Salontür, öffnete sie und forderte sie mit einer Geste zum Eintreten auf.

Als er die Tür wieder geschlossen hatte, fragte er in vertraulichem Ton: »Na, was halten Sie davon?«

Miss Silver stand vor ihm und hielt ihren neuen Beutel für die Stricksachen, den ihre Nichte Ethel ihr im Juli zum Geburtstag geschenkt hatte, in beiden Händen – ein ziemlich großes Ding aus Chintz mit einem Muster aus Geißblatt und Kolibris. Der Beutel war nicht nur bei seiner Empfängerin auf Bewunderung gestoßen, sondern auch bei einigen ihrer ältesten Freundinnen. An der Öffnung war hier und da das blassgelbe Futter zu erkennen.

Miss Silver dachte einen Moment nach, ehe sie antwortete.

»Ich hatte den Eindruck, dass Mrs. Maniple die Wahrheit sagt.«

Lamb nickte. »Den Eindruck hatte ich auch. Ich sehe keinen Grund für ihre Aussage, wenn sie nicht die Wahrheit sagen wollte. Eine ziemliche Dummheit, die sie da angestellt hat – und für die wir sie auch einsperren könnten. Das würde ich auch sofort tun, wenn ich nur im Geringsten glauben würde, dass sie Mrs. Latter vergiftet hat. Aber ich bin ziemlich sicher, dass sie es nicht war.«

»Das denke ich auch.«

»Vor allen Dingen hätte sie die Sache mit der Brechwurz niemals zugegeben, wenn sie später wirklich das Morphium genommen hätte – es sei denn, sie hätte gleich auch den Mord gestehen wollen. Das ist der erste Grund, warum ich sie für unschuldig halte. Der zweite ist noch wichtiger. Sie hat den Nagel auf den Kopf getroffen mit ihren Beteuerungen, dass sie niemals das Risiko eingegangen wäre, Mr. Latter aus der vergifteten Tasse trinken zu lassen. So wie die Beweise liegen, hatten weder sie, die den Kaffee gemacht hat, noch Miss Julia Vane, die ihn in den Salon gebracht hat, irgendeinen Einfluss darauf, wer welche Tasse bekommen würde. Beide waren auch nicht im Zimmer, als die Tassen verteilt wurden. Also war der Mörder entweder eine Person, der es egal war, ob Mr. oder Mrs. Latter vergiftet wurden – was überhaupt keinen Sinn ergibt –, oder jemand, der hier im Zimmer war und sicherstellen konnte, dass nichts schief gehen und die

Tasse mit dem Morphium an der richtigen Adresse landen würde. Also gibt es drei Verdächtige: Mrs. Street, Miss Mercer – und Mr. Jimmy Latter.«

Miss Silver neigte den Kopf zur Seite.

»Ich stimme Ihnen zu, soweit es um die Tatsachen geht.«

Er lachte gutmütig.

»Na, das ist ja nett! Ich kann mich gar nicht mehr erinnern, wann Sie mir das letzte Mal zugestimmt haben. Man lernt nie aus, wie es so schön heißt.«

Miss Silver reagierte leicht pikiert. »Ich kann Ihnen bei den Tatsachen zustimmen, ohne zu Ihren Schlussfolgerungen zu gelangen.«

Wieder lachte er.

»Na klar – Mr. Latter ist Ihr Klient, stimmt's? Sie würden nicht zugeben, dass er es getan hat. Dann kämen nur Mrs. Street und Miss Mercer in Frage. Wen von den beiden ziehen Sie vor? Beide standen vor der Aussicht, nach fünfundzwanzig Jahren ihr Zuhause verlassen zu müssen – falls Mrs. Street überhaupt schon so alt ist. Sie würde ihren Mann gern hier im Haus haben, aber Mrs. Latter wehrte sich dagegen. Man könnte also bei beiden von einem Motiv sprechen, auch wenn wir damit wenig Eindruck auf die Geschworenen machen würden. Nein, ehrlich gesagt fürchte ich, dass es für Ihren Klienten nicht allzu gut aussieht. Nun kommen Sie schon, was sagen Sie selbst? Sie können es ruhig zugeben.«

Miss Silver blickte ihn mit völlig ausdrucksloser Miene an.

»Im Moment habe ich keine Meinung zu bieten.«

Sie ging hinaus in den Korridor und ließ ihn zufrieden lächelnd zurück. Sie hatte sich vorgenommen, mit Julia Vane zu sprechen, doch das konnte warten. Im Augenblick bot sich eine gute Gelegenheit zu einer Unterhaltung mit dem Küchenmädchen, Polly Pell. Ein ziemlich schüchternes Kind, das sich ständig zu Mrs. Maniples Verfügung halten musste, weshalb man es selten allein erwischte.

Miss Silver machte sich auf den Weg in die Speisekammer, wo sie bemerken musste, dass sie Polly auch diesmal nicht allein antreffen würde. Die Küchentür stand einen Spalt offen, so dass die hohe Stimme von Gladys Marsh deutlich zu hören war.

»Mein Bild wird in den Zeitungen erscheinen – du wirst schon sehen!«

Als Dame, die sie war, bedauerte Miss Silver manch berufliche Notwendigkeit. Damen lauschen nicht an Türen. Aber manchmal war es sehr nützlich, wenn sich die Gelegenheit dazu ergab. Ihre professionelle Einstellung ließ sie nicht zögern, Gelegenheiten beim Schopfe zu packen, wenn sie sich zufällig boten. Also bewaffnete sie sich mit einem Glas und legte eine Hand an den Wasserhahn. Das, was sie auf diese Weise hörte, erschien ihr sehr interessant – äußerst interessant.

Ein vorsichtiger Blick durch den Türspalt zeigte ihr, dass Glayds Marsh auf einer Ecke des Küchentischs saß und die Beine baumeln ließ. In der Hand hielt sie eine Tasse Tee. Polly war nicht zu sehen. Ihre Stimme klang zögerlich und war kaum lauter als ein Flüstern.

»Ich glaub nicht, dass ich das gut fände.«

Geräuschvoll nahm Gladys einen Schluck Tee.

»Ich schon. Pass nur auf, du wirst schon sehen. Ein paar Reporter waren schon hinter mir her, aber ich werd mich nicht zu billig verkaufen. Das hab ich denen auch gesagt. Was ich weiß, hab ich Chief Inspector Lamb von Scotland Yard erzählt – das hab ich ihnen gesagt. Er meint, ich muss bei der gerichtlichen Voruntersuchung aussagen. Solange soll ich mit keinem drüber reden, also lass ich's auch bleiben. ›Wenn ich so drüber nachdenke …‹, hab ich gesagt, ›warum solltet ihr

Jungs das Geld für meine Geschichte bekommen? Ich kann sie selber aufschreiben, oder?‹ Und der freche Rothaarige – frech sind sie alle, aber er ist der Schlimmste – sagt doch glatt: ›Willst du damit sagen, du hast Schreiben gelernt?‹ Und ich: ›Ja, du frecher Kerl!‹, und noch ein paar andere Sachen. Und er: ›Darauf kannst du wetten!‹ Und dann hat er noch zwei Fotos gemacht. Aber ich hab ihm nichts verraten, nur alles Mögliche übers Haus und die Familie und Mrs. Latter, die von allen bewundert wurde. Wenn sie noch mehr wollen, sollen sie dafür zahlen – und wenn sie nicht zahlen, dann wird jemand anders es tun.«

Polly gab einen gemurmelten Kommentar von sich, während Gladys ihre Tasse leerte und nach der Teekanne griff.

»Oh, nun mach mal halblang! Was bringt das Leben schon, wenn man es als junger Mensch nicht genießt? Denk ruhig mal drüber nach, ob du der Polizei nichts zu erzählen hast, damit du auch bei der Voruntersuchung aussagen kannst. Bis dahin ist es noch eine Angelegenheit des Dorfes, aber wenn es erst zum richtigen Prozess kommt …«

Polly unterbrach sie mit ängstlicher Stimme: »Wen werden sie denn anklagen?«

»Weiß nicht. Aber ich hab eine Idee. Du nicht?«

»Wie meinst du das?«

Gladys lachte und schwang ihre Beine hin und her.

»Wer hat ihr nachspioniert und sie in Mr. Antonys Zimmer erwischt? Wer bekommt ’ne Menge Geld, jetzt wo sie tot ist? Sie hat’s mir selbst noch am Mittwochmorgen gesagt – sie wollte nicht hier bleiben, so wie die Dinge standen. Und sobald sie in die Stadt ziehen würde, wollte sie als Allererstes gleich ihr Testament ändern. Sie hätte mich mit nach London genommen. Mensch … was für eine Chance!«

»Ich glaub nicht, dass London mir gefallen würde.«

In verächtlichem Ton erklärte Gladys: »Du bist wirklich

dumm! Du weißt gar nicht, was gut für dich ist. Ich wusste es auch nicht, als ich Joe Marsh geheiratet und mir ein Leben in diesem Kaff aufgehalst hab.«

»Hast du … hast du ihn denn nicht gern gehabt?«

Gladys lachte. Ein ziemlich unangenehmes Lachen, fand Miss Silver.

»Ihn gern gehabt! Ich war damals ziemlich krank und hatte keine Arbeit, und er hat gut verdient. Ich war eine verdammte Idiotin. Wenn ich erst mal eine Hauptzeugin in einem großen Mordprozess bin, kriege ich Dutzende Angebote. Das ist bei Mädchen immer so. Ich könnte in Ruhe aussuchen und einen heiraten, der ordentlich Geld hat und mir ein gutes Leben bieten kann. Wenn ich mich bloß nicht an Joe gebunden hätte! Durch diesen Prozess werd ich was besseres kriegen als Joe.«

»So etwas darfst du nicht sagen.«

Wieder lachte Gladys. »Oh, darf ich das nicht? Na, warte einfach ab, Polly Pell! Es ist ja nicht nur, dass ich mir einen aussuchen kann. Aber die andere Sache verrate ich noch nicht. Ich behalte sie für mich, bis ich richtig Furore damit machen kann – klar?«

»Wie meinst du das?«

»Ich meine, dass ich jemandem die Schlinge um den Hals legen kann, und ich habe die Wahl. Jemand in diesem Haus wird hängen für das, was er getan hat, und ich werde ihn zur Strecke bringen. Mein Foto wird in allen Zeitungen erscheinen, und alle werden über mich reden! Das muss man diesen Reportertypen ja lassen, schreiben können sie wirklich. ›Die goldblonde, blauäugige Gladys Marsh‹, so werden sie mich nennen oder gleich die ›schöne Blondine‹. Du wirst sehen, ich komme in die Nachrichten. Und ich will nicht Gladys Marsh heißen, wenn ich nichts draus mache! Und du wirst wünschen, du wärest ich!«

Zur Abwechslung klang Polly sehr bestimmt: »Nein, das werde ich nicht!«

27

Als sich im Korridor Schritte näherten, stellte Miss Silver das Glas ab, das sie in der Hand gehalten hatte. Es war Julia Vane, die ihr entgegenkam. Es entging ihr nicht, dass Julia ungewöhnlich blass und viel erschöpfter wirkte als bei ihrer letzten Begegnung beim Frühstück. Was immer Julia vorgehabt hatte, Miss Silver war ihr zuvorgekommen.

»Ich würde mich freuen, wenn wir uns kurz unterhalten könnten, Miss Vane. Ich hoffe, Sie haben einen Augenblick Zeit.«

Julia schaute an Miss Silver vorbei auf die Tür, die diese hinter sich geschlossen hatte.

»Ich wollte zu Mrs. Maniple. Ist sie in der Küche?«

Miss Silver schüttelte den Kopf.

»Oh nein. Sie ist noch mit Sergeant Abbott im Studierzimmer. Ich will Sie auch nicht lange aufhalten. Vielleicht wäre der Salon passend.«

In stummer Rebellion ging Julia ihr voraus. Das Haus gehörte nicht mehr ihnen – und ganz bestimmt nicht Jimmy. Ihr Leben, ihre Zeit, was sie taten und sprachen, was sie sich nicht auszusprechen trauten – all das wurde bestimmt von diesem zeitlosen Albtraum, in dem sie jetzt lebten und sich bewegten. Sie drehte sich um und bemerkte, dass Miss Silver sie freundlich anschaute. Auch ihre Stimme war freundlich: »Die Wahrheit ist immer das Beste, Miss Julia.«

Aus Julias Antwort sprach das bittere Bedauern, das sie für Manny, für Jimmy und letztlich für sie alle empfand.

»Tatsächlich?«

»Ich denke schon«, sagte Miss Silver. »Auch wenn die Wahrheit zunächst nicht immer leicht zu erkennen ist. Das ist eine der besonderen Schwierigkeiten in einem Mordfall. Menschen, die etwas zu verbergen haben, versuchen auch weiterhin, es zu verbergen. Es kann sich um eine schwerwiegende Angelegenheit handeln oder um eine Kleinigkeit, aber das Resultat ist dasselbe – die Tatsachen bleiben im Dunkeln. Menschen, die gewöhnlich die Wahrheit sagen, geraten plötzlich in Versuchung, davon abzuweichen. Normalerweise haben sie damit wenig Erfolg. Man braucht einige Übung, um einen erfahrenen Polizisten zu täuschen. Es ist viel einfacher und sicherer, die Wahrheit zu sagen.«

Die Worte, die Julia auf der Zunge lagen, lösten sich in nichts auf, als sie in Miss Silvers Gesicht schaute. Es waren die Worte, mit denen jeder in einer solchen Situation rechnen würde: »Glauben Sie etwa, ich lüge? Warum sollte ich? Ich habe nichts zu verbergen.« Doch sie kamen ihr nicht über die Lippen. Julia blickte auf Miss Silver, ohne ihr altjüngferliches Auftreten und ihre uneleganten Kleider zu beachten. Diesen Teil nahm sie einfach nicht mehr wahr. Stattdessen entdeckte sie Intelligenz und Stärke. Sie selbst war intelligent genug, um diese Qualitäten zu erkennen, und stark genug, um sie zu schätzen.

Mit leiser, zerknirschter Stimme erklärte sie: »Ich verschweige nichts. Wirklich nicht.«

Auf Miss Silvers Gesicht breitete sich ein Lächeln aus.

»Danke, meine Liebe. Ich wäre sehr froh, wenn Sie mir vertrauen könnten. Geheimnisse helfen nicht weiter. Sie nützen weder dem Unschuldigen noch dem Schuldigen. Es gibt keine schlimmere Strafe als die scheinbare Straflosigkeit für ein Verbrechen. Deshalb sagte ich, dass die Wahrheit der beste Weg ist. Falls Sie sich fragen, warum ich mit Ihnen sprechen wollte … es geht um Miss Mercer.«

Sie bemerkte, wie sich alle Muskeln in Julias Gesicht anspannten, und fügte hinzu: »Wissen Sie, ich habe gehört, was sie gesagt hat.«

Julias Lippen fühlten sich taub an. Sie musste sich anstrengen, um sie zu bewegen.

»Was haben Sie gehört?«

»Ich habe gehört, wie sie gesagt hat: ›Was habe ich getan, was habe ich getan?‹«

»Sie schlief doch ... sie hat geträumt ... sie hat im Schlaf gesprochen.«

Miss Silver lehnte den Kopf leicht zur Seite.

»Schlafwandelt sie regelmäßig?«

»Früher schon, glaube ich. Nach dem Tod ihres Vaters.«

»War es ein plötzlicher Tod?«

Julia nickte.

»Ja. Ein Autounfall ... nachts. Es war ein großer Schock.«

»Und jetzt ist das Schlafwandeln unter vergleichbaren Bedingungen des Schocks und Schmerzes zurückgekehrt. Aber vielleicht hätte ich den Schmerz nicht erwähnen sollen. Vielleicht fühlt sie keinen wirklichen Schmerz wegen Mrs. Latter. Dazu könnten Sie mir etwas sagen, oder? Oder sollte ich sagen: Sie können meinen Eindruck bestätigen, dass Miss Mercer keine Zuneigung für Mrs. Latter empfand?«

Mit ausweichendem, traurigem Blick entgegnete Julia: »Nein. Das tat keiner von uns.«

»Dann war es der Schock, der erneut bewirkte, dass Miss Mercer schlafwandelte. Als ich mein Zimmer verließ, folgten Sie ihr gerade die Treppe hinunter. Als Sie sie einholten und anhielten, schaute sie in Richtung dieses Zimmers hier. Es wäre sicher interessant gewesen zu sehen, was sie hier drinnen getan hätte. Durch Ihre Berührung ist ihr gedanklicher Faden gerissen. Ich bin dann in mein Zimmer zurückgekehrt und habe Sie beide hinaufkommen und ihr Zimmer betreten sehen. Ich erreichte die Tür gerade rechtzeitig, um Miss Mercer sagen zu hören: ›Was habe ich getan?‹«

Nach ihren letzten Worten hatte Julia sich abgewandt. Auf dem Kaminsims stand eine Vase mit verblühten Rosen. Seit Mittwoch war weder das Zimmer aufgeräumt worden, noch hatte jemand neue Rosen in die Vase gestellt. Dunkelrote Blätter lagen auf dem Sims verstreut. Julia fegte sie zusammen und erinnerte sich daran, wie Minnie an jenem Mittwochabend an dieser Stelle gestanden hatte. Im Geiste konnte sie die Situation vor sich sehen, als würde es gerade im Moment geschehen – Minnie stand dem Zimmer halb zugewandt, ein wenig gebückt, als wäre sie zu müde, um aufrecht zu stehen, und hob die heruntergefallenen Blätter mit ihrer kleinen, zittrigen Hand auf ... Julia verscheuchte das Bild mit einer abrupten Bewegung. Als sie sich schnell umwandte, fielen die Rosenblätter in den Kamin, wo ihr Anblick an eine blutrote Lache erinnerte. Julia schrie: »Sie hat es nicht getan!«

Miss Silver hatte sie aufmerksam beobachtet. »Wenn Sie wirklich so sicher wären, würden Sie sich nicht solche Sorgen machen.«

Julia schnappte nach Luft.

»Ich bin sicher! Jeder, der sie kennt, wäre sicher!« Sie fing sich und fuhr in ruhigerem Ton fort: »Miss Silver, es gibt Dinge, die Menschen tun können, und Dinge, die sie nicht tun können. Wenn man jemanden kennt, weiß man, wozu derjenige fähig ist. Minnie könnte niemals jemanden töten. Man ist nur dazu im Stande, wenn da etwas ist, das einen töten lässt. Entweder man hat dieses Etwas, oder man hat es nicht. Ich denke, jeder der zum Jähzorn neigt, kann möglicherweise töten – wenn die Provokation ausreicht, um die Selbstkontrolle außer Kraft zu setzen. Ich selbst hab solch ein Temperament. Und normalerweise hab ich es im Griff – ich hab immer gewusst, dass ich mich nicht gehen lassen darf.

Aber Minnie ist überhaupt nicht jähzornig. Ich kenne sie mein Leben lang und hab sie nie wütend gesehen. Sie trägt kein wildes Tier in sich, das losbrechen könnte wie bei mir. Und natürlich gibt es noch die andere Art zu töten, die langsame, kaltblütige Art – und das könnte sie genauso wenig wie ich. Keiner von uns könnte es. Nun, Sie kennen sie eben nicht. Sie gehört zu der Sorte Menschen, die schon selbstlos geboren werden – sie denkt überhaupt nicht an sich. Und so war sie immer, seit ich sie kenne. Sie ist freundlich, geduldig, sanft, wirklich und wahrhaftig gut. Nicht einmal über Lois konnte sie etwas Böses sagen. Wenn es menschenmöglich gewesen wäre, dann hätte sie Lois sogar gemocht, einfach weil es in ihrer Natur liegt, Menschen zu mögen. Verstehen Sie, sie ist gut. Sie würde genauso wenig jemanden vergiften, wie sie sich plötzlich in eine Hyäne verwandeln könnte. Es ist einfach völlig ausgeschlossen.«

Miss Silver schenkte ihr ein entwaffnendes Lächeln.

»Meine Liebe, sie hat jedenfalls eine sehr gute Freundin.«

28

Julia verließ den Raum und stieg wieder die Treppe hinauf. Kaum hatte sie den Absatz erreicht, da öffnete sich die Tür zu Lois' Schlafzimmer, und Ellie hastete heraus. Verblüfft starrte Julia sie an. Ihre Wangen waren rosa angelaufen, und ihre blauen Augen leuchteten. Es war kaum zu übersehen, dass sie es vor lauter Eile kaum abwarten konnte. Sie lief direkt auf Julia zu und griff mit beiden Händen nach ihr.

»Oh, Julia – ist es nicht wunderbar! Jimmy sagt, dass Ronnie hier einziehen kann, sobald die ganze Sache vorbei ist! Ist er nicht ein Engel?! Ich hab ihn umarmt ... ich fühl mich, als könnte ich die ganze Welt umarmen! Gerade hab ich von

Lois' Telefon aus mit der Oberschwester gesprochen. Diese Polizisten lassen einem ja keine Chance, das Telefon im Studierzimmer zu benutzen. Aber ich konnte doch nicht abwarten. Ich musste gleich anrufen. Die Schwester meinte, es wäre sinnlos, Ronnie nach Brighton zu schicken, wenn er später hier einziehen könnte. Sie klang ein bisschen verärgert und meinte, das würde ihre Vorbereitungen durcheinander bringen ... Ich hab ihr wohl deutlich gezeigt, wie egal mir das ist, denn danach war sie noch ärgerlicher und hat mit mir geredet, als wäre ich noch bei den Freiwilligen Sanitätshelferinnen. Fast hätte ich gesagt: ›Sie wissen doch, dass ich da nicht mehr bin. Und so kann es von mir aus auch bleiben.‹ Aber dann hab ich doch gedacht, dass ich sie mir auf diese Art nicht unbedingt zur Freundin mache. Also hab ich nur noch ›Oh‹ und ›Nein‹ und ›Wie freundlich von Ihnen, Oberschwester‹ gesagt, bis sie sich langsam abgeregt hat. Zum Schluss meinte sie nur noch, das Krankenhaus würde schon irgendwie damit zurechtkommen.«

Sie warf die Arme um Julias Hals.

»Schatz, ist das nicht wunderbar?«

Die Zeit schien zurückgedreht. Hier war die alte Ellie, der das Blut leicht in die Wangen stieg, deren Augen leuchteten, die am ganzen Körper vor Lebendigkeit vibrierte. Einen Moment lang war Julia schwindlig. Die Dinge können sich in einem Tempo verändern, dass man die Balance verliert. Ellie hatte ihre Balance offensichtlich verloren. Sie trat einen Schritt zurück und erklärte mit lauter Stimme: »So hat alles seine guten Seiten, oder?«

Jemand kam hinter Julia die Treppe herauf. Sie hörte nur das Geräusch der Schritte und sagte warnend: »Ellie ...«, doch es nützte nichts.

Ellie stampfte mit dem Fuß auf und schrie: »Mir doch egal! Lois hätte ihn nicht herkommen lassen – niemals!«

Dann sah sie Miss Silver hinter Julia auftauchen. Einen Augenblick hielt sie mit erhitztem Gesicht und weit aufgerissenen Augen inne, doch ehe Miss Silver den Absatz erreichte, drehte sie sich um, lief in das Zimmer, das sie mit Julia teilte, und schloss die Tür hinter sich.

Miss Silver hüstelte und bemerkte tadelnd.

»Das war nicht besonders klug.«

»Nein«, sagte Julia. »Sie hat auch keinen Wert auf kluges Verhalten gelegt. Sie war einfach ganz natürlich. Warum sollte sie sich auch verstellen? Sie hat gerade erfahren, dass ihr Mann hier einziehen darf. Diese Nachricht hat alles andere beiseite gedrängt. Seinetwegen war sie so unglücklich. Da hat sie keinen Augenblick daran gedacht, ihre Freude vor jemandem zu verbergen.«

Nachdenklich entgegnete Miss Silver: »Die Weisheit ist zu loben wie auch die Bedenkenlosigkeit. So steht es schon in der Bibel, Miss Julia.«

Sie ging die letzten Stufen hinauf und betrat ihr Zimmer.

Julia folgte Ellie, die ihr Gesicht gerade eincremte und sofort wieder zu reden begann.

»Ich gehe rüber und besuche ihn heute Nachmittag. Ich probiere die Creme aus, die Minnie macht. Wenn meine Farbe bloß so bleiben würde wie jetzt, müsste ich ja gar nichts auftun, aber dummerweise kann man sich ja nicht darauf verlassen. Besser, ich gehe auf Nummer sicher, was meinst du?«

Julia ging zum Fenster und schaute hinaus. »Wahrscheinlich.«

Dann fügte sie schnell hinzu: »Ellie, welcher Teufel hat dich geritten, so über Lois zu sprechen? Miss Silver hat dich gehört.«

»Das ist mir egal. Es ist doch die Wahrheit.«

Julia fixierte sie mit ihren dunklen Augen. »Ellie, du musst vorsichtig sein ... wir alle müssen vorsichtig sein. Diese Polizisten glauben nicht, dass Lois Selbstmord begangen hat. Sie denken, Lois wurde ermordet.«

»Sag das nicht!«

»Ich muss es sagen. Wir müssen aufpassen mit allem, was wir sagen oder tun. Was du gerade gesagt hast, lässt sich schnell verdrehen.«

Ellies gesunde Farbe war mit einem Mal aus ihrem Gesicht gewichen.

»Glaubst du, sie könnten mich verdächtigen?«

Julia wandte sich ab. Ihr Gesicht konnte nicht mehr blasser werden, als es schon war.

»Ich glaube, du solltest aufpassen, ihnen keinen Anlass für dumme Gedanken zu geben. Wenn du ihnen unter die Nase reibst, dass Lois dir im Weg gestanden hat und dass du froh darüber bist, dass sie nicht mehr da ist … Na ja, das sieht nicht besonders gut aus, oder?«

Mechanisch rieb Ellie weiter über ihr Gesicht.

»Das ist Unsinn!« Ihre Schultern zuckten.

Julia trat auf sie zu und fasste sie am Arm.

»Benutz deinen Verstand, Ellie! Denk nach! Du und Minnie und Jimmy wart im Salon, als sie diesen Kaffee getrunken hat. Du kannst es dir nicht leisten, dass sich die Polizei Gedanken über dich macht.«

Ellie entzog sich ihrer Berührung.

»Es war doch nicht die Polizei. Es war Miss Silver.«

»Das macht doch keinen Unterschied.« Julias Stimme klang mutlos. Jetzt fühlte Ellie sich unfair von ihr behandelt. Dabei hatte sie ihr keine Angst einjagen, sondern sie nur zur Vorsicht mahnen wollen. Sie kam sich vor, als würde sie auf Eiern gehen. Sie wusste nicht, ob sie deutlich genug gewesen war, wusste aber auch nicht, wie sie noch deutlicher werden konnte. Am besten würde sie nach unten gehen und herausfinden, ob die Polizisten inzwischen mit Manny fertig waren.

Ellie entfernte die Creme aus ihrem Gesicht. Sie drehte sich nicht um und schaute Julia nicht an.

Julia verließ das Zimmer mit dem Gefühl, dass sie genauso gut den Mund hätte halten können.

29

Miss Silver holte ein neues Knäuel grauer Wolle aus ihrem Schlafzimmer und machte sich auf den Weg nach unten. Sie hatte ihren Handarbeitsbeutel auf einem Tisch in der Eingangshalle liegen gelassen. Gerade als sie das Wollknäuel eingesteckt und den Beutel über ihren Arm gelegt hatte, öffnete sich die Tür des Studierzimmers, und Mrs. Maniple kam heraus. Ihr würdevolles Auftreten hatte keinen Schaden genommen. Sie durchquerte die Halle und verschwand in dem langen Gang, der zum Küchentrakt führte.

Sobald sie außer Sicht war, betrat Miss Silver das Studierzimmer. Der Chief Inspector, der sich von seinem Platz erhoben hatte, sagte gerade: »Nun, Sie gehen besser los, um sie zu holen – und auch Miss Silver. Ich will nicht …« Er unterbrach sich, als er die Tür ins Schloss fallen hörte.

»Na so was!«, sagte er. »Woher wussten Sie, dass Sie gebraucht werden? Ich wollte Frank gerade losschicken, um Sie zu holen.«

Miss Silver antwortete mit einem freundlichen Lächeln.

»Mich … und jemand anderen, glaube ich. Dürfte ich wohl fragen, wen Sie noch herzitieren wollten?«

»Miss Mercer«, sagte er knapp. »Ich wollte sie wegen der Fingerabdrücke fragen. Und da sie so aussieht, als wäre sie in der Lage, bei der ersten Gelegenheit in Ohnmacht zu fallen, hielt ich es für praktisch, Sie in der Nähe zu haben.«

Miss Silver wirkte eine Spur distanzierter. Sie betrachtete

sich ungern als etwas Praktisches und schätzte es auch nicht, von anderen so gesehen zu werden. Frank Abbott ordnete seine Notizen und unterdrückte ein Lächeln.

Miss Maud Silver trat zu dem Stuhl, auf dem sie bereits zuvor gesessen hatte, drehte ihn ein Stück zur Seite und nahm Platz. Während sie sich den Handarbeitsbeutel auf den Schoß legte und Dereks halbfertigen Strumpf herausnahm, erklärte sie: »Ich freue mich immer, wenn ich irgendwie in der Lage bin, Ihnen zu assistieren, Chief Inspector.«

Sie legte eine kurze, bedeutungsvolle Pause ein, ehe sie fortfuhr: »Allerdings würde ich Sie bitten, mit Miss Mercer noch einen Augenblick zu warten. Ich habe eben ein Gespräch zwischen Gladys Marsh und dem Mädchen Polly Pell mitgehört. Wenn ich es Ihnen wiedergeben dürfte, würden Sie wahrscheinlich auch zu der Ansicht gelangen, dass Gladys Marsh unverzüglich befragt werden sollte.«

Lamb schnaubte zustimmend.

»Was hat sie denn gesagt?«

»Das werde ich Ihnen erzählen. Ich war in der Speisekammer, und die Tür zur Küche war angelehnt. Ich habe gehört, wie Gladys sich damit gebrüstet hat, als Zeugin aufzutreten. Wenn es zu einer Gerichtsverhandlung käme, würde ihr Bild in allen Zeitungen erscheinen. Sie bedauerte es, als verheiratete Frau nicht auf die zahlreichen Heiratsanträge eingehen zu können, die nicht ausbleiben würden. Allerdings besaß sie die Unverschämtheit, anzudeuten, dass dies keine wirkliche Schwierigkeit darstelle.«

Frank Abbott warf einen Blick über die Schulter und sagte: »Wir werden Sie hier sicherlich als Anstandsdame gebrauchen können, wenn wir sie verhören, nicht wahr, Chief?«

Das freche Funkeln in seinen Augen trug ihm einen unwirschen Blick seines Vorgesetzten ein. Mit düsterer Miene wandte sich Lamb dann an Miss Silver: »Ich vermute, das war noch nicht alles. Sonst würden Sie nicht vorschlagen, dass wir sie herholen sollen.«

Miss Silver bewegte ihre Stricknadeln mit verblüffender Geschwindigkeit.

»Nein, das war keineswegs alles«, bestätigte sie. »Nachdem sie damit geprahlt hat, als eine Hauptzeugin im Mordprozess aufzutreten, fuhr sie wörtlich fort: ›Aber diese andere Sache verrate ich noch nicht. Ich behalte sie für mich, bis ich richtig Furore machen kann.‹ Polly fragte sie, was sie damit meinte. Daraufhin behauptete Gladys, sie könne jemandem die Schlinge um den Hals legen, wenn sie nur wolle: ›Jemand in diesem Haus wird hängen für das, was er getan hat, und ich werd dafür sorgen, dass ihm die Schlinge um den Hals gelegt wird. Mein Foto wird in allen Zeitungen erscheinen, und alle werden über mich reden!‹«

Der Chief Inspector spitzte den Mund zu einem lautlosen Pfiff.

»Das hat sie gesagt?«

»Jawohl.«

»Dann sollten wir sie hierher holen und herausfinden, was sie damit gemeint hat. Vielleicht hat es auch gar nicht viel zu bedeuten. Sie sagen ja selbst, dass sie geprahlt hat. Was sagten Sie noch, wo sie jetzt ist? In der Küche?«

Miss Silver hüstelte.

»Dort war sie eben. Aber da Mrs. Maniple inzwischen zurück ist, dürfte Gladys sich woanders aufhalten.«

Wo auch immer sie sich aufgehalten hatte – Frank Abbott brauchte nicht viel Zeit, um sie aufzuspüren. Sie konnten ihr Kichern schon hören, ehe Frank die Tür öffnete und sie ins Zimmer führte. Sie warf Miss Silver einen aufreizenden Blick zu, betrachtete den Chief Inspector mit großen Augen, trippelte um den Tisch herum und ließ sich graziös auf dem Stuhl nieder, der dort für sie bereitstand. Dann schlug sie die Beine übereinander, so dass der Saum ihres Rocks einige Zentimeter über die Knie hochrutschte. Ihre blauen Augen blickten zu Frank hinüber, wanderten dann kokett über ihre seidenen Strümpfe und zurück zu Franks auffallend ausdruckslosem Gesicht.

Lamb dachte im Stillen, dass es in ihrer Kindheit jemand versäumt haben musste, ihr gelegentlich den Hintern zu versohlen. Dann schlug er mit seiner mächtigen Hand auf den Tisch. »Bitte hören Sie aufmerksam zu, Mrs. Marsh! Sergeant Abbott sitzt nicht hier, um Sie anzuschauen – er sitzt hier, um mitzuschreiben, was Sie zu sagen haben. Ich wäre Ihnen also sehr verbunden, wenn Sie sich konzentrieren würden.«

Ein schmachtender Blick und ein Kichern waren die Antwort.

»Sie haben mich noch gar nichts gefragt, oder?«

»Darüber brauchen Sie sich keine Sorgen zu machen – das werde ich schon. Und jetzt, Mrs. Marsh, sind Sie bitte so freundlich, mir Ihre ganze Aufmerksamkeit zu schenken! Vor fünfzehn oder zwanzig Minuten waren Sie in der Küche und haben sich dort mit Polly Pell unterhalten …«

Gladys' scharlachrote Lippen verzogen sich zu einem Schmollmund.

»Ganz genau – wir hatten ein zweites Frühstück. Ist das verboten?«

Darauf bekam sie keine Antwort. Lamb blieb ungerührt. »Jemand hat Ihre Unterhaltung mit angehört.«

Gladys hob ihre gezupften Augenbrauen und sagte geziert: »Tatsächlich? Ich kann mir gar nicht vorstellen, wie Leute sich so weit erniedrigen können, an Türen zu lauschen. Können Sie das? So was find ich nun wirklich nicht nett.«

Das war zu viel für Lamb. Das Blitzen in seinen Augen war unübersehbar, und seine Stimme krächzte: »Das reicht jetzt! Sie sollen gesagt haben, dass Sie mehr über Mrs. Latters Tod wissen, als Sie der Polizei mitgeteilt haben. Sie haben behauptet, Sie könnten dafür sorgen, dass jemandem hier im Haus die Schlinge um den Hals gelegt würde. Und genau das hätten Sie auch vor, aber erst, wenn Sie sicher sein könnten, damit ordentlich Aufsehen zu erregen.«

Die blauen Augen blickten nicht mehr schmachtend, sondern fingen an zu funkeln.

»Was Sie nicht sagen!«

»Würden Sie mir bitte erklären, was Sie damit gemeint haben?«

»Na ja ... ich weiß nicht ...«

»Das sollten Sie aber! Haben Sie schon mal was von Mitwisserschaft gehört? Das bedeutet, dass jemand etwas über das Verbrechen weiß – entweder schon vorher oder danach; dass jemand mitschuldig wird durch Ratschläge, Anstiftung oder Vertuschung.«

Langsam und in gewichtigem Ton wiederholte er die beiden letzten Worte. »Oder Vertuschung, Mrs. Marsh. Und ein Mitwisser kann auf der Anklagebank landen und gemeinsam mit dem Haupttäter verurteilt werden.«

Ganz plötzlich änderte sich sein Auftreten.

»Andererseits ... Ich vermute, Sie wollten nur ein bisschen angeben und der kleinen Polly imponieren. Wenn ein kluges Mädchen wie Sie wirklich etwas wüsste, würde es sich nicht durch sein Schweigen in Schwierigkeiten bringen. Im Zeugenstand würden Sie einen wesentlich besseren Eindruck machen als auf der Anklagebank – aber das muss ich Ihnen ja nicht erzählen. Also los, raus damit! Sie haben bloß angegeben, oder?«

Sie warf den Kopf zurück.

»Das ist ein freies Land, oder? Ich kann sagen, was ich will.«

Er behielt seinen ungezwungenen Tonfall bei: »Sie sagten, Sie könnten dafür sorgen, jemandem die Schlinge um den Hals zu legen. So etwas können Sie nicht mitten in einer Morduntersuchung behaupten, ohne gefragt zu werden, was Sie damit sagen wollen. Also – wollten Sie etwas damit sagen oder wollten Sie das nicht? Wenn ja, dann haben Sie jetzt eine einzige Chance, alles zu erzählen. Es bringt nichts, zu warten und riesiges Aufsehen zu erregen, wenn Sie dadurch selbst bis über beide Ohren in Schwierigkeiten geraten.«

Er ließ ihr einen Moment Zeit und fragte dann noch einmal ganz direkt: »Haben Sie etwas zu sagen oder nicht?«

Sie warf ihm einen kühnen Blick zu. »Also gut. Ich habe etwas zu sagen.«

»Dann los, raus damit!«

Frank Abbott zog einen Block heran und griff nach seinem Stift. Gladys betrachtete ihn aus den Augenwinkeln. Er würde ihre Aussage stenographieren und später auf der Maschine abtippen. Dann würde er sie auffordern zu unterschreiben, genau wie beim ersten Mal. Es machte ihr nichts mehr aus – sie konnte es genauso gut jetzt erzählen. Sie wollte keinen Ärger mit der Polizei. Wenn man denen in die Quere kam, konnten sie einem das Leben wirklich schwer machen. Ein gut aussehender Typ, dieser Sergeant Abbott – er wirkte kalt genug, um einen zum Erfrieren zu bringen, aber man konnte nicht immer nach dem äußeren Anschein gehen. Sie hätte nichts gegen eine Verabredung mit ihm einzuwenden. Er musste sich zu Tode langweilen, wenn er ständig hier herumsaß ... Sie veränderte ihre Haltung und ließ den Rock noch ein Stückchen höher rutschen. Gut, dass sie die neuen langen Strümpfe angezogen hatte. Mrs. Latter, der die Farbe nicht gefallen hatte, hatte sie ihr geschenkt. Was für ein komischer Gedanke, dass die Strümpfe sie sozusagen überlebt hatten. Ein Gefühl ehrlicher Trauer darüber, dass ihr der Quell so vieler Freundlichkeiten genommen worden war, gab den entscheidenden Anstoß zu ihrem Entschluss.

Sie warf ihre Mähne zurück und erklärte: »Ich weiß nicht, wer mich mit Polly hat reden hören, aber ich muss nichts davon zurücknehmen. Ich weiß, was ich gehört und gesehen habe. Und ich weiß, was ich darüber denke. Aber damals wusste ich es nicht, also gibt es keinen Grund, weshalb ich Ärger kriegen sollte.«

Mit rauer Stimme versprach der Chief Inspector: »Wenn Sie nichts Schlimmes getan haben, müssen Sie auch keinen Ärger befürchten.«

»Ich?« Sie hob die Augenbrauen und ließ sie wieder sinken – eine Vorführung, die sie sehr sorgfältig vor dem Spiegel geübt hatte. »Ich bin ein braves Mädchen … das wird Ihnen jeder bestätigen.«

Lamb gelang es mit Mühe, sich zu kontrollieren.

»Nun dann, ich denke, Sie sollten uns jetzt erzählen, was Sie gesehen und gehört haben.«

»Gut. Es war am Dienstagabend …«

»Sie meinen den Dienstag dieser Woche?«

»Ja, am letzten Dienstag, dem Tag nach diesem Skandal in Mr. Antonys Zimmer. Einen Tag bevor Mrs. Latter vergiftet wurde.«

»Gut, fahren Sie fort.«

»Mrs. Latter hat den größten Teil des Tages in ihrem Zimmer verbracht. Und Mr. Latter war praktisch den ganzen Tag unterwegs. Ich wusste gar nicht, dass er wieder im Haus war, bis ich ungefähr um sieben Uhr aus Mrs. Latters Zimmer gekommen bin und ihn in Miss Mercers Schlafzimmer gehört habe …«

»Wie bitte?«

Mit treuherzigem Augenaufschlag erklärte Gladys: »Er

war in Miss Mercers Schlafzimmer am anderen Ende des Flurs. Die Tür war nicht geschlossen.«

»Haben Sie gelauscht?«

Sie warf den Kopf zurück.

»Es kam mir seltsam vor. Ich dachte, vielleicht wüsste Mrs. Latter gern Bescheid. Er hatte ja mächtig Theater gemacht, weil er sie in Mr. Antonys Zimmer erwischt hatte. Und jetzt war er bei Miss Mercer. Das wunderte mich.«

Lamb starrte sie an.

»Ich denke, da gibt es schon einen Unterschied zwischen Mitternacht und sieben Uhr abends, oder? Also, Sie haben zugehört ...«

»Ich dachte, Mrs. Latter würde gern wissen, worüber sie redeten. Oh, hab ich einen Schreck bekommen!«

»Warum?«

»Mr. Latter weinte. Er war tatsächlich ... auf den Knien und hatte den Kopf in Miss Mercers Schoß gelegt.«

»Woher wissen Sie das?«

»Weil die Tür offen stand. Die beiden waren so sehr mit sich selbst beschäftigt, dass sie nicht mal gemerkt hätten, wenn ich auf einmal im Zimmer gestanden hätte. Aber ich habe nur mal ganz kurz geschaut. Miss Mercer saß in dem kleinen tiefen Sessel, und Mr. Latter kniete und hatte den Kopf in ihrem Schoß. Sie hat ihm über die Haare gestreichelt und gesagt: ›Mein armer Jimmy!‹« Gladys schniefte kunstvoll. »Da hab ich mir gesagt: ›Was sind das denn für Geschichten!‹«

Miss Silver schaute über ihre klickenden Nadeln hinweg und sagte mit beherrschter Stimme: »Ihnen ist zweifellos bewusst, Chief Inspector, dass Mr. Latter und Miss Mercer wie Bruder und Schwester zusammen aufgewachsen sind.«

»Ja, ja«, sagte er und bedeutete ihr mit erhobener Hand zu schweigen. »Fahren Sie fort, Mrs. Marsh.«

»Er hat noch eine Zeit lang geweint, wie ein riesiges Baby. Und dann hat er plötzlich gesagt: ›Ich muss schlafen. Sonst werde ich noch verrückt. Oder ich tue etwas, das ich nachher bereue. Du musst mir etwas geben, damit ich einschlafen kann. Was hast du da?‹ Ich hab noch mal geguckt, und da stand er bei dem Medizinschränkchen, das sie in ihrem Zimmer aufbewahrt – jetzt hat die Polizei es mitgenommen, aber vorher hing es mitten über dem Bücherregal. Er hatte eine Tür geöffnet, und ich konnte sehen, dass er eine Flasche anschaute, die er herausgeholt hatte.«

»Was für eine Flasche?«

»Eine dieser flachen mit Schraubverschluss. Er sagte dann: ›Damit werde ich schlafen können‹, und Miss Mercer trat auf ihn zu und sagte: ›Oh nein – das ist Morphium. Das kannst du nicht nehmen. Es ist gefährlich.‹ Und er: ›Solange ich schlafen kann, ist es mir egal, ob ich wieder aufwache.‹«

»Sind Sie sicher, dass er das gesagt hat?«

»Natürlich bin ich sicher! Ich hab's doch gehört.«

»Reden Sie weiter.«

»Miss Mercer hat die Flasche zurückgestellt. Sie sagte irgendwas in der Art, dass sie nicht am richtigen Platz stünde. Offenbar hat sie gedacht, sie hätte sie irgendwo versteckt, wo man sie nicht sieht. Dann hat sie eine andere Flasche genommen und irgendwas in ihre Hand geschüttet. Das hat sie Mr. Latter gegeben und gesagt: ›Nimm die hier, wenn du ins Bett gehst. Die richten keinen Schaden an.‹ Und er: ›Der Schaden ist längst da, Min.‹ Dann hab ich mich aus dem Staub gemacht, weil es so aussah, als ob er gehen wollte.«

Miss Silver hüstelte kurz und trocken. Sie wandte sich an Gladys Marsh. »Mrs. Latter kam an diesem Abend zum Essen, wenn ich mich nicht irre?«

Ohne sie eines Blickes zu würdigen, antwortete Gladys: »Ja, das stimmt.«

»Sind Sie zurück in ihr Zimmer gegangen, um ihr beim Anziehen zu helfen?«

»Und wenn schon?«

»Gar nichts, Mrs. Marsh – ich würde es nur gern wissen.«

Gladys inspizierte ihre scharlachroten Fingernägel. Mit spürbarem Desinteresse und ohne jeden Anflug von Höflichkeit erklärte sie patzig: »Na gut, ich hab ihr geholfen.«

»Und haben Sie sie über das informiert, was Sie gerade gehört hatten?«

Mit einem Ruck riss Gladys ihren Kopf hoch und fragte den Chief Inspector: »Hören Sie mal – wer ist sie überhaupt? Ich muss ihr keine Antwort geben, oder?«

Mit grimmiger Stimme gab er zurück: »Sie müssen überhaupt niemandem antworten – jedenfalls nicht vor der gerichtlichen Untersuchung. Aber wenn Sie nichts verbrochen haben, was spricht dann dagegen? Die Frage ist doch wohl einfach genug. Vielleicht möchten Sie lieber antworten, wenn ich Sie frage: Haben Sie Mrs. Latter berichtet, was Sie vorher gehört hatten?«

Sie rollte die Augen. »Was glauben Sie denn?«

»Ich glaube, Sie haben es ihr erzählt.«

»Wie schlau Sie doch sind, was?«

Er redete weiter, als hätte sie nichts gesagt: »Aber ich möchte es aus Ihrem Munde hören. Also los – raus damit!«

»Natürlich habe ich es ihr erzählt! Deswegen hatte ich schließlich zugehört, oder?«

»Das haben Sie jedenfalls behauptet«, erwiderte Lamb. »Also haben Sie Mrs. Latter berichtet, dass sich ein Fläschchen mit Morphiumtabletten in Miss Mercers Zimmer befand – haben Sie das erwähnt?«

Glayds setzte eine beleidigte Miene auf. »Ich hab ihr gesagt, was ich gehört und gesehen habe – genau, wie ich es Ihnen gerade erzählt hab.«

»Haben Sie das Morphium erwähnt?«

»Ich weiß nicht, worauf Sie hinauswollen. Natürlich hab ich es erwähnt!«

Nach kurzem Schweigen fragte Lamb: »Sind Sie sicher, dass Sie uns alles gesagt haben, was Sie gehört und gesehen haben?«

»Reicht es Ihnen denn noch nicht?«

»Ich frage Sie, ob Sie uns alles gesagt haben, was Sie gehört und gesehen haben.«

»Ich sah Mr. Latter mit dem Morphiumfläschchen in der Hand. Und ich hab gehört, wie Miss Mercer ihm gesagt hat, das Zeug sei gefährlich. Das ist doch schon was, oder?«

»Ja«, sagte er. »Das ist schon was.«

30

»In Ordnung«, sagte Lamb. »Sie können gehen. Sergeant Abbott schreibt Ihre Aussage nieder, damit Sie gleich unterschreiben können. Vielleicht ist sie wichtig, vielleicht auch nicht. Es hängt davon ab, was andere Personen uns noch zu sagen haben. Sie haben richtig gehandelt, indem Sie aussagten, aber ich rate Ihnen jetzt, den Mund darüber zu halten, wenn Sie nicht in Schwierigkeiten geraten wollen. Sie dürfen nicht einfach herumlaufen und behaupten, Sie könnten andere Leuten an den Galgen bringen, verstanden?«

Gladys schob ihren Stuhl zurück und stand auf. Als sie an Frank Abbott vorbeikam, gelang es ihr irgendwie, ihn zu streifen. Es sah aus, als würde sie stolpern. Mit einer Hand packte sie Franks Schulter, so dass eine Strähne ihres goldgelben Haares seine Wange kitzelte. Er verspürte Widerwillen und hatte das plötzliche Bedürfnis, sein Gesicht zu waschen. Etwas in seiner Miene oder der Art, wie er sie zur

Seite schob, ließ ihr das Blut ins Gesicht schießen. Sie warf ihm einen vernichtenden Blick zu und wandte sich in aggressivem Ton an Lamb.

»Ich soll meinen Mund halten, was? Damit ihr es vertuschen könnt. Das würde mich nicht wundern. Wenn es um mich ginge, würde niemand was vertuschen. Aber schließlich geht es um Mr. Latter von Latter End, und wer will schon an die große Glocke hängen, dass er seine Frau vergiftet hat! Ich hab die selben Rechte wie andere Leute auch!«

Sie erreichte die Tür, riss sie auf und hielt auf der Schwelle noch einmal inne, um ihre letzte Vorstellung zu geben: »Meine Zunge gehört mir, und was ich damit sage, ist meine Sache! So sieht's aus!«

Die Tür knallte zu. Der Chief Inspector spitzte die Lippen zu einem lautlosen Pfiff. Frank Abbott nahm ein unbenutztes Taschentuch heraus und wischte seine Wange ab. Miss Silver strickte weiter.

Schließlich brach Lamb das Schweigen. »Manchmal bekommt man Krämpfe von diesem Beruf. So viel steht mal fest.«

Frank knüllte das Taschentuch zusammen und steckte es wieder ein.

»Hätten Sie lieber ein paar Brandeisen und solche Sachen, Chief? Ehrlich gesagt kann ich Sie mir in einer Folterkammer nicht so richtig vorstellen.«

Lamb fixierte ihn mit verlegenem Blick. Dann entspannte er sich.

»Was sie braucht, ist eine ordentliche Abreibung«, erklärte er. »Leider hat das jemand versäumt, als sie noch klein war.«

Miss Silver hüstelte.

»Eine außerordentlich schlecht erzogene junge Frau. Wie Lord Tennyson so treffend feststellt: ›Eine Zunge ist eine

Flamme.‹ Aber sie wird eine gute Zeugin abgeben, Chief Inspector.«

Er drehte sich ein Stück zu ihr herum.

»Inwiefern?«

Dereks Socke drehte sich flink um die eigene Achse.

»Sie ist intelligent und, wie ich annehme, sehr genau. Schlau wäre vielleicht ein treffenderer Ausdruck als intelligent. Als Sie mir freundlicherweise die Möglichkeit gaben, die bisherigen Aussagen durchzulesen, war ich ziemlich verblüfft von ihrem Bericht über die Szene, die sich Montagnacht in Mr. Antony Latters Zimmer abgespielt hat. Ihre Beschreibung ist klar, lebendig und sehr genau. Weder Mr. Antony noch Mr. Jimmy Latter konnten die Ereignisse so detailliert wiedergeben. Das spricht für ein akustisches Gedächtnis, wie man es nicht jeden Tag findet. Als ich ihr eben gerade zugehört habe, fand ich meinen Eindruck bestätigt. Natürlich war ihre Aussage gespickt mit Gehässigkeiten, aber sie war auch sehr klar und in den entscheidenden Fragen genau auf den Punkt gebracht. Ich wäre sehr überrascht, wenn ihre Schilderung dessen, was sich in Miss Mercers Zimmer abgespielt hat, sich nicht als verlässlich erweisen würde.«

Frank Abbott musterte sie mit großer Aufmerksamkeit. Der Chief Inspector ließ seine Hand träge aufs Knie fallen.

»Sieht schlecht aus für Ihren Klienten, Miss Silver. Sie wird in den Zeugenstand treten und beschwören, dass er genau wusste, wo er sich eine gefährliche Dosis Morphium beschaffen konnte. Außerdem wird sie eine gute Vorstellung abziehen – vorausgesetzt, es sind nicht zu viele Frauen unter den Geschworenen. Die Art, wie sie mit den Augen rollt, wird ihr bei den Frauen nichts nützen. Nein, es sieht nicht besonders gut aus für Mr. Jimmy Latter.«

Miss Silver hüstelte.

»Ich gehe davon aus, dass Sie die Tatsache nicht übersehen haben, dass Gladys Marsh noch etwas anderes beschwören kann. Auch Mrs. Latter wusste, wie sie sich das Morphium beschaffen konnte.«

Lamb runzelte die Stirn. Er ballte die Hände zur Faust und ließ die Finger dann plötzlich wieder vorschnellen, als würde er etwas loslassen. Mit rauer Stimme stellte er fest: »Dann steht es eins zu eins zwischen uns, was?«

Miss Silvers Nadeln klapperten. Ein wenig geziert erklärte sie: »Die Implikation, dass wir auf verschiedenen Seiten stehen, kann ich so nicht akzeptieren – weder für mich noch für Sie, Chief Inspector.«

»Aber, aber …«, sagte er und wandte sich an Frank Abbott. »Wir sehen besser zu, dass wir weiterkommen. Sagen Sie Miss Mercer bitte, dass ich ihr ein paar Fragen stellen möchte.«

Während sie warteten, griff er nach einem Stab Siegelwachs und spielte damit herum. Als das Wachs in seiner Hand durchbrach, wandte er sich mit einer abrupten Bewegung an Miss Silver.

»Sie sind eine ziemlich sture Frau, wissen Sie.«

Sie erwiderte seinen Blick mit der Andeutung eines Lächelns.

»Das hoffe ich nicht.«

»Da hoffen Sie umsonst.«

»Sturheit ist ein Hindernis, wenn es um vorurteilsloses Denken geht. Schlüsse, die auf vorgefassten Meinungen beruhen, sind wertlos. Nur der offene Geist ist in der Lage, wirklich klar zu denken. Ich bemühe mich, meinen Geist offen zu halten.«

Er konzentrierte sich wieder auf das Siegelwachs, nahm die beiden Stücke und runzelte die Stirn angesichts seines erfolglosen Bemühens, die beiden abgebrochenen Enden wieder zusammenzufügen. Plötzlich schaute er über die Schulter und sagte: »Hören Sie, haben Sie noch irgendetwas in petto?«

»Nicht das Geringste, das versichere ich Ihnen.«

»Sie kennen nicht zufällig schon den Mörder?«

»Nein, gewiss nicht.«

Er warf das Siegelwachs hin.

»Wenn es zum Prozess kommt, wird die Verteidigung auf Selbstmord plädieren. So, wie die Dinge jetzt liegen, ist alles eine Sache zwischen Ehemann und Ehefrau. Beide wissen von dem Morphium. Entweder hat er es ihr heimlich verabreicht, oder sie hat es selbst genommen. Sie haben alle Aussagen gelesen und sind zwangloser mit der Familie zusammengekommen, als es der Polizei möglich ist. Ich zweifele nicht daran, dass Sie mit der Familie geredet und sich aus dem, was sie gesagt haben, eine Meinung über Mrs. Latter gebildet haben. Ich vermute, sie weicht nicht allzu weit von dem Bild ab, das ich mir selbst gemacht habe. Reden wir nicht um den heißen Brei herum: Würden Sie es wirklich für wahrscheinlich halten, dass Mrs. Latter sich selbst umgebracht hat?«

»Wahrscheinlich? Nein. Aber auch unwahrscheinliche Dinge passieren, Chief Inspector.«

»Glauben Sie denn wirklich, dass sie Selbstmord begangen hat?«

»Nein«, sagte sie in sehr nachdenklichem Ton. »Bitte missverstehen Sie mich nicht. Im Augenblick kann ich Ihnen keine Meinung bieten – mein Geist ist offen. Ich stimme Ihnen zu, dass Mrs. Latter nicht unbedingt die Person war, bei der man einen Selbstmord für wahrscheinlich hält. Und ich stimme Ihnen außerdem zu, dass sie in diesem Falle das Morphium wahrscheinlich genommen hätte, nachdem sie ins Bett gegangen war. Aber, wie gesagt, auch unwahrscheinliche Dinge passieren, besonders wenn Menschen einen Schock oder eine schwere seelische Krise erlebt haben. Wir wissen recht wenig über Mrs. Latters inneren Zustand. Nach außen hin war sie eine harte, verwöhnte Frau, die normalerweise bekam, was sie wollte. Aber wir können nicht wissen, wie es darunter aussah. Es wurde mehrfach betont, dass ihre Gefühle Mr. Antony gegenüber berechnend und letztlich gleichgültig waren und dass ihre Bemühungen um ihn aus dem Ärger über ihren Mann und einem Bedürfnis entstanden, ihn zu bestrafen. Mr. Antony selbst hat diesen Punkt besonders betont, was natürlich ganz verständlich ist. Er fühlt sich stark zu seiner Kusine hingezogen und will die Bedeutung dessen, was Montagnacht geschehen ist, herunterspielen, indem er es als flüchtige, aus dem Zorn geborene Laune hinstellt. Aber es ist durchaus möglich, dass Mrs. Latters Gefühle für ihn ernsthafter Natur waren. Sie war eine Frau, die es nicht gewöhnt war, zurückgewiesen zu werden. Angenommen, sie wäre von einer dieser gefährlichen Leidenschaften befallen gewesen, die oftmals den Ausgangspunkt einer Tragödie bilden. Angenommen, ihr wäre bewusst geworden, dass sie in Miss Vane eine ernst zu nehmende Rivalin hatte. Die Situation wäre in dem Fall also bedrohlich. Was passiert also? Sie wird nicht nur zurückgewiesen, sondern diese Zurückweisung geschieht ausgerechnet in Gegenwart ihres Ehemannes und unter äußeren Umständen, die dazu geeignet sind, ihrer Selbstachtung einen gewaltigen Schlag zu versetzen. Ich erinnere mich, dass ich vor einigen Jahren sehr fasziniert die These zur Kenntnis genommen habe, dass Verbrechen aus Leidenschaft bei Frauen oftmals unmittelbar auf eine plötzliche Kränkung ihrer Selbstachtung folgen.«

Lamb sagte: »Das ist schon richtig. Nun, Sie sagten eben, Sie hätten noch keine Meinung. Ich hatte gerade einen etwas anderen Eindruck.«

Mit einer kaum merklichen verneinenden Geste erklärte sie: »Bloß eine Theorie, Chief Inspector. Keine Meinung.«

31

Als Minnie Mercer nun auf dem Stuhl Platz nahm, der kurz vorher von Gladys Marsh benutzt worden war, spürten alle drei übrigen Anwesenden wahrscheinlich den gleichen Kontrast. Miss Mercer schien nicht nur krank und mitgenommen, sondern sie wirkte so zerbrechlich, dass es dem Chief Inspector geradezu Sorgen bereitete. In ihren Augen lag ein geisterhafter Ausdruck des Schmerzes. Minnie Mercer faltete die Hände im Schoß und lehnte sich gegen den hohen Stuhlrücken.

Auch Lamb hatte sich zurückgelehnt. Seine Haltung signalisierte Lockerheit, sein Auftreten Ruhe. Es lag ihm ganz offensichtlich nicht daran, Miss Mercer zu beunruhigen. »Nur ein paar Fragen«, hatte er gesagt, als sie ins Zimmer gekommen war. Er wartete, bis sie Platz genommen hatte.

»Sie leben schon lange in Latter End?«

Die Antwort war kaum zu verstehen: »Ja.«

»Fünfundzwanzig Jahre?«

»Ja.«

»Haben Sie nie daran gedacht, fortzugehen?«

Noch leiser als vorher: »Nein.«

»Aber jetzt wollen Sie fort – oder sagen wir besser: Zum Zeitpunkt von Mrs. Latters Tod wollten Sie fort?«

»Ja.«

»Warum?«

Sie verschränkte die Hände.

»Mrs. Latter hatte andere Pläne.«

»Sie hat Ihnen gekündigt?«

Die direkte Frage war beabsichtigt. Eine Spur Farbe zeigte sich auf Minnie Mercers Wangen. Sie antwortete ihm mit einer Haltung unaufdringlicher Würde.

»Das trifft es nicht ganz. Mrs. Street und ich hatten uns die Hausarbeit geteilt, da es so schwierig war, Personal zu finden. Es war ein vorübergehendes Arrangement. Mrs. Latter ...« – ihre Stimme blieb an dem Namen hängen –, »Mrs. Latter hatte Erfolg mit ihrer Suche nach einem Butler und zwei Hausmädchen.«

Er musterte sie eindringlich.

»Sie haben meine Frage nicht beantwortet, oder? Lassen Sie es mich anders formulieren. Hat Mrs. Latter Sie aufgefordert zu gehen, oder kam der Vorschlag von Ihnen?«

Die leichte Röte war aus ihrem Gesicht gewichen. Minnie Mercer öffnete den Mund, um zu sprechen. Dann schloss sie ihn wieder.

»Also, Miss Mercer?«

Diesmal fand sie die Worte.

»Meine Arbeit hier war beendet.«

Lamb sagte: »Ja, davon gehe ich aus. Nun, versetzen wir uns ein bisschen zurück – was war Ihre Position hier vor Mr. Latters Heirat?«

»Das ist schwer zu sagen. Ich hab mich ums Haus gekümmert. Ich ... bis Mrs. Street geheiratet hat und Miss Vane fortgegangen ist, um sich im Krieg nützlich zu machen ... ich ... damals waren die zwei kleinen Mädchen im Haus ... sie brauchten jemanden nach dem Tod ihrer Mutter ...«

»Sie haben Mrs. Vanes Platz eingenommen?«

Zum ersten Mal lag jetzt Wärme in ihrer Stimme: »Das hätte niemand gekonnt. Ich habe mein Bestes gegeben.«

»Würden Sie sagen, dass Ihre Position wie die eines Familienmitglieds war, wo Sie sich doch ums Haus und um die beiden Mädchen gekümmert haben?«

»Ja, ich glaube schon.«

»Aber Sie haben ein Gehalt bezogen?«

Wieder stieg ihr das Blut in die Wangen, und wieder verschwand es ebenso schnell.

»Ja.«

»Verfügen Sie über eigene Mittel?«

»Nein.«

»Haben Sie eine andere Stelle in Aussicht?«

Sie schüttelte den Kopf.

»Wie hoch war Ihr Gehalt?«

»Sechzig Pfund – seit Mrs. Vanes Tod.«

Frank Abbott warf dem Chief einen kurzen Blick zu. Sechzig Pfund im Jahr – um in Kriegszeiten zurechtzukommen, in denen Löhne und Gehälter rapide nach oben geschossen waren!

»Das ist ziemlich wenig«, stellte Lamb knapp fest. »Haben Sie nie daran gedacht, um eine Erhöhung zu bitten?«

»Oh, nein!«

Hätte jemand die Muße gehabt, in Miss Silvers Richtung zu schauen, dann hätte er festgestellt, dass sie die Lippen auf eine Art zusammengepresst hielt, die Widerwillen ausdrückte. Aber sie legte eine bemerkenswerte Zurückhaltung an den Tag. Sie empfand einigen Respekt für den Chief Inspector, doch manchmal mangelte es ihm an Feingefühl. Miss Mercer war eine Dame. Und so sprach man nicht mit einer Dame. Doch sie hielt ihre Zunge im Zaum, auch wenn es ihr Kummer und Schmerz bereitete.

Lamb, der von alldem nichts merkte, setzte seine Befragung fort: »Dann darf ich wohl vermuten, dass Sie über keine großen Ersparnisse verfügen?«

»Nein.«

»Haben Sie nicht damit gerechnet, dass Sie sich irgendwann verändern würden?«

Mit leiser, müder Stimme entgegnete sie: »Man rechnet nicht mit Veränderungen – aber sie kommen trotzdem.«

Lamb nickte.

»Und das bringt uns zu unserem Ausgangspunkt zurück. Ich hatte Sie gefragt, wer in diesem Falle die Veränderung betrieben hat. War es Mrs. Latter, oder waren Sie es?«

»Es war Mrs. Latter. Ich hatte schon damit gerechnet.«

»Ich verstehe. Mr. Latter allerdings hatte den Eindruck, dass Sie diejenige waren, die eine Veränderung wünschte. Wer hat ihm das eingeredet? Mrs. Latter?«

»Ja.«

»Und Sie haben ihn nicht aufgeklärt?«

Sie schüttelte den Kopf.

»Er war sehr aufgebracht darüber, dass Sie fort wollten ... Er hat Sie sogar gebeten zu bleiben, oder? Sie ließen ihn in dem Glauben, dass Sie gehen wollten. Warum?«

Mit sanfter Stimme erklärte sie: »Es war das Beste so. Ich hätte sowieso nicht bleiben können, wenn sie mich nicht mehr hier haben wollte. Ich wollte vermeiden, dass es meinetwegen Streit gab.«

»Ich verstehe. Sie wollten nicht der Grund für eine Auseinandersetzung sein. Ist das richtig? Hatten die beiden häufiger Auseinandersetzungen?«

»Oh, nein.«

»Aber Sie dachten, über diesen Punkt würde es zum Streit kommen?«

»Ich wollte bloß keinen Ärger machen.«

Er beugte sich vor. »Miss Mercer, Sie wissen, was Montagnacht passiert ist – mit dieser Gladys Marsh im Haus dürfte wohl jeder Bescheid wissen. Sie wissen, dass Mrs. Latter in Mr. Antonys Zimmer gegangen ist und dass ihr Ehemann sie dort überrascht hat. Ich wüsste gern, wann Sie davon erfahren haben und wer es Ihnen erzählt hat.«

Die Knöchel ihrer gefalteten Hände standen weiß hervor. Sie beugte sich ebenfalls nach vorn.

»Mr. Latter hat es mir gesagt. Ich hörte Leute auf dem Gang und hab nachgeschaut. Ich sah ihn kommen. Ich dachte mir schon, dass etwas passiert sein musste. Er hat sich umgedreht und mich gesehen. Dann hat er mir erzählt, was passiert war.«

»Welchen Eindruck hat er auf Sie gemacht?«

»Er war benommen ...«, sagte sie, und ihre Stimme erstarb. Erst nach einer Weile sprach sie weiter: »Ich habe ihn dazu gebracht, auf sein Zimmer zu gehen. Ich bin nach unten gegangen, hab ihm Tee gekocht, den ich dann nach oben brachte.«

Sie blickte Lamb ernst und offen ins Gesicht. »Er war nicht böse. Es hat ihm einfach ... das Herz gebrochen.«

»Wie lange sind Sie geblieben?«

»Nicht sehr lange. Ich hoffte, er würde einschlafen.«

»Nun gut, kommen wir also zum Dienstag. Haben Sie am Dienstag noch einmal mit ihm gesprochen?«

»Er war praktisch den ganzen Tag unterwegs.«

»Aber abends ist er zurückgekommen. Haben Sie sich noch mit ihm unterhalten ... ungefähr um sieben Uhr? Als er in Ihr Zimmer kam und Sie um Tabletten bat, die ihm beim Einschlafen helfen würden?«

Sie riss die Augen auf. Nach kurzem Zögern antwortete sie: »Ich hab ihm etwas Aspirin gegeben – zwei Tabletten. Er hatte überhaupt nicht geschlafen.«

»Ja, das wissen wir. Er ist gegen sieben in Ihr Zimmer gekommen, richtig? Würden Sie uns bitte sagen, worüber Sie gesprochen haben?«

Ein Ausdruck schmerzvoller Erinnerung blitzte in ihren großen Augen auf. Sie musste sich offensichtlich zum Sprechen zwingen. Kaum hörbar erklärte sie: »Er kam herein ... nachdem er den ganzen Tag fort gewesen war. Er wirkte ziemlich ... erschüttert. Er wollte etwas, das ihm beim Einschlafen helfen würde.«

»Ja?«

»Ich hab – das heißt, ich hatte – ein kleines Medizinschränkchen in meinem Zimmer … Der Inspector hat es mitgenommen …«

»Ja, das ist richtig.«

»Jeder kommt zu mir, wenn er etwas braucht. Deswegen ist auch Mr. Latter gekommen. Ich hab ihm zwei Aspirin gegeben.«

»Das ist aber nicht alles, was passierte, oder?«, sagte Lamb und blickte sich zu Frank Abbott um. »Könnten Sie bitte Mrs. Marshs Aussage, die Sie mitgeschrieben haben, einmal vorlesen?«

»Jawohl, Sir.«

Minnie Mercer schnappte kaum hörbar nach Luft.

Frank Abbott begann mit tonloser Stimme zu lesen. Sie hörte zu, weil sie zuhören musste. Es gab keine Möglichkeit, die Ohren zu verschließen. Sie musste zur Kenntnis nehmen, dass ihre Unterhaltung mit Jimmy belauscht worden war – und zwar ausgerechnet von Gladys Marsh. Weder konnte sie diese Erkenntnis verleugnen, noch gab es einen Weg, Jimmy zu schützen. Es war, als würde sie nackt ausgezogen. Der Raum füllte sich mit einem weißen, wabernden Nebel. Sergeant Abbotts Stimme schien von weit her zu kommen.

Als Abbott seinen Vortrag endlich beendet hatte, ergriff der Chief Inspector das Wort: »Ist das ein zutreffender Bericht über das, was zwischen Ihnen und Mr. Latter gesprochen wurde?«

»Ich glaube schon …«

Erst als sie selbst die Worte hörte, wurde ihr bewusst, dass sie gesprochen hatte.

»Er ist also in den Grundzügen korrekt? Mr. Latter ging zum Schrank und nahm die Flasche mit Morphiumtabletten.

Sie sagten daraufhin: ›Oh nein … das ist Morphium! Du darfst es nicht nehmen. Es ist gefährlich‹?«

»Ja.«

»Und er antwortete: ›Solange ich schlafen kann, ist es mir egal, ob ich wieder aufwache‹?«

»Ja.«

»Nun, Miss Mercer – was haben Sie danach mit der Flasche gemacht?«

»Ich hab sie zurück ins Schränkchen gestellt.«

»Stand sie am richtigen Platz, als Mr. Latter sie herausnahm?«

»Er drehte sich einfach zu mir um und hielt die Flasche in der Hand.«

»Mrs. Marsh behauptet, Sie hätten davon gesprochen, dass die Flasche nicht an der richtigen Stelle gestanden hätte.«

Offensichtlich irritiert starrte sie ihn an.

»Ich weiß nicht mehr, was ich gesagt habe. Ich glaube, er hat sie ganz vorne vom Regal heruntergenommen. Da hätte sie nicht stehen dürfen.«

»Wie sind Sie denn überhaupt an das Morphium gekommen?«

»Es stammt alles von meinem Vater, er war Arzt. Als ich hier eingezogen bin, hab ich das Medizinschränkchen mitgebracht. Die Flasche mit den Morphiumtabletten gehörte dazu.«

»War Ihnen bewusst, dass das Morphium in dieser Dosis eine Gefahr darstellte?«

»Ja.«

»Trotzdem ließen Sie es in einem unverschlossenen Schrank, an den jeder herankonnte?«

»Nein«, sagte sie. »Ich hab den Schrank immer abgeschlossen.«

»Aber er war nicht abgeschlossen, als Mr. Latter ihn geöffnet hat?«

»Nein, ich hatte eine Feuchtigkeitscreme für Mrs. Latter herausgenommen.«

»Aber normalerweise hielten Sie den Schrank verschlossen?«

»Oh ja.«

»Und wo bewahrten Sie den Schlüssel auf?«

»In meiner Taschentuchschachtel in einer Schublade der Frisierkommode.«

Lamb schnaubte.

»Und vermutlich wusste jeder im Haus darüber Bescheid.«

Mit fester Stimme entgegnete sie: »Niemand im Haus würde an meine Schublade gehen und die Schlüssel herausnehmen.«

»Na, so sicher sind wir da leider nicht. Und Sie können mir auch nicht sagen, an welcher Stelle das Morphiumfläschchen stand, als Mr. Latter es herausnahm. Aber wahrscheinlich wissen Sie genau, wo es hätte stehen sollen.«

»Ja. Hinten auf dem Regal steht ein Pappkarton, in den die Flasche gehört.«

»Da sind Sie ganz sicher?«

»Oh ja. Ganz sicher.«

»Und dort haben Sie die Flasche auch hingestellt, nachdem Sie sie Mr. Latter abgenommen hatten?«

»Nein ... ausnahmsweise nicht.«

»Würden Sie das bitte genauer erklären?«

Sie zögerte. Diesmal allerdings nicht, weil die Erinnerung schmerzhaft war, sondern aus Unsicherheit.

»Ich glaube ... Ich wollte Mr. Latter so schnell wie möglich etwas geben. Die Flasche wollte ich mir später noch einmal ansehen, nachdem er gegangen war. Ich hab sie vorn auf dem Regal stehen lassen.«

»Und warum wollten Sie sich die Flasche näher ansehen?«

»Ich dachte ... Ich hatte den Eindruck ...« Sie verstummte.

»Sprechen Sie weiter.«

Sie warf ihm einen offenen, Mitleid erregenden Blick zu. »Ich bin mir nicht sicher.«

»Sie meinen, Sie hatten einen Eindruck, waren sich aber nicht sicher, dass er korrekt war. Ist das richtig?«

Sie entspannte sich. »Ja.«

»Nun, vielleicht könnten Sie uns diesen Eindruck schildern. Worum ging es denn?«

»Ich hatte den Eindruck, dass die Flasche nicht voll genug war.«

Lamb spitzte die Lippen, als wolle er pfeifen.

»Dass die Flasche nicht voll genug war? Woher wollten Sie das wissen?«

»Ich hab später nachgeschaut«, sagte sie. »Aber ich bin nicht ganz sicher. Seit dem Tod meines Vaters hab ich keine dieser Tabletten genommen. Bei all diesen Medikamenten – bei allen, die gefährlich waren – schrieb er die Anzahl der Tabletten auf einen Streifen Papier, den er auf die Rückseiten der Flaschen klebte. Jedes Mal, wenn er eine Tablette herausnahm, strich er die alte Zahl durch und schrieb eine neue hin, so dass er immer wusste, wie viele Tabletten gerade in der Flasche waren. Ich wollte die Tabletten zählen, um festzustellen, ob etwas fehlte. Aber als ich die Zahl auf dem Papierstreifen lesen wollte, stellte ich fest, dass sie zu verschmiert war, um sie zu erkennen.«

»Was haben Sie mit der Flasche gemacht?«

»Ich hab sie wieder in den Karton gestellt.«

»Haben Sie das Schränkchen dann verschlossen und den Schlüssel versteckt?«

»Ja, das hab ich.«

Er beugte sich vor. »Miss Mercer – hätte Mr. Latter eine der Tabletten nehmen können, ohne dass Sie es bemerkt hätten?«

Sie war so überrumpelt, als hätte er sie geschlagen. Nicht nur ihre Stimme sagte »Nein!«, ihr ganzer Körper wehrte sich.

»Nein … nein! Oh nein! – Es war nicht genug Zeit. Er ging zum Schrank, und ich folgte ihm. Ich sah, wie er die Hand mit der Flasche herauszog. Oh nein, es war überhaupt keine Zeit dazu!«

Lamb ließ sie gehen.

Als sich die Tür hinter ihr schloss, sagte er: »Ich frage mich, ob sie selbst sich das ausgedacht hat oder ob Mr. Jimmy Latter es ihr eingeredet hat.«

Miss Silver hüstelte.

»Sie beziehen sich vermutlich auf Miss Mercers Andeutung, einige der Tabletten könnten schon gefehlt haben, als sie und Mr. Latter die Flasche am Dienstagabend in die Hand nahmen?«

Lamb lachte kurz auf.

»Sie nennen es eine Andeutung – genauso gut könnte ich es ein Ablenkungsmanöver nennen. Ich bin nicht sicher, aber immerhin wäre es möglich. Ganz egal wie man es betrachtet, clever ist es auf jeden Fall. Meine einzige Frage ist: Wer ist hier clever? Wenn man sich die beiden anschaut, sollte man glauben, dass weder Mr. Latter noch Miss Mercer raffiniert genug sind. Natürlich darf man nicht vergessen, dass sie alles tun würde, um ihn aus der Schusslinie zu halten – das ist sonnenklar. Ich wünschte nur, ein paar andere Dinge wären wenigstens halb so klar. Aber wenn sie nicht tausendmal raffinierter ist, als sie aussieht, hätte sie sich diese Sache mit den fehlenden Tabletten kaum selbst ausgedacht. Es ist clever, und sie hat es uns auf clevere Art verkauft – ohne zu übertreiben. Wissen Sie, ich hatte die ganze Zeit schon den Eindruck, dass ein schlauer Kopf hinter dieser ganzen Sache steckt. Wenn Miss Mercer sich das alles nicht selbst ausgedacht hat, wüsste ich gern, wer sonst.«

Miss Silver hüstelte missbilligend.

»Sind Sie gar nicht geneigt, wenigstens die Möglichkeit in Betracht zu ziehen, dass sie die Wahrheit gesagt hat, Chief Inspector?«

32

Julia hatte eine ebenso kurze wie ärgerliche Unterredung mit Mrs. Maniple. Hatte sie erwartet, die Köchin niedergeschlagen anzutreffen, so wurde sie eines Besseren belehrt. Als sie bei der Rückkehr in ihren Herrschaftsbereich »diese Gladys Marsh« auf dem Küchentisch sitzend vorfand, verwies Mrs. Maniple sie – um ihre eigene Ausdrucksweise zu benutzen – auf ihren Platz. Trotz all ihrer Dreistigkeit hatte Gladys ihre Meisterin gefunden. Sie zog sich zurück – zwar mit einer weiteren Unverschämtheit auf den Lippen, aber doch ziemlich eilig. Polly, die sich zitternd zurückhielt, wurde in die Spülküche geschickt, um das Gemüse zu putzen. Dann schloss Mrs. Maniple die Küchentür so nachdrücklich, dass man beinahe von einem Türenknallen sprechen konnte.

Julia wurde eine derart hochmütige Begrüßung zuteil, dass sie sich wie ein Mädchen von ungefähr fünf Jahren vorkam.

»Manny, was ist passiert?«

»Ich backe einen Kuchen, Miss Julia.«

»Manny! Ich meine im Studierzimmer. Bitte erzähl es mir!«

Mrs. Maniple blickte über ihren Kopf hinweg.

»Ich wüsste nicht, was ich erzählen könnte. Ich bin reingegangen und wieder rausgekommen. Ich hab ihnen die Sache berichtet, um die Sie so einen Wirbel gemacht haben, aber was es denen oder irgendwem sonst nützt, kann ich doch nicht wissen. Aber jetzt ist es passiert. Sie können nicht behaupten, ich hätte etwas verschwiegen. Der dicke Polizist meinte, ich sollte auf dem Gelände bleiben für den Fall, dass man mich braucht. Ich hätte ihm sagen können, dass es mir nicht besonders schwer fällt, weil ich sowieso die ganze Zeit hier bin. Wie immer in den letzten fünfundzwanzig Jahren, wenn ich nicht gerade sonntags in der Kirche oder unten im Dorf war, und ab und zu auch mal in Crampton. Aber ich wollte mich nicht vor dem Polizisten erniedrigen. Dann bin ich rausgekommen, und wenn das Mittagessen versaut ist, liegt es nicht an mir. Und jetzt wäre ich Ihnen dankbar, wenn ich die Küche für mich allein haben dürfte, Miss Julia.«

Einige Zeit später traf Julia Jimmy Latter, der aus dem Garten ins Haus trat.

»Sie wollen mich wieder sprechen«, sagte er.

»Die Polizisten?«

Er nickte.

Julia spürte die Angst wie einen plötzlichen Stich. Sie konnten ihn doch nicht verhaften, oder? In diesem Albtraum gab es keine verlässlichen Orientierungspunkte. Er schloss sie alle ein und ließ ihnen keinen Fluchtweg. Jeder Pfad konnte sich unter ihren Füßen in Luft auflösen, jede Brücke ins Wanken geraten, jedes Wort und jede Handlung neues Unheil heraufbeschwören. Und ständig standen sie alle unter Beobachtung.

Mit müder und hoffnungsloser Stimme erklärte Jimmy: »Ich weiß nicht, was sie von mir wollen ... Sie haben mich ja schon alles gefragt.« Langsam ging er weiter.

Und Julia stürmte mit einem Mal im Laufschritt aus dem Haus. Wenn sie Jimmy verhafteten, wollte sie nicht in der

Nähe sein. Sie konnte es nicht mit ansehen. Sie musste Antony finden. Sie verhielt sich ziemlich kopflos und folgte nur ihrem Instinkt.

Als der Impuls schwächer wurde, schämte sie sich sehr. Kurz vor dem Rosengarten kam sie zu sich, hielt inne und schaute sich um. Es war ein wunderbarer Morgen, der Frühnebel hatte sich bereits verzogen, die Luft war frisch und zart; sie trug den Duft der Blumen und das Versprechen der kommenden Wärme mit sich. Keine Wolke stand am Himmel. Julia sah Antony auf sich zukommen. Sie wartete. Noch mitten in diesem Albtraum war wenigstens Antony real.

Als er sie erreichte, hakte er sich mit einer Hand bei ihr unter und sagte: »Was ist passiert?«

»Ich weiß nicht – ich hab Angst. Sie wollen noch mal mit Jimmy sprechen ...« Ihre Stimme erstarb. Krampfhaft griff sie nach seiner Hand. »Glaubst du ... sie wollen ... ihn verhaften?«

»Ich glaube nicht«, erklärte er bemerkenswert gelassen. »Im Augenblick nicht. Aber selbst wenn sie es täten, wäre es nicht das Ende der Welt. Jetzt schau nicht so. Ich vermute, sie wollen ihm bloß noch ein paar Fragen stellen. Da ist dieses verdammte Testament ...«

»Darüber haben sie ihn schon eine Ewigkeit ausgefragt, gleich heute Morgen, als sie gekommen sind.«

Er führte sie langsam durch den Garten. Moschusrosen in ihrer vollen frühherbstlichen Blüte standen in großen Büschen auf beiden Seiten des Weges. Rosafarbene Knospen und cremefarbene Blüten und ein himmlischer Geruch. Das alles erschien ihr unwirklich. Doch Antony war real.

Redend gingen sie auf und ab. Als sie ihm von Manny erzählte, bemerkte er: »Ich bezweifle, dass sich dadurch etwas ändern wird.«

Das machte ihr Angst, denn innerlich hatte sie darauf gebaut, und schließlich hatten Antony und sie Manny zur Aussage gedrängt. Sie hatten Manny aufgefordert, sich selbst zu beschuldigen, und wenn das nichts ändern würde, was dann? In ihrem Kopf schien alles zu verschwimmen. Ihr wurde schwindlig. Worte huschten an ihr vorbei, deren Bedeutung ihr entging.

Als sie wieder zu sich kam, bemerkte sie, dass Antonys Tonfall sich verschärft hatte.

»Er muss aufwachen. Dieses Testament hat der ganzen Sache noch die Krone aufgesetzt. Wenn er wieder rauskommt, werde ich ihn mir vornehmen. Vielleicht bleibst du besser dabei, für den Fall, dass ich Unterstützung brauche. Bis jetzt heißt es immer nur der ›arme alte Jimmy‹, und die ganze Familie schweigt und läuft um ihn herum wie die Katze um den heißen Brei. Das muss aufhören. Jimmy ist in einer verdammt gefährlichen Position. Je eher er das begreift und anfängt zu kämpfen, desto besser.«

»Was kann er denn tun?«

»Er kann aufhören, jedes Mal, wenn er den Mund aufmacht, zu wiederholen, dass Lois sich nicht umgebracht hat.«

Julia blickte ihn von der Seite an.

»Ist es denn wichtig, was er dazu sagt?«

»Natürlich ist es wichtig! Wir alle haben uns wie Idioten benommen. Wir hätten die Selbstmordthese von Anfang an unterstützen sollen. Wenn die Polizisten Manny haben gehen lassen, folgt daraus, dass sie ihr Geständnis nicht besonders ernst nehmen. Und warum? Ich glaube, aus zwei Gründen. Erstens hatte sie überhaupt keine Möglichkeit, sicherzustellen, dass Lois die Tasse mit dem Gift bekam; und sie hätte niemals riskiert, dass Jimmy daraus trank. Zweitens halten sie Jimmy für den Mörder. Wir müssen ihm endlich klarmachen, wie es um ihn steht. Er muss aufwachen und aufhören, sich ständig Vorwürfe wegen Lois' Tod zu machen. Im Moment liefert er so eine überzeugende Vorstellung eines Menschen voller Schuldgefühle und Reue, dass ich wahrscheinlich selbst darauf hereinfallen würde, wenn es nicht ausgerechnet um Jimmy ginge. Hör mal, Julia, ist es vielleicht möglich, dass das Zeug gar nicht im Kaffee war? Hatte Lois zum Abendessen etwas – irgendwas –, das niemand von euch anderen hatte?«

Sie schüttelte den Kopf.

»Die Polizei ist jeden einzelnen Bissen durchgegangen, den wir zu uns genommen haben. Der Kaffee war die einzige Möglichkeit – daran kommen wir nicht vorbei.«

Sie hatten den Knick des Weges erreicht, gleich am Rand der Rasenfläche. Jimmy Latter kam ihnen über das Gras entgegen. Er wirkte krank und sehr einsam. Als er sie erreichte, erklärte er mit stockender Stimme: »Ich weiß nicht, warum sie mich sprechen wollten. Es kommt nichts dabei heraus.«

Antony hatte Julias Arm losgelassen. Seine hochgewachsene Gestalt schien sie und Jimmy wie ein düsterer Schatten zu überragen. Er hatte die Stirn in Falten gelegt.

Mit scharfer Stimme fragte er: »Was wollten sie von dir wissen?«

»Es ging um Min, die mir ein paar Aspirin gegeben hat.«

»Wann war das?«

»Am Dienstagabend. Ich hatte in der Nacht vorher überhaupt nicht geschlafen und dachte, ich würde durchdrehen, wenn ich wieder wach liegen müsste. Aber sie wollte mir kein Morphium geben – sie sagte, es wäre gefährlich. Mir war das ganz egal ... Ich wollte nur schlafen. Sie hat es mir abgenommen und mir stattdessen die Aspirin gegeben. Davon konnte ich auch nicht besser einschlafen.«

Julia fühlte sich, als stünde sie in eiskaltem Wasser.

Antony fragte mit schneidender Stimme: »Minnie hatte Morphium in ihrem Schrank? Ihr habt darüber gesprochen, es in die Hand genommen? Ihr beide? Weiß die Polizei davon?«

Jimmy hob die vertränten, unglücklichen Augen.

»Diese Gladys Marsh hat an der Tür gelauscht. Sie hat es der Polizei erzählt.«

Antony ließ seine Hand hart auf Jimmys Schulter fallen.

»Dann wach endlich auf und kämpf! Es sei denn, du willst gehängt werden!«

Die Kälte erreichte nun auch Julias Herz. Sie bemerkte ein Zucken in Jimmys Gesicht. Dann wurde es knallrot, was noch erschütternder wirkte als die vorherige Fahlheit. Er sagte etwas Unverständliches.

Antony fuhr in schroffem Ton fort: »Meine Güte, Jimmy, siehst du denn nicht, was los ist? Da kommt eines zum anderen. Du hast eine schlimme Auseinandersetzung mit deiner Frau, und innerhalb von achtundvierzig Stunden stirbt sie an einer Morphiumvergiftung. Entweder hat sie sich umgebracht, oder einer von drei Verdächtigen ist der Mörder: Ellie – Minnie – oder du! Niemand sonst hätte es tun können, ohne zu riskieren, dass du das Zeug schluckst. Trotzdem hörst du nicht auf zu behaupten, dass ein Selbstmord nicht in Frage kommt. Und wir sollen dasselbe behaupten. Durch Lois' Testament erbst du eine Menge Geld. Und jetzt erzählst du uns, dass die Polizei eine Zeugin dafür hat, dass du und Minnie Dienstagnacht eine Flasche mit Morphiumtabletten in der Hand hattet. Wach auf, Mann!«

Jimmy Latter schien sich zu beruhigen. »Was kann ich denn tun?«, fragte er leise.

Antony nahm die Hand von seiner Schulter.

»So ist es schon besser! Bleib so! Für den Anfang könntest du damit aufhören, darauf zu beharren, dass es kein Selbstmord war.«

»Das hast du doch auch gesagt – du hast selbst gesagt, so etwas würde sie niemals tun. Ich würde meine rechte Hand dafür geben, dass ich es genau wüsste.«

»Ich war dumm«, räumte Antony ein. »Wir alle waren dumm. Und jetzt sollten wir damit aufhören, vor allem du. Das Zweite, was du tun kannst, ist denken – gründlich darüber nachdenken, wer am Mittwochabend die Kaffeetassen verteilt hat. Julia hat das Tablett mit den beiden Tassen ins Zimmer gebracht und auf den Tisch gestellt. Minnie behauptet, sie hätten noch dort gestanden, als sie vorbeikam. Sie sagt, Lois hätte Zucker hineingetan. Beide sind raus auf die Terrasse gegangen. Als Nächste kam Ellie herein. Sie sagt, sie hätte die beiden Tassen nicht bemerkt. Dann kamst du und bist ihr dort begegnet. Sie ging dann raus, um Lois und Minnie zu rufen. Also Jimmy, denk gründlich nach! Standen die beiden Tassen noch auf dem Tablett?«

Jimmy hob die Hand und rieb sich die Nase.

»Ich weiß nicht. Ich kann mich nicht erinnern. Ich glaube nicht, dass ich sie bemerkt habe. Ich hatte andere Dinge im Kopf als Kaffeetassen.«

»Gut, aber irgendwann musst du ja angefangen haben, daran zu denken – wenigstens an deine eigene. Du hast sie schließlich genommen und ausgetrunken. Das stimmt doch, oder?«

»Ich ... ich hab sie ausgetrunken. Die Tasse stand auf dem Tisch neben meinem Sessel.«

»Daran erinnerst du dich also. Und, wie ist sie dorthin gekommen? Und wann ist sie dorthin gekommen?«

Jimmy schüttelte den Kopf.

»Ich weiß nicht. Sie stand da, und ich hab den Kaffee getrunken.«

»Stand sie schon da, ehe die anderen von der Terrasse hereingekommen sind?«

»Ich weiß nicht. Ich hab mich erst in den Sessel gesetzt, als alle im Zimmer waren.«

»Was hast du solange gemacht?«

»Ich war drüben am Zeitungstisch und hab die Zeitungen durchgeblättert.«

»Mit dem Rücken zum Zimmer?«

»Ja, das nehme ich an.«

Mit verzweifelter Stimme fragte Antony: »Kannst du dich an gar nichts erinnern?«

»Ich erinnere mich, dass der Kaffee auf dem Tisch neben meinem Sessel stand und dass ich ihn getrunken habe. Sonst erinnere ich mich an nichts.«

»Du meinst, der Kaffee stand dort, als du schließlich zu deinem Sessel hinübergingst und dich setztest?«

»Das nehme ich doch an.«

Es gelang Antony nur mit Mühe, sich zu beherrschen.

»Du weißt es nicht genau?«

»Ich weiß gar nichts, außer dass ich den Kaffee getrunken hab. Und es bringt gar nichts, wenn du so auf mir rumhackst. Ich hab nicht drüber nachgedacht, was um mich herum passiert ist – ich hab gar nicht drauf geachtet. Ich wollte mir klar werden, was ich tun könnte ...«

»Tun?«

Jimmy nickte.

»Wegen Lois. Wir konnten so nicht weitermachen. Ich musste nachdenken ... mich entscheiden ...«

Antony ergriff seinen Arm.

»Um Himmels willen, sag so was nicht der Polizei!«

»Na, du hast mich doch gefragt. Darüber habe ich jedenfalls nachgedacht. Ich habe überhaupt nichts registriert, bis ich die Tasse genommen habe. Also bringt es auch nichts, mir darüber Gedanken zu machen, wie sie dort hingekommen sein könnte.«

Er legte eine Pause ein, fuhr sich mit der Hand durchs Haar und sagte, als wäre es die unbedeutendste Sache der Welt: »Morgen Nachmittag wird die offizielle Untersuchung der Todesursache stattfinden – im Bull.«

33

Irgendwann im Lauf des Nachmittags bat Miss Silver noch einmal um ein kurzes Gespräch mit Julia Vane. Tatsächlich war es ihr gelungen, sich vor und nach dem Mittagessen auch mit einigen anderen Mitgliedern der Familie zu unterhalten. Sie fand Julia allein im alten Schulzimmer. Sie trat, ihren Handarbeitsbeutel im Arm, ins Zimmer, schloss die Tür und ließ sich angeregt über die wunderbare Aussicht von den Fenstern und über die vielen ihr vertrauten Bücher in den Regalen aus.

»Charlotte Yonge – sie hat auf ganz hervorragende Weise die mittleren Jahre der viktorianischen Epoche rekonstruiert. Überaus lebensnah. Niemand sonst hat mit solcher Detailtreue die Großfamilien beschrieben, die ja heutzutage leider der Vergangenheit angehören. Wirklich höchst lebendig. *The Heir of Radclyffe* ist furchtbar traurig. Die vielen Tränen, die man dieses armen jungen Mannes wegen vergießt, sind ein deutlicher Beweis ihrer schriftstellerischen Fähigkeiten. Ich muss gestehen, dass ich eigentlich eine Schwäche für Happy Ends habe, aber man sollte nicht herumkritteln, wenn eine Geschichte so viel Zuversicht und Tapferkeit vermittelt. Ich glaube, dass man Miss Yonge eines Tages im selben Atemzug mit Trollope nennen wird, vielleicht sogar vor ihm. Wollen Sie sich nicht setzen, Miss Vane?«

Julia kam ihrer Aufforderung nach. Da sie den Tag auf irgendeine Art herumkriegen musste, war es ihr relativ gleichgültig, ob sie müßig aus dem Fenster schaute oder mit Miss Silver über viktorianische Schriftsteller diskutierte. Antony hatte Jimmy auf einen Spaziergang mitgenommen. Ellie war zu einem Besuch bei Ronnie Street aufgebrochen. Und Minnie, so hoffte Julia jedenfalls, hatte sich hingelegt. Also ließ sie sich auf dem erstbesten Stuhl nieder und schaute Miss Silver traurig an.

Die Vorliebe für Happy Ends, die sie gerade ausgedrückt hatte, äußerte sich auch in dem liebevollen Blick, mit dem Miss Silver Julia bedachte.

»Das alles ist furchtbar aufreibend«, sagte sie. »Bitte halten Sie mich nicht für unsensibel, wenn ich Sie noch einmal bitte, sich ganz auf einige Details des Mittwochabends zu konzentrieren.«

»Ich glaube nicht, dass es noch etwas gibt, was ich Ihnen nicht schon gesagt habe.«

Miss Silver hüstelte.

»Vielleicht. Aber meine lange berufliche Erfahrung hat mich gelehrt, dass diejenigen, die eine Tragödie aus nächster Nähe erleben, fast immer mehr wissen, als sie zunächst preisgeben. Manchmal wird das, was sie nicht sagen, absichtlich verschwiegen, weil sie fürchten, eine geliebte Person könne sonst in Schwierigkeiten geraten. Aber manchmal ist ihnen auch einfach nicht bewusst, dass sie etwas Wichtiges aussagen könnten. Hier in diesem Fall ist es offensichtlich, dass Informationen zurückgehalten werden. Ich kann nicht sagen, warum und von wem. Das weiß ich nicht. Aber ich bin ziemlich sicher, dass in diesem Haus … sagen wir einmal … Hinweise und Teilinformationen bekannt sind, die, würde man sie richtig zusammensetzen, die Lösung eines tragischen Problems ergäben. Ich möchte Sie bitten, mir sämtliche Details mitzuteilen, die Ihnen vielleicht bekannt sind. Bitte halten Sie nichts aus Angst zurück. Angst ist kein triftiges Motiv.«

Julia hielt die Augen fest auf Miss Silver gerichtet und erklärte: »Ich glaube nicht, dass ich irgendetwas zurückhalte.«

Miss Silver hatte zu stricken begonnen.

»Das werden wir sehen. Ich bin an allen möglichen Hinweisen interessiert, die Mrs. Latters Gemütszustand am Mittwochabend betreffen.«

»Zwischen dem Mittag- und dem Abendessen bin ich ihr gar nicht begegnet.«

»Ist sie zum Abendessen direkt aus ihrem Zimmer heruntergekommen?«

»Ja. Als Ellie die Glocke geläutet hat, hab ich mein Zimmer verlassen. Lois hat mich an der Treppe eingeholt, und wir sind zusammen nach unten gegangen.«

»Wie wirkte sie? Deprimiert ... nervös?«

»Überhaupt nicht. Sie wirkte genau wie immer.«

»Bedenken Sie bitte, dass ich nicht das Vergnügen hatte, sie kennen zu lernen. Würden Sie sich die Mühe machen, mir einen Eindruck von ihrem üblichen Verhalten zu geben?«

Julia runzelte die Stirn.

»Ich mochte sie nicht«, sagte sie geradeheraus. »Wahrscheinlich wissen Sie das. Sie haben ja die Fotos von ihr gesehen. Sie sah sehr gut aus. Alles an ihr war makellos, ihre Frisur, ihre Haut, ihre Hände – und ihr Auftreten. Sie war bis in die Fingerspitzen kontrolliert. Wenn ich wütend oder unhöflich reagiere, dann deswegen, weil ich müde oder unglücklich oder ärgerlich bin. Wenn ich mich mit jemandem streite, na ja, es passiert einfach. Lois war nicht so. Wenn sie unhöflich war, dann wollte sie unhöflich sein. So etwas passierte ihr nicht, sondern sie ließ es passieren. Vielleicht bin ich ihr gegenüber ungerecht. Man kann vielleicht nicht wirklich gerecht sein, wenn man jemanden nicht mag. Ich hab sie durch die Brille meiner Abneigung betrachtet. Und ich sag Ihnen nur, wie ich sie wahrgenommen habe.«

Miss Silver schaute nachdenklich in Julias Richtung.

»Kontrolle?«

Julia nickte.

»Ja ... ständig. Ich glaube nicht, dass sie sich jemals hat gehen lassen.«

Miss Silver hüstelte.

»Sie hat Sie also auf der Treppe eingeholt. Haben Sie mit ihr gesprochen?«

»Sie hat von Jimmy geredet.«

»Würden Sie bitte genau wiederholen, was sie gesagt hat? Wort für Wort, wenn es geht.«

Julia schob ihren Stuhl zurück. Die Szene wurde in ihrem Gedächtnis lebendig wie eine Filmszene. Die Worte kamen von selbst, und sie brauchte sie nur zu wiederholen.

»Sie sagte: ›Und wieder eine fröhliche Mahlzeit. Du wirst uns helfen müssen. Weißt du, ich mache mir wirklich Sorgen um Jimmy. Wir haben uns gestritten. Jeder im Haus dürfte das inzwischen wissen, so wie er es herauskehrt.‹ Ich hab irgendwas geantwortet, ich weiß nicht mehr was. Und sie sagte: ›Er sieht schrecklich aus. So hab ich ihn noch nie gesehen – du etwa?‹ Und ich: ›So schlimm war es noch nie.‹ Da meinte sie: ›Ich wünschte, er würde sich beruhigen. Ich kriege das kalte Grausen davon ...‹« Julia verstummte.

»War das alles?«, fragte Miss Silver.

»Ja.«

»War Ihnen die Ursache des Streits zu diesem Zeitpunkt schon bekannt? Wussten Sie von der Szene in Mister Antonys Zimmer in der Nacht von Montag auf Dienstag?«

»Nein.«

»Also dachten Sie, es ginge um eine normale Meinungsverschiedenheit?«

»Ich dachte, es ginge um das Cottage vom alten Hodson. Lois hatte eine Menge Lügen aufgetischt, um ihn aus dem

Haus zu bekommen, und Jimmy war dahintergekommen. Hodson hatte ihn auf der Straße zur Rede gestellt und ihm alles erklärt. Ich war selbst dabei.«

»Und Sie dachten, dieser Streit wäre Anlass genug für das schwere Zerwürfnis zwischen den beiden?«

»Ich dachte, er wäre Anlass genug für eine heftige Auseinandersetzung. Jimmy hasst Lügen. Und er hat Lois angebetet – er hielt sie für einen Engel. Es muss ein ziemlicher Schock für ihn gewesen sein.«

»Ich verstehe«, sagte Miss Silver und strickte schweigend weiter. Schließlich sagte sie geradeheraus: »Miss Vane, Sie sind sehr intelligent. Sie hatten Kontakt mit diesen Leuten, unmittelbar bevor der Giftmord geschah. Sie sagen, Mrs. Latter hätte gewirkt wie immer. Ging das auch während des Essens so weiter?«

»Ja. Sie hat die ganze Zeit geredet – überwiegend mit mir, teilweise auch mit Ellie.«

»Worüber hat sie gesprochen?«

»Über ein Theaterstück, das ich gesehen hatte. Sie fragte mich, ob es etwas taugte. Und ich habe mich bemüht, das Gespräch so lange wie möglich in Gang zu halten. Sie erzählte dann eine Geschichte von irgendwelchen Freunden, die ein Haus gekauft hatten und die Mieter nicht loswerden konnten. Die übliche Konversation, verstehen Sie?«

»Und Mr. Latter?«

»Er saß einfach da. Er hat weder geredet noch gegessen.«

»Aber Mrs. Latter tat beides?«

»Oh ja.«

Mit jedem Wort war die Last auf Julias Herz schwerer geworden. Sie hatte nichts verschwiegen. Und was sollte das alles nun beweisen? Konnte sie selbst glauben, dass Lois geplant hatte, sich das Leben zu nehmen? Dass sie geredet, gegessen und getrunken hatte, während sie wusste, dass sie nur noch eine oder zwei Stunden zu leben hatte? Es war unmöglich. Sie sah Jimmy vor sich – sein fahles Gesicht, seine roten Augen, die zitternde Hand, mit der er sich einen Whisky ins Glas goss. Ein Gefühl der Angst, wie sie es noch nie empfunden hatte, flutete über sie hinweg.

»Alles in Ordnung?«, fragte Miss Silver rasch.

»Ja«, sagte Julia. »Aber das ist alles. Sonst weiß ich nichts.«

Sie stand auf und verließ das Zimmer.

Einer ihrer kurzen Sätze aber leuchtete wie ein kleines, helles Licht in Miss Silvers Erinnerung.

34

In dieser Nacht wartete Miss Silver, bis im Haus Ruhe eingekehrt war. Dann stand sie aus ihrem Bett auf und lehnte die Türe an. Sollte heute Nacht wieder schlafgewandelt werden, dann wollte sie auf jeden Fall als interessierte Beobachterin dabei sein. Wäre sie in der vergangenen Nacht ein wenig früher dazugekommen, dann hätte sie es Miss Vane auf keinen Fall gestattet, sich einzumischen. Miss Mercer war von einem bestimmten Ziel geleitet worden. Es wäre sicher höchst interessant gewesen, dieses Ziel zu erfahren. Immerhin hatte es sie dazu gebracht, ihr Bett zu verlassen und die Treppe hinunterzugehen. Hätte Miss Vane an dieser Stelle nicht eingegriffen, wer weiß, wohin ihr unbewusster Plan Miss Mercer noch geführt hätte. Vielleicht in den Salon. Das jedenfalls war die Richtung gewesen, in die sie sich zuletzt orientiert hatte.

Im Licht ihrer Nachttischlampe schaute Miss Silver zur Uhr. Es war beinahe halb zwölf. Sie trug ihren Morgenmantel und hatte die Haare sorgfältig unter einem Haarnetz aufgerollt, das wesentlich fester war als das, welches sie tagsüber trug. Den Morgenmantel besaß sie bereits seit der Vorkriegszeit, ein Umstand, zu dem sie sich aus vollem Herzen gratulierte. Es würde sicher eine Weile dauern, ehe die Materialien wieder dieselbe Qualität bekamen. Die Vorkriegspreise, so war zu befürchten, würden sie nie mehr erreichen. Diese purpurrote Wolle, so leicht, so warm, so widerstandsfähig, würde sicherlich noch einige Jahre überdauern. Und die handgemachten Häkeleien, mit denen sie verziert war und die an diesem Morgenmantel bereits zum zweiten Mal zum Einsatz kamen, würden sich auch in Zukunft wieder verwenden lassen. Häkelarbeiten waren eben bemerkenswert strapazierfähig. Kein Zweifel, sie würden noch den nächsten Morgenmantel zieren. Vielleicht würde sie sich beim nächsten Mal für ein tiefes Blau entscheiden. Sie stellte ihre Pantoffeln bereit und stieg wieder ins Bett. Die Kissen arrangierte sie so, dass sie bequem aufrecht sitzen konnte. Zum Glück war ihr Gehör so exzellent, dass es sofort Alarm schlagen würde, sobald irgendeine andere Schlafzimmertür sich öffnete.

Jetzt, wo alles vorbereitet war, ging sie den Ablauf der Ereignisse gedanklich noch einmal durch. Die Entwicklung war unerfreulich und nicht gerade günstig für ihren Klienten. Der Chief Inspector war sich nicht schlüssig gewesen, ob er ihn auf der Stelle verhaften sollte. Zwar hätte sie diesen Entschluss missbilligt, doch konnte auch sie kaum leugnen, dass die Indizien sich auf immer erdrückendere Weise gegen Mr. Latter verdichtet hatten. Sie hätte dem Chief Inspector kaum einen Vorwurf machen können, wenn er sich für eine Verhaftung entschieden hätte. Stattdessen hatte er sich dazu durchgerungen, erst einmal abzuwarten, was die gerichtliche Untersuchung der Todesursache ergeben würde. Welch eine Erleichterung. Trotzdem wurde die Zeit knapp, äußerst knapp. Es wäre weitaus erfreulicher, wenn sich eine Verhaftung vermeiden ließe. Die Publicity würde äußerst schmerzhaft für Mr. Latter werden. Nun bestand nur noch die Chance, dass die heutige Nachtwache irgendetwas ans Licht bringen würde. Sie hatte keinen Zweifel, dass heimliche Gedanken und Motive eine Rolle spielten, Handlungen, die ihr bislang verborgen geblieben waren. Wie weit sie reichten, welche Bedeutung ihnen tatsächlich zukam oder noch zukommen würde, wusste sie nicht. Doch die unangenehme Ahnung, dass hier etwas verheimlicht wurde, ließ sich nicht abschütteln.

Als sie im halbdunklen Zimmer saß, das Haus ringsum in völliger Stille, konzentrierte sie ihre Gedanken nacheinander auf die Menschen, die hier lebten. Einige von ihnen schliefen. Gaben die Gedanken im Schlaf ihre Geheimnisse preis? Einige von ihnen aber waren sicher auch wach – in Angst, in Kummer, in Qualen. Miss Silver ging sie einzeln durch: Jimmy Latter, seinen Vetter Antony, Julia Vane, Ellie Street, Minnie Mercer, Gladys Marsh, Mrs. Maniple, das kleine blasse Küchenmädchen Polly Pell …

Die Uhr in der Eingangshalle schlug zwölf. Erst vier Schläge für die volle Stunde, dann nach einer Pause weitere zwölf, in gemessenen Abständen, nicht laut und aufdringlich, sondern mit leisem, tiefem Ton, der die Stille des Hauses bereicherte, ohne sie zu zerstören. Falls jemand schlief, so würde er nicht davon aufwachen. Lag jemand wach, dann würde er den Klang als angenehm und freundlich empfinden.

Von den neun Personen in Latter End zählte in dieser bewussten Nacht nur Miss Silver die zwölf Schläge. Jimmy Latter würde am nächsten Morgen berichten, dass er nicht geschlafen hatte. Es gibt einen Wach-Schlaf-Zustand, in dem das Bewusstsein zwar noch aktiv ist, aber nicht mehr der Kontrolle unterliegt. Die Gedanken treiben ziel- und ruhelos dahin. In dieser Welt zwischen Wachheit und Schlaf hatten seine Gedanken sich selbstständig gemacht und jagten nun Schatten nach – dabei waren sie selbst so umschattet, dass man nicht hätte sagen können, hinter was sie eigentlich herjagten und warum. Allgegenwärtig waren nur die Gefühle von Anspannung, Mühe, unwiderruflichem Verlust und fieberhaftem Verlangen, etwas Verlorenes zurückzuholen. Schattenspiele auf der zerbrochenen Oberfläche des Bewusstseins – gebrochene Schatten, die vorbeigingen, sich auflösten, zurückkamen ... nichts Stabiles ... nichts klar Erkennbares ... nur Schatten.

Ellie Street träumte. Mit entspanntem Körper, die linke Hand unter ihrer Wange, so wie sie schon als Kind geschlafen hatte. Ihr Traumselbst spazierte durch einen Garten. Sie erkannte den Ort nicht wieder, er wirkte ziemlich fremd. Zuerst war es sonnig und angenehm, doch nach einer Weile gelangte sie an eine hohe Dornenhecke. Da wurde ihr klar, dass sie nicht hinauskonnte. Die Hecke war sechs Meter hoch, und sie konnte nicht hinaus. Ronnie befand sich auf der anderen Seite, unerreichbar für sie. Sie versuchte, die Dornenbüsche mit ihren Händen zu durchbrechen. Die Zweige knackten wie Äste an frostigen Tagen. Sie rissen ihr die Hände auf, bis das Blut strömte. Und plötzlich waren es keine Dornen mehr, sondern Eiszapfen ... Die ganze Hecke war aus Eis. Sie stand bis zu den Knien im Schnee, und das Blut tropfte auf diesen Schnee und gefror, so dass manche Eiszapfen weiß waren, andere aber rot. Sie schaffte es nicht zu Ronnie.

Gleich neben ihr befand sich auch Julia mitten in einem Traum. Sie trug ein weißes Kleid mit langem Schleier. Sie wurde mit Antony getraut. Überwältigende Freude erfüllte sie. Antony hob gerade ihren Schleier an und beugte sich zu ihr herunter, um sie zu küssen, als ein mächtiger, heulender Windstoß sie an einen dunklen und einsamen Ort forttrug.

Jenseits der Pendeltür schlief Gladys Marsh. Sie hatte ihr

Gesicht gut eingecremt und trug Lockenwickler. Die Creme und einige andere Reste hatte sie aus Mrs. Latters Bad mitgenommen. Falls jemand fragen würde … was denn, Mrs. Latter hatte sie ihr geschenkt, und niemand konnte das Gegenteil beweisen. Gladys hatte einen höchst lebendigen und aufregenden Traum, in dem sie eine Diamantkette mit riesigen Steinen trug und auf einem hohen, kanzelartigen Podest stand und ihre Aussage vortrug. Sie sah den scharlachrot gekleideten Richter mit der riesigen grauen Perücke, wie damals bei den Bezirksgerichtstagen in Crampton. Er sah sie über seine Brille hinweg an, so wie jeder Mann ein junges Mädchen betrachtet, egal ob Richter oder Geschworener. Die Geschworenen saßen auf der anderen Seite. Auch sie sahen zu ihr herüber. Alle schauten sie an …

Auch Mrs. Maniple schlief. Sie trug ein voluminöses Kattunnachthemd mit einem annähernd fünf Meter langen Saum. Ein Furcht erregender Anblick mit Zwickeln und Stickereien. In ihren jungen Jahren war die Herstellung eines Nachthemds ein aufwändiges Projekt gewesen. Und sie machte ihre Nachthemden immer noch selbst, nach einem Muster ihrer Großmutter. Von dieser hatte sie die Einsicht übernommen, dass ein offenes Fenster nach Einbruch der Dunkelheit unweigerlich zum frühen Tode führen muss. Nachtluft war ungesund, deshalb sperrte man sie aus – mit Ausnahme der Zeit vielleicht, die sie die »Höhe« des Sommers nannte. Da es inzwischen Herbst war, hatte sie ihr Fenster hermetisch verriegelt. Das Zimmer roch stark nach Kampfer, Möbelpolitur und Lavendel.

In Mrs. Maniples Traum verwandelte sich der Geruch in eine Mischung aus Bergamotte und Rosmarin, wovon sie ein kleines Bündel in ihrer kräftigen kleinen Hand hielt. Die Hand gehörte der sechsjährigen Lizzie Maniple. Sie war heiß und plump, und die Kräuter dufteten herrlich. Die meisten

Kinder brachten Sträuße zur Sonntagsschule mit und gaben sie der Lehrerin, der alten Miss Addison. Diese lebte in einem kleinen quadratischen Haus auf der Straße nach Crampton, sie war die Tante des jungen Dr. Addison und genoss überall größten Respekt. Sie unterrichtete die Kinder im Katechismus und erwartete lange, schwierige Antworten auf Fragen wie: »Was ist meine Pflicht gegenüber meinem Nächsten?« Die Echos huschten durch Mrs. Maniples Erinnerung. »Ernsthaft zu lernen und zu arbeiten, um meinen Lebensunterhalt zu verdienen …« Diesen Teil musste Melia Parsons beantworten. »Im Leben meine Pflicht zu tun … Das hab ich immer gemacht. Egal, was die anderen sagen, das hab ich immer gemacht.« Im Traum blickte Miss Addison sie mit ihren strahlend blauen Augen an und sagte: »Nun, Lizzie …« Und die kleine Lizzie Maniple begann wie aus der Pistole geschossen: »Niemanden zu verletzen durch Worte oder Taten, keine Boshaftigkeit und keinen Hass in meinem Herzen zu tragen.«

Im Nebenraum lag Polly Pell flach auf dem Rücken. Ihr dünner kindlicher Körper zeichnete sich unter der Decke kaum ab. Ihr offenes Fenster hieß die Nachtluft willkommen. Eine leichte Brise rauschte in den Blättern eines Baumes. Das Geräusch schlich sich in Pollys Traum und wurde zum Rascheln Hunderter von Zeitungen. Sie versuchte ihnen zu entkommen, weil alle ihr Gesicht auf der Titelseite trugen, wo jeder es sehen konnte. Alle schauten sie an, alle starrten auf sie. Sie konnte es nicht ertragen … wirklich nicht. Sie versuchte zu laufen, doch ihre Füße wollten sie nicht tragen. Sie waren am Boden festgewachsen. Als sie nach unten schaute, konnte sie sie nicht mehr sehen. Sie war unfähig, sich zu bewegen. Die raschelnden Zeitungen kamen näher und näher und näher. Sie schnappte nach Luft, wachte auf und hörte das Rauschen des Windes in der Kastanie. Der Sommer hatte die

Blätter getrocknet, so dass sie in der Brise wie Papier raschelten. Ihre Stirn und ihre Hände waren feucht.

Antony träumte überhaupt nicht. Er lag in tiefstem Schlaf, der das Gestern auslöschte und das Morgen verbarg. Vielleicht gibt es etwas in uns, das nicht schläft ... einen Funken des Bewusstseins, der im Dunkel ringsum weiterglüht und von dem wir selbst nichts wissen. Könnten wir in seinem Licht sehen, so wüssten wir die tiefsten Gedanken und Beweggründe des Herzens. Manchmal überkommt uns – ohne, dass wir es sehen können – dieses Wissen im Schlaf.

Minnie Mercer träumte ...

Beim ersten Geräusch aus dem Nebenzimmer warf Miss Silver die Bettdecke zur Seite und schwang die Beine aus dem Bett. Nacheinander schlüpfte sie mit routinierten Bewegungen in ihre bereitstehenden Pantoffeln. Sie ließ die Nachttischlampe brennen und ging zur angelehnten Tür. In diesem Moment schlug die Uhr in der Eingangshalle Viertel nach zwölf. Für einen Moment überdeckte der Nachhall sämtliche anderen Geräusche. Dann aber nahm Miss Silver wieder wahr, was sie aus dem Bett getrieben hatte – das Geräusch nackter Füße auf einem polierten Boden, das Geräusch einer Hand, die über eine glatte Oberfläche strich.

Miss Silver stand auf der Schwelle ihres Zimmers und hörte Minnie Mercers Hand im Dunkeln tasten. In ihrem Traum musste es äußerst dunkel sein. In dieser Dunkelheit tastete ihre Hand nach der Türklinke. Miss Silver sah, wie sie heruntergedrückt wurde, ganz langsam. Dann öffnete sich die Tür. Miss Mercer trat heraus, barfuß und in einem weißen Nachthemd, über das ihr blondes Haar lose herunterfiel. Ihre Augen waren geöffnet und starr. Sie waren so weit offen, dass sie das Licht aus Miss Silvers Zimmer reflektierten und in intensivem Blau leuchteten. Jetzt, wo sie die Tür hinter sich gelassen hatte, ließ sie die Arme herunterhängen. Langsam schritt sie den Gang entlang und blieb einen Augenblick an der obersten Treppenstufe stehen. Dann stieg sie langsam hinab, wobei sie jeweils mit dem rechten Fuß einen Schritt machte und dann den linken nachzog, wie ein Kind, das Angst hat zu fallen. Sie berührte das Geländer nicht, sondern hielt sich in der Mitte der Stufen. Schließlich gelangte sie nach unten.

Miss Silver folgte ihr in gebührendem Abstand. Sie wollte auf gar keinen Fall in Minnie Mercers Traum eingreifen oder ihn gar unterbrechen. Miss Mercer stand jetzt ruhig am Fuß der Treppe. Vielleicht würde sie sich umdrehen, wie gestern, und zurückkommen.

Während Miss Silver nur mit Mühe wartete, hörte sie, dass sich oben eine weitere Tür öffnete. Sie legte einen Finger auf die Lippen, drehte sich um und sah Julia Vane, die über das Treppengeländer schaute. Julia nickte und kam langsam zu ihr herunter. Sie war barfuß und bewegte sich lautlos. Noch ehe sie Miss Silver erreicht hatte, setzte sich Minnie Mercer in Bewegung und ging langsam quer durch die Halle auf den Salon zu. Hier unten war es völlig dunkel. Mit jedem Schritt, den sie Miss Mercer folgten, wurde das Licht, das von oben herunterfiel, schwächer.

Miss Silver traf eine schnelle Entscheidung. Licht oder Dunkelheit hingen für die Schlafwandlerin einzig von ihrem Traum ab. Aber wenn sie selbst und Julia Vane sehen wollten, was hier passierte, dann brauchten sie Licht. Miss Silver ließ die zögernden Schritte der Schlafwandlerin hinter sich und ging geradewegs auf den Salon zu. Sie trat ein und ließ die Tür hinter sich offen. Der erste Schalter, den sie fand, tauchte den Raum in allzu grelles Licht, das jeden blenden würde, der ins Zimmer trat. Der nächste Schalter erleuchtete zwei Paare kerzenförmiger, beschirmter Lampen zu beiden Seiten des Spiegels über dem Kaminsims. Das Licht wurde vom

Spiegel reflektiert und ließ den ganzen Raum in einem goldenen Licht erscheinen.

In diesem Moment erreichte Minnie Mercer die offene Tür und blieb dort stehen. Mit verschränkten Händen blickte sie durch das Zimmer. Plötzlich sagte sie mit leiser, schmerzvoller Stimme: »Nein, nein ... Er mag ihn nicht.« Dann hob sie ihren Kopf und starrte auf die Fenster mit den zugezogenen Vorhängen. In ihrem Traum waren die Vorhänge geöffnet. Es war ein herrlicher, sonniger Abend, an dem die Glastür zur Terrasse weit offen stand. Sie sah, wie eine Gestalt hinaus auf die Terrasse ging und dann aus ihrem Blickfeld verschwand. Dann setzte sie selbst sich in Bewegung. Am Tisch entlang, auf den Julia das Kaffeetablett gestellt hatte. Dort hielt sie einen Augenblick inne, ehe sie ihren Weg fortsetzte. Eine leichte Drehung nach rechts führte sie zu Jimmy Latters Sessel. Auch hier blieb sie stehen. Neben dem Sessel stand der kleine Tisch, auf den am Mittwochabend irgendjemand Jimmys Kaffeetasse gestellt hatte. Jetzt streckte Minnie tastend ihre Hand aus. Als stelle sie eine Tasse auf den Tisch. Als nähme sie eine auf dem Tisch stehende Tasse in die Hand. Dann machte sie sich auf den Rückweg. Wieder blieb sie einen Moment neben dem Tisch stehen, auf dem sich das Tablett befunden hatte. Auch hier streckte sie die Hand aus. Sobald sie sie wieder zurückgezogen hatte, stieß sie einen tiefen, fast schon leidenden Seufzer aus. Dann sagte sie mit bebender Stimme: »Oh, Gott ... Was hab ich getan!«

Miss Silver stand vor dem Kamin. Von dort aus hatte sie die geöffnete Tür und Julia Vane im Blick, die sich mit einer Hand am Türrahmen abstützte. Sie beide konnten Minnie Mercer beobachten, und beide hatten gehört, was sie soeben gesagt hatte. Julia wirkte wie vor den Kopf gestoßen. Da Minnie sich in diesem Augenblick vom Tisch wegdrehte und auf sie zukam, zog sie sich in die Eingangshalle zurück. Als

Minnie an ihr vorbeikam, hörte sie abwechselnd ihr Seufzen und ein unverständliches Murmeln. In ihrem Traum litt Minnie Kummer, großen Kummer. Sie durchquerte die Halle, stieg die Treppe hinauf und ging durch den Korridor, von dem noch Licht herunterdrang, zu ihrem Zimmer.

Miss Silver trat aus dem Salon, schaltete das Licht aus und schloss die Tür. Sie berührte Julias kalten Arm.

»Gehen Sie wieder ins Bett, meine Liebe.«

Obwohl es dunkel war, spürte sie Julias intensiven Blick auf sich gerichtet.

»Miss Silver, sie kann es nicht getan haben!«

»Gehen Sie wieder ins Bett, meine Liebe.«

»Es ist nicht wahr!«

Mit freundlicher Stimme erklärte Miss Silver: »Was nicht wahr ist, kann weder ihr noch irgendeinem anderen schaden. Wir müssen die Wahrheit wissen – zum Wohle aller. Was heute Nacht passiert ist, hat uns meiner Meinung nach dieser Wahrheit ein Stück näher gebracht. Würden Sie mir vertrauen, wenn ich Sie darum bitte, nicht solche Angst vor der Wahrheit zu haben? Manchmal löst die Wahrheit einen Schock aus, aber es hilft keinem, wenn man sie verbirgt. Glauben Sie mir, es ist besser, die Dinge klar zu sehen, auch wenn wir dabei auf Unerwartetes stoßen. Gehen Sie wieder ins Bett. Und bitte haben Sie keine Angst. Sicher schläft Miss Mercer jetzt, und das sollten Sie auch tun.«

Julia öffnete den Mund, um etwas zu sagen, schloss ihn aber gleich wieder. Denn was konnte sie schon sagen? Es war besser, zu schweigen. Es war besser, ins Bett zu gehen und den Morgen abzuwarten. Den Morgen – und Jimmys Verhaftung? Ein anhaltendes Schaudern breitete sich langsam in ihrem Körper aus. Sie drehte sich um, ging die Treppe hinauf und betrat das Zimmer, in dem Ellie schlief.

Miss Silver folgte ihr wenig später. In ihrem Zimmer zog

sie den roten wollenen Morgenmantel aus und legte ihn ordentlich über den Sessel, auf dem ihre gefalteten Kleider lagen. Dann stellte sie die Pantoffeln Seite an Seite und stieg ins Bett. Dabei ließ sie sich viel Zeit, als wären ihre Gedanken ganz woanders. Ehe sie das Licht löschte, nahm sie die abgegriffene schwarze Bibel, in der sie regelmäßig las, und schlug Psalm 37 auf. Sie las ihn mit großer Konzentration, wobei sie dem siebten und dem fünfzehnten Vers besondere Aufmerksamkeit schenkte:

»Erzürne dich nicht über jenen, dem alles glückt auf dem Weg, über den Mann, der Böses vollführet.

Ihr Schwert aber dringt in das eigene Herz, der Bogen wird ihnen zerbrechen.«

35

Um halb sieben am nächsten Morgen klopfte Polly Pell vorsichtig an und trat ins Zimmer, um die Vorhänge aufzuziehen und das morgendliche Tablett mit Tee bereitzustellen. Das Zimmer hatte zwei Fenster, doch nur das näher am Bett gelegene war zugezogen worden. Als Polly sich umdrehte, offenbarte das hereinflutende Licht ganz deutlich, wie blass sie war. Abgesehen vom Rot ihrer Lippen war das Gesicht völlig farblos. Miss Silver, die gerade noch über den morgendlichen Tee – eindeutig ein Luxus, aber ein besonders angenehmer! – nachgedacht hatte, wandte ihre Aufmerksamkeit jetzt dem Mädchen zu. Sie hatte ihr bereits einen guten Morgen gewünscht und darauf eine schüchterne Antwort erhalten. Jetzt sagte sie: »Bitte komm einmal eine Minute zu mir!«

Polly wäre am liebsten aus dem Zimmer gelaufen, doch zwei Jahre Ausbildung unter Mrs. Maniple hatten ihre Spuren hinterlassen. Sie blinzelte ins Licht und wünschte sich, es wäre nicht so grell. Dann trat sie ans Bett und strich ihre Schürze glatt.

»Du hast geweint, Polly. Was ist denn los?«

Polly blinzelte wieder. Trotzdem fand eine Träne ihren Weg durch die Wimpern hindurch und lief ganz langsam hinunter zum Kinn.

»Es ist alles so schrecklich, Miss!«

Miss Silver musterte sie gleichermaßen freundlich wie forschend.

»Ja. Mord ist schrecklich. Aber wir alle stehen dadurch in der Pflicht. Wenn jeder seine Pflicht tut und alles sagt, was er weiß, dann wird die Wahrheit auch ans Licht kommen. Wenn jemand seine Pflicht nicht erfüllt, könnte am Ende eine unschuldige Person darunter leiden müssen.«

Sie hatte sich ganz allgemein ausgedrückt. Der Blick aber, den sie jetzt in Pollys Augen wahrnahm, erregte ihre Aufmerksamkeit. Sie sah Angst. Das Kind war krank vor Schrecken. Und so sieht kein junges Mädchen aus, es sei denn, es hätte etwas zu verbergen. Und wenn irgendetwas – abgesehen von dieser Angst – beinahe mit Händen zu greifen war, dann Pollys dringlicher Wunsch, das Zimmer möglichst schnell zu verlassen. Mit leiser, atemloser Stimme sagte sie: »Wenn Sie mich jetzt entschuldigen würden …« Dann hielt sie zitternd inne, denn Miss Silver hatte ihre Hand ergriffen.

»Setz dich, Polly. Ich möchte mit dir reden. Ja, hier auf die Bettkante. Ich werde dich nicht lange aufhalten. Und bitte hab keine Angst. Wenn du nichts falsch gemacht hast, brauchst du auch nichts zu befürchten. Das weißt du doch.«

Die ursprüngliche Träne wurde geradezu ertränkt von denen, die nun folgten. Mit erstickter Stimme fragte das Mädchen: »Es ist doch nicht wahr, dass sie Mr. Latter verhaften werden? So was können sie doch nicht tun, oder? Nicht mit Mr. Latter?«

Miss Silver hüstelte.

»Das kann ich dir nicht sagen. Wovor hast du solche Angst, meine Liebe? Vielleicht, weil du etwas weißt, das du bisher verschwiegen hast? Wenn es so ist, machst du einen großen Fehler. Kein Wunder, wenn du dich dann schlecht fühlst. Wie wirst du dich erst fühlen, wenn Mr. Latter verhaftet wird?«

Polly kämpfte gegen die Tränen an, schniefte verzweifelt und flüsterte: »Sie würden mein Foto in der Zeitung drucken ...«

»Was hast du gesagt, meine Liebe?«

»Gladys ... sagt ... das würden sie ... Gladys Marsh. Sie will ... ihr Foto ... in der Zeitung sehen. Aber ich doch nicht. Das wäre, als ob ich sterben müsste ... wenn alle mich anschauen ... und wenn ich aussagen müsste und schwören! Oh, Miss, das könnte ich nicht. Oh, Miss, zwingen Sie mich nicht dazu!«

Miss Silver tätschelte ihre Hand. Dann ließ sie sie los, zog ein sauberes Taschentuch unter ihrem Kissen hervor und reichte es Polly.

»Putz dir die Nase, mein Kind, und wisch dir die Augen. Und hör auf, an dich selbst zu denken. Wir müssen jetzt an Mr. Latter denken, der in einer sehr gefährlichen Lage ist. Und wir müssen herausfinden, ob du etwas weißt, was seine Lage weniger gefährlich machen könnte.«

Polly schnäuzte sich, tupfte ihre Augen trocken, schniefte und tupfte abermals.

»Oh, Miss.«

»Braves Mädchen. Jetzt hör mir zu. Wie würdest du dich fühlen, wenn Mr. Latter eingesperrt würde?«

»Oh, Miss.«

»Und weil du nur an dich selbst gedacht hast, hättest du ihn ins Gefängnis gehen lassen …«

Polly war sprachlos. Sie konnte nur schlucken.

»Würdest du es zulassen, dass man ihn hängt?«

Aus dem Schlucken wurde ein verzweifeltes Schluchzen. »Oh nein! Oh, Miss!«

Miss Silver ließ sie weinen, bis sie das Gefühl hatte, sie hätte genug geweint. Dann erklärte sie resolut: »Gut, meine Liebe, das müsste jetzt reichen. Das Weinen wird dir nicht helfen. Wenn du etwas weißt, das seine Verhaftung verhindern könnte, wäre es dann nicht besser, du erzählst es mir?«

Polly rieb sich die roten Augen und die Nase. Das Taschentuch war inzwischen durchnässt.

»Ich weiß nicht, ob es verhindern würde, dass sie ihn verhaften. Gladys … Sie sagt, sie will ihr Foto in der Zeitung sehen, aber … oh, Miss!«

»Darüber sollst du dir keine Sorgen machen«, entgegnete Miss Silver mit freundlicher, aber fester Stimme. »Du sollst dir Sorgen über Mr. Latter machen und mir sagen, was du weißt. Danach wirst du dich viel besser fühlen, weil du weißt, dass du das Richtige getan hast.«

Polly schluchzte ein letztes Mal. Dann sagte sie: »Ich konnte nichts dafür. Mrs. Maniple hat mich raufgeschickt.«

Miss Silver kombinierte gewöhnlich sehr schnell. In diesem Augenblick äußerst schnell. Ohne nennenswerte Verzögerung rief sie sich das Gespräch zwischen dem Chief Inspector und Mrs. Maniple ins Gedächtnis. Sie löste eine Information heraus, stellte sie in einen neuen Zusammenhang und sagte: »Mrs. Maniple hat dich am Mittwoch kurz vor dem Mittagessen hoch geschickt, um Mrs. Latter zu fragen, ob sie nach unten kommen wollte.«

Ihre Folgerung war das Resultat schneller, präziser Überlegungen. In diesem und nur in diesem Moment hatte Polly direkten Kontakt mit Mrs. Latter gehabt. In diesem und nur in diesem Moment konnte sie demnach Gelegenheit gehabt haben, etwas zu sehen oder zu hören, das die bevorstehende Tragödie vielleicht noch hätte abwenden können.

Polly starrte sie an und sagte: »Oh, ja. Genau so war es.«

Miss Silver hüstelte.

»Dann erzählst du mir besser ganz genau, was passiert ist. Nein, du wirst jetzt nicht mehr weinen. Du wirst ein vernünftiges Mädchen sein. Erzähl mir ganz genau, was du getan hast.«

Bis auf das Schniefen bekam Polly sich unter Kontrolle.

»Mrs. Maniple sagte, ich sollte raufgehen und rausfinden, ob Mrs. Latter ihr Essen oben serviert haben wollte. Also ging ich hoch und klopfte an die Tür. Zweimal hab ich geklopft, bekam aber keine Antwort. Da war so ein hämmerndes Geräusch, und es klang, als käme es aus dem Bad. Es gibt nämlich eine Tür zwischen Mrs. Latters Schlafzimmer und dem Bad. Weil es ihr eigenes Bad ist, das sonst keiner benutzt. Also hab ich gedacht: ›Na, jetzt ist sie im Bad und hämmert und kann mich nicht hören‹.«

»Wie klang dieses Hämmern denn genau, Polly? War es laut?«

»Oh, nein, Miss ... Ich konnte es gerade so hören. Aber sie war ja näher dran, und ich klopfe nicht so laut.«

Miss Silver lächelte.

»Nein, das habe ich schon bemerkt.«

Polly schniefte.

»Irgendwie kann ich das nicht ... Es kommt mir so aufdringlich vor.«

Miss Silver nickte.

»Erzähl weiter, meine Liebe, du machst das sehr gut. Du hörtest dieses Klopfen und dachtest, Mrs. Latter wäre im Bad. Was hast du dann gemacht?«

»Ich hab die Tür ein Stückchen geöffnet und reingeguckt. Mrs. Latter war nicht da. Die Tür zum Bad stand halb offen, und das Hämmern kam von dort. Ich bin also ins Zimmer gegangen, um an der Badezimmertür zu klopfen.«

»Weiter, Polly.«

Polly schaute sie mit großen Augen an.

»Ich weiß nicht, ob Sie schon mal in Mrs. Latters Zimmer waren, Miss. Der Herr von der Polizei hatte es abgeschlossen, aber seit gestern ist es wieder auf. Mrs. Huggins wird es heute sauber machen.«

»Ja, ich bin schon dort gewesen.«

»Dann wissen Sie ja, dass die eine Seite des Zimmers ganz verspiegelt ist, und auch das Bad. Mrs. Latter hat es gleich nach dem Krieg so einrichten lassen. Wenn die Badezimmertür auf eine bestimmte Art offen steht, kann man durch die Schlafzimmerspiegel ins Bad reingucken. Ich hatte gerade ein paar Schritte ins Zimmer gemacht, da konnte ich ins Bad sehen und Mrs. Latter erkennen.«

»Du meinst, du konntest ihr Spiegelbild sehen?«

»Ja, Miss.«

»Was hat sie gemacht?«

»Sie stand über die Wanne gebeugt. Ringsum gibt es eine Ablage. Darauf hatte sie ein Stück weißes Papier gelegt, zusammengefaltet, und sie hatte einen Schuh ausgezogen und mit dem Absatz auf das Papier geschlagen. Das war das Geräusch, das ich gehört hatte.«

»Ja, Polly?«

»Ich wusste nicht, was ich tun sollte. Ich dachte, besser warte ich ab. Sie hat dann mit dem Hämmern aufgehört und das Papier auseinander gefaltet. Da war ziemlich viel weißes Pulver und ein oder zwei Klumpen, die noch nicht ganz zerkleinert waren. Auf dem Rand stand eine kleine Dose, die Mrs. Latter normalerweise auf ihrer Frisierkommode aufbewahrte. Früher war es mal eine Schnupftabakdose. Sie hat sie in die Hand genommen und geöffnet, so dass ich direkt reinsehen konnte. Ein paar weiße Tabletten lagen drin. Sie hat sie rausgenommen und zu dem weißen Pulver gelegt. Dann hat sie das Papier wieder gefaltet und weiter mit ihrem Schuh bearbeitet. Ich hätte sie eigentlich nicht die ganze Zeit beobachten dürfen, Miss … Ich weiß gar nicht, was über mich gekommen ist … Irgendwie hatte ich Angst.« Sie schnappte nach Luft und spielte mit den schmalen Fingern nervös an ihrer Schürze herum. »Ich weiß nicht, was über mich gekommen ist … wirklich nicht.«

Miss Silver hustete leise.

»Wie genau konntest du Mrs. Latter denn erkennen, Polly? Hast du ihr Gesicht gesehen?«

Polly warf ihr einen ängstlichen Blick zu. Mit den Tränen schien alle Farbe aus ihren Augen und ihrem Gesicht gewichen zu sein. Nur die Spitze ihrer kleinen Nase war rot. Ihre Stimme klang rau, und die Worte kamen nur stoßweise.

»Zuerst nicht, als sie sich vorbeugte und auf den Rand hämmerte. Aber als sie fertig war und das Pulver in die Dose schüttete, da konnte ich sie sehen.«

»Welchen Eindruck hat sie auf dich gemacht?«

Polly drehte an einem Zipfel ihrer Schürze und begann zu zittern.

Miss Silver legte eine Hand auf ihr Knie.

»Meine Liebe. Wenn du ihr Gesicht gesehen hast, dann kannst du mir doch sagen, wie sie auf dich wirkte – nachdenklich – traurig – unglücklich?«

Polly hörte nicht auf zu zittern.

»Oh nein, Miss, nichts davon.«

»Sondern?«

»Oh, Miss.« Mit gebrochener, unsicherer, atemloser Stimme sagte das Mädchen: »Sie wirkte … rundum zufrieden.«

»Bist du dir da ganz sicher?«

»Oh ja, Miss. Es hat mir solche Angst gemacht ... Ich weiß gar nicht, warum.«

»Du brauchst keine Angst zu haben. Hat Mrs. Latter dich bemerkt?«

»Oh nein, Miss. Als sie das ganze Pulver in die Dose geschüttet hatte, bin ich rausgelaufen und hab die Tür zugemacht. Dann hab ich richtig laut und fest geklopft. Mrs. Latter kam an die Tür und fragte, was ich wollte. Ich sagte, dass Mrs. Maniple fragte, ob sie zum Essen nach unten kommen wollte, und sie sagte ja. Da hab ich mich schnell verdrückt. Bitte, darf ich jetzt gehen, Miss?«

Miss Silver warf ihr einen ermutigenden Blick zu.

»Nur noch eine Minute, Polly. Du sagst, dass Mrs. Latter das Pulver in die kleine Dose getan hat. Hatte sie alle Tabletten herausgenommen? War die Dose leer?«

»Ja, Miss.«

»Hast du die Dose seit Mittwoch noch einmal gesehen?«

»Nein, Miss.«

»Würdest du sie mir bitte beschreiben?«

»Sie ist nicht besonders groß, aber sehr hübsch – ungefähr fünf Zentimeter lang und an den Seiten und unten überall vergoldet. Auf dem Deckel ist ein gemaltes Bild – eine Dame, die nichts anhat außer einer Schärpe, und ein kleiner Junge mit Flügeln, der Pfeil und Bogen trägt. Das Bild ist so schön.«

»Nur noch eine einzige Frage, Polly.« Miss Silvers Stimme klang so gleichmütig, dass niemand hätte merken können, mit welcher Spannung sie auf die Antwort wartete. »Nur diese eine noch, dann kannst du gehen. Hat Mrs. Latter ein Bad genommen, bevor sie sich am Mittwochabend zum Essen umgezogen hat?«

»O nein, Miss ... Das hat sie nie gemacht. Mrs. Latter hat

immer gebadet, bevor sie ins Bett gegangen ist. Das Wasser musste extra für sie heiß gehalten werden, damit sie noch so spät baden konnte.«

»Ich danke dir, Polly«, sagte Miss Silver. Tatsächlich war sie von aufrichtiger Dankbarkeit erfüllt.

36

Kaum hatte Polly sich eilig zurückgezogen, da warf Miss Silver ihren Morgenmantel über, ging ins Studierzimmer hinunter und rief im Bull an. Frank Abbott kam an den Apparat und berichtete, dass der Chief gerade beim Frühstück saß und früh nach Crampton aufbrechen wollte, um sich mit dem Chief Constable und Inspector Smerdon zu treffen.

Miss Silver hustete auf eine Art und Weise, die ihm klar machte, dass sie nicht zum Telefon gegriffen hatte, um seiner Rede zuzuhören. In grammatisch korrektem, wenn auch mit unverkennbarem Akzent vorgetragenem Französisch informierte sie ihn, dass wichtiges neues Beweismaterial ans Licht gekommen war und dass er unverzüglich nach Latter End zurückkehren müsse.

Frank stieß einen Pfiff aus.

»Ist es wirklich so wichtig?«

Miss Silver hüstelte.

»Es entlastet meinen Klienten«, erklärte sie und hängte ein.

Sergeant Abbott erstattete dem Chief Inspector Bericht, der gerade Eier und Speck verspeiste und sich auf Toast mit Marmelade freute. Die Betten im Bull hatten Franks schlimmste Erwartungen noch übertroffen – mit verklumpten Federn gefüllte Matratzen, zu kurze Bettücher und schmale Decken. Der Speck war nicht ordentlich durchgebraten, doch die Eier, die aus dem Dorf stammten, waren immerhin frisch. Lamb war weniger pingelig als der Sergeant. Wenn er ins Bett ging, dann schlief er, und wenn er sich zum Essen niederließ, dann speiste er stets mit gutem Appetit. Als Frank jetzt auf dem Stuhl neben ihm Platz nahm, registrierte Lamb dessen Gesichtsausdruck. »Nun, was ist passiert?«

Sergeant Abbott zog eine Augenbraue hoch und sagte: »Maudie.« Nach einer spannungsgeladenen Pause fügte er hinzu. »Auf Französisch. Alles schrecklich geheim.«

Lambs strahlendes Morgengesicht verzog sich zu einer finsteren Miene.

»Was will sie?«

Frank lächelte.

»Sie, Sir – oder vielleicht sollte ich sagen: uns. Ich habe ihr gesagt, dass Sie mit dem Chief Constable verabredet sind. Sie meint, es wäre neues Beweismaterial aufgetaucht, das ihren Klienten entlastet.«

Mit seinem allertiefsten Grummeln fragte Lamb: »Hat sie gesagt, was es ist?«

»Nein, Sir.«

»Ein Windei«, schnaubte Lamb und fügte düster hinzu: »Wahrscheinlich jedenfalls.«

»Ehrlich gesagt klang es mehr nach einem Ass.«

Lamb schlug auf den Tisch.

»Weiter so – unterstützen Sie sie noch! Dafür sind Sie ja hier, was? Von wem bekommen Sie eigentlich Ihre Befehle?«

»Von Ihnen, Sir.« Franks Stimme und Gesichtsausdruck hätten nicht respektvoller sein können.

Sein Chief Inspector musterte ihn mit scharfem Blick und erklärte: »Vergessen Sie das bloß nicht, kapiert!«

»Also«, fuhr er kurz darauf fort. »Dann machen Sie sich besser auf den Weg und finden raus, was sie zu bieten hat. Ich kann gegen halb elf zurück sein. Wenn es wirklich dringend ist, können Sie mich ja anrufen – Crampton 121.«

Sergeant Abbott widmete sich seinem Frühstück, wobei er den Speck ausließ und auf Nummer Sicher ging, indem er zwei gekochte Eier bestellte. Dann machte er sich auf nach Latter End und rief wenig später den Chief Inspector an, der alles andere als erfreut reagierte.

»Also, was ist los? Ich spreche gerade mit dem Chief Constable.«

»Nun, Sir, Sie sagten, ich solle anrufen, falls die neuen Beweise wichtig sind. Sie sind wichtig. Ich denke, Sie kommen besser so schnell wie möglich her. Inzwischen kümmere ich mich um Proben eines Pulvers aus dem Badezimmer der Hausherrin, die unverzüglich analysiert werden sollten. Ich hab sie schon versiegelt, und der örtliche Constable bringt sie mit dem Fahrrad ins Labor. Wir müssen das Ergebnis haben, ehe die gerichtliche Untersuchung beginnt.«

»Höchstwahrscheinlich Zahnpulver!«

»Ich glaube nicht, Sir.«

»Tsss«, bemerkte der Chief Inspector.

37

Polly hatte ihre Geschichte jetzt zum dritten Mal erzählt, und jedes Mal hatte es ihr ein bisschen weniger ausgemacht. Wahrscheinlich hätte niemand außer Miss Silver – mit ihrer ganz speziellen Mischung aus konstanter Freundlichkeit und unerschütterlicher Autorität – durch die schützende Mauer des Schweigens, mit der sie sich zunächst umgeben hatte, zu ihr durchdringen können. Nachdem sie aber einmal geredet hatte, war es leichter, es nochmals zu tun. Sie erzählte ihre Geschichte erst Frank Abbott, dann wiederholte sie alles beinahe Wort für Wort für den Chief Inspector. Menschen, die über einen geringen Wortschatz verfügen, sind oftmals besonders detailgenau. Kinder können eine Geschichte wortwörtlich wiederholen, zum Teil deshalb, weil ihnen wenige Worte zur Variation zur Verfügung stehen. Man erinnert sich an Balladen aus grauer Vorzeit, in denen das Gold immer glänzt und die Damen immer schön sind. In einer Dorfgemeinschaft lebt solche Einfachheit des Denkens fort.

Polly erzählte ihre Geschichte mit den einzigen Worten, die sie dafür hatte. Als sie schließlich mit dem Chief Inspector sprach, wollte sie schon nicht mehr weinen, auch wenn sie noch an ihrer Schürze herumspielte. Als sie alles berichtet und Lamb ihr viele Fragen gestellt hatte, entließ er sie aus dem Zimmer und wandte sich an Miss Silver.

»Na, wenn das nicht alles über den Haufen wirft! Ich schätze, ich muss Ihnen dankbar sein, dass Sie alles aus ihr herausgeholt haben, ehe wir mit der gerichtlichen Untersuchung beginnen.«

Miss Silver hüstelte. Sie meinte, man solle es als glückliche Fügung betrachten.

Lamb musterte sie mit einer merkwürdigen Mischung aus Irritation und Respekt. Er lachte kurz und wiederholte ihre letzten Worte.

»Als Fügung betrachten? Na, davon versteh ich nichts. Es sei denn, Sie meinen, dass der Herr denen hilft, die sich selbst helfen. Darin sind Sie erstklassig, wenn ich das mal sagen darf. Aber was mich brennend interessiert: Wie sind Sie auf die Idee gekommen, dass das Mädchen überhaupt etwas zu erzählen hatte? Sie war weder in der Nähe des Salons noch hatte sie irgendwas mit Mrs. Latter zu tun. Wie sind Sie darauf gekommen, dass sie etwas wissen könnte?«

Miss Silvers Hände waren mit dem Strickzeug beschäftigt. Dereks Strumpf nahm langsam Form an.

»Sie hatte Angst.«

Lamb nickte.

»In dem Punkt sind Sie im Vorteil. Wenn wir nach einem Mord in ein Haus kommen, haben alle vor uns Angst. Alle passen auf, was sie sagen, keiner benimmt sich normal. Dann nach einer ängstlichen Person zu suchen ... Das ist wie die Nadel im Heuhaufen. Sie dagegen mischen sich unter die Familie. Man hat keine Angst vor Ihnen, weil den Leuten gar nicht klar ist, worauf Sie hinauswollen. Sie sitzen hier mit Ihrem Strickzeug, und man hat den Eindruck, als ob nichts anderes Sie interessiert. Das ist Ihr Vorteil.«

Sie neigte den Kopf zur Seite.

»Hätte Polly Ihnen den morgendlichen Tee gebracht anstatt mir, Chief Inspector, dann hätten Sie genauso schnell wie ich bemerkt, dass sie etwas zu verbergen hatte. Daran habe ich nicht den geringsten Zweifel.«

Lamb machte ein finsteres Gesicht.

»Ich mag das Zeug überhaupt nicht! Aber da sehen Sie's, es ist genau, wie Sie sagen: Sie sind im Vorteil. Frank, rufen Sie Crampton 121 an und fragen Sie, ob das Pulver schon identifiziert ist. Wenn es sich um Morphium handelt, brauchen sie sicher nicht lange.«

Er lehnte sich zurück, während Frank die Nummer verlangte und seine Frage stellte. Lamb hörte das undeutliche Geräusch der Antwort und beobachtete, wie Frank die Stirn in Falten legte. »Allerdings ...«, sagte er schließlich und: »In Ordnung, ich werde ihn gleich unterrichten.«

Dann legte er auf.

»Es ist tatsächlich Morphium.«

Miss Silvers Nadeln klapperten. Lamb hob eine Hand und ließ sie wieder auf sein Knie fallen.

»Dann hat sie Selbstmord begangen. So was! Nicht zu fassen!«

Miss Silver ließ ihr markantes Hüsteln hören.

»Ich glaube, es wäre nicht schlecht, wenn Sie einmal mit Miss Mercer sprächen.«

Lamb wandte ihr das Gesicht zu.

»Miss Mercer? Was hat Miss Mercer damit zu tun?«

Miss Silver strickte ungerührt weiter.

»Ich möche ihr gern in Ihrer Gegenwart einige Fragen stellen, wenn Sie nichts dagegen haben.«

Auch Frank Abbott musterte sie. In seinen Augen funkelte es. »Sie können doch nicht ein Ass nach dem anderen aus dem Ärmel ziehen«, murmelte er.

Miss Silver lächelte nur und ließ ihre Nadeln weiter klappern.

»Nehmen Sie den Mund nicht so voll, mein Junge!«, bemerkte Lamb groß. »Sehen Sie lieber zu, dass Sie sie herbringen!«

Als die Tür wieder geschlossen war, bekam auch Miss Silver ihren Tadel ab: »Als ich Ihnen erlaubt habe, an diesem Fall mitzuarbeiten, bin ich davon ausgegangen, dass Sie keine Beweise vor der Polizei zurückhalten.«

Gelassen begegnete sie seinem unwirschen Blick.

»Aber ich habe nichts zurückgehalten, Chief Inspector. Pollys hat ihre Aussage erst heute Morgen gemacht. Danach habe ich sofort angerufen. Und der Vorfall, über den ich Miss Mercer befragen möchte, hat sich mitten in der Nacht ereignet. Ich habe absichtlich damit gewartet, sie darauf anzusprechen, weil ich es in Ihrer Gegenwart tun wollte.«

Er öffnete den Mund, um zu antworten, brachte aber nur ein resigniertes »Tsss« heraus. Miss Silver wandte sich wieder ihrer Handarbeit zu. Schließlich öffnete sich die Tür, und Minnie Mercer trat ein, gefolgt von Frank Abbott. Sie wirkte deutlich angegriffener als am Tag zuvor. Wenn es überhaupt möglich war, zeigte sich noch weniger Farbe in ihren sanften müden Augen und der bleichen Haut. Die Ringe unter ihren Augen waren tiefer und sahen beinahe aus wie Blutergüsse. Sie setzte sich an die Querseite des Tisches, faltete die Hände im Schoß und schaute zum Chief Inspector hinüber. Der schüttelte den Kopf.

»Miss Silver ist es, die Sie gern zu einer Sache befragen würde.«

Minnie Mercer drehte sich auf ihrem Stuhl so weit herum, bis ihr Rücken an der Armlehne Halt fand. Sie wirkte, als hätte sie eine Stütze dringend nötig. Frank Abbott vermutete, dass sie ohne die Lehne wahrscheinlich längst zu Boden gerutscht wäre. Sie bedachte Miss Silver mit dem gleichen ahnungslos fügsamen Blick, den sie auch dem Chief Inspector geschenkt hatte.

Miss Silver ließ sie nicht lange warten. In äußerst freundlichem und sanftem Ton fragte sie: »Miss Mercer, wissen Sie eigentlich, dass Sie manchmal schlafwandeln?«

Sie war offenkundig verblüfft. Ein leises Zittern durchfuhr sie. Mit stockender Stimme antwortete sie: »Als ich ein Kind war, hab ich das getan ... nach einer längeren Krankheit. Ich wusste nicht, dass ich es immer noch tue.«

Ohne von ihrem Strickzeug abzulassen, sagte Miss Silver: »Sie haben es in den letzten Tagen zweimal getan – in der vorletzten und in der letzten Nacht.«

»Das wusste ich nicht«, erklärte sie mit so leiser Stimme, dass ihre Worte kaum zu verstehen waren.

»Beim ersten Mal ist Miss Vane Ihnen hinunter in die Halle gefolgt. Sie hat einen Arm um Sie gelegt und Sie zurück auf Ihr Zimmer gebracht. Ich habe vom Treppenabsatz aus zugesehen. Sie war sehr sanft und vorsichtig, so dass Sie nicht aufwachten. Aber unmittelbar bevor Sie sich wieder ins Bett legten, sagten Sie mit sehr angespannter Stimme: ›Was habe ich getan!‹«

Lamb saß so, dass er beide Frauen beobachten konnte. Seine Stirn lag immer noch in Falten, aber die Art des Stirnrunzelns war inzwischen eine andere. Sie verriet nicht mehr Ärger, sondern Konzentration. Er bemerkte das leichte Zittern, das Minnie Mercer abermals durchfuhr. Sie sagte kein Wort.

»Letzte Nacht sind Sie wieder schlafgewandelt«, fuhr Miss Silver fort. »Sie sind hinunter in die Halle gegangen, und genau in diesem Augenblick kam Miss Vane aus ihrem Zimmer. Als sie uns erreichte, gingen Sie gerade quer durch die Halle auf den Salon zu. Als mir klar wurde, wohin Sie wollten, bin ich vorausgegangen und habe das Licht eingeschaltet. Sie brauchten keine Beleuchtung, aber Miss Vane und ich mussten Sie beobachten können. Sie träumten. Miss Mercer, erinnern Sie sich an Ihren Traum?«

»Ich … weiß nicht …«

»Ich werde Ihnen sagen, was Sie taten. Sie blieben stehen und schauten in den Salon. Sie wirkten sehr angespannt und sagten: ›Nein, nein … Er mag ihn nicht!‹ Dann gingen Sie zu dem kleinen Tisch in der Mitte des Zimmers. Auf diesem Tisch hatte Miss Vane am Mittwochabend das Kaffeetablett abgestellt.«

»Ja …«, sagte Minnie Mercer gerade eben hörbar.

»Sie streckten die Hand nach dem Tisch aus. Dann drehten Sie sich ein wenig nach rechts und gingen auf Mr. Latters Sessel zu. Auf dem Tisch direkt daneben stand am Mittwochabend seine Kaffeetasse. Sie streckten wieder die Hand aus. Sie streckten sie aus, als würden Sie etwas tragen – Sie streckten sie aus, als würden Sie etwas abstellen. Miss Mercer – haben Sie am Mittwochabend eine Kaffeetasse vom Tablett genommen und hinüber zum Tisch neben Mr. Latters Sessel gebracht?«

Minnie blickte sie mit weit aufgerissenen Augen an. Sie

antwortete mit demselben Flüstern wie zuvor. Für die anderen klang es nach einem »Ja …«

»Als Sie die Tasse vom Tablett nahmen, standen dort zwei Tassen oder bloß eine?«

»Eine …«, sagte Minnie.

»Als Sie zum Tisch neben Mr. Latters Sessel gingen, stand dort bereits eine Tasse?«

»Ja …«

»Was haben Sie gemacht?«

»Ich hab die Tassen ausgetauscht.«

»Sie stellten die Tasse vom Tablett hin und nahmen die andere in die Hand?«

»Ja … Ich hab die Tassen ausgetauscht.«

»Würden Sie uns bitte sagen, warum Sie das taten?«

Ein langes Seufzen entfuhr ihrer Brust.

»Ja … das kann ich Ihnen sagen. Oh, ich wollte nicht, dass Jimmy etwas davon erfährt … Aber es lässt sich nicht mehr ändern …«

Lamb sagte: »Miss Mercer, es ist meine Pflicht, Sie darauf hinzuweisen, dass alles, was Sie sagen, als Beweis gegen Sie verwendet werden kann.«

Sie warf ihm einen flüchtigen Blick zu und schüttelte den Kopf. »So war es nicht. Ich werde Ihnen sagen, wie es war.«

Frank Abbott nahm seinen Block und begann zu schreiben.

Sie sprach mit ruhiger, beinahe erleichterter Stimme, offenbar erschöpft, aber jetzt deutlich verständlich.

»Bei meiner Aussage hab ich nichts gesagt, das nicht stimmte. Ich hab nicht alles gesagt, weil ich nicht wollte, dass Jimmy davon erfährt. Als ich am Mittwochabend zur Tür des Salons kam, stand Mrs. Latter bei dem Tablett – genau wie ich in meiner Aussage erklärt hab. Ich hatte den Eindruck, sie täte Zucker in eine der Tassen – das hab ich wirklich gedacht. Sie schüttete ihn aus einer kleinen verzierten Schnupftabakdose, die ihr gehörte. Ich hätte nie gedacht, dass es etwas anderes als Zucker sein könnte, oder Glukose – eines von beiden. Ich dachte, es wäre vielleicht irgendein neumodischer Süßstoff. So war sie, verstehen Sie? Sie hat immer irgendwas Neues ausprobiert. Und manchmal versuchte sie abzunehmen – ich dachte, es hätte vielleicht damit zu tun. Sie schüttete alles in die Tasse und rührte um. Dann tat sie noch zwei Zuckerwürfel dazu und rührte noch einmal um. Schließlich nahm sie die kleine Cognacflasche und goss einen ordentlichen Schluck dazu. Ich dachte, es wäre ihre eigene Tasse, aber sie stellte sie neben Jimmys Sessel. Ich wusste, dass es ihm nicht schmecken würde.« Sie machte eine Pause und schloss für einen Moment die Augen. »Er mag es nicht zu süß – er nimmt nicht mehr als ein Stück Zucker in den Kaffee oder Tee. Ich dachte, das sollte Mrs. Latter eigentlich wissen. Ich dachte, sie müsste es wissen. Jeder wusste, wie sehr er den türkischen Kaffee hasste und dass er ihn überhaupt nur trank, weil sie gesagt hatte, jemand versuche sie zu vergiften. Das wusste jeder im Haus. Ich habe gedacht, sie hätte all den Zucker mit Absicht in seine Tasse getan – um ihn völlig ungenießbar zu machen. Das konnte ich nicht ertragen. Deshalb hab ich die Tassen vertauscht.«

Mit fester Stimme fragte Lamb: »Sahen Sie, wie sie irgendetwas in die andere Tasse getan hat?«

»Nein.«

Er beugte sich vor, die Hände auf die Knie gestützt.

»Sie sagen, sie hätte dieses Pulver aus einer verzierten Schnupftabakdose in die Tasse geschüttet. Können Sie diese Dose beschreiben?«

»Oh ja. Eine französische Dose – 18. Jahrhundert, glaube ich. Ungefähr fünf Zentimeter lang und nicht ganz so breit, vergoldet, mit einem auf Porzellan gemalten Bild von Venus und Cupido.«

»Hm«, sagte er. »Was hat sie mit der Dose gemacht?«

»Mit der Dose?«

»Ja. Konnten Sie sehen, was sie mit der Dose gemacht hat?«

Eine erwartungsvolle Stimmung füllte den Raum. Frank Abbott hielt seinen Stift bereit. Miss Silver unterbrach ihr Stricken.

»Ja«, sagte Minnie Mercer schließlich. »Ich hab gesehen, wohin sie sie gelegt hat. Sie hielt die Kaffeetasse in der rechten und die Dose in der linken Hand. Als sie den Kaffee abgestellt hatte, nahm sie ein paar von den getrockneten Rosenblättern aus der Schüssel auf dem Tisch und legte sie in die Dose. Dann öffnete sie die Schublade am Tisch und legte sie hinein.«

»Was dachten Sie in dem Moment?«

Ohne zu zögern antwortete sie: »Ich dachte überhaupt nichts ... In dem Moment nicht ... aber nachher ...«

»Darauf komme ich noch«, sagte Lamb. »Miss Mercer, wann genau wurde Ihnen klar, was Sie getan hatten?«

»Sobald ich wusste, dass Mrs. Latter tot war.«

»Vorher nicht?«

»Oh nein, wie denn auch?«

»Es hätte Ihnen doch auffallen können, dass sie krank war ... schläfrig ... müde.«

Sie schüttelte den Kopf.

»Nein ... dazu gab es keine Gelegenheit. Ich war ... ziemlich müde. Sobald sie den Kaffee ausgetrunken hatten, nahm ich das Tablett und spülte die Tassen. Ich ging nicht mehr zurück in den Salon, sondern gleich hoch ins Bett.«

»Ja, natürlich. Sie haben die Tassen gespült. Ist Ihnen nichts dabei aufgefallen – irgendwelcher Bodensatz in einer der Tassen?«

»Nein«, sagte sie. »Es war doch türkischer Kaffee, da gibt

es immer diesen Bodensatz. Deshalb ist mir überhaupt nichts aufgefallen.«

»Sie haben nichts Ungewöhnliches bemerkt?«

»Nein.«

»Und dann gingen Sie zu Bett. Haben Sie gleich geschlafen?«

»Ja ... ich war sehr müde.«

»Wovon sind Sie später wach geworden?«

»Vom Durcheinander im Haus, nachdem Julia reingekommen war und Mrs. Latter gefunden hatte.«

»Waren Sie unten, als der Arzt kam?«

»Ja.«

»Und später, als Inspector Smerdon eintraf?«

»Ja.«

»Und zu dieser Zeit war Ihnen schon klar, dass Mrs. Latter den Kaffee getrunken hatte, den sie ihrem Mann zugedacht hatte?«

Einen Moment lang sah es so aus, als würde sie gleich in Ohnmacht fallen. Dann sagte sie mit kaum hörbarer Stimme: »Es wurde mir ... langsam ... klar ...«

Er warf ihr einen tadelnden Blick zu.

»Warum haben Sie denn nicht den Mund aufgemacht und gesagt, was Sie getan hatten? Sie haben behauptet, Sie hätten bei Ihrer Aussage nicht die Unwahrheit gesagt. Aber wenn man solche wichtigen Beweise verschweigt, kommt es der Unwahrheit reichlich nahe. Warum haben Sie nicht einfach gesagt, was Sie wussten, und uns allen damit eine Menge Ärger erspart?«

Das Blut schoss Minnie Mercer ins Gesicht. Sie setzte sich gerade auf.

»Man kann nicht zurücknehmen, was man einmal gesagt hat. Ich musste nachdenken. Aber je mehr ich nachgedacht habe, desto weniger wusste ich, was ich tun sollte. Ich musste darüber nachdenken, was das Beste für Jimmy wäre.«

Miss Silver hüstelte.

»Die Wahrheit ist immer das Beste. Die Unwahrheit hilft letztlich niemandem.«

Minnie reagierte nicht darauf.

»Ich musste an Jimmy denken. Ich dachte, es würde ihn umbringen, wenn er wüsste, dass seine Frau versucht hatte, ihn zu vergiften. Ich hatte Angst, er könnte etwas Schreckliches tun. Und dann hatte ich Angst davor, was er vielleicht tun würde, wenn er glaubte, sie hätte sich umgebracht – er hätte sicher geglaubt, es wäre seine Schuld. Am Ende bekam ich Angst, Sie könnten ihn verdächtigen. Ich hab keinen Ausweg gesehen – ich wusste einfach nicht, was ich tun sollte.«

Frank Abbott schrieb alles auf. Lamb drehte sich zu ihm um.

»Gehen Sie rüber in den Salon und sehen Sie nach, ob die Dose dort ist, wo sie laut Miss Mercers Aussage sein müsste!«

38

Jimmy Latter nahm es schwer auf. Doch obwohl die Enthüllungen alles zum Einsturz brachten, was er jemals über Lois geglaubt und gedacht hatte, lag darin auch ein Rest Hoffnung für die Zukunft. Kein Mann kann sich sentimental an das Andenken einer Frau klammern, die versucht hat, ihn zu vergiften. Es war ein ungeheuerlicher Schock zu erfahren, was sie getan hatte. Dieser Schock schlug seine ganze Ehe und all die Erinnerungen so gründlich in Stücke, dass nichts davon übrig blieb. Bald, wenn erst der Schutt und die Ruinen zur

Seite geräumt wären, könnte das Fundament zum Vorschein kommen, auf dem sich wieder aufbauen ließe. Selbst jetzt schon, in diesen allerersten Stunden, war ein leiser Unterton der Erleichterung spürbar. Wie so vieles, war jetzt auch die Angst verschwunden, die ihn gelähmt hatte. Er war es nicht gewesen, der Lois in den Tod getrieben hatte.

Die gerichtliche Untersuchung wurde um vier Uhr nachmittags eröffnet. Der Coroner – der alte Dr. Summers – behielt die Angelegenheit jederzeit im Griff. Er war vorher mit Chief Inspector Lamb zusammengetroffen und hatte festgestellt, dass sie beide in der Sache übereinstimmten. Die Beweisaufnahme würde sich auf das Notwendigste beschränken, und niemand sollte Gelegenheit für sensationelle Auftritte haben. Ihm zur Seite stand eine nüchterne Jury – überwiegend ortsansässige Bauern, dazu der Besitzer des Bull, eine unverheiratete Hundezüchterin in den mittleren Jahren sowie ein oder zwei Händler. Der Dorfsaal war gerammelt voll, und die Reporter drohten vom Andrang der interessierten Dorfbewohner beinahe erstickt zu werden. Die Luft im Saal war ebenso erhitzt wie die Gemüter, und das Thermometer stieg unaufhörlich. Der Geruch von Lack vermischte sich mit dem Schweißgeruch von Menschen.

Polizeiliche und gerichtsmedizinische Beweise zuerst. Keine Zweifel an der Todesursache: Morphium. Die hohe Dosis wurde besonders hervorgehoben.

Dann rief Dr. Summers Jimmy Latter auf.

»Sie waren seit zwei Jahren verheiratet?«

»Ja.«

»Verstanden Sie sich gut mit Ihrer Frau?«

Von der anderen Seite der Kluft, die sich in seinem Leben aufgetan hatte, antwortete Jimmy Latter: »Ja.«

»Aber in dieser Woche hatten Sie eine schwerwiegende Auseinandersetzung?« Dr. Summers rückte seinen Kneifer zurecht und fügte bestimmt hinzu: »Ich habe nicht vor, näher nach der Ursache dieses Streits zu forschen, aber ich sehe es als meine Pflicht an, Sie zu fragen, ob er tatsächlich besonders schwerwiegend war.«

Da das ganze Dorf dank Gladys Marsh ohnehin schon wusste, dass Mrs. Latter mitten in der Nacht von ihrem Mann im Schlafzimmer Antony Latters überrascht worden war und dass Mr. Antony sie abgewiesen hatte – so ein netter Gentleman, und er war ja auch verlobt mit Miss Julia –, besaßen die Anwesenden genug Insiderwissen, um Jimmy Latters knappe Antwort aus vollem Herzen zu billigen: »Ja.«

Ein Murmeln geflüsterter Kommentare erfüllte den Raum, bis Dr. Summers wieder die Initiative ergriff.

»Würden Sie die Auseinandersetzung als so schwerwiegend bezeichnen, dass sie zu einer Trennung hätte führen können?«

»Ja«, sagte Jimmy Latter. Dann wurde er kurz nach den Ereignissen des Mittwochabends gefragt und entlassen.

Als Nächste wurde Julia aufgerufen, um zu beschreiben, wie sie die zusammengebrochene Lois Latter gefunden hatte.

Dann kam Polly Pell.

Beim vierten Vortrag hatte es den Anschein, als erzähle sich ihre Geschichte inzwischen von selbst. Mit ihrer Kinderstimme, leise und schüchtern, aber doch hörbar, beschrieb sie die Szene im Badezimmer. Der Coroner erklärte, sie mache ihre Sache als Zeugin wirklich gut. Man zeigte ihr die Schnupftabakdose, die sie beschrieben hatte, und ohne Zögern sagte sie: »Ja, das ist sie.« Am Ende stellte der Coroner dieselbe Frage, die schon Miss Silver gestellt hatte: Hatte sie Mrs. Latters Gesicht gesehen, konnte sie ihren Gesichtsausdruck beschreiben? Sie gab dieselbe Antwort.

»Oh ja, Sir. Sie wirkte rundum zufrieden.«

Die dicke Luft im Saal geriet in Bewegung. Alle Anwesenden außer den Herren von der Presse hatten Lois Latter gekannt, jedenfalls vom Sehen. Die meisten hatten unter irgendwelchen Umständen auch mit ihr gesprochen. Alle wussten von der verspiegelten Wand in ihrem Bad und Schlafzimmer in Latter End, und allgemein hielt man nicht viel davon. Sie alle sahen sie im Geiste vor sich, so wie Polly sie im Glas des Badezimmerspiegels gesehen hatte: die schöne Mrs. Latter, wie sie mit dem Absatz ihres Schuhs auf ein gefaltetes Stück Papier einschlug und »rundum zufrieden« wirkte. Den Phantasiebegabteren im Publikum bereitete dieses Bild einen eigenartigen Nervenkitzel. Polly ging zurück zu ihrem Platz.

Der Coroner rief Minnie Mercer auf.

Sie besaß kein schwarzes Kleid, das sie für Lois Latter hätte tragen können, aber sie hatte das dunkelste Kleid angezogen, das sie besaß, dasselbe marineblaue, das sie den ganzen Sommer über getragen hatte, wann immer es warm genug gewesen war. Dazu den dunkelblauen Strohhut, in dem das Dorf sie seit April an jedem freundlichen Sonntag in der Kirche gesehen hatte. Zwischen Kleid und Hut wirkte ihr Gesicht so schmal und blutleer, dass der Coroner sie besorgt musterte. Er war ein Freund ihres Vaters gewesen, und es hatte eine Zeit gegeben, irgendwann vor rund vier Jahrzehnten, zu der sie häufig auf seinem Knie gesessen und in seiner Westentasche nach Pfefferminzbonbons gesucht hatte.

Er führte sie sehr sanft durch ihre Geschichte. Zuerst ging es um das Morphium.

»Es stammte noch aus den Medikamentenbeständen Ihres Vaters?«

»Ja.«

»Wo bewahrten Sie es auf?«

»In einem Medizinschränkchen in meinem Zimmer.«

»Hielten Sie diesen Schrank verschlossen?«

»Ja.«

»Und wo bewahrten Sie den Schlüssel auf?«

»In der Schublade meiner Frisierkommode.«

Ihre Stimme wirkte ähnlich leblos wie ihr Gesicht. Aber man konnte sie verstehen.

»Haben Sie bemerkt, dass die Flasche mit den Morphiumtabletten herausgenommen worden war?«, fuhr der Coroner fort.

»Mr. Latter kam zu mir und bat mich um etwas, das ihm beim Einschlafen helfen würde. Der Schrank stand offen, weil ich vorher eine Gesichtscreme herausgenommen hatte. Er griff zuerst nach der Morphiumflasche, aber ich nahm sie ihm weg und sagte ihm, die Tabletten seien gefährlich. Ich glaube, sie standen ganz vorne auf dem Regal, als er danach griff, anstatt weiter hinten in einer Kiste.«

»Sahen Sie, wie Mr. Latter die Flasche in die Hand nahm?«

»Ja.«

»Und er nahm nichts heraus?«

»Oh nein, er griff bloß danach. Ich nahm sie ihm sofort ab.«

»Als Sie die Gesichtscreme herausholten, fiel Ihnen da auf, dass besagte Flasche nicht an der richtigen Stelle stand?«

»Nein. Sie stand zusammen mit mehreren anderen dieser kleinen Flaschen auf einem anderen Bord. Erst als Mr. Latter sie in der Hand hielt, fiel es mir auf.«

»Bemerkten Sie etwas Ungewöhnliches an dieser Flasche, nachdem Sie sie Mr. Latter abgenommen hatten?«

»Sie kam mir weniger voll vor, als sie hätte sein sollen. Ich war aber nicht sicher, weil ich schon länger nicht mehr danach gesehen hatte. Aber sie schien mir weniger voll als vorher.«

»Was gaben Sie Mr. Latter zum Einschlafen?«

»Zwei Aspirin.«

»Und danach schlossen Sie den Schrank ab?«

»Ja.«

»Und legten den Schlüssel an den üblichen Ort?«

»Ja.«

»Sah er, wo Sie ihn hinlegten?«

»Oh nein.«

»Und wann hat sich all das abgespielt?«

»Am Dienstagabend.«

»Also gut vierundzwanzig Stunden vor Mrs. Latters Tod?«

»Ja.«

Dr. Summers rückte seinen Kneifer zurecht.

»Dann kommen wir nun zu den Ereignissen des Mittwochabend. Würden Sie uns bitte berichten, was Sie sahen und was Sie taten, als Sie nach dem Abendessen in den Salon kamen?«

Mit derselben toten Stimme wiederholte sie die Geschichte, die sie Lamb bereits am Vormittag erzählt hatte. Die Geschworenen konnten sich ausmalen, wie sie in der Tür zum Salon stand und Lois Latter dabei beobachtete, wie sie weißes Pulver aus einer französischen Schnupftabakdose in eine der Kaffeetassen auf dem Tablett schüttete. Sie konnten sich auch ausmalen, wie der Kaffee umgerührt, mit Würfelzucker und Cognac ergänzt und zum Tisch neben Jimmy Latters Sessel getragen wurde. Sie sahen im Geiste vor sich, wie die Dose mit Rosenblättern gefüllt und in die Tischschublade gelegt wurde.

Im Saal war es totenstill. Jedes der leisen Worte traf auf die Stille wie ein Stein auf die ruhige Oberfläche des Wassers. An diesem heißen, stickigen Nachmittag zitterte mehr als einer im Publikum oder fühlte einen kalten Tropfen langsam den Rücken hinunterlaufen. Sie alle kannten Mr. Jimmy. Die älteren von ihnen kannten ihn so lange, wie ihre beziehungsweise seine Erinnerung zurückreichten. Und ausgerechnet Mr. Jimmys Ehefrau hatte das weiße Pulver in die Tasse geschüttet und diese so gestellt, dass er sie nehmen und daraus trinken sollte.

Die Stille hielt an, während Minnie Mercer dem Coroner, den Geschworenen und allen im Saal berichtete, wie sie die Tassen vertauscht hatte. Sie alle kannten auch Miss Minnie. Sie hatte ihre Kinder in der Sonntagsschule unterrichtet, sie war in ihren Häusern als Freundin ein und aus gegangen, seit sie ein Kind war. Den Hintergrund für ihren Bericht bildete das Leben, das sie vor ihren Augen achtundvierzig Jahre lang gelebt hatte. Das Licht, das einen Herrscherthron anstrahlt, ist nichts gegen das Licht, das die Verhältnisse in einer Dorfgemeinschaft beleuchtet. Keinem Einzigen der Dorfbewohner wäre je in den Sinn gekommen, dass Miss Minnies Bericht irgendetwas anderes sein könnte als die reine Wahrheit. Es wäre auch dem Coroner nicht in den Sinn gekommen, aber er stellte noch einige Fragen, um die Angelegenheit auch für die Gentlemen der Presse in aller gebotenen Klarheit zu beleuchten.

»Ist Ihnen nicht in den Sinn gekommen, dass das Pulver, das Mrs. Latter in den Kaffee getan hat, etwas anderes als Zucker hätte sein können?«

»Ich dachte, es wäre Zucker, oder irgendein Süßstoff … wie Sacharin. Sie hat manchmal Schlankheitskuren gemacht. Ich dachte, sie würde ihren eigenen Kaffee süßen … sie trank ihn normalerweise ziemlich süß.«

»Und als sie ihn neben Mr. Latters Platz gestellt hat, was dachten Sie da?«

Zum ersten Mal stockte ihre Stimme.

»Ich dachte … Sie war böse auf ihn. Ich dachte, sie hätte … es absichtlich getan. Er mag nicht mehr als ein Stück Zucker in seinem Kaffee. Deshalb hab ich die Tassen vertauscht.«

»Das war der einzige Grund?«

»Ja.«

Dann sollte sie die Schnupftabakdose identifizieren.

»Ist das die Dose, aus der das Pulver in den Kaffee geschüttet wurde und die Mrs. Latter anschließend mit Rosenblättern gefüllt hat?«

Sie lag auf dem Tisch zwischen ihnen und glänzte mit ihrer Vergoldung und dem bemalten Deckel – eine kokette französische Venus mit einem schwebenden blauen Band und Rosen im Haar; ein lachender Cupido, der mit Spielzeugpfeil und -bogen zielte. Ein hübsches Accessoire zum Aufbewahren eines tödlichen Giftes.

Minnie schaute es kurz an und sagte: »Ja.«

Der Polizeilaborant, der noch einmal gerufen wurde, sagte unter Eid aus, die Dose untersucht und dabei Reste eines weißen Pulvers an den Seiten und am Boden der Dose unter den Rosenblättern gefunden zu haben. Spuren von Morphium waren entdeckt worden. Das Pulver war identisch mit den Resten aus Mrs. Latters Badezimmer.

Weitere Zeugen wurden nicht gehört.

Der Coroner fasste alles knapp zusammen. Die Geschworenen zogen sich zurück. Die Ruhe im Saal hatte ein Ende.

Die Bewohner von Latter End schwiegen, während die Leute aus dem Dorf sich unterhielten. Nicht einmal untereinander sprachen sie ein Wort. Julia warf Minnie einen schnellen Blick zu und hoffte, sie würde nicht in Ohnmacht fallen. Jimmy Latter schaute niemanden an. Er saß auf dem äußersten Sitz der ersten Reihe und hatte die Wand – Pechkiefer mit klebrigem Lack – zur Linken und seinen Vetter Antony zur Rechten. Alle anderen konnten nur seinen Hinterkopf sehen oder vielleicht ein Stück von seinem Ohr und seiner Wange. Jimmy saß einfach dort und betrachtete die Fußbodenbretter. Sie waren stellenweise gesprungen, und in den Rissen sammelte sich der Staub. Eine sehr kleine Spinne stieg durch den Staub hinauf und rannte an einem der Bretter entlang. Nach einigen Zentimetern hielt sie an, kauerte sich zusammen und stellte sich tot. Jimmy beobachtete sie mit angespannter Aufmerksamkeit. Würde sie weiterlaufen oder dort bleiben, wo sie war? Warum war sie aus der Ritze hervorgekommen, und warum stellte sie sich jetzt tot? Aus welchem Grund taten Menschen das, was sie taten? Warum hatte Lois versucht, ihn zu vergiften?

Die Spinne bewegte sich, rannte ein paar Zentimeter weiter und stellte sich abermals tot. Jimmy konnte sich nicht von dem Anblick losreißen.

Die Geschworenen benötigten nur eine Viertelstunde, ehe sie wieder den Saal betraten. Der Sprecher, ein großer und kräftig aussehender Bauer, trug ein Blatt Papier in der Hand. Mit langsamer, gewichtiger Stimme begann er, davon abzulesen.

»Wir befinden, dass die verstorbene Dame durch eine Morphiumvergiftung ums Leben gekommen ist; dass das Morphium in dem Kaffee war, den sie für ihren Mann präpariert und an seinen Platz gestellt hat; dass Miss Mercer die Tassen vertauscht hat, ohne zu wissen, dass eine davon vergiftet war, weshalb man ihr in keinster Weise einen Vorwurf machen kann. Und wir möchten gern hinzufügen, dass wir sehr zufrieden darüber sind, dass sie alle nötigen Vorkehrungen getroffen hat, das Morphium einzuschließen, und dass man sie in keinster Weise verantwortlich machen kann.«

Der Coroner unterband das beifällige Murmeln, das sich sofort im Saal erhob.

»Dann erkennen Sie also auf Unfalltod.«

»Ja, Sir. Aber wir möchten ins Protokoll aufnehmen lassen, dass niemand sonst irgendeine Schuld trägt. Und wir möchten, wenn das nicht gegen die Regeln ist, Mr. Latter gern unser Mitgefühl aussprechen.«

Jimmy Latter erhob sich und verließ den Saal durch die Seitentür. Antony begleitete ihn. Kurz darauf folgten die übrigen Bewohner von Latter End. Die Dorfgemeinschaft hatte nun Gelegenheit, die größte Sensation zu diskutieren, seit Cromwells Soldaten ihre Pferde in der hiesigen Kirche untergebracht hatten.

39

Antony kam aus dem Studierzimmer. Dabei lief er Minnie und Julia über den Weg. Er war sich nicht schlüssig, ob er seine Nachricht jetzt überbringen sollte. Minnie sah aus, als wäre sie endgültig am Ende ihrer Kräfte ... völlig am Ende.

»Was ist los?«, fragte Julia. Also richtete er seine Worte an sie.

»Er möchte mit Minnie reden ... Aber sie wirkt völlig entkräftet.«

Minnie Mercer gab sich einen Ruck. Ein kleiner Rest Energie bleibt immer übrig, jedenfalls für Jimmy.

Sie betrat das Studierzimmer und schloss die Tür hinter sich. Er stand mit dem Rücken zu ihr am Fenster. Er drehte sich nicht um. Als sie bei ihm angelangt war, trat er ein Stück zur Seite, um ihr Platz zu machen. Sie setzten sich nebeneinander auf die Fensterbank. Es dauerte eine Weile, ehe er etwas sagte. Während dieser Zeit verflog auch ihre Angst. Seit Lois' Tod hatte sie Tag und Nacht Qualen ausgestanden – aus Angst, dass Jimmy sie für das, was sie getan hatte, hassen würde. Sie hatte es nicht wissentlich getan, aber vielleicht würde er trotzdem niemals in der Lage sein, es zu vergessen. Doch wenn er solch einen Gedanken gehegt hätte, dann hätte sie es in diesem Moment gespürt, Seite an Seite mit ihm in diesem Schweigen. Sie kannte ihn so lange und so gut und liebte ihn auf eine Art und Weise, dass er einen solchen Gedanken nicht vor ihr hätte verstecken können. Mit plötzlicher Klarheit wusste sie ganz sicher, dass es nichts zu verstecken gab. Er war zutiefst verletzt, zutiefst unglücklich. Er brauchte Trost, ihr armer Jimmy, und er brauchte sie.

»Schreckliche Sache, Min«, sagte er endlich.

»Ja, mein Lieber.«

Nach einer weiteren Pause berührte er ihre Hand.

»Du hast mein Leben gerettet.«

Sie konnte nicht sprechen. Die Berührung war nur ganz kurz gewesen.

»Ich glaube, ich hab es alles noch nicht richtig begriffen«, begann er wieder. »Ich war eine ziemliche Belastung für alle. Und alle waren so gut zu mir. Würdest du ihnen das bitte sagen? Und dass ich mein Bestes tun will? Alle waren so gut zu mir.«

»Ja, ich sag es ihnen.«

Er lehnte sich mit dem Rücken an den Fensterrahmen. Sie konnte seine Erleichterung spüren. Er hatte etwas für ihn sehr Schwieriges ausgesprochen, und nun war ihm leichter ums Herz. Und auch wenn er es nicht in Worte gefasst hatte, war ihr klar, was er wirklich gemeint hatte: »Du hast mir das Leben gerettet. Und jetzt werde ich es auf keinen Fall wegwerfen.« Die schrecklichste aller Sorgen war von ihr genommen.

Nach kurzem Schweigen brachte er das Gespräch auf Ronnie Street.

»Ich hab Ellie gesagt, dass sie ihn nach der Beerdigung jederzeit herbringen kann. Wenn Mrs. Huggins dann täglich käme, dürfte es nicht zu viel für dich werden, oder?«

»Nein, es wird mir nicht zu viel. Mrs. Huggins hat in den letzten Tagen schon geholfen.«

Er rieb seine Nase auf die vertraute Art und Weise.

»Falls du mehr Hilfe brauchst, kannst du dich dann selber darum kümmern? Ellie und du, ihr dürft nicht zu hart arbeiten. Julia meint, ihr beide arbeitet zu viel. Ich möchte, dass du alles arrangierst, so wie früher … Du würdest doch nicht fortgehen, Minnie, oder?«

»Nicht, wenn ich hier bleiben darf.«

»Ich wollte immer, dass du hier bleibst. Du sollst dich um alles kümmern. Diese anderen Leute, die hier einziehen sollten, will ich nicht, den Butler und die beiden Dienstmädchen. Würdest du dich darum kümmern – zahl ihnen eine Entschädigung und sag ihnen, wir hätten umdisponiert. Im Moment brauchen wir hier keine Fremden. Aber Ellie und du, ihr dürft nicht zu viel tun … das werde ich nicht zulassen.«

»Ich kümmere mich um alles, Jimmy. Wenn wir sie brauchen, kann Connie Traill vormittags für ein oder zwei Stunden kommen. Vielleicht wäre es gar keine schlechte Idee, jedenfalls bis Ronnie wieder auf den Beinen ist. Dann wäre Ellie ein wenig entlastet.«

Nach einer Weile verlief ihr Gespräch so vertraut wie früher, als Lois noch nicht in ihr Leben getreten war.

40

Wenn Miss Silver von einem Fall nach Hause zurückkehrte, empfand sie jedes Mal eine tiefe und aufrichtige Dankbarkeit. Viele Jahre ihres Lebens hatte sie ständig in den Häusern anderer Leute gelebt. Viele Jahre hatte sie auch keine andere Perspektive gesehen, bis sie wegen ihres fortgeschrittenen Alters keine Stelle als Gouvernante mehr gefunden hatte und ihren Ruhestand von den wenigen Shilling pro Woche bestreiten musste, die ihre Ersparnisse abwarfen. Viel hatte sie nicht sparen können von dem, was eine Gouvernante in jenen Zeiten verdiente. An diese Zeiten zu denken und dann die weit geöffnete Eingangstür ihrer kleinen Wohnung vor sich zu sehen, an der ihre treue Hannah schon zur Begrüßung bereitstand; in ihr Wohnzimmer zu treten und dessen bescheidenen Komfort zu erblicken – die Bilder an den Wänden, die Reihe der in Rahmen mit Plüsch, gehämmertem Metall oder silberner Filigranarbeit arrangierten Fotografien, die alle von wertvollen Freundschaften kündeten – dies alles rief jedes Mal ein Empfinden tiefer Dankbarkeit hervor.

Und wenn sie schon glücklich war, diese Dinge zu besitzen, so machte es sie noch glücklicher, sie mit anderen teilen zu können – ihren Gästen aus der silbernen viktorianischen Teekanne einzuschenken und die Sandwiches und kleinen Kuchen zu reichen, die Hannah Meadows so meisterlich zubereitete.

Am Tag nach ihrer Rückkehr von Latter End schaute Sergeant Abbott zum Tee vorbei. Seinetwegen bereitete Hannah drei verschiedene Arten von Sandwiches zu, außerdem so zarte Scones, dass sie im Mund schmolzen, und eine Honigspeise, die nur ganz besonderen Besuchern angeboten wurde.

Frank musterte die schwer beladene Kuchenplatte und stöhnte auf.

»Wenn ich so oft herkäme, wie ich es gern täte, hätte ich sicher bald die Figur des Chief Inspectors. Aber dann würde mich niemand mehr zum Chief Inspector befördern.«

Miss Silver strahlte ihn an.

»Mein lieber Frank, ein bisschen mehr Fleisch auf den Rippen würde Ihnen wirklich nicht schaden. Nun lassen Sie es sich schmecken.«

Und das tat er.

Nachdem er die dritte Tasse Tee getrunken und ungefähr das zehnte Sandwich verdrückt hatte, unterbrach er Miss Silvers Teestunden-Konversation. Er hatte ein wenig den Faden verloren, meinte sich aber zu erinnern, dass sie gerade in die Berechnung der Abweichungen bei den Septembertemperaturen dieses und diverser vorangegangener Jahre vertieft gewesen war. Er streckte die Hand nach einem weiteren Sandwich aus und fragte: »Wann ist es Ihnen zum ersten Mal in den Sinn gekommen, Mrs. Latter zu verdächtigen?«

Miss Silver stellte die Tasse ab und griff nach ihrem Strickzeug. Sie hatte mit einem neuen Strumpf begonnen, dem ersten von Dereks zweitem Paar. Die ersten acht Zentimeter hingen bereits an den Nadeln. Mit nachdenklicher Miene begann sie zu stricken.

»Das ist eine sehr schwierige Frage. Der Widerspruch zwischen dem, was ich die materiellen und die immateriellen Fakten nenne, hätte kaum offensichtlicher sein können. Ich kann mich an keinen anderen Fall erinnern, wo dieser Kontrast so augenfällig gewesen wäre. Wollte man Mrs. Latters Tod als Selbstmord verstehen, dann standen dem als Beweis die Aussagen aller gegenüber, die sie kannten und immer wieder betonten, sie wäre niemals auf die Idee gekommen, ihr Leben einfach wegzuwerfen, das sie doch so sehr liebte. Wenn sie andererseits ermordet worden wäre, dann hätten nur drei Personen die Möglichkeit gehabt, wirklich sicherzustellen, dass sie und nicht Mr. Latter aus der Tasse mit dem vergifteten Kaffee trinken würde. Nämlich Mr. Latter selbst, Mrs. Street und Miss Mercer. Je länger ich über diese Alternativen nachgedacht habe, desto weniger konnte ich mich dazu überwinden, eine von ihnen als die Wahrheit zu akzeptieren. Ich habe mit jedem Mitglied der Familie über die Tote gesprochen. Unzählige kleine Hinweise ergaben das Bild einer harten, entschlossenen Frau, die nichts davon abhalten würde, ihren Willen durchzusetzen – eine äußerst hartnäckige Frau. Dafür gab es viele kleine Beispiele. Eine kühle und berechnende Person. Überhaupt nicht der Typ, um sich vor ihrem Mann zu schämen oder sich gar umzubringen, weil sie von Mr. Antony abgewiesen worden war, den sie schließlich vor zwei Jahren hätte heiraten können, wenn sie es gewollt hätte. Sie war finanziell unabhängig und strotzte vor Gesundheit und Selbstvertrauen. Und vor allem verfügte sie praktisch über keinerlei Empfindsamkeit oder Zuneigung. Sie war gut aussehend und wirkte auf Männer attraktiv. Ich konnte einfach nicht glauben, dass sie sich das Leben genommen hatte.«

Frank nahm noch ein Sandwich.

»Zwei Köpfe, ein Gedanke – Sie und der Chief! Zwei Herzen im Gleichklang!«

Miss Silver hatte eine Schwäche für vorlaute junge Männer. Sie hustete nachsichtig.

»Sobald ich über die andere Möglichkeit nachdachte, war ich genauso ratlos. Wenn es Mord gewesen war, hatte dann Mr. Latter, Mrs. Street oder Miss Mercer sie umgebracht? Auch hier standen die tatsächlichen und die emotionalen Aspekte im Widerspruch. Rein faktisch betrachtet, hätte jeder von ihnen der Täter sein können. Von den psychologischen Voraussetzungen jedoch keiner. Ich beginne mit Mrs. Street. Als mir klar wurde, wie unglücklich die bevorstehende Trennung von ihrem Mann sie machte und wie dringlich sie sich gewünscht hatte, er könne auf Latter End unterkommen, erschien es mir immerhin möglich, dass sie Mrs. Latter – die in ihren Augen das entscheidende Hindernis darstellte – aus dem Weg geräumt haben könnte. Ich erkannte, dass sie furchtbare Angst hatte, die Zuneigung ihres Mannes zu verlieren. Sie war überarbeitet und ausgelaugt. Ihre Nerven befanden sich in einem Zustand, der zu einem Verlust ihrer inneren Balance hätte führen können. Wenn man dann noch bedenkt, dass Miss Mercer auf die Fragen nach dem Medizinschränkchen antwortete, dass es am Dienstagabend unverschlossen gewesen war, weil sie die Gesichtscreme für Mrs. Street herausgenommen hatte, wird Ihnen sicher klar, dass ich genug Stoff zum Nachdenken hatte. Sie werden sich erinnern, dass Miss Mercer kurz danach bemerkte, dass die Morphiumflasche an der falschen Stelle stand. Ich musste in Erwägung ziehen, dass möglicherweise Mrs. Street sie genommen hatte.«

»Und?«

Miss Silver warf ihm einen hellwachen Blick zu.

»Ich gelangte zu der Überzeugung, dass ein kaltblütiger, geplanter Mord nicht zu Mrs. Streets Charakter passte. Sie ist ein sanftes, nicht besonders organisiertes Mädchen, dem generell ein wenig die Phantasie und die Initiative fehlen. Ich vermute, sie hat sich in diesen Bereichen ihr Leben lang auf ihre Schwester Julia verlassen, eine äußerst intelligente und willensstarke junge Frau. Wenn Julia Vane eine kriminelle Karriere eingeschlagen hätte, dann wäre diese Karriere meiner Überzeugung nach äußerst erfolgreich verlaufen. Zum Glück für sie und für andere verfügt sie über feste Prinzipien und einen warmherzigen, großzügigen Charakter. Mrs. Street ist ein Mensch, der hin und her schwankt und still leidet. Ich hatte nie das Gefühl, dass sie fähig zu endgültigen und rücksichtslosen Taten wäre. Ich konnte sie mir wirklich nicht als Giftmörderin vorstellen.«

Frank Abbott nickte.

Miss Silver strickte unermüdlich weiter.

»Mr. Latter hatte natürlich ein sehr schwerwiegendes Motiv. Es war ganz natürlich, dass der Chief Inspector ihn verdächtigt hat. Er war tatsächlich auf außerordentliche Weise provoziert worden – auf eine Art, die schon manches Verbrechen aus Leidenschaft nach sich gezogen hat. Bei starken Gefühlen von ehelicher Eifersucht würde wohl kaum jemand den betrogenen Ehemann als Verdächtigen ausschließen. Mir war völlig klar, dass mein Mandant sich in einer äußerst gefährlichen Lage befand. Aber nach meinem Gespräch mit ihm konnte ich die Vorstellung, dass er seine Frau vergiftet hatte, doch ausschließen. Er war ehrlich erschüttert und machte sich Vorwürfe, weil er fürchtete, sie hätte sich umgebracht. Der einzige Strohhalm, an den er sich klammerte, war die Hoffnung, dass ich herausfände, dass sie ermordet worden wäre. Er kam mir so offen und einfach vor wie ein Kind, außerdem wirkte er gutmütig und alles andere als nachtragend. Egal wie die Beweislage aussah, ich hielt ihn des Mordes nicht für fähig.« Nach einer Pause fügte sie hinzu: »Auch Miss Mercer hatte ein sehr starkes Motiv.«

Frank hob die Augenbrauen.

»Würden Sie ihr Motiv wirklich als so stark bezeichnen?«

Sie neigte den Kopf zur Seite.

»Ja, Frank – es war das stärkste Motiv, das eine Frau ihres Typs haben kann. Sie liebte Mr. Latter hingebungsvoll. Das war unmöglich zu übersehen. Unglücklicherweise glaube ich, dass er selbst es niemals bemerkt hat. Er hatte so eng mit ihr zusammengelebt und sich an ihre Anwesenheit und Zuneigung viel zu sehr gewöhnt, um sie noch zu bemerken. Erst als er das alles zu verlieren glaubte, wurde er – nach allem, was ich gehört habe – sehr unglücklich. Sie passen wirklich perfekt zusammen, und wenn sie vor zwanzig Jahren geheiratet hätten, wäre das für sie beide eine wunderbare Sache gewesen. Vor diesem Hintergrund werden Sie verstehen, welch starkes Motiv Miss Mercer gehabt haben könnte. Sie sah, dass Mr. Latter äußerst unglücklich war, sie sah, dass Mrs. Latter entschlossen war, sich zwischen Mr. Antony und Miss

Julia zu drängen, und dass sie generell einen Kurs eingeschlagen hatte, der die ganze Familie auseinander zu reißen drohte. Ja, es hätte ein sehr starkes Motiv sein können. Außerdem war sie zweifellos in einem Zustand seelischer Not, der noch über das hinausging, was die Umstände eigentlich hergaben. Ich war überzeugt, dass sie irgendetwas verschwieg. Egal was es war, es bereitete ihr innerlich großen Kummer.«

»Haben Sie nie geglaubt, dass sie die Mörderin war?«

Miss Silver begegnete seinem Blick.

»Das konnte ich nicht. Wirkliche Güte ist eine Eigenschaft, die sich kaum übersehen lässt. In Miss Mercers Fall war sie die treibende Kraft hinter allem Denken und Handeln. Sozusagen die Atmosphäre, die sie umgab. Sie litt außerordentlich, aber es war das Leiden der Unschuld angesichts der Gegenwart des Bösen. Das war mein Eindruck zu jedem Zeitpunkt. Und deshalb bin ich zu dem Schluss gelangt, dass ich Mrs. Latters Tod weder als Selbstmord noch als Mord begreifen konnte.«

»In Abwesenheit des Chiefs dürfen wir vielleicht von einer *impasse* sprechen. Er mag es nicht, wenn ich französische Ausdrücke benutze, wissen Sie. Er hält es für hochnäsig.«

»Ich habe größten Respekt vor Chief Inspector Lamb«, erklärte Miss Silver tadelnd. »Er ist ein Mann von äußerster Integrität.«

Sergeant Abbott warf ihr eine Kusshand zu.

»Das ist nichts, verglichen mit dem Respekt, den ich vor Ihnen empfinde. Fahren Sie fort, verehrte Lehrerin.«

Miss Silver hüstelte leise.

»Wirklich, mein lieber Frank, manchmal reden Sie großen Unsinn. Als ich, wie Sie es ausdrücken, diese *impasse* erreicht hatte, entschloss ich mich, das äußere Beweismaterial komplett beiseite zu lassen und mich ausschließlich von dem leiten zu lassen, was ich fühlte und herausgefunden hatte, und dabei den Charakter der betroffenen Personen zu berücksichtigen. Im Königreich der Tiere erwarten wir nicht, dass sich der Tiger wie ein Schaf verhält oder das Kaninchen so, wie es natürlicherweise dem Wolf zukommt. Die Schrift ermahnt uns, dass wir keine Trauben am Dornbusch oder Feigen an den Disteln suchen sollen. Eine überwältigende Leidenschaft mag jeden von uns so weit erschüttern, dass wir eine plötzliche gewaltsame Tat begehen, aber ein sorgfältig geplanter Giftmord kann nicht zu dieser Kategorie gerechnet werden. Er weist ohne jeden Zweifel auf böse Charakterzüge wie Selbstsucht, Aufgeblasenheit oder vielleicht auch auf deren gefährliches Gegenteil, ein zerstörerisches Minderwertigkeitsgefühl, hin. Er deutet auf eine rücksichtslose Gleichgültigkeit gegenüber anderen, auf eine Entschlossenheit, das gewünschte Ziel zu erreichen, egal wer oder was im Wege steht. Als ich anfing, nach diesen Charakterzügen Ausschau zu halten, da fand ich sie alle, mit Ausnahme des Minderwertigkeitskomplexes, bei Mrs. Latter selbst. Jeder, mit dem ich gesprochen habe, fügte zu diesem Bild ihres Charakters irgendein Detail hinzu. Selbst durch die Brille eines leidenden und sie anbetenden Ehemannes musste sie ziemlich gleichgültig gegenüber ihm und jedem anderen erscheinen, der ihren Wünschen in die Quere kam. Es hatte also tatsächlich eine Person auf Latter End gegeben, die für einen kaltblütigen und sorgfältig geplanten Mord in Frage kam.«

Sie hustete und wendete Dereks Strumpf. Dann fuhr sie fort.

»Aber diese Person war nun selbst das Opfer. Ich begann, darüber nachzudenken, auf welche Weise sie in ihre eigene Falle hätte gegangen sein können. Ich ging alle Aussagen noch einmal durch und stieß dabei auf zwei bemerkenswerte Tatsachen. Miss Mercer hatte von der Tür aus beobachtet, wie Mrs. Latter etwas in eine der Tassen tat, was sie für Zucker oder irgendeinen Süßstoff hielt. Ursprünglich dachte ich an Glukose, die genauso aussieht wie Puderzucker, aber dann begann ich die Möglichkeit in Betracht zu ziehen, dass es sich um das pulverisierte Morphium gehandelt hatte. Der zweite Punkt, der mir auffiel, war Miss Mercers Aussage, dass sie nicht gesehen hatte, was mit den Kaffeetassen passiert war, nachdem sie und Mrs. Latter von der Terrasse hereingekommen waren. Ihre Schilderung legte den Eindruck nahe, dass Miss Mercer unmittelbar hinter Mrs. Latter aus dem Salon auf die Terrasse gegangen war, aber ausdrücklich hatte sie das nicht gesagt. Mir kam der Gedanke, dass Miss Mercer nicht alles erzählt hatte, was sie wusste, und dass sie vielleicht die Tassen vertauscht hatte. Es erschien mir sehr unwahrscheinlich, dass Mrs. Latter es riskiert hätte, beide Tassen auf dem Tablett stehen zu lassen. Da sich offenbar niemand erinnern konnte, wer Mr. Latters Tasse auf den Tisch neben seinem Platz gestellt hatte, hielt ich es für wahrscheinlich, dass Mrs. Latter selbst sie dort platziert hatte. In diesem Fall hätte Miss Mercer sie dabei beobachtet, da sie Mrs. Latter von dem Moment an, als sie das Pulver in die Tasse tat, bis zum Verlassen des Zimmers ständig im Blick hatte. Ich gelangte zu der Überzeugung, dass Miss Mercer die Tassen vertauscht hatte. Der Grund für ihr Schweigen lag auf der Hand. Sie wollte Mr. Latter vor der Erkenntnis schützen, dass seine Frau ihn vergiften wollte.«

Frank Abbott starrte sie mit aufrichtiger Bewunderung an.

»Die unerreichte Meisterin und Königin der Detektive!«

»Mein lieber Frank!«

Schnell sagte er: »Fahren Sie fort … ich wollte Sie nicht unterbrechen.«

»In dieser Nacht wandelte Miss Mercer im Schlaf. Ich bin

sicher, dass sie durch die Halle in den Salon gegangen wäre, aber Miss Julia brachte sie dazu, umzukehren. Als sie in tiefster Verzweiflung ausrief ›Was habe ich getan‹, war ich einigermaßen sicher, dass ich mich auf der richtigen Fährte befand. Wie Sie wissen, wiederholte sich ihr Schlafwandeln in einer der darauffolgenden Nächte. Diesmal spielte sie die Ereignisse der Mittwochnacht noch einmal durch. Ausgehend von dem, was ich bereits vermutete, war es klar, dass sie eine imaginäre Tasse vom Tablett nahm und an Mr. Latters Platz stellte. Dann kam sie mit ausgestreckter Hand zurück, als hielte sie eine Tasse darin. Sie kam bis zum Tisch, auf dem das Tablett gestanden hatte, streckte ihre Hand wieder aus und sagte: ›O Gott, was habe ich getan!‹ Da war ich sicher, auf die Lösung des Rätsels gestoßen zu sein. Beim Frühstück am nächsten Morgen hatte ich eine ganz unauffällige Gelegenheit zur Nachfrage, ob Mr. Latter seinen Kaffee mit Zucker trinkt. Als ich zur Antwort erhielt, dass er nie mehr als ein Stück Zucker nimmt, konnte ich mir erklären, warum Miss Mercer die Tassen vertauscht hatte. Inzwischen hatte Pollys Aussage bewiesen, dass Mrs. Latter das Morphium absichtlich zerstoßen hatte.«

»Was glauben Sie, wann sie es genommen hat? Vor der Szene zwischen Mr. Latter und Miss Mercer am Dienstagabend, als Miss Mercer bemerkte, dass die Flasche nicht an ihrem Platz stand?«

Miss Silvers Nadeln klapperten.

»O ja, sie hatte es vorher an sich genommen – möglicherweise während die Familie frühstückte. Sie erinnern sich sicher, dass sie das Frühstück auf ihrem Zimmer nahm. Die Szene in Mr. Antonys Zimmer hatte sich in der Nacht abgespielt. Vielleicht war die Idee, ihren Mann loszuwerden, nicht neu. Aber ich vermute, dass sie sich nach dieser Szene entschloss, bis zum Äußersten zu gehen. Wahrscheinlich wusste jeder in der Familie, wo Miss Mercer den Schlüssel zum Medizinschrank aufbewahrte. Mrs. Latter hatte also keine Schwierigkeiten, das Morphium zu finden. Sie nahm sich, was sie brauchte, wischte die Flasche vorsichtig ab und stellte sie zurück – nicht in die Schachtel, aus der sie sie genommen hatte, sondern auf das Bord. Wissen Sie, vermutlich gehörte es zu ihrem Plan, dass man annehmen sollte, Mr. Latter hätte sich selbst vergiftet. Also ließ sie die Flasche dort, wo sie besonders leicht zu finden war. Unmittelbar vor dem Mittagessen zerstieß sie die Tabletten und füllte das Pulver in die kleine Schnupftabakdose. Dann, irgendwann nach sieben, kam Gladys Marsh zu ihr und erzählte ihr, dass Mr. Latter bei Miss Mercer gewesen war und sie um ein Schlafmittel gebeten hatte. Als sie hörte, dass er die Morphiumflasche sogar in der Hand gehabt hatte, dass Miss Mercer ihn vor der Gefahr gewarnt und er geantwortet hatte: ›Es ist mir egal, ob es gefährlich ist, solange ich nur schlafen kann‹, da muss sie sich wirklich gefühlt haben, als hielte sie alle Trümpfe in der Hand. Nehmen Sie nur mal an, dass Miss Mercer die Tassen nicht vertauscht hätte und Mr. Latter an einer Morphiumvergiftung gestorben wäre – hätte dann irgendjemand an einen Mord geglaubt? Es gab ja Gladys Marshs Aussage, dass er erklärt hatte: ›Es ist mir egal, ob es gefährlich ist, solange ich nur schlafen kann.‹ Eine Aussage, die Miss Mercer hätte bestätigen müssen. Er hatte die Flasche ja wirklich angefasst. Der einzig mögliche Schluss wäre Selbstmord gewesen. Geschworene aus dem Dorf hätten vielleicht auf einen Unfall entschieden. Den Satz, dass er so verzweifelt schlafen wollte, hätten sie vielleicht so interpretiert, dass ihm die Dosis ganz egal war, ein Schluss, den seine Worte ja auch zulassen. Mrs. Latter muss sich völlig sicher gefühlt haben. Dann aber hat Miss Mercer die Tassen vertauscht.«

Frank betrachtete sie mit einem Funkeln in den Augen.

»Das perfekte moralische Traktat!« Schnell fügte er hinzu: »Wie sehen Sie Antonys Rolle in der Sache? War sie verrückt nach ihm, oder hatte sie bloß genug von Jimmy Latter?«

Miss Silver hüstelte.

»Sie wollen mehr wissen, als ich Ihnen sagen kann. Ich neige zu der Annahme, dass sie in ihrer Ehe tief frustriert war und ihr langsam klar wurde, dass ihr Ehemann sie zwar anbetete, aber einige Dinge niemals für sie tun würde. Er würde Latter End nicht verlassen, um in London zu leben, und er mochte ihre Freunde nicht. Zur Zeit ihrer Heirat war sie vermutlich in finanziellen Nöten und ziemlich unsicher, was den Ausgang des Rechtsstreits über das Testament ihres ersten Mannes anging. Wäre sie sich der Erbschaft sicher gewesen, hätte sie meiner Meinung nach wahrscheinlich Antony Latter vorgezogen. Er reichte ihr nicht, so wie er war, aber sie wollte ihn zurückhaben, als sie sich finanziell in Sicherheit wusste. Dass er nicht mehr in sie verliebt war und sich ganz offensichtlich zu Julia Latter hingezogen fühlte, hat ihre schlechten Charaktereigenschaften nur noch mehr herausgefordert. Alle, mit denen ich gesprochen habe, sagten letztlich dasselbe über sie. Sie haben es verschieden ausgedrückt, aber es lief auf eine Sache hinaus: Wenn sie etwas wollte, dann musste sie es auch haben.«

Frank griff nach dem letzten Sandwich. Nach kurzem Überlegen fragte er: »Haben Sie Mrs. Maniple jemals ernsthaft in Erwägung gezogen?«

»Oh, mein lieber Frank, und ob ich sie ernsthaft in Erwägung gezogen habe. Natürlich nicht als Hauptverdächtige für den Mord. Aber als Begleitumstand – oh ja, allerdings.«

Mrs. Maniple als Begleitumstand war ein wenig zu viel für Sergeant Abbott. Beinahe hätte er sich verschluckt. Mit Mühe setzte er eine ernste Miene auf und brachte nur heraus: »Das müssen Sie mir bitte erklären.«

Miss Silver war nicht abgeneigt. »Ich konnte unmöglich glauben, dass die Person, die für die vorangegangenen Anfälle verantwortlich war, es wirklich auf Mrs. Latters Leben abgesehen hatte. Die Auswirkungen waren zu gering und zu schnell vorüber. Aber sobald ich anfing, Mrs. Latter selbst zu verdächtigen, erkannte ich, dass diese Anfälle ihr die Idee eines Giftmordes lebhaft vor Augen geführt haben müssen. Sie gaben ihr die Art und Weise vor, auf die das Gift verabreicht werden konnte. Die Tatsache, dass sie tatsächlich in Sorge um sich selbst war, dürfte ihren Entschluss vorangetrieben haben, der Situation ein Ende zu setzen. Das ist natürlich pure Spekulation. Ich stelle mir allerdings die Frage, ob …« Sie unterbrach sich und ließ den Satz unbeendet. Das war so ungewöhnlich, dass es Franks Neugier sofort anstachelte.

»Kommen Sie … Das können Sie mir jetzt nicht vorenthalten! Welche Frage stellen Sie sich?«

Miss Silver legte das Strickzeug auf ihre Knie und sah ihn mit ernster Miene an.

»In manchen Momenten habe ich mich gefragt, ob ihr erster Ehemann eines natürlichen Todes gestorben ist.«

Frank schüttelte den Kopf.

»Wissen Sie, der Chief hat Sie wirklich im Verdacht, irgendwo einen Hexenbesen im Schrank zu haben. Er ist mit Hexengeschichten aufgewachsen, und manchmal rufen Sie bei ihm ungemütliche Erinnerungen wach.«

Miss Silver lächelte.

»Ein höchst respektabler Mann. Unser Verhältnis ist hervorragend. Aber ich habe den Eindruck, Sie können mir etwas erzählen.«

»Na ja, nicht allzu viel … aber trotzdem. Der Chief hat mich losgeschickt, um ein paar Untersuchungen anzustellen. Ich habe Doubledays Arzt aufgesucht. Mir wurde gleich klar, dass er sich nicht ganz wohl in seiner Haut fühlte. Doubleday war krank gewesen, aber so krank nun auch wieder nicht. Er hätte auf die Art sterben können, wie er starb, aber … es kam doch ein bisschen überraschend. Der Doktor selbst war zu der Zeit unterwegs, so dass sein junger Partner zugezogen wurde. Es war so ein Fall, der in neunundneunzig von hundert Fällen unproblematisch ist, aber im hundertsten Fall könnte irgendwas faul sein. Na ja, welcher Arzt mit eigener Praxis möchte wegen einer einprozentigen Chance schon Ärger riskieren. Ich vermute, er hat kaum einen Gedanken daran verschwendet, bis durchsickerte, dass Doubleday gerade ein neues Testament unterzeichnet hatte, von dem Mrs. Doubleday großzügig profitierte, und dass die Verwandten es anfechten wollten. Ich glaube, in diesem Augenblick fühlte er sich wirklich unwohl in seiner Haut, aber da er letztlich nichts Konkretes in der Hand hatte, hielt er den Mund. Kürzlich hörte er zu seiner großen Erleichterung, dass eine außergerichtliche Einigung erzielt wurde. Ansonsten wäre er als Zeuge vernommen worden, was wohl nicht die angenehmste Aussicht war. Natürlich ist Ihnen sicher klar, dass er mir nichts davon direkt erzählt hat, außer dass er bei Doubledays Tod abwesend war und alles korrekt nach den Vorschriften lief. Ich musste mit einem ziemlich starken Mikroskop zwischen den Zeilen lesen, aber am Ende war ich recht sicher, dass Mrs. Latter ihr Spiel schon einmal getrieben hatte. Man sagt Giftmördern ja eine gewisse Ausdauer nach.«

Miss Silver hüstelte.

»Wenn man erst davon überzeugt ist, dass die eigenen Wünsche und Sehnsüchte wichtiger sind als menschliches Leben, wird sich irgendwann eine Gelegenheit bieten, diese Überzeugung in die Praxis umzusetzen.«

Frank musterte sie entzückt.

»›Logik von ihrer erhabensten Seite!‹«, rief er aus und fügte schnell hinzu. »Vom Poeten Wordsworth.«

41

Julia ließ drei Paar Strümpfe in eine Schublade fallen und schob sie dann zu. Sie war zurück in London und war erhitzt und müde. Auspacken ist eine weniger lästige Tätigkeit als Packen, aber auch nicht besonders aufregend, und egal ob man kommt oder geht, irgendwas vergisst man immer. Julia hatte ihre Zahncreme vergessen, was bedeutete, dass sie noch aus dem Haus gehen und neue kaufen musste. Wer allerdings gerade eine Tragödie durchlebt und unter Hochspannung gestanden hat, sollte sich wegen einer Tube Zahncreme wohl nicht grämen.

Obwohl sie alle Fenster geöffnet hatte, war der Raum heiß und stickig. Eine enorme Menge Staub schien sich gesammelt zu haben. Sie holte einen Wischmopp und ein Staubtuch und begann zu putzen. Als sie fertig war, fragte sie sich, ob es nicht besser gewesen wäre, den Staub einfach liegen zu lassen, wo er war – denn eine ganze Menge davon befand sich jetzt auf ihren Händen und in ihrem Gesicht.

Sie wusch sich gerade die Hände, als es an der Tür läutete. Hastig schaute sie in den Spiegel. Das Gesicht war schmutzig, aber nicht allzu schmutzig – mehr als wäre es von einem leichten Schatten überzogen. Vielleicht war es auch gar nicht schmutzig, vielleicht sah sie im Augenblick einfach so aus. Jedenfalls beschloss sie, dass es für den Moment reichen musste. Sie trocknete die halbgewaschenen Hände ab, registrierte noch, dass sie einen schwarzen Fleck auf dem Handtuch hinterließen, und eilte zur Tür.

Ein durch und durch sauberer Antony trat ein, betrachtete sie mit milder Überraschung und fragte, warum sie gerade jetzt Frühjahrsputz halte. Natürlich konnte es nur Antony sein! Würde sie in ihrem vorteilhaftesten Kleid dasitzen und auf ihn warten, dann würde sie ihn neunundneunzig Tage lang nicht zu Gesicht bekommen. Doch am hundertsten Tag, wenn sie bis zu den Ellbogen mit Tinte bespritzt war und vor lauter Staub ein vollkommen schwarzes Gesicht hatte, übte ihre Wohnung eine magnetische Anziehungskraft auf ihn aus.

»Du kommst immer, wenn ich schmutzig bin«, sagte sie. »Aber ich war gerade dabei, mich zu waschen.«

»Dann muss es ja vorher ziemlich schlimm gewesen sein.«

»Das war es auch. Du musst solange warten – es sei denn ... Wahrscheinlich hast du keine große Lust, loszugehen und mir eine Tube Zahncreme zu besorgen? Ich hab meine vergessen.«

»Lust hab ich keine, aber ich gehe.«

Das verschaffte ihr Zeit, sich umzuziehen. Und tatsächlich empfing sie ihn vorbildlich sauber und adrett, als er von dem Einkauf zurückkam.

Mit einer schwungvollen Geste reichte er ihr die Tube.

»Von Bräutigam zu Braut!«

Wenn er erwartet hatte, dass Julia lachen würde, wurde er enttäuscht. Sie brachte die Tube in das Kämmerchen, hinter dem sich ihr Badezimmer verbarg. Als sie zurückkam, hielt sie einen Shilling und zehneinhalb Pence in der vom Schrubben immer noch feuchten und geröteten Hand.

»Wofür ist das Geld?«, fragte er.

»Für die Zahncreme. Nimm es, bitte.«

»Schatz, das ist doch ein nettes Geschenk – von Bräutigam zu Braut. Teil der weltlichen Güter, mit denen ich dich überhäufen werde.«

Die folgende Pause kündete ein drohendes Gewitter an.

Julias Temperament war sprichwörtlich. Die Chancen, dass es mit ihr durchgehen würde, waren in diesem Moment nicht gering.

Doch der Moment ging vorüber. Sie legte die Münzen auf die Ecke ihres Schreibtischs und sagte: »Ganz wie du willst. Du kannst es ja als vorgezogenes Weihnachtsgeschenk betrachten. Dann musst du auch nicht durch die Gegend laufen und dir den Kopf darüber zerbrechen, was du mir in drei Monaten schenken kannst.«

Antony konterte schlagfertig. »Hab ich dir denn jemals etwas geschenkt?«

»Nicht seit der Zeit, als wir noch unter dem Tannenbaum gesessen haben.«

Warum hatte sie das gesagt? Kaum waren die Worte heraus, da wurde ihr schlagartig bewusst, wie unvergleichlich gut diese Zeiten gewesen waren – und wie unglaublich weit weg. Sie wurde blass, und Antony fragte mit einem merkwürdigen Unterton in der Stimme: »Sind wir eigentlich verpflichtet, uns im Stehen zu unterhalten? Du siehst ziemlich geschafft aus.«

Sie war einigermaßen froh, das Sofa unter sich und das Kissen in ihrem Rücken zu spüren. Einen idiotischen Moment lang hatte sie nicht gewusst, was sie tun sollte. Fast wäre sie in Tränen ausgebrochen ... fast hätte sie weiche Knie bekommen. Beide Vorstellungen waren erniedrigend. Sie hörte sich selbst sagen: »Es ist zu heiß für Hausarbeit.«

Antony runzelte die Stirn. Sie hatten sich seit jener frühmorgendlichen Beerdigung vor einer Woche nicht mehr gesehen. Furchtbar! Warum konnte sie an nichts anderes denken? Niemand, der dabei gewesen war, konnte sich wünschen, überhaupt noch einmal daran zu denken. Aber natürlich waren es genau diese Dinge, die einem nicht mehr aus dem Kopf gingen. Sie wünschte, Antony wäre nicht zu

Besuch gekommen. Sie wünschte, er wäre gekommen und gleich wieder gegangen. Sie wünschte, sie könnte sicher sein, dass sie nicht zu weinen anfangen würde. Sie konnte nichts dagegen tun.

Antony unterbrach ihre Gedanken mit einer verzweifelt klingenden Bemerkung.

»Mein liebes Kind, das Schiff ist nicht gänzlich untergegangen. Es gibt Überlebende – dich, zum Beispiel, und mich. Musst du mich wirklich so ansehen, als wäre ich tot und wartete auf mein Begräbnis? Schlag dir diese düsteren Bilder aus dem Kopf! Wie ging es den anderen Überlebenden, als du sie zuletzt gesehen hast?«

Er war froh, dass ihr Gesicht wieder ein bisschen Farbe bekam.

»Tut mir Leid«, erklärte sie schnell. »So war es gar nicht gemeint. Und wenn ich blaue Augen hätte, würdest du gar nicht auf solche Gedanken kommen.«

»Blaue Augen, mein Schatz, würden dir schlecht stehen.«

»Ich weiß. Aber ich möchte keinen nervös machen, wenn ich ihn anschaue. Ständig werde ich darauf angesprochen, aber ich kann es mir einfach nicht merken.«

Antony lachte. »Warum mache ich mir überhaupt Sorgen? Ich kann bloß keine Tränen ertragen. Niemand wird gern zu Tränen gerührt. Ein Lächeln hin und wieder hilft uns, die Dinge durchzustehen. Versuch's mal! Wie geht's Jimmy?«

»Oh, deutlich besser«, antwortete sie erleichtert. »Er will übrigens Lois' Geld nicht behalten.«

»Das hätte ich auch nicht erwartet.«

»Nein. Er hat den Anwälten geschrieben und sie gebeten, alles zu arrangieren, damit die Doubledays das Geld bekommen, sobald das Testament beglaubigt ist. Danach ging es ihm gleich besser. Außerdem kümmert sich Minnie wirklich rührend um ihn. Sie rennt ständig mit Dingen zu ihm, die auf keinen Fall ohne seine überlegene männliche Intelligenz entschieden werden können – neue Dichtungsringe für die Wasserhähne im Bad, wie man die Stellenanzeige für einen Butler formuliert, wie viel eine fünfprozentige Erhöhung bei den Wäschereirechnungen ausmacht, und würde er bitte sofort kommen und die riesige Spinne aus dem Abfluss im Zimmer des Dienstmädchens entfernen, weil Mrs. Huggins schon gegangen ist und weder sie noch Ellie mit dem Monster zurechtkommen. Genauso hat sie es früher gemacht, und es tut ihm wirklich gut. Eigentlich hätte er sie schon vor vielen Jahren heiraten sollen.«

»Ich vermute, er hat nie darüber nachgedacht.«

»Ganz sicher nicht. Aber stell dir nur vor, was uns allen dadurch erspart geblieben wäre. Diesmal – das kann ich dir sagen – werde ich persönlich dafür sorgen, dass er nachdenkt.«

Antony lachte, doch seine Stirn lag immer noch in Falten.

»Es wäre besser, wenn du dich nicht einmischst.«

»Oh, ich werde jetzt noch nichts unternehmen. Sie kommen gut zurecht, solange Ellie und Ronnie da sind. Aber wenn Ronnie irgendwann seine Arbeitsstelle antritt und Ellie mitnimmt, dann wird irgendjemand Jimmy erklären müssen, dass Minnie nicht einfach dableiben und ihm den Haushalt führen kann. Das wäre viel, viel zu kompromittierend.«

»Blödsinn!«

»Nein, nein, nicht in einem Dorf. Abgesehen davon geht es schließlich nur darum, Jimmy einen kleinen Anstoß zum Nachdenken zu geben. Sie wird ihn schrecklich glücklich machen, und das verdient er nach allem, was passiert ist. Sie übrigens auch.«

»Frauen kennen doch kein Gewissen. Wenn sie überhaupt an einen Mann denken, dann geht es immer nur darum, wie sie ihn am besten einfangen können.«

»Aber diese Gefangenschaft ist eine äußerst angenehme Sache«, sagte Julia mit tiefer und weicher Stimme.

»O ja, genau damit kriegt ihr uns zum Mitmachen. All die Annehmlichkeiten eines Zuhauses und ein Ring durch die Nase. Ein hübscher, solider, unzerbrechlicher Ehering. Darin habt ihr seit Millionen von Jahren Übung, und das merkt man euch an, mein Schatz.«

Als Antony das Wort »Schatz« aussprach, spürte Julia einen Stich im Herzen. Sie setzte sich gerade hin und sagte: »Also, ich hab kein Gefängnis und keinen Ring – deine Nase ist also in Sicherheit. Und je eher du allen erzählst, dass wir unsere Verlobung gelöst haben, desto besser.«

Antony hob einen Finger.

»Ganz ruhig, Liebling! Zähl immer bis hundert, ehe du etwas sagst. Vielleicht wird das Gespräch dadurch ein bisschen gemütlicher. Alle medizinischen Kapazitäten stimmen darin überein, dass die fieberhafte Eile des Maschinenzeitalters unsere Lebenszeit verkürzt.«

»Und trotzdem leben alle wesentlich länger als früher. Wusstest du, dass Mr. Pickwick gerade dreiundvierzig war? Trotzdem nannten ihn alle einen netten älteren Herrn.«

»Schatz, wir leben nicht zur Zeit von Dickens und wir diskutieren nicht über Pickwick. In dem Moment, wo du ihn aufs Tapet gebracht hast, wollte ich gerade möglichst elegant mein Knie beugen und dich bitten, den Tag festzulegen. Daraufhin wärst du auf aparte Weise errötet, anmutig in Ohnmacht gefallen und schließlich so weit zu dir gekommen, dass du in den Kalender geschaut hättest.«

Julia war weit davon entfernt zu erröten. Sie war im Gegenteil bemerkenswert blass.

»Ich wünschte, du würdest aufhören, solchen Unsinn zu reden. Es hat keinen Sinn, weiter so zu tun, als wären wir verlobt.«

Antony stimmte ihr freudig zu.

»Überhaupt keinen Sinn. Verlobungen sind sowieso schrecklich. Ich fürchte, du hast mir nicht richtig zugehört, Schatz. Ich wollte dich nicht bitten, mit mir verlobt zu bleiben, ich wollte dich bitten, mich zu heiraten.«

In ihren Augen blitzte Ärger auf.

»Und ich wollte dir sagen, dass ich einfach keine Lust mehr hab auf dieses So-tun-als-ob! Ich hab es sowieso nur für Jimmy getan!«

Er begegnete ihrem Funkeln mit einem forschenden Blick.

»Oh, es ging also um Jimmy, richtig?«

»Das weißt du genau. Und jetzt hat es keinen Sinn mehr. Deswegen solltest du alle informieren.«

Mit über den Knien verschränkten Händen beugte er sich vor.

»Soll ich sagen, du hättest mir den Laufpass gegeben oder umgekehrt? Das klären wir besser vorher, oder?«

Mit beherrschter Stimme erklärte Julia: »Weder noch. Wir beenden die Verlobung, weil ich glaube, dass eine Ehe meine Schriftstellerei behindern würde. Aber natürlich werden wir gute Freunde bleiben.«

Antony brach in schallendes Gelächter aus.

»Das große Motiv der Karriere! Schatz, es ist furchtbar aus der Mode gekommen. Die moderne Frau hat einen Ehemann, diverse Karrieren, eine Familie, ein Haus ohne Personal – und sie schafft das alles spielend, ohne dass man ihr irgendeine Anstrengung anmerkt. Aber ich denke, wir brauchen doch ein Dienstbotenzimmer – soweit ich mich erinnere, hat Manny deine Kochkünste nicht gerade gelobt.«

»Ich habe immer alles richtig gemacht, und trotzdem kamen am Ende Bleiklumpen dabei heraus«, sagte Julia düster. »Hör mal Antony, wozu all dieses Herumreden? Ich mag diese Farce nicht mehr.«

Er schwieg einen Moment. Dann kam er näher und ergriff ihre Hände. Sie hatte behauptet, sie wären heiß, dabei waren sie eiskalt. Er hielt sie ganz fest und sagte: »Wie wäre es, wenn wir ernst machen, Julia?«

Julia wusste nicht, woher sie die Luft zum Atmen nahm. Trotzdem sagte sie: »Nein.«

»Gilt das für mich oder für dich?«

»Für beide«, sagte sie.

Weil alles an ihr zitterte, zitterten auch ihre Worte. Sie versuchte ihm ihre Hände zu entwinden, und er ließ sie los.

»Liebst du mich nicht? Oder liebe ich dich nicht?«

»Wir ... keiner von uns ...«

»Schatz, du lügst das Blaue vom Himmel herunter! Ich liebe dich. Sehr sogar. Hast du das nicht gewusst?«

»Das tust du nicht!«

»Wirklich? Erinnerst du dich, wie ich dich gefragt hab, was du antworten würdest, wenn ich sage, ich liebe dich leidenschaftlich? Ich liebe dich! Leidenschaftlich und auf jede andere erdenkliche Art. Wenn du nicht so unglaublich dumm wärest, hättest du es gewusst, auch ohne dass ich es sage. Nun komm her und hör auf zu reden!«

Einige Zeit später protestierte sie: »Du hast dir nicht mal die Mühe gemacht zu fragen, ob du mir etwas bedeutest. Vielleicht tust du das nicht.«

»Dann solltest du es nicht zulassen, dass ich dich küsse.«

»Willst du es denn nicht wissen?«

Antony küsste sie.

»Liebling, so unglaublich dumm bin ich gar nicht.«